그후

それから(1909)
夏目漱石

나쓰메 소세키 소설 전집 8
그 후

초판 1쇄 발행 2014년 9월 5일
초판 9쇄 발행 2024년 12월 10일

지은이 | 나쓰메 소세키
옮긴이 | 노재명
펴낸이 | 조미현

편집주간 | 김현림
교정교열 | 장미향
디자인 | 나윤영

펴낸곳 | (주)현암사
등록 | 1951년 12월 24일 · 제10-126호
주소 | 04029 서울시 마포구 동교로12안길 35
전화 | 365-5051 · 팩스 | 313-2729
전자우편 | editor@hyeonamsa.com
홈페이지 | www.hyeonamsa.com

ISBN 978-89-323-1705-2 04830
ISBN 978-89-323-1674-1 04830(세트)

이 도서의 국립중앙도서관 출판예정도서목록(CIP)은 서지정보유통지원시스템(http://seoji.nl.go.kr)과
국가자료종합목록시스템(http://www.nl.go.kr/kolisnet)에서 이용하실 수 있습니다.
(CIP제어번호 CIP2014023636)

나쓰메 소세키 소설 전집 ⑧

그 후

노재명 옮김

현암사

소세키의 책 중에 작은 판형으로
제작된 책들이 있는데, 장식성이
뛰어나다.(1914~1918)

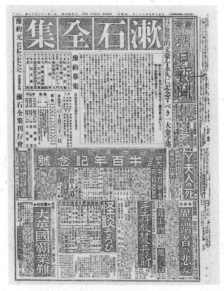

소세키 전집 발간 기사(《아사히 신문》)

소세키 사후 1주년 기념으로 출간된
최초의 소세키 전집(이와나미쇼텐, 1917)

소세키 산방 서재에서(1907). 소세키는 이곳에서 『우미인초』, 『산시로』, 『마음』 등을 집필했다.

도쿄제국대학 강사 시절. 졸업생과 함께(1906)

다섯 살 무렵의 소세키(1872)

도쿄제국대학 재학
시절의 소세키(1892)

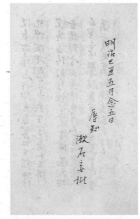

1889년 발매된 마사오카 시키의 시문집 《나나쿠사슈》에 비평과 함께
9편의 칠언절구 시를 덧붙이면서 처음으로 '소세키'라는 호를 사용한다.

소세키가 『나는 고양이로소이다』와 『도련님』을 집필한 집(1903~1906년 거주)

소세키는 슬하에 2남 5녀를
두었다.(1915)

두 아들과 소세키(1914)

소세키 산방의 서재 모습(1917)

소세키 산방에서(1912)

소세키가 애용한 문방구와 특별히
디자인한 원고용지 판목

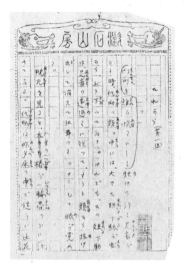

『그 후』 자필 원고

소세키의 『그 후』 구상 메모

『그 후』의 《아사히 신문》 연재 지면들

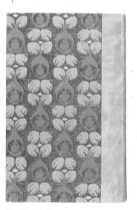

『그 후』 장정(하시구치 고요 디자인, 太陽堂, 1910)

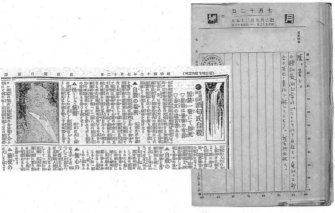

『그 후』의 중요 모티프가 된 일당의옥사건 기사.
집필 중이던 1909년 7월 12일 일기에도 간단히 메모가 되어 있다.

만세이바시(万世橋) 역 앞 광장.
1910년에 일본에서 러일전쟁의
영웅으로 불리는 히로세 중좌의
동상이 세워졌다.

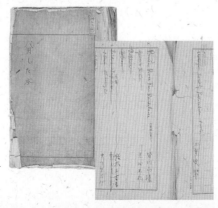

소세키의 빌린 책 리스트

소세키가 그린 그림

『그 후』 예고*

이 소설에서 '그 후'라는 말은 여러 가지 의미로 사용된다. 『산시로』에서는 도쿄의 대학 생활을 그렸지만 이 소설에서는 그 후의 일을 이야기하고 있다는 의미에서 '그 후'이다. 또 『산시로』의 주인공은 단순했지만 이 소설의 주인공은 『산시로』 이후 성숙한 남자가 되었다는 점에서도 '그 후'이다. 그리고 마지막으로 이 소설의 주인공은 마지막에 예측할 수 없는 운명에 빠져든다. 그러나 그 후 어떻게 되는지는 이야기하지 않았다. 그런 점에서도 역시 '그 후'인 것이다.

* 오사카 《아사히 신문》(1909. 6. 20)

15

1

누군가 문 앞을 바삐 달려가는 발소리가 났을 때, 다이스케(代助)의 머릿속에는 하늘에 걸려 있는 커다란 나막신이 떠올랐다. 그렇지만 발소리가 멀어지면서 나막신은 머릿속에서 사라져버렸다. 그러자 잠에서 깼다.

베갯머리를 보니 겹꽃잎동백 한 송이가 다다미 위에 떨어져 있다. 다이스케는 지난밤에 이 동백꽃이 떨어지는 소리를 분명히 들었다. 그의 귀에는 그 소리가 천장에서 고무공이 떨어지는 소리만큼 크게 울렸다. 물론 밤이 깊어 주변이 고요한 탓인지도 모른다고 생각하기도 했지만 그래도 확인이라도 해보려는 듯 오른손을 심장에 얹고 늑골 끝에서 정상적으로 뛰는 맥박 소리를 확인하면서 잠이 들었다.

멍하게, 잠시, 갓난아기의 머리통만큼이나 큰 꽃의 빛깔을 물끄러미 바라보던 다이스케는 문득 생각난 듯 누운 채로 가슴 위에 손을 얹고 다시 심장의 고동 소리를 듣기 시작했다. 누워서 가슴이 뛰는 소리를 듣는 것은 최근 다이스케에게 생긴 버릇이다. 심장은 여전히 고르고 분명하게 뛰고 있었다. 그는 가슴에 손을 얹은 채 고동 소리 아래로 따뜻한 선홍색 피가 부드럽게 흘러가는 모습을 상상했다. 그리고 이것이 바로 생명이다 하고 생각했다. 자신은 지금 흐르는 생명을 손바닥으로 누르고 있다는 생각이 들었다. 손바닥에 느껴지는 시곗바늘과 같은 울림은 자신을 죽음으로 이끄는 경종(警鐘)이다. 이런 경종을 듣지 않고 살아갈 수 있다면, 피를 담는 자루가 시간을 담는 자루의 역할을 하지 않는다면 얼마나 마음이 편할까? 틀림없이 삶을 더 음미하며 살아갈 수 있을 텐데. 다이스케는 자신도 모르게 온몸에 소름이 끼쳤다. 그는 격렬한 피의 흐름과 무관한 평온한 심장은 도저히 상상할 수 없을 정도로 삶에 집착이 강한 남자다. 그는 누운 채 이따금 왼쪽 가슴 위에 손을 얹고, 만일 이곳을 쇠망치로 강하게 얻어맞는다면 어떨까 하는 생각을 한다. 건강하게 살아 있으면서도 그렇게 살아 있다는 사실을 기적에 가까운 요행으로 느끼기조차 한다.

그는 가슴에서 손을 떼고 머리맡에 있는 신문을 집어 들었다. 이불 속에서 두 손을 꺼내 신문을 좌우로 크게 펼치자 신문의 왼쪽 면에 남자가 여자를 칼로 베는 그림이 보인다. 그는 곧 다른 면으로 눈길을 돌렸다. 그곳에는 학교 분규[1]에 관한 기사가 크게 보도되어 있다. 다이스케는 잠시 그 기사를 읽다가 이윽고 나른한 손으로 신문을 이불 위에 털썩 떨어뜨렸다. 그러고는 담배를 한 대 피우며 이불을 밀쳐냈다. 다다미 위에 떨어진 동백꽃을 집어서 코끝으로 가져갔다. 입과 콧수염과 코가 동백꽃에 묻혔다. 담배 연기가 동백꽃잎과 꽃술을 뒤덮

---

1 메이지 42년 4월을 전후하여 도쿄제국대학의 법학부 안에 상업학교를 설치하려는 문부성의 방침에 반대하여 도쿄고등상업학교의 학생들이 항의한 사건. 소세키는 자신의 일기에 이 분규에 대해 비판적인 생각을 적었다.

을 만큼 짙게 맴돌았다. 동백꽃을 하얀 요 위에 놓고 일어나 욕실로 갔다.

욕실에서 정성껏 이를 닦았다. 그는 평소부터 자신의 고른 치아에 만족하고 있었다. 윗옷을 벗고 가슴과 등을 깨끗이 문질렀다. 피부는 섬세한 윤기가 감돌았다. 향유를 바른 자리를 정성껏 닦아낸 것처럼 어깨를 움직이거나 팔을 올릴 때마다 지방이 살짝 붙은 부분이 도드라져 보였다. 다이스케는 자신의 이런 모습 또한 만족스러웠다. 이어 검은 머리에 가르마를 탔다. 기름을 바르지 않아도 머리카락은 신기할 만큼 말을 잘 들었다. 수염 역시 머리카락처럼 섬세하고 가지런한 모습으로 입 위를 품위 있게 덮고 있다. 다이스케는 자신의 통통한 뺨을 두 손으로 어루만지며 거울에 얼굴을 비춰보았다. 그건 마치 여자가 분을 바를 때의 손놀림과도 같은 동작이었다. 실제로 그는 필요하다면 백분이라도 바를 수 있을 만큼 자신의 용모에 자신이 있는 사람이었다. 그가 가장 싫어하는 것은 나한(羅漢)[2]처럼 빼빼마른 골격과 얼굴이다. 그는 거울을 바라볼 때마다 자신이 나한과 같은 외모를 갖고 태어나지 않아 정말 다행이라고 생각할 정도다. 남들에게 멋쟁이라는 말을 들어도 그리 거북스럽지 않다. 그만큼 다이스케는 일본의 구시대적인 발상에서 벗어나 있다.

30분 정도 지난 후에 그는 식탁에 앉았다. 뜨거운 홍차를 마시면서 구운 빵에 버터를 바르고 있는데 가도노(門野)라는 서생(書生)[3]이 객실에서 신문을 가져왔다. 서생은 네 겹으로 접은 신문을 방석 위에 놓

---

2 아라한(阿羅漢)의 약칭. 불교도로 사람들의 존경을 받을 가치가 있는 인물. 나한상은 다년간의 수양으로 몹시 말라 뼈만 남은 경우가 대부분이다.
3 다른 사람 집에 얹혀살면서 가사를 도와주며 공부하는 학생.

으며 과장스레 말을 걸었다.

"선생님! 굉장한 일이 벌어졌는데요."

서생은 다이스케를 부를 때마다 "선생님! 선생님!"이라며 존대한다. 다이스케는 처음에는 쓴웃음을 지으며 만류했다. 그러나 서생이 "하지만 선생님!"이라고 금방 다시 선생님이라고 부르는 바람에 하는 수 없이 내버려두었더니 이제는 습관이 되어 자연스럽게 선생님으로 통하고 있다. 실제로 서생이 다이스케를 부르기에는 선생님 말고는 적당한 호칭이 없다는 사실을 다이스케는 서생을 둔 뒤에야 비로소 깨닫게 되었다.

"학교 분규 말인가?"

다이스케는 대수롭지 않다는 표정으로 이렇게 말하며 빵을 먹었다.

"그렇지만 통쾌하지 않습니까?"

"교장을 몰아낸 걸 말하는 건가?"

"네, 아무래도 사직하겠죠?"

이렇게 말하며 서생은 기쁜 표정을 짓는다.

"교장이 사직하는 것이 자네에게는 이득인가 보군."

"그런 농담을 하시다니요. 그런 이해득실 때문에 통쾌해하는 게 아니니까요."

다이스케는 계속 빵을 먹었다.

"자네는 이번 분규에서 사람들이 정말로 교장을 미워해서 몰아내는 것인지, 아니면 자신들의 이해득실 때문에 몰아내는 것인지 알고 있나?"

다이스케는 이렇게 말하며 쇠 주전자 속의 뜨거운 물을 홍차 잔에 부었다.

"모르겠는데요. 선생님은 알고 계십니까?"

"나도 몰라. 모르기는 해도 요즘 사람들이 아무 이득도 되지 않는데 그런 소동을 일으킬까? 어떤 다른 목적을 위한 방편이겠지."

"아, 그런가요?"

가도노의 표정이 약간 진지해졌다. 다이스케는 입을 다물었다. 가도노에게는 이 이상 말해봤자 소용없다. 더 이상은 아무리 말해도 시치미를 떼고 '그런가요?'라는 식의 반응을 보일 뿐이다. 이쪽에서 하는 말에 동조하는 것인지, 아니면 부정하는 것인지 도무지 갈피를 잡을 수 없다. 그 점이 막연해서, 자극적이지 않아서 기꺼이 서생으로 받아들인 것이다. 하지만 그는 학교에도 가지 않고 공부도 하지 않은 채 하루 종일 빈둥댄다. 그래서 외국어라도 좀 배워보는 것이 어떠냐고 물어보기도 했다. 그러면 가도노는 언제나 "그렇게 해볼까요?"라든지, "아, 그럴까요?"라고 대답할 뿐이다. 결코 열심히 해보겠다는 말은 하지 않는다. 그렇게 게을러서는 분명한 대답도 하지 못할 것이다. 다이스케로서도 가도노를 교육시킬 의무가 있는 것도 아니어서 그냥 내버려두고 있다. 다행히 머리와는 달리 몸은 잘 움직이는 편이라 다이스케는 그 점을 높이 평가했다. 다이스케뿐 아니라 전부터 있던 할멈 역시 가도노 덕분에 요즘 많은 도움을 받게 되었다. 그래서 할멈과 가도노는 사이가 좋다. 다이스케가 집을 비울 때면 둘이서 자주 대화를 나누곤 한다.

"선생님은 도대체 뭘 하실 생각일까요?"

"저분 정도면 뭐든지 할 수 있지. 뭐, 특별히 걱정할 필요 있으랴고."

"걱정하는 것은 아니지만 뭐라도 했으면 해서요."

"결혼이라도 한 다음에 천천히 할 일을 찾을 생각이겠지."

"참 부럽군요. 나도 저렇게 하루 종일 책이나 읽고 음악이나 들으러 다니면 좋겠어요."

"자네가 말이야?"

"책은 읽지 않더라도 저렇게 놀면서 지낼 수만 있다면……"

"그거야 이미 전생에 정해진 일이니 어쩔 도리가 없지."

"아, 그런가요?"

두 사람의 대화는 대개 이런 식이다. 가도노가 다이스케의 집으로 오기 이 주일 전 독신인 젊은 주인과 이 식객 사이에 다음과 같은 대화가 오갔다.

"자넨 어느 학교에 다니고 있나?"

"전엔 다녔지만 지금은 그만두었습니다."

"전이라고? 그래 어딜 다녔지?"

"뭐 어디라고 할 것도 없이 여기저기 다녔습니다. 하지만 아무래도 쉽게 싫증을 내는 성격이라……"

"금방 싫어지던가?"

"글쎄요. 그런 편이죠."

"그럼 딱히 공부할 생각은 없는 모양이지?"

"네, 별로 없습니다. 게다가 요즘 집안 형편도 안 좋아서요."

"우리 집 할멈이 자네 어머님과 아는 사이라고 하던데."

"네, 예전에는 아주 가까이 사셨거든요."

"어머니는 그러니까……"

"하찮은 부업을 하고 계십니다만 아무래도 요즘은 불경기라 벌이가 신통치 않은 것 같습니다."

"신통치 않은 것 같다니. 그럼 어머니와 함께 안 사는가?"

"함께 살고 있기는 합니다만 귀찮아서 안 물어봤습니다. 여하간 푸념을 많이 늘어놓곤 하시지요."

"그럼 형님은?"

"형은 우체국에 근무하고 있습니다."

"가족은 그게 단가?"

"남동생도 있습니다. 동생은 은행에서…… 하지만 그저 심부름꾼을 겨우 면한 정도죠."

"그럼 놀고 있는 사람은 자네뿐이잖나?"

"그런 셈이지요."

"그럼 자네는 집에서 무얼 하면서 지내나?"

"글쎄요. 뭐 잠을 자는 편이죠. 아니면 산책도 하고요."

"다른 가족들이 전부 돈벌이를 하고 있는데 자네만 노는 것이 괴롭지 않은가?"

"뭐 별로 그렇지도 않습니다."

"무척 화목한 가정인가 보군."

"다툼은 별로 없습니다, 신기하게도."

"그러나 어머님이나 형님은 하루라도 빨리 자네가 독립해주기를 바랄 텐데."

"그럴지도 모르죠."

"자네는 참 태평한 성격인가 보군. 정말로 이게 자네의 본모습인가?"

"네, 저는 뭐 별로 거짓말할 생각도 없습니다."

"그렇다면 자넨 정말로 낙천적인 사람이로군."

"네, 말하자면 그렇다고 할 수 있겠죠."

"형님은 올해 몇인가?"

"글쎄요. 아마 스물여섯일 겁니다."

"그럼 이제 결혼도 해야 할 게 아닌가? 형님이 결혼하더라도 지금처럼 지낼 작정인가?"

"그건 그때 가봐야지요. 앞으로 어떻게 될지는 알 수 없으니까요. 뭐, 어떻게든 되리라고 생각하고 있습니다."

"친척은 없나?"

"숙모님이 한 분 계시기는 합니다. 지금 요코하마에서 해운업을 하고 계시죠."

"숙모님이 말인가?"

"숙모님이 하신다기보다는, 굳이 말하자면 숙부님이 하시는 거죠."

"거기라도 부탁해서 일자리를 알아보면 어떤가? 해운업이라면 사람이 꽤 많이 필요할 텐데."

"제가 천성적으로 게으르다는 걸 아셔서 아마도 거절하실 겁니다."

"그렇게 스스로를 단정 지을 필요는 없지 않나. 실은 자네 어머님이 우리 집 할멈에게 자네를 우리 집에서 지내게 해달라고 부탁하셨다더군."

"네, 뭐 그 비슷한 얘기를 하더군요."

"그래, 자네는 앞으로 어쩔 셈인가?"

"글쎄요. 되도록 게으름을 피우지 않고……"

"우리 집에 있을 생각인가?"

"네, 그렇습니다."

"하지만 잠이나 자고 산책이나 해서는 곤란해."

"그 점은 염려하지 마십시오. 몸은 튼튼한 편이니까요. 목욕물이라도 긷겠습니다."

"수도가 있으니 목욕물은 길어오지 않아도 되네."

"그럼 청소라도 하겠습니다."

가도노는 이런 조건으로 다이스케의 서생이 되었다.

다이스케는 식사를 끝내고 담배를 피워 물었다. 그때까지 찬장 뒤에서 무릎을 감싸고 앉아 우두커니 기둥에 몸을 기대고 있던 가도노는 이때다 싶었던지 다시 주인에게 질문을 던졌다.

"선생님! 오늘 아침엔 심장 상태가 좀 어떻습니까?"

다이스케의 최근 버릇을 알고 있기에 약간 놀리는 말투다.

"오늘은 아직 괜찮네."

"왠지 내일쯤이면 무슨 일이라도 일어날 것처럼 말씀하시네요. 선생님처럼 그렇게 건강에 신경을 써서야…… 그러다가는 나중에 정말로 병에 걸릴지도 모르겠네요."

"이미 병에 걸린 상태야."

가도노는 단지 "그럴까요"라고 대꾸하고 윤기가 흐르는 다이스케의 안색과 겉옷 사이로 드러난 살집 좋은 어깨를 바라보았다. 다이스케는 이럴 때면 항상 이 청년이 가엾어진다. 그가 보기에 이 청년의 머리에는 소의 뇌가 들어 있다고밖에는 할 수 없다. 이야기를 시켜보면 보통 사람의 절반 정도밖에 따라오지 못한다.

간혹 이야기가 옆길로 새기라도 하면 이내 방향을 잃어버린다. 논리로 다져진 지반을 파 내려간 갱도 같은 곳에는 아예 발을 들여놓을 생각도 못 한다. 신경계로 말할 것 같으면 더더욱 형편없다. 마치 성긴 밧줄로 얼기설기 짜놓은 듯하다. 이 청년의 생활 태도를 관찰한 다이스케는 그가 결국 무엇 때문에 숨을 쉬며 살아가는지 의아한 생각마저 들었다. 그런데도 그는 태평스럽게 빈둥거리고 있다. 게다가 그 빈둥거림을 이유로, 자신의 태도와 같은 유형에 속한다고 생각하면서 아주 득의양양하게 굴고 싶어 한다. 또한 다부진 육체를 내세워 오히려 주인의 신경을 건드리려 한다. 다이스케의 신경은 그만이 가지고 있는 빈틈없는 사고력과 예민한 감수성에 대해 지불해야 할 세금과 같은 것이다. 고상한 교육을 받은 대가로 치러야 할 고통이다. 그것은 좋은 가문에서 태어난 탓에 받아야 하는 불문의 형벌이다. 그러한 희생을 감수했기에 지금의 자신이 될 수 있었다. 아니, 어느 때는 그러한 희생 자체에 인생의 진정한 의의가 있다는 생각을 하기도 한다. 하지만 가도노가 그걸 이해할 리 없다.

"가도노 군! 우편물 온 거 있나?"

"우편물 말입니까? 글쎄요. 아아, 왔습니다. 엽서하고 편지가 와 있더군요. 책상 위에 올려두었습니다. 가서 가지고 올까요?"

"아니야. 내가 그리로 가지."

다이스케의 말투가 개운치 않자 가도노는 곧 자리에서 일어섰다. 그리고 엽서와 편지를 가져왔다. 엽서는 "오늘 2시 도쿄 도착. 앞면에 적힌 여관에 투숙. 일단 이 사실만 알리고 내일 오전에 만나고 싶음"이라고 연한 먹으로 흘려 쓴 간략한 내용이었다. 앞면에는 우라진보초(裏神保町)에 있는 여관 이름과 히라오카 쓰네지로(平岡常次郎)라는 발송인의 이름이 뒷면과 마찬가지로 거친 글씨체로 쓰여 있다.

"벌써 왔군. 어제 도착했나 보군."

다이스케는 혼잣말처럼 중얼거리고 나서 이번에는 편지를 집어 보니 아버지의 필적이 분명하다. 이삼일 전에 돌아왔고 급한 일은 아니지만 이것저것 할 이야기가 있으니 이 편지를 받는 대로 오라는 내용이었다. 그다음에는 교토는 아직 벚꽃이 만개하지 않았다느니 급행열차가 만원이어서 답답했다느니 하는 시시한 내용이 몇 줄 적혀 있었다. 다이스케는 편지를 접으며 묘한 표정으로 엽서와 편지를 비교해 보았다.

"자네 전화 좀 걸어주게. 집으로."

"아, 본가에 말입니까? 무슨 말을 하죠?"

"오늘은 약속이 있어서 찾아뵙지 못하고, 내일이나 모레쯤에는 반드시 찾아뵙겠다고 말씀드리게."

"어느 분께 말씀드리죠?"

"아버지가 여행에서 돌아오셔서 할 말이 있다고 잠깐 들르라고 하시는데…… 뭐, 꼭 아버지가 아니어도 되니까 아무에게나 그렇게 전하게."

"네."

가도노는 곧바로 나갔다. 다이스케는 식당에서 객실을 지나 서재로 돌아왔다. 주위를 둘러보니 말끔하게 청소되어 있다. 떨어진 동백꽃도 어디론가 쓸려나가고 없다. 다이스케는 꽃병 오른쪽에 있는 조립식 책장 앞으로 가서 위에 올려놓았던 무거운 앨범을 손에 들었다. 금으로 된 잠금 쇠를 풀고 선 채로 한 장씩 넘기기 시작했다. 중간쯤 이르러 갑자기 손을 멈췄다. 거기에는 스무 살쯤 된 여자의 상반신 사진이 있다. 다이스케는 눈을 내리뜨고 여자의 얼굴을 물끄러미 들여다보았다.

2

옷이라도 갈아입고 히라오카의 숙소로 찾아가려는데 때마침 상대가 다이스케를 찾아왔다. 덜컹거리는 소리를 내면서 인력거를 문 앞에 세우며 바로 여기라고 외치는 소리는 분명 3년 전 헤어질 때의 그 목소리다. 현관에서 그를 맞이하는 할멈을 붙들고 숙소에 지갑을 두고 와서 그러니 20전만 빌려달라고 하는 말투에서도 학창 시절의 히라오카를 떠올리지 않을 수 없다. 다이스케는 현관까지 달려 나가 금방이라도 옛 친구의 손을 붙잡을 듯한 몸짓으로 객실로 안내했다.

"이거 어쩐 일인가? 자아, 편히 앉게."

"어? 이거 의자가 있었군."

히라오카는 이렇게 말하며 안락의자에 몸을 내던지듯 털썩 주저앉았다. 56킬로그램 이상이나 되는 자신의 육체가 서 푼의 가치도 되지 않는다는 태도다. 그리고 나서 빡빡 민 머리를 의자 등받이에 기대더니 방 안을 둘러본다.

"꽤 좋은 집이로군. 생각했던 것보다 훨씬 좋은데."

히라오카는 이렇게 칭찬한다.

다이스케는 아무 대꾸도 하지 않고 담배상자의 뚜껑을 열었다.

"그래. 그 후 어떻게 지냈나?"

"한마디로 말하기 어려우니 나중에 천천히 이야기하도록 하지."

"전에는 편지를 자주 보내서 소식을 알 수 있었는데 요즘에는 통 편지를 보내지 않아서 말이야."

"자네뿐만 아니라 모두와 소식을 끊었지."

히라오카는 이렇게 말하며 갑자기 안경을 벗더니 양복 주머니에서 구겨진 손수건을 꺼내 껌벅거리며 눈을 닦았다. 그는 학창 시절부터 근시였다. 다이스케는 물끄러미 친구를 바라보았다.

"나는 그렇고, 자네는 어떤가?"

히라오카는 이렇게 말하면서 가는 안경테를 귓바퀴에 고정시키려고 양손을 들어 올렸다.

"나야 뭐 여전하지."

"그게 가장 좋지. 나는 너무 변화무쌍해서 탈이야."

이렇게 말하고 나서 히라오카는 얼굴을 찌푸리며 뜰을 내려다보더니 갑자기 말투를 바꿨다.

"어! 이거 벚꽃이 있었네. 이제 막 피기 시작한 것 같군. 역시 기후가 많이 다른가 보군."

두 사람의 대화는 왠지 옛날처럼 자연스럽지 못하다.

"거긴 상당히 따뜻하겠지?"

다이스케도 좀 맥 빠진 투로 말을 건넸다. 그러자 히라오카는 이번에는 갑자기 열띤 말투로 대꾸했다.

"그럼, 상당히 따뜻하지."

마치 스스로의 존재감을 갑자기 의식하고 놀란 듯한 말투다. 다이스케는 다시 히라오카의 얼굴을 쳐다보았다. 히라오카는 담배에 불을 붙였다. 그제야 할멈이 사기 주전자에 차를 타서 가져왔다. 방금 주전자에 물을 부어서 끓는 데 시간이 걸려 죄송하다는 변명을 늘어놓으며 탁자 위에 쟁반을 내려놓았다. 두 사람은 할멈이 말하는 동안 자단나무로 만든 쟁반을 잠자코 바라만 보고 있었다. 아무도 대꾸를 하지 않자 할멈은 어색한 미소를 지으며 방을 나갔다.

　"저 사람은 누구지?"

　"일하는 할멈을 들였네. 밥은 먹어야 하지 않겠나?"

　"붙임성이 좋군."

　다이스케는 붉은 입술의 꼬리를 활 모양으로 약간 끌어 내리면서 깔보듯이 웃었다.

　"지금까지 이런 곳에서 일해본 적이 없으니까."

　"자네 본가에서 사람을 데려와도 되잖나? 많잖아?"

　"전부 젊은 사람들이라."

　다이스케가 진지하게 대답했다.

　히라오카는 이때 처음으로 소리 내어 웃었다.

　"젊으면 더욱 좋지 않나?"

　"어쨌든 우리 집 사람은 안 돼."

　"저 할멈 말고 또 누가 있나?"

　"서생이 한 명 있지."

　가도노는 어느샌가 집에 돌아와서 할멈과 얘기를 나누고 있었다.

　"그뿐인가?"

　"그뿐이네. 왜?"

"아직 홀몸인가?"

다이스케는 약간 얼굴을 붉혔지만 금방 아무렇지도 않은 듯 평소의 표정으로 돌아갔다.

"장가를 들었으면 자네에게 알렸겠지. 그보다도 자네의……"

다이스케는 이렇게 말하려다가 이내 입을 다물었다.

다이스케와 히라오카는 중학교 때부터 알던 사이로, 특히 대학을 졸업하고 나서 1년 동안은 거의 형제처럼 친하게 지냈다. 그때는 서로 흉금을 털어놓고 서로에게 도움이 되는 얘기를 주고받는 것이 두 사람에게 최고의 즐거움이기도 했다. 이 즐거움을 말만으로 끝내지 않고 실행에 옮기는 일도 적지 않았기 때문에, 두 사람은 서로를 위해 입 밖에 낸 모든 말에는 즐거움뿐 아니라 늘 일종의 희생이 내포되어 있다고 굳게 믿었다. 희생을 치르고 나면 그들이 느꼈던 즐거움이 고통으로 돌변할 수 있다는 진부한 사실조차 깨닫지 못했다. 1년 뒤 히라오카는 결혼했다. 그와 동시에 자신이 근무하던 은행의 게한(京阪)[1] 지방의 어느 지점으로 전근을 가게 되었다. 다이스케는 떠나는 날 신혼부부를 신바시(新橋) 역까지 전송하러 나가 쾌활한 목소리로 "곧 돌아오게"라고 말하며 히라오카의 손을 잡았다. 히라오카는 다이스케의 말에 "하는 수 없지. 당분간은 참아야지"라고 내뱉듯이 말했으나 그의 안경 너머로는 부러울 정도로 자신만만한 표정이 번득이고 있었다. 그 표정을 본 순간, 다이스케는 갑자기 친구가 미워졌다. 다이스케는 집에 돌아와 하루 종일 방구석에 틀어박혀 생각에 잠겼다. 형수와 함께 음악회에 갈 예정이었지만 그 약속마저 취소하는 바람에 형수가 무척 걱정했을 정도다.

1 교토(京都)와 오사카(大阪)를 포함하는 지역을 일컫는 말.

히라오카는 자주 소식을 전해왔다. 무사히 도착했다는 엽서를 시작으로 거기서 새 살림을 차렸다는 얘기, 이런 내용이 일단락되자 직장에 관한 얘기, 자신의 장래 희망 등 여러 가지였다. 히라오카가 편지를 보낼 때마다 다이스케는 정성껏 답장했다. 그런데 이상하게도 다이스케는 답장을 쓸 때마다 항상 어떤 불안감에 사로잡혔다. 어떤 때는 그런 불안감을 견디지 못해 편지를 쓰다가 도중에 그만둔 적도 있다. 다만 히라오카가 지난날 다이스케가 해준 일에 대해 감사의 뜻을 전할 때만은 순조롭게 답장을 쓸 수 있었다.

그러는 동안 점점 편지 왕래가 뜸해져서 한 달에 두 번이 한 번으로 줄고, 그 한 번이 또 두 달, 석 달 간격으로 벌어졌다. 그러자 편지를 쓰지 않는 편이 불안하게 느껴져 그저 그 불안감을 떨쳐버리려고 아무 의미도 없는 편지를 쓰기도 했다. 그런 식으로 반년쯤 지나는 동안 다이스케는 머리도 가슴도 조직(組織)이 점점 변해가는 듯했다. 그와 함께 히라오카에게 편지를 쓰든 안 쓰든 전혀 불안하지 않게 되었다. 실제로 다이스케는 분가한 다음에도 1년 남짓은 연초에 연하장을 보내면서 지금 주소를 알렸을 정도다.

그렇지만 히라오카를 완전히 잊고 지낼 수 없는 이유가 있었다. 이따금씩 머릿속에 떠오르곤 했던 것이다. 지금쯤 히라오카는 어떻게 지내고 있을지 이것저것 떠올려보기도 했다. 하지만 그저 머릿속으로 떠올릴 뿐 직접 안부를 물어볼 정도로 초조해하는 모습을 보일 용기도, 그럴 필요도 별로 느끼지 못한 채 지금까지 지내왔다. 그런데 이 주일 전에 히라오카한테 갑자기 편지가 온 것이다. 머지않아 그곳을 떠나 도쿄로 올 예정이라는 내용이었다. 다만 본점으로 승진 발령을 받아 오는 것은 아니다, 나름대로 계획이 있어 갑자기 직업을 바꿔보려고 하니 도쿄에 도착하면 여러모로 잘 부탁한다고 적혀 있었다. 잘 부탁한다는 말이 정말로 무엇인가를 부탁한다는 의미인지, 아니면 단순히 형식적인 말인지는 분명하지 않았다. 다만 히라오카의 일신상에 큰 변화가 있는 것만은 분명했다. 다이스케는 편지를 읽고 왠지 섬뜩한 느낌을 받았다.

그래서 만나자마자 히라오카에게 무슨 일이 생겼는지 자초지종을 물어보려고 벼르고 있었다. 그런데 안타깝게도 대화가 빗나가 쉽사리 본론을 꺼내지 못했다. 기회를 보아 이쪽에서 이야기를 꺼내면 "뭐 서두를 것 있나. 천천히 이야기하지"라는 식으로 적당히 얼버무렸다. 다이스케는 달리 방법이 없어 결국 "오랜만이니 이 근처에서 식사나 하지"라고 제안했다. 그런데도 계속 '나중에 천천히'를 반복하는 히라오카를 억지로 끌고 근처의 양식집으로 갔다.

그곳에서 두 사람은 술을 꽤 많이 마셨다. 두 사람의 대화에서 먹고 마시는 것은 옛날과 다름없다는 말이 나오자 어색했던 분위기가 점점 부드럽게 풀려갔다. 다이스케는 이삼일 전에 구경 갔던 니콜라이 성당의 부활절 축제에 관해 쾌활하게 떠들었다. 부활절 축제는 사람들이 잠들어 고요해질 무렵인 밤 12시를 기해 시작된다. 참배자들이 긴 복도를 돌아서 성당의 본당에 들어오면 촛불 수천 개가 일시에 켜진다. 사제복을 입은 사제들이 줄지어 건너편을 지날 때, 검은 그림자가 무늬라고는 전혀 없는 벽에 커다랗게 비친다. 히라오카는 안경 너머 쌍꺼풀진 눈두덩이 술기운으로 벌겋게 된 채 턱을 괴고 다이스케의 이야기를 듣고 있었다. 성당에서 나온 다이스케는 밤 2시쯤 넓은 오나리가(御成街)를 지나 어둠 속에서 곱게 뻗어 있는 심야의 철로를 따라 혼자서 우에노(上野) 숲까지 걸어갔다. 거기서 전등불이 환히 비치는 벚꽃 속으로 들어갔다.

"인적이 끊긴 밤 벚꽃놀이는 참 좋더군."

다이스케가 말했다. 히라오카는 잠자코 술잔을 비우더니 약간 비웃는 듯 입가를 실룩거리며 말했다.

"좋겠지. 난 아직 본 적이 없는 풍경이지만. 하지만 그렇게 할 수 있는 동안은 그래도 팔자가 좋은 거야. 사회에 나가면 좀처럼 그런 여유를 찾을 수 없을 테니까."

히라오카는 상대가 사회 경험이 없다는 것을 훤히 안다는 듯이 이렇게 말했다. 다이스케는 그의 말투보다는 내용에 불합리함을 느꼈다. 그는 실생활을 통한 경험보다는 부활절 밤의 경험이 인생에 더 의미가 있다고 생각하고 있었다. 그래서 이렇게 대꾸했다.

"나는 소위 사회생활에서 배우는 처세의 교훈만큼 어리석은 것도 없다고 생각한다네. 그건 고통스러울 뿐이지 않나?"

히라오카는 술에 취한 눈을 약간 크게 떴다.

"생각이 많이 바뀐 것 같군. 하지만 예전에는 그런 고통이 나중에는 약이 된다고 생각하지 않았나?"

"그거야 식견이 모자란 청년이 세속적인 가르침에 빠져 적당히 주절대던 시절의 이야기지. 그런 생각은 이미 오래전에 버렸다네."

"하지만 자네도 이제는 세상에 발을 내디뎌야 하지 않겠나. 그때도 그러면 곤란하지."

"이미 오래전에 세상에 발을 디뎠지. 특히 자네와 헤어진 뒤로는 세상이 아주 넓어진 느낌이야. 단지 자네가 살아가는 세상과는 성격이 다를 뿐이지."

"그런 식으로 허세를 부려봤자 곧 무릎 꿇고 말 걸세."

"물론 생활이 어려워지면 언제라도 무릎 꿇겠지. 하지만 지금 당장은 부족한 게 없는데 뭣하러 그런 무의미한 경험을 하겠나? 인도 사람이 외투를 입고 겨울이 오기를 기다리는 것과 다를 게 뭔가."

히라오카의 미간에 불쾌한 기색이 스쳐 지나갔다. 그저 벌건 눈으로 한곳을 응시한 채 담배를 피우고 있다. 다이스케는 좀 심했다는 생각이 들어 부드러운 말투로 바꿨다.

"내가 아는 사람 중에 음악을 전혀 모르는 사람이 있네. 학교 선생인데 한 곳으로는 생활이 힘들어서 서너 곳에 나가며 가르치고 있지. 그런데 불쌍하게도 수업 준비를 하는 시간과 교단에 서서 기계적으로 입을 움직여 수업하는 시간 외에는 전혀 틈이 없는 거야. 모처럼 쉬는 일요일이면 쉰다는 명목으로 하루 종일 잠이나 자고. 그러니 어디서 음악회가 열린다 해도, 외국의 유명한 음악가가 온다 해도 들으러 갈 기회가 없지. 결국 그는 음악이라는 아름다운 세계에 전혀 발을 들여놓지 못한 채 죽게 되는 거지. 나는 이렇게까지 불쌍한 무경험은 없다고 생각하네. 빵과 관련된 경험은 물론 절실하겠지만 사실 그건 저열한 것이지. 빵을 떠나고 물을 떠나서 고상한 경험을 해보지 않는다면 인간으로 태어난 보람이 없지. 자네는 아직 나를 철부지로 생각하는 것 같은데 내가 살고 있는 고상한 세계에서는 자네보다 내가 훨씬 연장자라고 생각하네."

히라오카는 담뱃재를 재떨이에 털면서 가라앉은 목소리로 입을 열었다.

"그렇지. 언제까지고 그런 세계에 살 수 있다면 더할 나위 없는 일이지."

그의 말에는 부(富)에 대한 일종의 저주 같은 감정이 실려 있는 것처럼 들렸다.

두 사람은 술에 취해 밖으로 나왔다. 취한 상태로 엉뚱한 토론을 했기 때문에 히라오카의 신상에 관해서는 아직 전혀 진전이 없었다.

"조금 걷지 않겠나?"

다이스케가 제안했다. 히라오카 역시 아까 했던 말과는 달리 별로 바쁘지 않은 듯 건성으로 대답하고는 같이 걸었다. 큰길에서 꺾어 들어가 골목길로 나와 되도록 이야기를 나누기 좋은 조용한 장소를 골라 걷고 있는 동안에 자연스럽게 말문이 열렸다. 드디어 기다리던 이야기가 나왔다.

히라오카의 이야기에 따르면 전근지에 부임한 그는 일을 익히고 지방의 경제 상황을 조사하기 위해 바쁘게 일했다. 그는 가능하면 현지 사정에 맞는 계획을 세워보려고 했지만 지위가 그 정도로 높지 않아서, 부득이하게 자신의 계획은 계획으로만 미래를 위해 머릿속에 간직해두었다. 처음에는 여러 분야에서 지점장에게 건의도 해봤지만 지점장의 반응은 항상 냉담하고 그를 전혀 상대해주지 않았다. 지점장은 히라오카가 복잡한 이론을 꺼내면 몹시 언짢아했다. 풋내기가 뭘 알겠느냐는 식이었다. 그런 말을 하면서도 정작 지점장 자신은 실제로 아는 것이 전혀 없는 것 같았다. 히라오카가 보기에 지점장의 그런 태도는 자신이 상대할 가치가 없어서가 아니라 오히려 상대하기 겁이 나서 그러는 것 같았다. 히라오카는 그 점이 못마땅했다. 싸울 뻔한 적도 한두 번이 아니었다.

하지만 시간이 흐르면서 어느새 그런 불만도 잊었고 히라오카는 점점 주위의 분위기와 잘 어울리게 되었다. 되도록 주변 사람들과 잘 어울리려고 노력했다. 그러자 지점장의 태도도 달라졌다. 때로는 지점장이 먼저 히라오카에게 의논을 해올 때도 있었다. 그러면 히라오카도 이제 학교를 막 졸업한 행원이 아니었기 때문에 상대방이 곤란해할 말은 가능하면 하지 않으려고 했다.

"무조건 상대에게 아첨을 한다든가, 비위를 맞추는 것과는 다르지만."

히라오카는 특히 이 점을 강조하려고 했다.

"그야 물론 그럴 테지."

다이스케는 진지한 표정으로 이렇게 대꾸했다.

지점장은 히라오카의 장래에 대해 세심하게 신경을 써주었다. 머지않아 본점으로 전근할 테니 그때는 함께 가자고 농담 반 진담 반의 약속까지 했다. 그즈음에는 일에도 익숙해지고 상사의 신임도 두터운데다 교제의 범위도 넓어져 공부할 시간이 없었다. 한편으로는 공부가 오히려 실무에 방해가 된다는 생각까지 했다.

지점장이 히라오카에게 모든 일을 털어놓았듯이 히라오카는 자신의 부하인 세키(關)라는 행원을 신임했다. 그래서 그와 여러 가지 문제를 의논했다. 그런데 세키가 어떤 게이샤와 가깝게 지내면서 공금을 유용하여 회계에 문제가 생겼다. 결국 이런 사실이 탄로 나 당사자인 세키가 해고를 당한 것은 당연한 일이었다. 그러나 그대로 내버려두면 지점장까지 곤란해질 수 있는 상황이라 히라오카 자신이 책임을 지고 사직을 자청했다.

히라오카의 이야기는 대체로 이런 내용이었다. 그러나 다이스케에게는 지점장의 설득으로 히라오카가 사직이라는 결단을 내릴 수밖에 없는 상황이었던 것처럼 들렸다. 왜냐하면 히라오카가 "회사원이란 지위가 높을수록 수완이 좋은 법이지. 사실 세키가 겨우 그 정도의 돈을 유용했다고 파면된다면 그건 정말 가엾은 일이지"라고 말한 대목을 통해 그렇게 추측할 수 있었던 것이다.

"그렇다면 지점장이 가장 실속을 차린 셈인가?"

다이스케가 물었다.

"그럴지도 모르지."

히라오카가 말끝을 흐렸다.

"그래서 그 세키라는 행원이 써버린 돈은 어떻게 처리했지?"

"천 엔이 되지 않는 금액이어서 내가 메워주었네."

"다행이 그런 돈이 있었군. 자네도 역시 꽤 잇속을 차렸던 모양이군."

히라오카는 쓴웃음을 지으며 다이스케를 힐끗 쳐다보았다.

"내가 설사 잇속을 차렸다고 해도 그 돈은 이미 다 써버리고 없었을 거야. 뭐 생활하기에도 부족할 정도로 살림이 쪼들렸으니까. 그 돈은 빌린 거야."

"그래?"

다이스케가 침착한 표정으로 대꾸했다. 다이스케는 어떤 경우에도 평정심을 잃지 않았다. 그의 목소리는 차분하고 분명한 동시에 따뜻함이 배어 있었다.

"지점장에게 돈을 빌려 채워 넣었지."

"지점장은 왜 그 세키라는 행원에게 빌려주지 않았을까?"

이 말에 히라오카는 아무런 대꾸도 하지 않았다. 다이스케 역시 그 문제를 더 이상 파고들지 않았다. 두 사람은 말없이 잠시 걸었다.

다이스케는 히라오카가 이야기한 것 말고도 뭔가 특별한 사연이 있는 게 틀림없다고 생각했다. 그러나 그는 자신에게 그 일의 진상을 파

헤칠 권리가 없다는 것을 스스로도 잘 알고 있었다. 또한 그런 문제에 호기심을 느끼지 못할 만큼 이미 그는 도시화되어 있었다. 20세기 일본에서 살고 있는 그는 서른도 되지 않은 나이에 이미 nil admirari(닐 아드미라리)² 의 경지에 도달한 상태였다. 그의 사고는 인간의 어두운 세계를 접하고 깜짝 놀랄 만큼 촌스럽지 않았다. 그의 신경은 그런 케케묵은 비밀을 캐내며 기뻐할 만큼 따분하지도 않았다. 아니, 그보다 훨씬 기분을 유쾌하게 만들어주는 자극이라 할지라도 기꺼이 받아들이기 어려울 정도로 지쳐 있다고 말하는 게 정확하다.

다이스케는 히라오카의 세계와는 너무도 동떨어진 자신만의 세계에서 이미 그 정도로 진화해 있었다. 진화의 이면에는 반드시 퇴화가 수반된다는 사실은 동서고금을 통해 슬퍼해야 할 현상이기는 하지만. 히라오카는 그런 사실을 모르고 있었다. 그는 다이스케를 아직도 과거의 망상에서 벗어나지 못한, 3년 전의 풋내기로 보았다. 이런 철부지에게 자신의 모든 치부를 털어놓는다는 것은 공연히 아가씨에게 말똥을 던져 놀라게 하는 것과 같은 결과가 되기 쉽다. 쓸데없는 말로 정나미가 떨어지게 하기보다는 그저 가만히 있는 편이 안전하다. 다이스케는 히라오카의 마음을 이렇게 읽었다. 그래서 히라오카가 자신의 말에 대답도 하지 않고 말없이 걷고 있는 모습이 왠지 바보스럽게 여겨졌다. 히라오카가 다이스케를 풋내기 취급하는 것만큼, 아니 어쩌면 그 이상으로 다이스케는 히라오카를 풋내기로 취급하기 시작한 것이다. 하지만 30미터쯤 걸어가다가 다시 이야기를 시작했을 때 두 사람은 그런 내색을 하지 않았다. 먼저 말문을 연 사람은 다이스케였다.

2 그리스의 철학자 피타고라스가 철학적 노력의 최고 목표로 삼은 '쉽게 마음이 움직이지 않는 상태'를 뜻하는 라틴어.

"그래서 앞으로 어쩔 셈인가?"

"글쎄."

"지금까지 쌓은 경험도 있으니까 역시 같은 분야에서 일하는 것이 나을지 모르겠군."

"글세, 뭐 사정에 따라 그럴 수도 있겠지. 사실은 그 문제로 자네와 조용히 상의할 참이었네. 어떤가? 자네 형님 회사에 자리가 없을까?"

"그래. 일단 부탁해보지. 이삼일 안에 집에 갈 일도 있으니까. 하지만 어떨지 모르겠군."

"혹시 회사가 불가능하다면 신문사라도 들어갈 생각이네."

"그것도 좋지."

두 사람은 다시 전찻길로 나왔다. 히라오카는 반대편에서 달려오는 전차의 지붕을 바라보다가 갑자기 그걸 타고 돌아가겠다고 말했다. 다이스케는 그래, 하고 대답한 채 말리지도 그렇다고 당장 헤어지지도 않았다. 빨간 막대기가 서 있는 정류장까지 왔다. 거기서 다이스케가 물었다.

"미치요(三千代) 씨는 잘 지내고 있나?"

"물어주니 고맙군. 여전히 잘 있네. 자네에게 안부 전해달라고 하더군. 실은 오늘 함께 오려고 했는데 흔들리는 기차를 타고 오느라 머리가 아프다고 해서 여관에 있으라고 하고 나왔네."

전차가 두 사람 앞에 멈췄다. 히라오카가 빠른 걸음으로 두세 걸음 앞으로 내디뎠으나 다이스케의 제지를 받고 멈춰 섰다. 히라오카가 타야 할 전차가 아니었던 것이다.

"아이 일은 정말 안되었네."

"응, 가슴 아픈 일이지. 그때는 일부러 위로 편지를 보내줘서 고마왔네. 그렇게 갈 바에는 태어나지 않는 편이 좋았는데."

"그 후로는? 아직 소식이 없나?"

"뭐, 아직이랄 것도 없지. 이젠 어려울 거야. 몸이 그렇게 건강한 편이 아니니까."

"이렇게 옮겨 다닐 때에는 아이가 없는 게 오히려 편할지도 모르겠군."

"그렇지. 아예 자네처럼 독신이라면 마음이 더욱 홀가분해서 좋을지도 모르지."

"자네도 혼자가 되면 되지 않아?"

"그런 농담은 말게. 그보다 집사람은 자네가 결혼했는지 퍽 궁금해하더군."

그때 마침 전차가 왔다.

3

다이스케의 아버지 나가이 도쿠(長井得)는 메이지 유신 당시에 전쟁에 참가했을 정도로 나이가 많은데도 아주 건강하다. 관직을 그만두고 사업에 뛰어든 후, 자연스럽게 돈을 모아 최근 14, 5년 사이에 상당한 재산가가 되었다.

다이스케에게는 세이고(誠吾)라는 형이 있다. 형은 학교를 졸업하자마자 아버지 회사에 입사했기 때문에 지금은 직장에서 중요한 자리를 차지하고 있다. 형은 우메코(梅子)라는 부인과의 사이에 두 아이를 두었다. 큰아이는 세이타로(誠太郎)로 올해 열다섯 살이다. 그 밑에 누이코(縫子)라는 딸이 있는데 큰아이와 세 살 터울이다.

다이스케에게는 세이고 외에 누나가 한 명 있는데 외교관과 결혼해서 지금은 남편과 함께 서양에서 살고 있다. 세이고와 누나 사이에 한 명, 또 누나와 다이스케 사이에 한 명의 형제가 있었으나 둘 다 어려서 죽었다. 어머니도 이미 돌아가셨다.

다이스케의 가족은 이렇다. 그중에서 집을 떠나 있는 사람은 서양에 간 누이와 최근에 분가한 다이스케뿐으로 본가에는 고작 다섯 식구가 남아 있는 셈이다.

다이스케는 한 달에 한 번은 반드시 본가에 돈을 받으러 간다. 다이스케는 부모의 돈인지 형의 돈인지 애매한 돈으로 살아가고 있다. 한 달에 한 번이 아니더라도 심심하면 본가를 찾아가기도 한다. 가서 조카들과 장난을 치고, 서생과 오목을 두고, 형수와 연극에 관해 논평하기도 한다.

다이스케는 형수를 좋아한다. 형수는 덴포(天保)[1] 시대의 전통과 메이지 시대의 현대풍을 뒤섞어놓은 듯한 인물이다. 일부러 프랑스에 살고 있는 시누이에게 부탁해서 어려운 이름이 붙은 비싼 옷감을 사들여 그걸 네댓 사람을 시켜 꿰매게 해서 오비[2]를 만들어 입어보기도 하는 그런 인물이다. 나중에 그 옷감이 일본에서 수출한 것이라는 사실이 밝혀져 웃음거리가 된 적도 있다. 미쓰코시 백화점의 진열대에서 그 사실을 밝혀낸 사람은 바로 다이스케다. 형수는 또 서양 음악을 좋아해서 다이스케와 함께 들으러 가곤 한다. 그런가 하면 점술에도 관심이 많아 세키류시(石龍子)[3]와 오지마(尾島)라는 관상가를 꽤나 숭배하고 있다. 다이스케 역시 형수의 강요에 못 이겨 두세 번 인력거를 타고 점집에 간 적이 있다.

세이타로라는 남자애는 요즘 야구에 빠져 있다. 다이스케는 가끔 집에 가면 공을 던져주기도 한다. 세이타로는 엉뚱한 꿈을 꾸는 아이

---

1 1830년~1844년의 연호.
2 기모노를 입을 때 허리 부분을 감고 조여 묶는 좁고 긴 천.
3 도쿠가와 중기부터 계승되어온 관상(觀相) 가문의 명칭. 이 작품이 쓰인 당시 5대째였다. 서양의 점(占)을 받아들여 성상(性相)학회를 설립하고 메이지 41년 10월, 잡지 《성상(性相)》을 창간했다.

다. 매년 많은 군고구마 장수가 빙수 장수로 바뀌는 초여름이 되면 그
는 가장 먼저 그들에게 달려가 땀도 나지 않는데 아이스크림을 사 먹
는다. 그러고는 의기양양해져 돌아온다. 아이스크림이 없을 때는 빙
수로 만족한다. 최근에는 만일 상설 스모 경기장이 생기면 그곳에 가
장 먼저 들어가보고 싶다고 말했다. 그러면서 다이스케에게 스모 선
수 중에 아는 사람이 있느냐고 물어보기도 했다.

　누이코라는 여자애는 무슨 말만 하면 "아이, 왜 그러세요. 몰라요"
라고 대꾸한다. 그리고 하루에도 몇 번씩 리본의 위치를 바꾼다. 요즘
누이코는 바이올린을 배우러 다닌다. 수업이 끝나고 집에 돌아오면
톱날을 가는 듯한 소리를 내면서 연습한다. 그러나 누가 보고 있으면
절대 하지 않는다. 방문을 굳게 걸어 잠그고 끼익 소리를 내면서 연습
해서 부모는 아이가 제법 잘하는 것으로 알고 있다. 다이스케만은 아
이가 연습할 때 가끔 문을 열어보기 때문에 아이에게 "아이, 왜 그러
세요. 몰라요"라는 투정을 듣곤 한다.

　형은 자주 집을 비운다. 특히 바쁠 때는 집에서는 아침을 먹는 것이
고작이라 아이들은 아버지가 하루를 어떻게 보내는지 전혀 모른다.
다이스케 역시 형의 일과에 대해 아는 바가 없다. 이런 문제는 모르는
게 속 편하므로 특별한 일이 아니면 형의 바깥 활동에 대해서는 전혀
관심을 두지 않는다.

　다이스케는 두 조카에게 굉장히 인기가 있다. 형수에게도 상당한
신임을 얻고 있다. 형에게 신임을 받고 있는지 어쩐지는 알 수 없다.
가끔 형과 아우가 얼굴을 마주치는 경우도 있지만 그럴 때에도 그저
평범한 세상 이야기를 한다. 그런 대화를 두 사람은 아주 평온한 표정
으로 한다. 늘 판에 박힌 듯한 모습이다.

다이스케가 가장 부담스러워하는 상대는 아버지다. 나이에 걸맞지 않게 젊은 첩을 거느리고 있지만 그런 건 아무래도 좋다. 다이스케는 오히려 찬성할 정도인데 그는 첩을 거느릴 능력이 없는 사람들이 축첩 제도를 비난한다고 생각한다. 아버지는 어지간한 잔소리꾼이다. 어린 시절에는 가슴에 사무칠 정도로 괴로웠던 적도 있다. 그러나 성인이 된 지금은 그런 아버지의 잔소리가 그리 성가시지 않다. 다만 견디기 힘든 건 아버지가 자신의 청년 시절과 다이스케의 현재가 별 다를 바가 없다고 믿는 점이다. 그래서 아버지는 자신이 옛날에 세상을 살던 방식대로 다이스케도 살아야 한다는 논리를 펼친다. 그러나 다이스케는 그런 아버지의 논리에 반기를 든 적이 없다. 그래서 두 사람 사이에는 결코 다툼이 없다. 다이스케도 한때는 불끈하는 성격이어서 열여덟, 아홉 살 때는 아버지와 심각하게 충돌한 적이 있다. 그러나 학교를 졸업하고 나자 그런 성격도 사라져버렸다. 그 후로는 한 번도 화를 내본 적이 없다. 아버지는 아들의 이런 성격 변화가 자신이 잘 가르친 덕분이라며 상당히 자랑스러워한다.

실제로 아버지의 교육은 단지 부자간에 오가던 따뜻한 정을 차츰 냉랭하게 했을 뿐이다. 적어도 다이스케는 그렇게 생각한다. 하지만 아버지는 마음으로 그걸 완전히 반대로 해석하고 말았다. 어찌 되었건 부자 사이가 바뀌는 건 아니다. 아들이 부모에 대해 선천적으로 느끼는 감정은 아버지가 아들을 어떻게 교육하든 바뀔 리가 없다. 교육을 위해 아버지가 다소 무리를 했다 하더라도 그 결과가 부모와 자식 간의 감정에 영향을 미치지는 않는다. 유교의 영향을 강하게 받은 아버지는 이렇게 생각하고 있다. 아버지는 자신이 다이스케를 이 세상에 존재하게 만들었다는 기본적인 사실이 두 사람이 어떤 상황에 놓일지라도 부자간의 영원한 애정을 보장해줄 것이라고 생각한다. 아버지는 그런 신념을 토대로 아들을 교육시켰다. 그 결과 다이스케를 아버지에게 냉담한 아들로 만들었다. 다만 다이스케가 학교를 졸업한 무렵부터 아버지의 태도가 상당히 달라졌다. 어떤 점에서 아버지의 태도는 이전에 비해 놀랄 정도로 관대해진 면이 있다. 그러나 그것은 다이스케가 태어나자마자 아버지가 세운 계획을 실천에 옮긴 것일 뿐 다이스케의 정신적인 성장을 고려한 조치는 아니다. 아버지는 자신의 교육이 다이스케에게 미친 악영향을 지금껏 전혀 알아차리지 못하고 있다.

아버지는 참전한 것을 매우 자랑스러워한다. 걸핏하면 너 같은 녀석은 전쟁에 나가본 적이 없어 배짱이 없어 안 된다고 몰아세우곤 한다. 아버지의 논리에 따르면 마치 배짱이 인간의 최고 가치라도 되는 듯하다. 다이스케는 그런 아버지의 말을 들을 때마다 불쾌하다. 아버지가 젊었을 때처럼 서로의 목숨을 내걸고 싸우던 야만적인 시대에는 담력이 인간의 생존에 필요한 가치였을지도 모른다. 그러나 오늘날과 같은 문명시대에 담력은 그저 옛날의 활쏘기나 칼싸움과 다름없는 구시대의 가치에 지나지 않는다고 생각한다. 아니 담력과 비교할 수 없는, 담력보다 더 높이 평가해야 할 가치가 아주 많다고 생각한다. 아버지에게 또 담력에 대한 설교를 듣고 나서 아버지 말대로라면 아마 이 세상에서 돌부처가 가장 위대한 존재일지도 모른다며 형수와 한바탕 웃은 적도 있다.

이런 다이스케는 물론 겁쟁이다. 하지만 자신이 겁쟁이라서 창피하다고 생각해본 적은 없다. 어떨 때는 겁쟁이라고 자처하고 싶을 정도다. 어린 시절 아버지의 부추김에 한밤중에 아오야마(靑山)의 묘지에

간 적이 있다. 한 시간 동안이나 두려움을 참으며 버티다가 결국에는 새파랗게 질린 얼굴로 집에 돌아왔다. 당시에는 스스로도 분한 마음이 들었다. 다음 날 아버지가 비웃을 때는, 증오스럽기까지 했다. 아버지의 말에 따르면 자신이 어렸을 때에는 담력을 키우기 위해 한밤중에 홀로 성(城)에서 북쪽으로 10리나 떨어진 쓰루기가(劍) 봉우리 꼭대기까지 올라가 그곳의 작은 법당에서 밤을 새우고 해돋이를 보고 돌아오는 관습이 있었다고 한다. 요즘 젊은이들과는 달리 마음 자세부터 남달랐다는 것이 아버지의 평이다.

다이스케는 지금까지도 여전히 그런 말을 진지하게 하는 아버지가 가엾다고 생각한다. 그는 지진을 싫어한다. 땅이 조금만 흔들려도 가슴이 요동친다. 어떤 때는 서재에 앉아 있다가 문득 '아아! 멀리서 지진이 다가오는구나' 하고 느낄 때도 있다. 그런 순간이면 왠지 깔고 앉은 방석이나 다다미, 마루까지 흔들리는 것만 같다. 다이스케는 그것이 바로 자신의 본모습이라고 생각한다. 다이스케는 아버지 같은 사람은 신경이 무딘 시골뜨기거나 아니면 스스로를 속이는 어리석은 사람이라고밖에는 생각할 수 없다.

다이스케는 바로 그런 아버지와 마주 앉아 있다. 차양이 길게 늘어진 조그만 방이라 방에서 정원을 바라보면 차양 끝으로 정원을 칸막이라도 쳐놓은 듯하다. 적어도 하늘은 넓어 보이지 않는다. 그 대신 조용하고 안정된 분위기라서 마음이 편하다.

아버지는 잘게 썬 담배를 피우기 때문에 손잡이가 달린 긴 담배합을 잡아 당겨 가끔 재떨이를 탕탕 친다. 그 소리는 조용한 정원에 기분 좋게 울려 퍼진다. 다이스케는 담배 네다섯 개비를 화로 안에 늘어놓았다. 더 이상 코로 연기를 뿜어내는 게 싫어 팔짱을 끼고 아버지의 얼굴을 바라보았다. 아버지의 얼굴은 나이에 비해 살집이 좋은 편이다. 그런데도 볼은 야위었다. 짙은 눈썹 아래로 눈꺼풀이 처져 보인다. 수염은 새하얗다기보다는 노랗다. 말을 할 때는 상대방의 무릎과 얼굴을 번갈아가며 쳐다보는 습관이 있다. 그렇게 시선을 옮길 때 아버지의 눈빛은 마치 상대방을 노려보는 것 같아 묘한 기분이 들기도 한다.

노인은 지금 이런 말을 늘어놓고 있다.

"인간은 자기 자신만을 생각해서는 안 된다. 세상도 생각해야 한다. 국가도 있다. 조금이라도 다른 존재를 위해 무엇인가를 하지 않으면 마음이 편치 않은 법이다. 너 역시 그렇게 빈둥대며 놀고 있다는 사실이 편치 않을 테지. 교육도 받지 못한 아랫것들이라면 몰라도. 최고의 교육을 받은 사람이 놀고먹으면서 기분이 좋을 리 없겠지. 배운 것은 실제로 써먹어야 의미가 있는 일이니까."

"그렇습니다."

다이스케는 이렇게 대답한다. 아버지가 설교를 늘어놓을 때마다 다이스케는 대답하기 곤란해지면 대충 둘러대는 것이 습관이 되었다. 다이스케가 보기에 아버지는 뭐든 불분명한 상태에서 단정적으로 몰아가기 때문에 본질적인 의미는 전혀 담겨 있지 않다. 뿐만 아니라 이타적인 논리를 펼치다가도 어느새 이기적인 사고로 변하곤 한다. 말은 청산유수라 그럴듯하지만 요약하면 공론(空論)이다. 이를 근본부터 무너뜨리기란 쉽지 않을뿐더러, 또한 결국 불가능하기 때문에 처음부터 되도록 아버지를 자극하지 않는다. 그러나 다이스케를 어디까지나 자신의 태양계에 속한 행성쯤으로 여기는 아버지는 다이스케를 지배할 권리가 있는 것처럼 밀고 들어온다. 그래서 다이스케는 하는 수 없이 아버지라는 늙은 태양의 주위를 예의 바르게 돌고 있는 흉내를 낼 뿐이다.

"돈 버는 일이 싫다면 그걸로 좋다. 돈을 버는 것만이 일본을 위한 일은 아닐 테니까. 돈을 벌지 않아도 좋아. 돈 문제를 거론하면 너도 기분이 좋지는 않을 테지. 돈은 지금까지처럼 내가 원조해주마. 나도 언제 죽을지 모르는 일이고 죽을 때 돈을 싸 들고 갈 수도 없는 노릇이니까. 매달 네 생활비 정도는 마련해주마. 그러니까 뭔가 하려고 노력해보거라. 국민의 의무로서 말이야. 이제 너도 서른이 아니냐."

"네."

"서른이나 된 놈이 빈둥거리는 것은 아무래도 보기 안 좋구나."

다이스케는 결코 빈둥거리며 허송세월하고 있다고는 생각지 않는다. 다만 자신이 밥벌이 문제로 스스로를 더럽히지 않는 고귀한 인간이라고 생각할 뿐이다. 사실은 아버지가 이런 말을 할 때마다 가엾어진다. 아버지의 유치한 두뇌로는 이렇게 의미 있는 시간을 보내고 있는 것도 자신의 사상과 정서에서 비롯되었다는 사실을 전혀 알아차릴 수 없는 것이다. 달리 할 말이 없어 다이스케는 진지한 표정으로 대답한다.

"예, 곤란한 일입니다."

노인은 다이스케를 어린아이로 보고 있는 데다가 항상 유치하고 세상 물정을 모르는 대답만 하므로 한심하게 여긴다. 그러면서도 세상 물정을 모르는 도련님은 나이를 먹어도 어쩔 수 없다며 정말 골치 아픈 일이라고 생각한다. 이런 생각을 하다가도 다이스케의 말투가 지극히 태연하고 냉정하며 부끄러워하는 기색도 없이 차분하기 때문에 이놈은 달리 손쓸 방도가 없다고 생각한다.

"몸은 건강하냐?"

"최근 2, 3년 동안 감기 한 번 걸린 적 없습니다."

"머리도 나쁜 편이 아니지 않느냐? 학교 성적도 꽤 괜찮았지?"

"뭐…… 그런 편이었습니다."

"그런 사람이 놀고 있는 건 아까운 노릇이다. 그 뭐라고 했더라. 널 자주 찾아오던 친구가 있었는데. 나도 한두 번 본 적이 있지."

"히라오카 말입니까?"

"그래. 히라오카 말이다. 그 친구는 성적이 썩 좋은 편도 아니었는데 졸업하자마자 어디 취직하지 않았느냐?"

"그 대신 직장에서 해고를 당해 돌아왔습니다."

노인은 이 말을 듣자 쓴웃음을 지었다.

"어쩌다 그랬다더냐?"

노인이 물었다.

"결국 호구지책의 방편으로 일했기 때문이지요."

노인은 다이스케의 말을 제대로 이해하지 못했다.

"뭔가 좋지 않은 일이라도 저질렀다더냐?"

노인이 되물었다.

"상황에 맞게 자신이 해야 할 일을 했겠지만 그런 당연한 일이 해고로 이어졌겠지요."

"그래?"

노인은 탐탁지 않은 음성으로 대꾸했지만 이내 말투를 바꾸어 설교를 시작했다.

"젊은 사람이 그런 실패를 하는 것은 전적으로 성실성과 일에 대한 열정이 부족하기 때문이다. 나 역시 지금까지의 경험에 비추어볼 때, 그 두 가지가 없었다면 당연히 성공하지 못했을 게다."

"성실성과 열정이 있기 때문에 오히려 성공하지 못하는 경우도 있겠지요."

"아니다, 그런 일은 없다."

아버지의 머리 위에는 '성자천지도야(誠者天之道也)'[4]라고 쓰인 액자가 걸려 있다. 옛날에 아버지가 모시던 영주가 써준 것이라고 하는데 아버지는 이 액자를 애지중지한다. 다이스케는 이 액자가 마음에 들지 않는다. 우선 글씨가 싫고 게다가 글의 내용도 마음에 안 든다. 그는 성실함은 하늘의 길이라는 구절 뒤에, 그러나 그건 인간의 길이 아니라고 덧붙이고 싶다.

옛날 번(藩)의 재정 상태가 몹시 나빠져서 도저히 손을 쓸 수 없게 되었을 때 그 상황을 정리하는 일을 맡게 된 나가이는 영주와 인연이 있는 상인 두세 명을 불러 칼을 풀어놓고 머리를 숙이며 그들에게 잠시 돈을 빌려달라고 부탁한 적이 있다. 돈을 빌리면 갚을 수 있을지 없을지 알 수 없는 상황이라고 솔직히 털어놓았는데 오히려 일이 잘 풀렸다. 그런 이유로 영주가 그 액자를 써주었던 것이다. 그 후 나가이는 그 액자를 자신의 방에 걸어두고 아침저녁으로 바라보았다. 다이스케는 그 액자에 얽힌 사연을 아버지로부터 몇 번이나 들었는지 모른다.

지금으로부터 15, 6년 전 옛 영주의 가문에서 매달의 지출이 과해져서 가까스로 회복한 경제 상황이 다시 악화되었을 때도 나가이는 과거의 수완을 인정받아 다시 상황을 수습하도록 부탁받았다. 당시 나가이는 직접 목욕탕에 가서 장작을 지펴보고 실제 소비량과 장부상

4 『중용(中庸)』 20장에 나오는 구절. 성(誠)을 자신의 것으로 하기 위해 인간은 열심히 노력해야 한다는 뜻이다.

소비량의 차이부터 조사하기 시작했다. 밤낮으로 이 일에 매달려 온 갖 정성을 기울인 결과 한 달이 지나지 않아 훌륭한 해결책을 찾아낼 수 있었다. 그 후로 옛 영주의 집안은 비교적 풍족하게 생활할 수 있었다.

이런 과거의 경험을 갖고 있고, 그 경험에서 조금도 벗어날 생각이 없는 나가이는 무엇이든지 성실성과 열정으로 해결하려 들었다.

"뭐랄까? 넌 왠지 성실성과 열정이 없는 사람으로 보인다. 그러면 안 되지. 그래서 너는 아무 일도 할 수 없는 거야."

"전 성실성과 열정을 갖고 있습니다. 단지 그걸 현실적인 인간관계에 응용할 수 없을 뿐입니다."

"왜 그렇지?"

다이스케는 다시 대답이 궁해졌다. 다이스케에 따르면, 성실성이건 열정이건 완성된 상태로 인간 내면에 존재하는 것이 아니며 돌과 쇳덩이가 맞부딪치면 불꽃이 튀듯이 상대에 따라 마찰이 잘되었을 때 두 당사자 간에 일어나는 현상이다. 자신에게 내재해 있다기보다는 오히려 정신적 교류 작용인 것이다. 따라서 상대방과 사이가 좋지 않아서는 성실성이나 열정이 생길 리가 없다.

"아버님은 『논어』나 왕양명(王陽明)의 케케묵은 사상을 곧이곧대로 받아들이셔서 이런 말씀을 하시는 것이겠지요."

"케케묵은 사상이라니?"

다이스케는 잠시 입을 다물었다가 이윽고 말했다.

"금을 두들겨 편 것처럼 경직된 사상이지요."

나가이는 책에 빠져 편협한 데다 세상 물정이라고는 전혀 모르는 젊은 아들 녀석이 말하고 싶어 하는, 뜻을 알 수 없는 경구(警句)에 호기심을 느꼈지만 굳이 대응하려고는 하지 않았다.

그러고 나서 약 40분이 지나 노인은 옷을 갈아입고, 하카마⁵를 입고, 인력거를 타고 어디론가 외출했다. 다이스케도 현관까지 아버지를 배웅하러 나갔다가 돌아와 객실 문을 열고 안으로 들어왔다. 이곳은 손님을 접대하는 방으로 최근에 증축한 서양식 방이다. 내부 장식 등 대부분은 다이스케의 의견에 따라 전문가가 시공한 방이다. 특히 창문 주위에 붙인 그림은 다이스케가 잘 아는 화가에게 부탁해서 여러모로 상의한 다음 완성한 것이라 더욱 흥미롭다. 다이스케는 자리에서 일어나 두루마리 그림을 펼친 듯한 가로로 긴 채색을 바라보았는데 어쩐지 전보다 훨씬 뒤떨어져 보였다. '이건 좀 아니로군' 하고 생각하면서 눈여겨보며 음미하고 있는데 갑자기 형수가 들어왔다.

"어머나, 여기 계셨군요"라고 말하더니 "그쪽에 내 빗이 떨어져 있지 않나요?" 하고 묻는다. 빗은 소파 다리 근처에 있었다. 어제 누이코가 빌려갔다가 잃어버려서 찾으러 왔다는 것이다. 두 손으로 머리를 누르듯이 해서 빗을 속발 안쪽에 꽂은 다음 다이스케를 올려다보았다.

"여전히 멍해 보이시네요."

우메코가 놀린다.

"아버지에게 잔소리를 들었죠."

"또요? 자주 꾸중을 듣는군요. 집에 오자마자 그러시다니 너무하시는군요. 그렇지만 도련님도 잘못이에요. 아버님 말씀을 전혀 안 듣잖아요."

"아버지와 논쟁을 벌일 생각은 없습니다. 그저 입을 다물고 있을 뿐이지요."

5 기모노 위에 덧입는 주름 폭이 넓은 하의.

"그래서 더 문제인 거예요. 무슨 말을 해도 겉으로는 네네 하고 전혀 듣지 않으니까요."

다이스케는 쓴웃음을 지으며 입을 다물었다. 우메코는 다이스케를 마주 보며 의자에 앉았다. 늘씬한 키에 약간 가무잡잡한 피부, 짙은 눈썹에 입술이 얇은 여자다.

"자, 자리에 앉으세요. 잠시 말상대가 되어드릴 테니."

다이스케는 여전히 선 채로 형수의 모습을 지켜보고 있다.

"오늘은 특이한 깃을 다셨군요."

"이거요?"

우메코는 턱을 끌어당기고 눈썹을 찌푸리며 자신의 기모노 속에 입은 옷에 달린 깃을 보려고 한다.

"지난번에 산 거예요."

"색깔이 좋은데요."

"그런 건 아무래도 좋으니 거기 앉기나 하세요."

다이스케는 형수의 정면에 앉았다.

"자아, 앉았습니다."

"도대체 오늘은 무슨 문제로 꾸중을 들은 거예요?"

"무슨 문제로 꾸중을 들었는지 도무지 모르겠어요. 다만 아버지가 국가와 사회를 위해 애쓰는 데는 정말 놀랐어요. 열여덟 살 때부터 오늘날까지 한결같이 애쓰고 계시니 말이죠."

"그래서 이 정도로 성공하신 게 아니겠어요?"

"국가와 사회를 위해 애쓰면서 아버지만큼 돈도 벌 수 있다면 저도 해봐도 좋겠지요."

"그러니까 놀지만 말고 해보세요. 도련님은 잠이나 자면서 돈을 벌려고 하니 뻔뻔한 거예요."

"돈을 벌려고 한 적은 아직 없습니다."

"벌려고 하지는 않아도 돈을 쓰고 있으니까 마찬가지 아닌가요?"

"형님이 무슨 말씀이라도 하시던가요?"

"형님은 포기해서 아무 말도 안 해요."

"그건 너무 심한데. 그렇지만 아버지보다 형님이 더 훌륭하지요."

"어째서요? ……어머, 얄미워라. 또 저렇게 입에 발린 말을 하신다니까. 도련님은 그 점이 나빠요. 멀쩡한 표정으로 사람을 놀리니까요."

"그런가요?"

"그런가요, 라뇨? 남의 일도 아닌데. 좀 진지해져보세요."

"어쩐지 여기만 오면 꼭 가도노처럼 되어버린단 말이야."

"가도노라뇨?"

"우리 집 서생인데요, 누가 무슨 말을 하면 항상 그런가요, 라거나 그럴까요, 라고 대꾸하죠."

"그 사람이 그래요? 정말 특이하네요."

다이스케는 잠시 말을 멈추고 우메코의 어깨너머 커튼 사이로 맑은 하늘을 바라보았다. 멀리 커다란 나무 한 그루가 있다. 옅은 갈색 싹이 나무 전체에 돋아나고 부드러운 나뭇가지 끝이 하늘과 맞닿은 곳은 이슬비에 바램된 듯 희미하게 보인다.

"좋은 계절이 왔군요. 어디 꽃구경이라도 가시지 않을래요?"

"그러지요. 가드릴 테니 말씀이나 하세요."

"뭘요?"

"아버님이 무슨 말씀을 하셨는지."

"여러 가지 말씀을 하셨지만 조리 있게 되풀이하기는 어렵겠습니다. 머리가 나빠서."

"또 그렇게 딴청을 부리시네요. 그래 봤자 알고 있어요."

"자, 들어볼까요?"

우메코는 좀 뾰로통해졌다.

"도련님은 요즘 말주변이 아주 늘었군요."

"무슨 그런 말씀을. 형수님이 못 당할 정도는 아니지요. ……그런데 오늘은 집이 아주 조용하네요. 아이들은요?"

"학교에 갔어요."

열예닐곱 살 되어 보이는 하녀가 문을 열고 얼굴을 디밀었다.

"저어, 주인께서 잠깐 전화를 받으시라는데요."

이렇게 전하고는 가만히 우메코의 대답을 기다렸다. 우메코는 곧 일어섰다. 다이스케도 일어섰다. 뒤따라 객실을 나서려는데 우메코가 돌아보았다.

"도련님은 거기 계세요. 할 얘기가 있으니까."

다이스케는 이런 형수의 명령조의 말투가 항상 재미있다.

"그럼 천천히 다녀오시죠."

이렇게 말하고 다이스케는 다시 앉아서 조금 전에 보았던 그림으로 시선을 옮겼다. 한참 바라보다 보니 그 색깔이 벽에 칠해진 것이 아니라 자신의 눈동자에서 튀어나가 벽 위에 덕지덕지 들러붙어 있는 것 같다. 나중에는 자신의 눈동자에서 색을 내는 방식에 따라 그 속의 인물이나 나무가 자기 뜻대로 바뀌기에 이르렀다. 다이스케는 그렇게 해서 어설픈 부분 부분을 전부 다시 칠하여 마침내 자신이 상상할 수 있는 가장 아름다운 색채에 둘러싸여 황홀하게 앉아 있었다. 그때 우메코가 돌아와, 홀연 평소의 자신으로 돌아오고 말았다.

우메코에게 할 이야기가 무엇인지 정색하고 물었더니 역시 혼담 이야기였다. 다이스케는 학교를 졸업하기 전부터 우메코 때문에 사진으로든 실물로든 여러 명의 신부 후보자를 접했다. 하지만 모두 마음에 들지 않았다. 처음에는 그럴듯한 핑계로 거절했다. 그러나 이태 전쯤부터는 갑자기 뻔뻔스러워져 상대를 트집 잡았다. 입과 턱의 각도가 좋지 않다든지, 눈의 길이와 얼굴 폭이 비례하지 않는다든지, 귀의 위치가 잘못되었다든지 반드시 말도 안 되는 트집을 잡았다. 그것이 모두 정도를 넘는 것이어서 마침내 우메코도 생각을 좀 달리하게 되었다. '이건 분명히 너무 신경을 써주니까 버릇없이 굴면서 난처하게 하는 걸 거야, 당분간 내버려두면 도련님 쪽에서 부탁을 해올 거야'라고 결심하고 여태까지 혼담에 관한 이야기는 한 번도 꺼내지 않았다. 그런데도 정작 본인은 조금도 곤란해하지 않고 여전히 어떻게 될지 짐작이 가지 않는 태도로 지금껏 지내왔다.

그러던 참에 아버지가 자신과 인연이 아주 깊은 신붓감을 찾아서 여행지에서 돌아왔다. 우메코는 다이스케가 오기 이삼일 전에 시아버지로부터 그 이야기를 들었기 때문에 오늘 대화는 틀림없이 그것에 관한 것일 거라고 추측했다. 하지만 오늘 다이스케는 실제로 노인으로부터 혼담에 관해서는 들은 바가 전혀 없다. 어쩌면 노인은 그 이야기를 꺼낼 생각으로 불렀을지도 모르지만 다이스케의 태도를 보고 혼담은 미루는 편이 좋겠다고 생각하여 일부러 화제를 피했을 수도 있다.

이 신붓감은 다이스케와 좀 특별한 관계다. 신붓감의 성은 알고 있다. 그러나 이름은 모른다. 나이, 외모, 교육 정도, 성격에 대해서도 전혀 모른다. 왜 그녀가 자신의 신붓감으로 정해진 것인지는 잘 알고 있다.

다이스케의 아버지에게는 형님이 한 분 계셨다. 나오키(直記)라는 큰아버지는 아버지보다 나이가 한 살 많았는데 아버지보다 체격은 작았지만 얼굴 생김새, 이목구비가 아버지와 흡사해서 모르는 사람은 때로 두 사람을 쌍둥이로 착각하곤 했다. 당시 아버지는 도쿠(得)라고 불리지 않았다. 세이노신(誠之進)이 어린 시절의 이름이었다.

나오키와 세이노신은 겉모습뿐 아니라 성격도 닮은 점이 많았다. 두 사람은 특별한 경우를 제외하고는 붙어 다니며 같은 곳에서 같은 음식을 먹고 같은 일을 하며 지냈다. 공부도 같은 시간에 했다. 책을 읽을 때도 같은 등불 아래서 할 정도로 친했다.

나오키가 꼭 열여덟이 되던 해 가을이었다. 어느 날 두 사람은 아버지의 심부름으로 성 외곽에 있던 도카쿠지(等覺寺)라는 절에 가게 되었다. 그 절은 영주의 조상을 모신 곳으로, 그곳에 소스이(楚水)라는 아버지와 친한 스님이 계셔서 그분에게 편지를 전하러 간 것이다. 편지의 용건은 바둑을 두러 오라든가 하는 내용으로 답장도 필요 없을 정도로 사소한 것이었지만 스님에게 붙잡혀 이런저런 이야기를 나누다 보니 늦어져서 해가 지기 한 시간 전쯤에야 겨우 절을 나섰다. 그날은 무슨 축제가 있어서 거리가 몹시 혼잡했다. 두 사람은 사람들 사이를 빠져나와 서둘러 집으로 돌아가고 있었는데 어느 골목길로 접어드는 모퉁이 부근에서 강 건넛마을에 사는 호기리라는 자와 마주쳤다. 이자와 형제는 평소 사이가 나빴다. 당시 이자는 꽤 술에 취한 상태였는데 두세 마디 언쟁을 벌이다가 갑자기 칼을 빼 들어 형제를 내리쳤다. 칼에 맞은 것은 형이었다. 어쩔 수 없이 형도 허리에 차고 있던 칼을 뽑아 맞섰지만 그는 평소에도 난폭한 자라 술에 취했어도 무척 버거운 상대였다. 그냥 보고만 있다가는 형이 질 것 같았다. 그래서 동생도 칼을 뽑아 들었다. 형제는 상대를 마구 찔러 죽여버렸다.

당시 관습으로는 사무라이가 사무라이를 살해하면 살해한 쪽은 할복을 해야 했다. 형제는 할복을 각오하고 집에 돌아왔다. 아버지도 두 아들을 나란히 앉혀놓고 형제가 할복을 하고 나면 자신이 차례로 목을 내려칠 생각을 했다. 그런데 공교롭게도 어머니가 이번 축제에서 잔치를 벌이는 집에 불려가고 없었다. 아버지는 두 아들이 할복하기 전에 마지막으로 한 번 어머니와 만나게 해주고 싶은 마음에 곧 어머니를 불러오도록 했다. 어머니가 집에 돌아오는 사이에 아버지는 두 아들에게 훈계를 하기도 하고 할복할 자리를 준비하게 하면서 가능한 한 시간을 끌었다.

어머니가 가 있던 곳은 마침 어머니의 먼 친척뻘인 다카기(高木)라는 당시 세력가 집안이었다. 그리고 그 점이 다행이었다. 당시는 사회에 변화가 일던 때로 사무라이의 규율도 이전처럼 엄격하게 지켜지지 않았다. 더욱이 살해된 상대는 평판이 나쁜 무뢰한이었다. 그래서 다카기는 어머니와 함께 집으로 와서 공식적인 지시가 있을 때까지 당분간 할복시키지 말라고 아버지를 타일렀던 것이다.

다카기는 그 후 분주하게 뛰어다녔다. 우선 영주의 가신을 설득했다. 그리고 가신을 통해 영주를 설득했다. 다행히 살해된 자의 아버지는 의외로 사리 분별이 분명한 사람이었다. 평소부터 아들의 행실이 나빠 근심하고 있었는데 이번 사건에서도 자신의 아들이 먼저 행패를 부린 사실이 명백했으므로 형제에 대해 관대한 처분을 내리려는 움직임에도 반발하지 않았다. 형제는 집에서 두문불출하다가 남몰래 집을 떠났다.

3년 후에 형은 교토에서 떠돌이 사무라이에게 살해당했다. 4년 후에는 메이지 시대가 열렸다. 5, 6년이 지나 세이노신은 시골에 계시는 양친을 도쿄로 불러들였다. 그리고 아내를 맞아들이고 자신의 이름을 도쿠(得)라는 외자로 바꾸었다. 그때는 자신을 구해주었던 다카기는 이미 세상을 떠났고 양자가 대를 잇고 있었다. 도쿄로 올라와 관직에 오를 방법을 찾아보았으면 해서 몇 번이나 권해보았지만 응하지 않았다. 그 양자에게 자식이 둘 있었는데 그중 아들은 교토로 가서 도시샤(同志社) 대학[6]에 들어갔다. 대학을 졸업한 뒤에는 오랫동안 미국에 머물렀다고 하나 지금은 고베에서 사업을 해서 상당한 부자가 되었다. 딸은 그 지방 고액 납세자의 집으로 시집갔다. 다이스케의 신붓감이란 바로 그 고액 납세자의 딸이다.

　"정말 사연이 깊은 이야기로군요. 정말 놀랐어요."

　형수가 다이스케에게 말했다.

　"아버지가 여러 번 말씀하시지 않던가요?"

　"하지만 이전에는 결혼에 대한 말씀이 없으셔서 그냥 흘려들었지요."

　"저 역시 사가와(佐川) 집안에 그런 딸이 있을 줄은 몰랐습니다."

　"신부로 맞으세요."

　"찬성하십니까?"

　"당연히 찬성이지요. 그런 인연이 또 어디 있겠어요?"

　"조상이 만든 인연보다는 자신이 만든 인연으로 결혼하는 게 좋지 않을까요?"

　"그럼 그런 사람이 있다는 말씀이세요?"

　다이스케는 쓴웃음을 지으며 대답하지 않았다

6 일본 교토에 있는 기독교 계통의 대학으로 윤동주, 정지용 시인의 모교로도 유명하다.

4

다이스케는 지금 막 다 읽은 얇은 외국 서적을 책상에 펼쳐놓고, 팔꿈치를 괴고는 멍하니 생각에 잠겼다. 지금 다이스케의 머릿속은 그 책의 마지막 장면으로 꽉 차 있다.

먼 저편에 추운 듯 서 있는 나무 뒤쪽으로 등불 두 개가 소리 없이 흔들리는 것이 보였다. 교수대는 거기 있었다. 사형수는 어두운 곳에 서 있다. 한 사람이 나막신 한 짝을 잃어버려 춥다고 말하자, 뭘? 하고 다른 한 사람이 되묻는다. 나막신 한 짝을 잃어버려 춥다고 먼저 사람이 같은 말을 되풀이했다. M은 어디 있냐고 누군가가 물었다. 여기 있다고 누군가가 대답했다. 나무 사이로 크고 하얗고 평평한 것이 보인다. 습한 바람이 그쪽에서 불어온다. 바다라고 G가 말했다. 잠시 후에 선고문이 쓰인 종이와 선고문을 든 하얀 손—장갑을 끼지 않은—을 등불이 비추었다. 읽지 않아도 좋다는 목소리가 들렸다. 그 소리는 떨리고 있었다. 이윽고 등불이 꺼졌다. ……이제 나 혼자 남았다, 라고 K가 말했다. 그리고 한숨을 쉬었다. S도 죽어버렸다. W도 죽어버렸다. M도 죽어버렸다. 혼자만 남게 되었다……

바다 너머로 해가 떠올랐다. 그들은 시체를 수레 한 대에 실었다. 그리고 끌기 시작했다. 길게 늘어진 목, 튀어나온 눈동자, 입술 위에 핀, 괴기스러운 꽃 같은 피 거품에 젖은 혀를 싣고 먼저 왔던 길을 되돌아갔다……

다이스케는 안드레예프[1]의 『일곱 명의 사형수』의 마지막 장면을 여기까지 떠올리고는 소름이 돋아 어깨를 움츠렸다. 이럴 때 그가 가장 통렬하게 느끼는 것은 만일 자신이 그런 상황에 처한다면 어떻게 하는 게 좋을까 하는 걱정이다. 생각해보면 도저히 죽을 수 있을 것 같지도 않다. 그렇다고 자신의 의지와 상관없이 사형당한다면 아무래도 잔혹하다. 그가 삶에 대한 욕망과 죽음에 대한 압박감 사이에 놓인 자신을 상상하고 미련하게 양쪽에서 왔다 갔다 하는 고뇌를 마음에 그려내면서 꼼짝 않고 앉아 있자니 등의 털이 모두 곤두서는 듯해서 참을 수 없었다.

아버지는 열일곱 살 때 사무라이 한 사람을 칼로 베어 죽였기 때문에 할복할 각오를 한 적이 있다고 사람들에게 입버릇처럼 말해왔다. 아버지 자신은 큰아버지의 목을 치고 아버지의 목은 할아버지에게 쳐달라고 할 생각이었다고 하는데, 어떻게 그런 짓을 할 수 있단 말인가? 아버지가 과거를 이야기할 때마다 다이스케는 아버지에 대한 존

---

1 레오니트 니콜라예비치 안드레예프(Leonid Nikolayevich Andreev, 1871~1919). 러시아의 소설가로 죽음과 삶의 신비를 주제로 한 염세적인 작품을 썼다. 소설 『붉은 웃음』, 희곡 『검은 가면』 등을 남겼다.

경심보다는 불쾌감이 앞섰다. 그런가 하면 거짓말쟁이라고 생각했다. 거짓말쟁이 쪽이 더 아버지답다는 생각이 들었다.

아버지뿐만이 아니다. 할아버지에 대해서도 이런 이야기가 있다. 할아버지가 젊었을 때 함께 검술을 배우던 친구가 있었다. 그 친구는 뛰어난 실력 때문에 남들의 시기를 받았는데 어느 날 밤 성의 아랫마을로 돌아가다가 살해당했다. 그때 그곳에 가장 먼저 달려간 사람이 바로 할아버지였다. 왼손에 등불을 들고, 오른손에는 칼을 빼 들고, 그 칼로 시신을 두드리면서 "군페이(軍平)! 정신 차리게. 상처는 대단치 않아!"라고 말했다고 한다.

큰아버지가 교토에서 죽임을 당했을 때에도, 머리에 두건을 두른 사람들이 우르르 여관으로 몰려와 큰아버지는 2층 처마에서 뛰어내리자마자 정원석에 걸려 넘어졌는데 위에서부터 인정사정없이 당해 얼굴이 생선회 같았다고 한다. 큰아버지는 죽임을 당하기 열흘 전쯤 한밤중에 우비를 걸치고, 눈을 피하기 위해 우산을 쓰고, 높은 나막신을 신고 시조(四條)에서 산조(三條) 거리로 되돌아온 적이 있다. 객사에서 2백 미터쯤 떨어진 곳에 이르렀을 때 갑자기 뒤에서 "나가이 나오키 님" 하고 부르는 소리가 들렸다. 큰아버지는 뒤도 돌아보지 않고 우산을 쓴 채 여관 입구까지 와서 문을 열고 안으로 들어갔다. 그러고 나서 격자문을 꼭 닫은 다음, "나가이 나오키가 바로 나다. 용건이 뭐냐?"라고 물었다고 한다.

다이스케는 이런 이야기를 들을 때마다 용감하다는 느낌보다는 두려움이 앞섰다. 그런 배짱을 흠모하기보다는 피비린내가 콧등을 스쳐 지나가는 느낌을 받았다.

만약 죽음이 가능하다면, 그것은 흥분이 절정에 달한 순간이겠지,

라고 다이스케는 이전부터 기대를 가지고 있었다. 그렇지만 그는 결코 흥분하기 쉬운 성격이 아니었다. 손도 떨린다, 발도 떨린다. 목소리가 떨리거나 심장이 두근거리는 일도 늘 있다. 그러나 격해지는 일은 요즘 거의 없다. 격해지는 심리 상태는 죽음에 가까워질 수 있는 자연스러운 단계로 격해질 때마다 죽기 쉬워지는 것은 자명한 일이라 때로는 호기심에서 적어도 그와 비슷한 단계까지 경험해보고 싶은 생각이 들기도 했으나 전혀 소용없었다. 다이스케는 최근 자신을 자세히 살펴볼 때마다 5, 6년 전에 비해 너무도 변해버린 모습에 놀라지 않을 수 없다.

다이스케는 책상 위에 놓인 책을 덮고 자리에서 일어섰다. 살짝 열린 툇마루의 유리문 사이로 따스하고 상쾌한 바람이 불어왔다. 화분에 심은 색비름의 붉은 꽃잎이 살랑살랑 흔들렸다. 커다란 꽃 위로 햇살이 가득하다. 다이스케는 허리를 굽혀 꽃을 들여다보았다. 이윽고 가늘고 긴 수술의 끝에서 꽃가루를 가져다가 암술 끝에 정성스럽게 발랐다.

"개미라도 붙어 있습니까?"

가도노가 현관 쪽에서 나타났다. 하카마를 입고 있다. 다이스케는 허리를 굽힌 상태에서 얼굴을 들었다.

"벌써 갔다 왔나?"

"네, 다녀왔습니다. 그게 그러니까, 내일 이사를 하신다더군요. 오늘 오시려던 참이었다고 말씀하셨어요."

"누가? 히라오카가?"

"네에. ……뭐라고 할까요. 대단히 바쁘신 것 같더군요. 선생님과는 전혀 다르시던데요. ……개미가 생겼으면 기름을 부으세요. 그러면

괴로워하면서 구멍에서 나오는 걸 한 마리 한 마리 죽이면 됩니다. 뭣
하시면 제가 죽일까요?"

"개미가 아니야. 이렇게 날씨가 좋을 때 꽃가루를 가져다가 암술에
발라놓으면 금방 열매를 맺게 되지. 마침 한가해서 꽃집에서 들은 대
로 해보는 거야."

"아아, 그러시군요. 참 편리한 세상이 되었네요. ……어쨌든 분재는
좋군요. 보기 좋고 키우는 재미도 있으니까요."

다이스케는 귀찮아서 대꾸하지 않고 묵묵히 있었다. 이윽고 "장난
도 이쯤 해둘까"라고 말하며 자리에서 일어나 툇마루에 놓여 있는 등
나무 안락의자에 앉았다. 그러고는 멍하니 뭔가를 생각하기 시작했
다. 가도노는 재미가 없어져서 현관 옆에 붙어 있는 3첩 다다미 크기
의 자기 방으로 돌아갔다. 문을 열고 방으로 들어가려는데 툇마루 쪽
에서 다시 부르는 소리가 들렸다.

"히라오카가 오늘 온다고 했다고?"

"네, 오신다는 것 같았습니다."

"그럼 기다리지."

다이스케는 외출을 미루었다. 사실은 요전부터 히라오카의 처지가
꽤 마음에 걸렸다.

히라오카는 일전에 다이스케를 방문했을 때부터 이미 불안한 처지
인 듯했다. 그가 다이스케에게 말한 바에 따르면 생각하고 있는 일자
리가 두세 군데 있어서 우선 그쪽을 알아볼 것 같았지만 그 두세 군데
의 일자리가 지금 어떻게 되었는지 다이스케는 전혀 알지 못했다. 다
이스케는 진보초(神保町)에 있는 여관으로 히라오카를 두어 번 찾아
갔는데 한 번은 외출 중이었다. 또 한 번은 있긴 있었다. 그러나 양복

을 입은 채 문지방 위에 서서 다급한 말투로 아내에게 호통을 치고 있었다. 안내도 받지 않고 복도를 따라 히라오카의 방까지 갔던 다이스케는 갑작스러웠지만 분명 그런 느낌을 받았다. 그때 히라오카는 잠시 뒤돌아보더니 "아, 자네로군" 하고 말했다. 그의 표정이나 몸짓 어디에도 반기는 기색은 없었다. 방에서 얼굴을 내민 부인은 다이스케를 보자 창백한 뺨을 확 붉혔다. 다이스케는 왠지 그 자리에 있기가 거북했다. "자아, 들어오게나"라고 변명조로 말하는 것을 못 들은 체하고 "아니, 뭐 특별한 용건은 아니야. 어찌 지내는지 궁금해서 잠시 들렀을 뿐이니까. 외출할 거면 같이 나가지" 하고 말하며 이끌듯이 해서 밖으로 나와버렸다.

"빨리 집을 구해서 안정을 찾고 싶지만 너무 바빠 달리 방도가 없더군. 어쩌다가 여관 사람이 알려줘서 달려가보면 아직 살던 사람이 나가지 않았다든가 혹은 지금 벽을 손질하고 있는 중이라든가 하더군."

당시 히라오카는 이런 식으로 전차를 타고 헤어질 때까지 만사에 불만뿐이었다. 다이스케도 안됐다는 생각이 들어 "그렇다면 우리 집 서생에게 집을 알아보라고 해보지. 아마 불경기라서 빈집이 꽤 있을 거야"라고 약속하고 돌아왔다.

그러고서 약속한 대로 가도노에게 알아보라고 시켰다. 나가자마자 가도노는 금방 적당한 집을 찾아냈다. 가도노가 안내해 보여주었을 때 히라오카 부부한테서 그 정도면 괜찮겠다는 소리를 듣고 헤어졌다고는 했지만, 가도노는 집주인에 대한 책임도 있고 거기다 그곳이 마음에 들지 않으면 다른 곳을 생각해볼 수도 있다고 해서, 빌릴지 말지 분명하게 알아오도록 다시 한번 확인하게 한 것이다.

"집주인에게 분명하게 집을 빌린다는 말은 하고 왔겠지?"

"네, 돌아오는 길에 들러서 내일 이사할 거라고 말하고 왔습니다."

다이스케는 의자에 앉아 도쿄 생활을 다시 시작하는 부부의 미래를 생각했다. 히라오카는 3년 전에 신바시에서 헤어질 때와는 완전히 딴 사람이 되었다. 그는 인생에서 처세라는 사다리를 한두 계단 오르다 가 헛디뎌 떨어진 것이나 다름없다. 다만 그 순간 너무 높이 올라가지 않은 것이 다행이라면 다행이었지만 남의 눈에 띌 정도로 상처를 입 지는 않았어도 실제로 정신적으로는 이미 큰 타격을 입은 듯했다. 처 음 재회했을 때 다이스케는 그런 느낌을 받았다. 그러나 지난 3년 동 안 자신에게 일어난 변화를 생각해봤을 때 어쩌면 자신의 내면에서 일어난 변화 때문에 그런 느낌이 든 것은 아닐까도 싶었다. 그렇지만 그 후에 히라오카의 거처로 찾아가 방 안으로 들어가지도 않고 함께 밖으로 나왔을 때의 태도나 말투, 행동 등을 떠올리자 아무래도 처음 의 판단이 옳다는 생각이 들었다. 그 당시 히라오카는 얼굴 한가운데 에 온 신경이 몰려 있었다. 바람이 불어도 모래가 날려도 강한 자극을 받을 것 같은 양미간이 심하게 떨렸다. 다이스케의 귀에는 그의 말 역 시 내용과 상관없이 몹시 성급하고 절박하게 들렸다. 다이스케에게 히라오카의 전부가 마치 폐가 강하지 못한 사람이 답답한 갈탕 속에 서 헐떡거리며 헤엄치는 모습으로 비쳤다.

"저렇게 성급해서야."

급하게 전차를 타고 가는 히라오카의 뒷모습을 지켜보면서 다이스 케는 혼잣말을 했다. 그리고 여관에 남아 있을 그의 부인을 떠올렸다.

다이스케는 그의 부인을 "부인"이라고 불러본 적이 없다. 언제나 결 혼 전처럼 "미치요 씨! 미치요 씨!"라고 이름을 불렀다. 다이스케는 히 라오카와 헤어지고 나서 여관으로 돌아가 미치요와 이야기를 나누어볼까 생각했다. 그렇지만 왠지 갈 수가 없었다. 발걸음을 멈추고 생각해봐도 지금의 자신이 찾아가지 못할 이유는 하나도 없었다. 그런데도 자책감이 앞서 갈 수 없었다. 용기를 내면 못 갈 것도 없을 것 같았다. 다만 지금의 다이스케로서는 그 정도의 용기를 내는 것도 고통스러웠다. 그래서 집으로 돌아왔다. 그러나 돌아와서도 무언가 불안한 듯한, 아쉬운 듯한 묘한 기분에 사로잡혔다. 그래서 다시 밖으로 나가 술을 마셨다. 다이스케는 술이라면 얼마든지 마실 수 있었다. 특히 그날 밤에는 많이 마셨다.

'그때는 아무래도 내가 미쳤었지.'

다이스케는 의자에 기대앉으며 비교적 냉철하게 스스로를 비판했다.

"무슨 일이라도 있으십니까?"

가도노가 다시 나왔다. 하카마를 벗고 버선도 벗고 경단처럼 생긴 맨발을 내놓고 있다. 다이스케는 아무 말 없이 가도노의 얼굴을 보았다. 가도노도 다이스케의 얼굴을 보고 잠깐 서 있었다.

"이런, 부르신 게 아니었군요. 이런, 이런."

이렇게 말하고 들어갔다. 다이스케는 별로 이상하다고도 생각하지 않았다.

"아주머니, 부르신 게 아니랍니다. 어쩐지 이상하다고 생각했어요. 그래서 손뼉 소리는커녕 아무 소리도 못 들었다고 했잖아요."

이런 소리가 식당 쪽에서 들려왔다. 그러고는 가도노와 할멈의 웃음소리가 났다.

그때 기다리던 손님이 왔다. 손님을 맞으러 간 가도노가 의외라는 표정을 지으며 들어왔다. 그리고 다이스케에게 얼굴을 바짝 대고 속삭이듯 말했다.

"선생님! 사모님이 오셨는데요."

다이스케는 아무 말도 없이 의자에서 일어나 응접실로 들어갔다.

히라오카의 부인은 하얀 얼굴에 검은 머리카락을 가졌고, 얼굴은 갸름한데 눈썹이 짙었다. 언뜻 보면 왠지 쓸쓸한 느낌이 드는 것이 옛날 우키요에(浮世繪)[2]와 닮았다. 도쿄로 돌아온 후로 안색이 더 나빠진 듯하다. 처음 여관에서 만났을 때 다이스케는 조금 놀라기까지 했다. 오랜 기차 여행의 피로가 아직 덜 풀려서 그럴 것이라 생각하고 물어봤더니 그게 아니라 항상 그렇다고 해서 가엾은 생각이 들었다.

미치요는 도쿄를 떠난 지 1년이 되던 해에 아이를 낳았다. 아이는 곧 죽고 그 후로 심장이 안 좋아졌는데 걸핏하면 상태가 나빠졌다. 처음에는 내버려두었는데 좀처럼 낫지 않아 결국 의사에게 진찰을 받아보았더니 분명하지는 않지만 어쩌면 뭐라고 말하기 어려운 이름의 심장병일지도 모른다고 했다. 만일 그렇다면 심장에서 동맥으로 흐르는 피가 조금씩 거꾸로 흐르는 난치병이라 완치가 어렵다는 선고여서 히라오카도 놀라 가능한 한 정성을 다해 보살핀 덕분인지 1년이 지나자 눈에 띄게 건강이 좋아졌다. 안색도 거의 예전만큼 맑아 보이는 날이 많아 본인도 기뻤다. 그러나 도쿄로 돌아오기 한 달 전부터 또다시 혈색이 나빠졌다. 의사 말로는 이번에는 심장 때문이 아니란다. 심장은 그다지 튼튼한 편은 아니지만 그렇다고 해도 예전보다 나빠지지는 않았다. 지금으로서는 심장 막의 기능에 이상이 생겼다고는 결코 생각

---

2 에도 시대에 성립한 회화의 한 장르. 연극, 고전문학, 풍속, 전설, 기담, 초상, 정물, 풍경, 문명개화, 황실, 종교 등 다채로운 제재가 있다. '우키요(浮世)'라는 말에는 현대풍이라는 뜻도 있어 당대의 풍속을 그린 풍속화라고 할 수 있다.

할 수 없다는 결론이었다. 이건 미치요가 직접 다이스케에게 이야기한 내용이다. 다이스케는 당시 미치요의 얼굴을 보고 역시 뭔가 걱정거리가 있어서가 아닐까 생각했다.

미치요는 아름다운 선이 곱게 겹친 선명한 쌍꺼풀눈을 지녔다. 눈은 가늘고 긴 편이었는데 눈동자를 움직이지 않고 가만히 무언가를 응시하고 있을 때면 눈이 굉장히 커 보였다. 다이스케는 검은 눈동자 때문이라고 생각했다. 미치요가 결혼하기 전에 다이스케는 미치요의 그런 눈매를 자주 보았다. 그래서 지금도 분명히 기억하고 있다. 미치요의 얼굴을 떠올릴 때면 얼굴 윤곽이 다 그려지기도 전에 검고 젖은 듯한 눈매가 퍼뜩 떠오르곤 했다.

복도를 따라 객실로 안내된 미치요는 다이스케 앞에 앉았다. 그리고 고운 손을 포개 무릎 위에 겹쳐놓았다. 아래쪽 손에 반지를 끼고 있다. 위쪽 손에도 반지를 끼고 있다. 위의 것은 가는 금테두리에 비교적 큰 진주가 박힌 요사이 유행하는 반지로, 3년 전에 결혼을 축하하는 뜻에서 다이스케가 선물한 것이다.

미치요가 얼굴을 들었다. 다이스케는 갑자기 예전의 그 눈을 보고 엉겁결에 눈을 한 번 깜박였다.

기차로 도쿄에 도착한 다음 날 히라오카와 함께 찾아올 생각이었으나 몸이 불편해 그날은 올 수 없었다고 한다. 그 후로는 혼자가 아니면 올 기회가 없어서 지금까지 미루고 있었는데 오늘은 마침, 하고 말하려다 말을 끊고는 갑자기 떠올랐다는 듯 지난번에 찾아와주셨을 때는 남편이 외출하려던 참이어서 실례를 범해 죄송했다며 사과했다.

"그때 기다리셨다면 좋았을 것을."

미치요는 여자다운 애교를 섞어 덧붙였다. 그 말투는 아주 차분했다. 그러나 그건 미치요 특유의 말투여서 다이스케는 오히려 옛날이 떠올랐다.

"하지만 무척 바쁜 것 같아서."

"네, 바쁜 건 바쁜 거지만…… 상관없잖아요, 계셨더라도. 모르는 사이도 아니고."

다이스케는 그때 부부 사이에 무슨 일이 있었는지 물어보려다가 그만두었다. 보통 때 같으면 농담으로 "당신은 혼나서 얼굴이 빨개져 있더군요. 무슨 나쁜 짓을 저질렀지요?" 하는 정도의 이야기는 건넬 수 있는 사이였지만 다이스케에게는 미치요의 애교 섞인 말투가 그때의 일을 얼버무리기 위한 것인 듯 애처롭게 느껴져 농담할 마음이 전혀 들지 않았다.

다이스케는 담배에 불을 붙여 입에 물고 의자 등받이에 머리를 기댄 편한 자세로 물었다.

"오랜만에 오셨는데 뭘 좀 드셔야죠?"

다이스케는 마음속으로 자신의 이런 태도가 미치요에게 어느 정도 위안이 될 것이라는 느낌이 들었다.

"오늘은 됐어요. 시간이 별로 많지 않으니까."

미치요는 이 말을 하며 예전의 금니를 약간 드러냈다.

"그럼 하는 수 없지요."

다이스케는 두 손을 머리 뒤로 돌려 깍지를 끼고 미치요를 보았다. 미치요는 몸을 굽혀 허리띠 사이에서 작은 시계를 꺼냈다. 다이스케가 미치요에게 진주반지를 선물했을 때 히라오카는 아내에게 그 시계를 사주었다. 다이스케는 같은 상점에서 각기 다른 물건을 사고 히라오카와 함께 상점을 나서면서 서로 마주 보며 웃었던 것을 기억한다.

"어머, 벌써 3시가 넘었네. 아직 2시쯤이라고 생각했는데. ……잠깐 다른 데 들렀다 왔더니 그러네요."

혼잣말을 하듯이 덧붙였다.

"무슨 급한 일이라도 있습니까?"

"네, 가능한 한 빨리 돌아가고 싶어서요."

다이스케는 머리에서 손을 떼고 담뱃재를 털었다.

"3년 만에 완전히 주부가 되었군요. 어쩔 수 없는 일이죠."

다이스케는 웃으면서 이렇게 말했다. 하지만 그 말투에는 어딘가 씁쓸해하는 기색이 있었다.

"어머, 하지만 내일 이사를 해야 해서요."

미치요의 목소리가 이때 갑자기 활기 있게 들렸다. 다이스케는 이사에 관한 일을 까맣게 잊고 있었다.

"그럼 이사하고 천천히 오시지 그랬어요."

다이스케는 상대방의 쾌활한 말투에 이끌려 실없는 대화를 이어갔다.

"그래도요."

미치요는 조금 대답이 궁한 기색을 이마 언저리에 띠며 잠시 아래쪽을 보다가 마침내 얼굴을 들었다. 뺨이 발그스름하게 물들었다.

"사실은 저 부탁드릴 일이 있어서 왔어요."

예민한 다이스케는 미치요의 말을 듣자마자 곧 그 용건이라는 게 무엇인지 알아챘다. 실은 히라오카가 도쿄에 도착했을 때부터 언젠가 이 문제에 부딪힐 거라고 생각해서 잠재의식 속에서 각오하고 있었던 것이다.

"뭐지요? 어려워 말고 말씀하세요."

"돈이 좀 부족해서……"

미치요의 말투는 아이처럼 천진난만했지만, 양쪽 뺨은 붉게 물들어 있다. 다이스케는 이 여인을 이런 곤란한 처지로 몰아넣은 히라오카의 현재 처지가 몹시 딱하다고 생각했다.

사정을 들어보니 내일 이사 비용이나 새로운 살림을 차리기 위해 필요한 돈이 아니었다. 지점을 그만둘 때 그쪽에 남겨둔 빚이 세 군데 정도 있는데 그중 한 곳을 당장 갚아야만 한다는 것이다. 도쿄에 도착하면 일주일 내로 어떻게든 하겠다고 굳게 약속한 데다 다른 곳처럼 내버려둘 수 없는 사정이 있었다. 그래서 히라오카도 도쿄에 도착한 다음 날부터 걱정하며 동분서주했지만 아직 돈을 마련하지 못해 어쩔 수 없이 미치요를 다이스케의 집으로 보내 이런 부탁을 하게 했다는 것이다.

"지점장한테 빌린 돈입니까?"

"아니에요. 그건 얼마든지 늦출 수 있지만 이쪽은 지금 해결하지 않으면 곤란해요. 도쿄에서 취직자리를 구하는 데도 영향을 미치니까요."

다이스케는 정말로 그런 일이 있을까 생각했다. 액수를 물어보니 500엔이 약간 넘었다. 다이스케는 고작 그 정돈가 생각했지만 사실 자신은 한 푼도 없었다. 다이스케는 자신이 돈에 쪼들리지 않는 것 같으면서도 사실은 상당히 구속받고 있음을 깨달았다.

"왜 그렇게 빚을 졌지요?"

"그러니까 저, 생각하기도 싫어요. 저도 몸이 아팠으니 제 탓이라고도 할 수 있지만."

"그럼 아플 때 진 빚인가요?"

"그렇지 않아요. 약값이야 얼마 되겠어요?"

미치요는 그 이상 말하지 않았다. 다이스케 역시 더 이상 물을 용기가 없었다. 그저 창백한 미치요의 얼굴을 바라보며 막연한 미래에 대한 불안감을 느꼈다.

5

다음 날 아침 일찍 가도노는 짐수레 세 대를 불러 히라오카의 짐을
찾으러 신바시 정거장까지 갔다. 짐은 벌써 도착해 있었지만 집이 결
정되지 않아서 지금까지 그대로 내버려두었던 것이다. 왕복 시간과
짐을 실어야 하는 시간을 계산해보니 아무래도 반나절은 걸리는 일거
리였다. 다이스케는 잠자리에서 일어나자마자 빨리 출발하지 않으면
제시간에 도착하기 어렵다고 일렀다. 가도노는 늘 그렇듯이 문제없다
고 대답했다. 가도노는 시간관념이 뚜렷하지 않은 편이라 쉽게 대답
했다가 다이스케의 설명을 듣고는 비로소 과연, 하는 표정을 지었다.
그러고 나서 짐을 히라오카의 집까지 싣고 가서 모든 것이 완전히 정
리될 때까지 도와주라고 했을 때는 "네에, 그러지요. 걱정하지 마십시
오"라고 선뜻 맡고서 집을 나섰다.

그 후 11시 넘어서까지 다이스케는 책을 읽었다. 그런데 문득 단눈
치오[1]라는 사람이 자기 방을 푸른색과 붉은색으로 나누어서 장식했다
는 이야기가 생각났다. 단눈치오는 일상생활에서 두 가지 감정은 바

로 그 두 가지 색깔에서만 발현된다는 생각을 갖고 있는 듯했다. 따라서 무엇이든 흥분을 필요로 하는 공간, 즉 음악실이나 서재 같은 곳은 가능하면 빨갛게 칠한다. 한편 침실이나 휴게실 같은 정신적인 안정이 필요한 공간은 모두 푸른색에 가까운 색깔로 칠한다. 이렇게 심리학자의 학설을 응용하여 시인의 호기심을 만족시켰던 듯하다.

다이스케는 단눈치오처럼 쉽게 자극을 받는 사람에게 지극히 자극적인 색깔인 빨간색이 왜 필요한지 불가사의하다는 생각이 들었다. 다이스케 자신은 이나리[2]의 도리이[3]만 봐도 그다지 기분이 유쾌하지 않다. 가능하다면 자신의 머리만이라도 좋으니 푸른빛으로 둘러싸인 곳에서 편히 잠들고 싶을 정도다. 언젠가 전람회에서 아오키(靑木)[4]라는 사람이 그린 바다 밑바닥에 키가 큰 여자가 서 있는 그림을 보았다. 다이스케는 출품된 많은 그림 중에서 그 그림이 마음에 들었다. 자신도 그렇게 가라앉아 차분한 분위기에서 살고 싶었기 때문이다.

다이스케는 툇마루로 나가 정원에 무성하게 자란 푸른 식물들을 보았다. 꽃은 어느덧 지고 이제 새싹과 새잎이 돋아나려고 할 시기다. 화사한 초록빛이 한꺼번에 얼굴에 내리비치는 듯하다. 눈을 부시게 하는 자극의 밑바닥에 어딘지 차분한 느낌이 자리한 것에 기뻐하면서 사냥모자를 쓰고 거칠게 짠 비단으로 만든 평상복 차림으로 집을 나섰다.

1 가브리엘레 단눈치오(Gabriele D'Annunzio, 1863~1938). 이탈리아의 시인·소설가·극작가·단편작가. 19세기 말과 20세기 초 이탈리아 문단을 이끌었다.
2 일본 신화에 나오는 신. 쌀농사를 보호하는 신이자 번영의 신으로 특히 직인과 상인 계층이 숭배하는 신이다. 대장장이의 수호신이기도 하며 기녀나 광대와도 관련이 있는 신이다. 현재는 대개 한 지역의 수호신으로 모시고 있고, 붉은 도리이가 있는 것은 사당이다.
3 신사 입구에 신의 영역을 표시하는 상징으로 세운 기둥 문. 보통 붉은색 계통으로 칠한다.
4 아오키 시게루(靑木繁, 1882~1911). 메이지 시대를 풍미했던 서양화가.

히라오카가 이사한 집에 가보니 문은 열려 있고 텅 비어 있었는데 짐이 도착한 것 같지도 않을뿐더러 히라오카 부부가 와 있는 기미도 보이지 않는다. 다만 인력거꾼으로 보이는 사내 혼자 툇마루에 앉아 담배를 피우고 있었다. 물어보니 조금 전에 부부가 오기는 했지만 이런 상태로는 어차피 오후가 되어야 끝나겠다면서 그냥 돌아갔다는 것이다.

"주인과 부인이 함께 왔던가?"

"네, 같이 오셨습니다."

"그리고 같이 돌아갔나?"

"네, 같이 돌아가셨습니다."

"짐은 곧 도착하겠지. 그럼 수고하게."

이 말을 하고 다시 거리로 나왔다.

간다(神田)에 도착했지만 히라오카가 머물렀던 여관에는 들를 생각이 없었다. 하지만 히라오카 부부가 왠지 마음에 걸렸다. 특히 부인이 마음에 걸렸다. 그래서 잠시 들렀다. 부부는 밥상을 사이에 두고 식사를 하고 있었다. 하녀는 쟁반을 든 상태에서 문턱을 등지고 앉아 있었다. 그 뒤에서 말을 걸었다.

히라오카는 놀랐다는 듯이 다이스케를 보았다. 눈이 충혈되어 있다. 이삼일 잠을 제대로 자지 못한 탓이라고 한다. 미치요는 그건 좀 과장이라며 웃는다. 다이스케는 안됐다는 생각도 들었지만 다른 한편으로는 안심이 되었다. 붙잡는 것을 마다하고 밖으로 나와 밥을 먹고 이발을 했다. 그런 뒤 구단(九段)에 잠깐 들렀다가 돌아오는 길에 이사하는 집에 들렀다. 미치요는 수건을 머리에 두르고 유젠⁵의 화려한 무늬의 긴 비단 옷자락을 살짝 드러낸 채 소매를 걷고 짐을 정리하고 있었다. 여관에서 시중을 들던 하녀도 와 있었다. 히라오카는 툇마루에서 고리짝의 끈을 풀고 있다가 다이스케를 발견하고 웃으면서 좀 도와달라고 했다. 가도노는 하카마를 벗고 옷자락을 걷어 올려 허리에 두른 채 두 짝이나 되는 장롱을 인력거꾼과 함께 다다미방으로 옮기면서 말했다.

"선생님! 제 옷차림이 어떻습니까? 그렇다고 저를 비웃으시면 안 됩니다."

다음 날 다이스케가 아침을 먹으려고 식탁에 앉아 보통 때처럼 홍차를 마시고 있을 때 가도노가 방금 세수해서 번쩍거리는 얼굴로 식당으로 들어왔다.

"어젯밤에는 언제 들어오셨습니까? 너무 피곤해서 그만 선잠이 들어버리는 바람에 전혀 몰랐습니다…… 자는 모습을 보셨겠네요? 선생님도 참 짓궂으세요. 도대체 몇 시쯤이었나요? 돌아오신 시각이. 그때까지 어디에 계셨습니까?"

가도노는 평소처럼 소란스럽게 떠들었다. 다이스케가 정색을 하고 물었다.

"자네, 완전히 정리될 때까지 있었겠지?"

"네, 말끔히 정리했습니다. 그러느라 무척 힘들었지요. 어쨌든 우리 같은 사람이 이사할 때와 달리 큰 짐이 많으니까요. 사모님이 방 한가운데 서서 멍하게 이렇게 주위를 둘러보던 모습이라니…… 정말 이상했어요."

"몸이 안 좋아서야."

5 비단 등에 화려한 채색으로 인물, 꽃, 새, 산수 따위 무늬를 선명하게 염색하는 일. 17세기 말에 교토에서 미야자키 유젠(宮崎友禪)이 창시했다.

"아무래도 그런 듯하더군요. 어쩐지 안색이 안 좋아 보였어요. 히라오카 씨와는 정말 다르더군요. 그분은 체격이 상당히 좋으세요. 어제 저녁에 함께 목욕하러 갔다가 깜짝 놀랐습니다."

다이스케는 곧 서재로 돌아와 편지를 두서너 통 썼다. 한 통은 조선의 통감부에 있는 친구에게 썼는데 얼마 전에 보내준 고려자기에 대한 답례였다. 다른 한 통은 프랑스에 사는 매형에게 타나그라[6]에서 출토된 인형 중에서 싼 것을 구해달라는 부탁이었다.

오후에 산책을 나가며 가도노의 방을 들여다보니 또 벌렁 누워 쿨쿨 자고 있다. 다이스케는 천진난만한 가도노의 콧구멍을 보면서 왠지 부러워졌다. 사실 그는 어젯밤에 잠이 오지 않아 굉장히 고생했다. 게다가 보통 때처럼 베갯머리에 두었던 회중시계가 아주 큰 소리를 냈다. 그게 신경 쓰여 손을 뻗어 시계를 베개 밑으로 밀어 넣었다. 그래도 소리는 여전히 머릿속에 울렸다. 그 소리를 들으며 깜빡깜빡 조는 사이 다른 모든 의식은 캄캄한 심연 속으로 내려갔다. 다만 홀로 밤을 누비는 재봉틀의 바늘 소리가 종종걸음으로 머릿속을 끊임없이 지나가는 것을 자각하고 있었다. 그런데 그 소리가 어느새 벌레 소리로 변해 현관 옆의 잘 가꿔진 정원수 사이에서 울리는 듯했다. 다이스케는 어젯밤의 꿈을 거기까지 떠올리고 수면과 각성 사이를 잇는 어떤 끈을 발견한 기분이 들었다.

다이스케는 무슨 일이든 한번 신경이 쓰이면 좀처럼 떨쳐버리지 못하는 소심한 성격이다. 게다가 그러한 자신이 얼마나 어리석은지 자각할 수 있는 능력이 있어 그런 자신의 모습이 거슬려 참을 수 없었

---

6 기원전 5세기부터 기원전 4세기까지 고대 그리스 보이오티아 지방에서 번영한 도시. 기원전 3세기 무렵인 그리스 말에 점토를 구워서 만든 작은 풍속 인형이 발견되었다.

다. 3, 4년 전에 그는 평소의 자신이 어떻게 해서 꿈에 빠져드는지에 대한 문제를 해결하려고 시도한 적이 있다. 밤에 이불 속에 들어가 깜빡깜빡 졸기 시작하면 '아아! 바로 이런 거로군. 이렇게 해서 잠드는 것이로군' 하고 생각하면서 깜짝 놀라기도 했다. 그러면 바로 그 순간에 잠이 깨어버린다. 잠시 후에 다시 자기 시작하면 '바로 이런 거로군' 하는 생각이 또 든다. 다이스케는 거의 매일 밤 호기심에 못 이겨 같은 짓을 두세 번 되풀이했다. 결국에는 스스로도 질려버렸다. 어떻게든 이런 고통에서 벗어나야겠다고 생각했다. 뿐만 아니라 자신이 정말 어리석게 여겨졌다. 자신의 불분명한 의식을 분명한 의식에 호소해서 살펴보려는 것은 제임스[7]의 말처럼 어둠을 규명하기 위해 촛불을 켜거나 팽이의 움직임을 자세히 보려고 돌고 있는 팽이를 멈춰 세우는 것과 같은 행동으로, 평생 잠들 수 없게 된다. 그걸 알면서도 밤이 되면 또다시 같은 행동을 되풀이할 것이다.

그런 괴로운 현상은 1년쯤 지속되다가 어느 순간 사라졌다. 다이스케는 어젯밤의 꿈과 괴로운 체험을 비교해보고 기묘한 느낌을 받았다. 깨어 있는 자신의 일부를 떼어 그 모습 그대로 꿈속에 디밀어 넣는다면 재미있을 것 같다는 생각이 들었던 것이다. 동시에 그런 작용은 미치광이가 될 때와 비슷한 상태가 아닐까 생각했다. 다이스케는 지금까지 자신은 격정적인 성격이 아니어서 미치광이가 될 리가 없다고 굳게 믿고 있었다.

그로부터 이삼일은 다이스케도 가도노도 히라오카의 소식을 듣지 못했다. 나흘째 되던 날 오후에 다이스케는 아자부(麻布)의 어느 집에

---

7 윌리엄 제임스(William James, 1842~1910). 미국의 철학자·심리학자. 프래그머티즘 철학의 확립자로 알려져 있다. 철학·종교학·심리학 등에 뛰어난 연구를 많이 남겼다.

서 열린 파티에 초대받았다. 꽤 많은 남녀 손님이 왔는데 주빈은 영국의 국회의원인지 사업가인지 하는 지나치게 키가 큰 남자와 코안경을 걸친 그의 부인이었다. 그 부인은 상당한 미인으로 일본 같은 나라에 오기에는 아까울 정도의 미모를 자랑하고 있었다. 그녀는 어디에서 샀는지 기후(岐阜)에서 만든 그림이 그려진 양산을 자랑스럽게 쓰고 있었다.

더구나 그날은 날씨가 매우 좋아서 넓은 잔디밭 위에 프록코트 차림으로 서 있으면 벌써 여름이 왔다는 느낌이 어깨에서 등까지 분명하게 느껴질 정도로 하늘이 새파랗고 투명했다. 영국 신사는 찌푸린 얼굴로 하늘을 보며 정말 아름답다고 말했다. 그러자 부인이 "러블리!"하고 대답했다. 굉장히 높고 날카로운 목소리에 특별히 힘을 준 말투였기 때문에 다이스케는 영국의 인사치레는 정말 유난하다고 생각했다.

그 부인은 다이스케에게도 두세 마디 말을 걸었다. 그러나 3분도 견디지 못하고 그 자리를 떠났다. 그 후로는 일본 전통의상을 입고 시마다 머리[8]를 한 아가씨와 오랫동안 뉴욕에서 사업을 했다는 어떤 남자가 나서서 그 부인을 상대했다. 그 남자는 자칭 영어 회화의 천재로, 영어 모임에는 빠짐없이 참석해서 일본인과도 영어로 이야기를 나누고 영어로 연설하는 것을 최고의 즐거움으로 삼고 있었다. 무슨 말이든 하고 나서 자못 우습다는 듯이 껄껄 웃는 버릇이 있었다. 영국인은 때때로 의아하다는 표정을 지었다. 다이스케는 그런 버릇만큼은 삼가는 편이 좋지 않을까 생각했다. 그 아가씨도 영어를 꽤 잘했다. 그녀는 미국 부인을 가정교사로 두고 영어를 공부한 어느 부잣집 딸이다.

8 여자들의 추켜올린 머리 모양. 당시 인기가 많아서 다양한 모양으로 변형되기도 했다.

다이스케는 얼굴 생김새에 비해 실력이 뛰어나다고 내심 감탄하며 들었다.

다이스케가 그 집의 주인이나 영국인 부부와 개인적인 친분이 있어서 파티에 초대받은 것은 아니었다. 어디까지나 아버지와 형의 넓은 사교력의 여세로 초대장이 날아온 것뿐이다. 그래서 다이스케는 구석구석까지 다니며 적당히 인사하며 어슬렁거리고 있었다. 그러다가 형도 마주쳤다.

"야아, 왔구나."

이렇게 말한 형은 모자에는 손도 대지 않았다.

"그나저나 날씨가 아주 좋네요."

"그렇구나."

다이스케도 작은 편은 아니지만 형은 그보다 키가 훨씬 크다. 게다가 최근 5, 6년 사이에 몸이 불어서 체격이 아주 좋아 보인다.

"어때요? 저쪽에 가서 외국인과 이야기라도 좀 나누는 것이."

"아니. 딱 질색이다."

형은 이렇게 말하면서 쓴웃음을 지었다. 그러고는 자신의 커다란 배 위에 늘어져 있는 금사슬을 손가락 끝으로 만지작거렸다.

"외국인들은 정말 기분을 잘 맞춰주네요. 지나칠 정도로요. 저렇게 칭찬을 받다 보면 날씨도 좋아지지 않고는 못 견디겠지요."

"그렇게나 날씨를 칭찬하더냐? 이건 너무 더운 편 아니냐?"

"저도 너무 더워요."

세이고와 다이스케는 약속이라도 한 듯이 하얀 손수건을 꺼내 이마를 닦았다. 두 사람 모두 무거운 비단 모자를 쓰고 있다.

형제는 잔디밭 구석에 있는 나무 그늘에 가서 멈춰 섰다. 근처에는 아무도 없다. 저쪽에서는 무언가 여흥이라도 시작된 듯했다. 세이고는 집에서와 같은 표정으로 그 광경을 멀찌가니 떨어져 보고 있었다.

다이스케는 '형 정도 되면 집에 있으나 손님으로 초대를 받으나 똑같은 기분인가 보군. 세상살이에 너무 익숙해져도 즐거움이 없어지니 시시할 거야' 하고 생각하면서 세이고를 바라보았다.

"오늘 아버지는 무슨 일이라도 있으신가요?"

"아버지는 시(詩) 모임에 가셨다."

세이고는 평소와 다름없는 표정으로 대답했지만 다이스케는 조금 웃음이 나왔다.

"형수님은요?"

"손님을 맞고 있지."

형수가 나중에 또 불평을 하리라 생각하니 다이스케는 웃음이 나왔다.

다이스케는 세이고가 항상 바쁘다는 것을 알고 있었다. 또한 그런 바쁜 생활이 대부분 이런 종류의 모임 때문이라는 사실도 잘 알고 있었다. 그러나 싫은 내색도 하지 않고 한마디 불평도 없이 불규칙하게 술을 마시거나 식사를 하고 여자들을 상대하면서도 언제나 피곤해하거나 요란을 떨지 않고 그저 속세를 벗어난 듯 태연하게 해가 갈수록 풍채가 좋아지는 재주에 감탄하고 있었다.

세이고는 요정이나 요릿집, 찻집에 가기도 하고, 만찬이나 오찬에 초대받기도 하고, 클럽에 가거나, 배웅하러 신바시에 가거나, 마중하러 요코하마에 가거나 또는 오이소로 문안 인사를 가는 등 아침부터 밤까지 이곳저곳에 얼굴을 내밀면서 득의양양한 것 같지도 않고 실망한 것 같지도 않은데, 그런 생활에 익숙해져서 마치 해파리가 바다를 떠다니면서도 소금물을 짜다고 느끼지 못하는 것이나 매한가지라고 다이스케는 생각했다.

그런 점이 다이스케는 고마웠다. 왜냐하면 세이고는 아버지와는 달리 예전부터 듣기 싫은 설교를 늘어놓은 적이 없기 때문이다. 주의라거나 주장이라거나 인생관이라거나 하는 갑갑한 주제는 아예 조금도 입 밖에 낸 적이 없어서 그가 그런 생각을 갖고 있는지조차 전혀 요령부득이다. 그 대신에 갑갑한 주의나 주장 혹은 인생관 등을 적극적으로 나서서 비판하려고 한 적도 없다. 정말 평범해서 좋았다.

그렇지만 재미는 없다. 이야기 상대로는 형보다도 형수가 다이스케에게 훨씬 흥미로웠다. 형을 만나면 꼭 어떻게 지내느냐고 묻는다. 이탈리아에서 지진이 났다든가, 터키의 황제가 권좌에서 밀려났다는 화제로 말을 걸기도 한다. 또는 무코지마의 벚꽃이 이제 막바지라거나 요코하마에 있는 외국 배의 밑바닥에서 아주 큰 뱀을 키우고 있었다거나 누군가 기차에 치여 죽지 않았냐는 화제를 입에 담기도 한다. 전부 신문에 보도된 내용뿐이다. 무난한 화제를 얼마든지 갖고 있다. 언제까지라도 화제가 끊길 것 같지 않다.

그런가 하면 때로는 톨스토이라는 사람은 이미 죽었냐는 등의 기묘한 질문을 하기도 한다. 또 지금 일본의 소설가 중에서 누가 가장 훌륭한지 물은 적도 있다. 요컨대 문학에는 전혀 관심도 없고 놀라울 정도로 무지하지만 존경심이나 경멸감 없이 태연한 표정으로 묻기 때문에 다이스케도 답하기가 한결 수월하다.

그런 형과 마주 앉아 이야기를 나누다 보면 자극이 없는 대신에 부담스럽지 않고 마음이 편해 좋았다. 다만 아침부터 밤까지 나돌기 때문에 좀처럼 붙들 수가 없다. 형수는 물론이고 세이타로도 누이코도 형이 하루 종일 집에 있으면서 가족과 함께 세끼 식사를 하기라도 하면 오히려 이상하게 생각할 정도다.

그래서 나무 그늘 밑에서 형과 어깨를 나란히 하고 섰을 때 다이스케는 절호의 기회라고 생각했다.

"형님! 할 이야기가 있는데, 시간 있으세요?"

"시간?"

세이고는 이렇게 되물으며 말없이 웃었다.

"내일 아침은 어때요?"

"내일 아침은 하마(浜)에 다녀와야 하는데."

"그럼 오후는요?"

"오후에는 회사에 있기는 하지만 상담할 일이 있으니 와도 차분히 이야기를 나누기는 힘들 거야."

"그럼 밤에는 괜찮죠?"

"밤에는 데이고쿠 호텔에 가야 해. 저기 보이는 서양인 부부를 내일 밤 호텔로 초대하기로 해서 어렵겠는데."

다이스케는 입을 삐죽 내밀고 형을 물끄러미 바라보았다. 그러다가 두 사람은 웃음을 터뜨렸다.

"그렇게 급한 일이라면 오늘은 어떠냐? 오늘이라면 괜찮아. 오랜만에 식사라도 할까?"

다이스케는 찬성했다. 그런데 클럽에라도 가는 게 아닐까 생각했는데 의외로 세이고는 장어구이가 좋겠다고 했다.

"비단 모자를 쓰고 장어구이 집에 가기는 처음인데요."

다이스케가 주저했다.

"무슨 상관이냐?"

두 사람은 파티장을 빠져나와 인력거를 타고 가나스기바시(金杉橋) 인근의 장어구이 집으로 들어갔다.

강이 흐르고 버드나무가 늘어선 가운데 있는 고풍스러운 집이었다. 검게 그을린 장식 기둥 옆의 선반에 비단 모자를 뒤집어서 두 개를 나란히 올려놓았다. 그 모습을 보고 다이스케는 느낌이 묘하다고 말했다. 그러나 문을 활짝 연 2층 방에서 둘이서만 책상다리를 하고 앉아 있는 편이 파티장에 있는 것보다 훨씬 편안했다.

두 사람은 기분 좋게 술을 마셨다. 형은 먹고 마시고 잡담을 늘어놓는 것 말고는 용건이 없는 듯한 태도였다. 다이스케도 자칫하면 중요한 용건을 잊어버릴 뻔했다. 그러다 여종업원이 세 번째로 술병을 두고 나갔을 때 비로소 용건을 꺼냈다. 다이스케의 용건은 말할 것도 없이 지난번에 미치요에게 부탁받은 돈 문제였다.

사실 다이스케는 지금까지 살아오면서 세이고에게 뻔뻔스러운 말을 한 적이 없다. 학교를 졸업한 후에 뻔질나게 술집을 드나들다가 형이 그 뒤처리를 해준 적은 있다. 그때 형에게 혼이 날 줄 알았는데 의외로 "그래? 정말 골치 아픈 녀석이로군. 아버지에게는 말씀드리지 마라" 하고 말하면서 형수를 통해 빚을 말끔히 갚아주었다. 그러고는 다이스케에게는 한마디도 잔소리를 하지 않았다. 그때부터 다이스케는 형에게 항상 미안한 마음을 갖고 있었다. 이후로도 용돈이 필요한 경우는 자주 있었지만 곤란할 때마다 형수를 졸라 해결하곤 했다. 그래서 그런 문제에 대해서 형과 대화를 나누는 것은 처음이나 마찬가지였다.

다이스케의 입장에서 세이고는 손잡이가 없는 주전자 같은 존재로, 어느 쪽으로 손을 내밀어야 할지 알 수 없었다. 하지만 다이스케로서는 바로 그 점이 흥미로웠다.

다이스케는 잡담을 하는 것처럼 히라오카 부부의 일을 슬슬 이야기하기 시작했다. 세이고는 귀찮아하는 기색도 없이 "아아! 그래?"라고 맞장구까지 치며 술을 마시며 듣고 있었다. 이야기가 진전되어 미치요가 돈을 빌리러 온 대목까지 왔는데도 여전히 "아아! 그래?" 하고 맞장구를 칠 뿐이었다. 다이스케는 하는 수 없이 이렇게 말했다.

"그래서 저도 딱하다는 생각이 들어서 어떻게든 마련해보겠노라고 약속했어요."

"그래?"

"잘한 일일까요?"

"네가 돈을 마련할 수 있어?"

"저야 한 푼도 없지요. 빌리려는 겁니다."

"누구한테?"

다이스케는 처음부터 이런 식으로 얽어맬 생각이었기 때문에 분명한 말투로 말했다.

"형님에게 빌릴 생각입니다."

이 말을 하고 정색을 하면서 세이고의 얼굴을 보았다. 형의 표정은 여전히 변함이 없었다. 그러고는 태연하게 대답했다.

"그건 안 돼."

이유를 들어보니 의리나 인정과도 상관이 없을 뿐만 아니라 안 갚을지도 모른다는 이해득실과도 무관했다. 그런 경우는 그냥 내버려두면 저절로 어떻게든 되는 법이라는 단정이었다.

세이고는 이 판단을 증명하기 위해 여러 가지 예를 들었다. 세이고의 집에 후지노(藤野)라는 사람이 별채에 세 들어 살고 있었다. 후지노는 최근에 부탁을 받고 먼 친척의 아들을 집에 기거하게 했다. 그런데 그 청년이 징병 검사를 받기 위해 급히 고향에 돌아가야만 했는데 후지노는 고향에서 보내온 학비도 여비도 자신이 써버렸다면서 잠시 돈을 빌려달라고 부탁하러 온 적이 있었다. 물론 세이고가 직접 그를 만난 것은 아니지만 아내를 통해 거절했다. 하지만 그 청년은 날짜에 맞춰 고향으로 돌아가 아무 지장 없이 검사를 받았다. 또 후지노가 찾아와 자신의 친척 중에 어떤 사내가 받아둔 임대보증금을 다 써버려서 세 든 사람이 다음 날 이사한다고 하는데도 아직 마련하지 못했다며 역시 간절하게 부탁한 적이 있다. 하지만 그것도 거절했다. 그런데도 별 지장 없이 보증금을 돌려주었다. 그 밖에도 예를 들었는데 대체로 그와 비슷한 이야기들뿐이었다.

"그거야 형수님이 뒤에서 부탁을 들어준 것이 틀림없습니다. 하하, 형님도 참 만사태평이시군요."

다이스케가 큰 소리로 웃었다.

"설마 그럴 리가."

세이고는 여전히 그럴 리 없다는 표정을 짓고 있었다. 그리고 앞에 놓인 술잔을 입으로 가져갔다.

6

그날 세이고는 좀처럼 돈을 빌려주겠다는 말을 하지 않았다. 다이스케도 미치요가 딱하다느니 가엾다느니 하는 우는소리는 되도록 피했다. 자신은 미치요가 불쌍하다고 생각했지만 아무 사정도 모르는 형을 그런 감정으로 유도하기는 힘들 것 같았고 쓸데없이 감상적인 말을 늘어놓았다가는 형한테 바보 취급을 당할 뿐만 아니라 스스로를 우롱하는 듯한 기분도 들었기 때문에 평소의 다이스케답게 이런저런 잡담을 늘어놓으며 술을 마셨다. 그러면서도 아버지가 이른바 열정이 부족하다고 한 것은 이런 점 때문일 거라고 생각했다. 하지만 다이스케는 눈물로 남의 마음을 움직이려고 할 정도로 저속한 취미를 갖고 있지는 않다고 자부하고 있었다. 다이스케는 아무리 마음에 걸려도, 속 보이는 눈물과 고민과 진지함과 열정만큼 거슬리는 것은 없다고 생각하고 있었다. 형은 그런 걸 충분히 꿰뚫어 볼 수 있다. 그래서 그런 방법을 쓰다가 실수라도 하면 평생 자신의 가치를 떨어뜨리는 결과밖에 안 된다는 것을 깨닫고 있었다.

다이스케는 술을 마시면서 점점 돈에 관한 화제로부터 멀어졌다. 그저 둘이 마주 앉아서 즐겁게 술을 마시기에 적당한 화제만 골랐다. 그러다가 마지막으로 오차즈케[1]가 나오자 비로소 생각났다는 듯 돈을 빌려주지 않아도 좋으니 히라오카를 취직시켜달라고 부탁했다.

"안 돼. 그런 사람은 사양하겠다. 더욱이 지금 같은 불경기에 그럴 수는 없지."

세이고는 이 말을 하면서 후루룩 소리를 내며 밥을 입 안으로 밀어넣었다.

다음 날 눈을 뜨자마자 다이스케는 이부자리에서 제일 먼저 이런 생각을 했다.

'사업 동료라면 모를까 형의 마음을 바꿀 수는 없을 것 같다. 그저 형제간의 정만 내세워서 될 일이 아니야.'

그렇다고 형이 몰인정하다는 생각은 들지 않았다. 오히려 그 편이 당연하다고 깨달았다. 그런 형이 자신의 술값을 불평 없이 갚아주었으니 이상할 따름이다. 만약 자신이 지금 히라오카를 위해 연대보증에 도장을 찍고 돈을 빌린다면 어떻게 될까? 예전에 술값을 갚아주었을 때와 마찬가지로 깨끗하게 처리해줄까? 형은 그런 점까지 염두에 두고 거절한 것일까? 아니면 자신이 그렇게 무모한 짓은 하지 않을 거라고 안심해서 처음부터 빌려주지 않은 것일까?

다이스케 자신의 요즘 모습으로 말하면 도저히 남을 위해 도장 같은 것을 찍을 사람이라고 생각하기는 어렵다. 스스로도 그렇게 생각하고 있다. 하지만 형이 그걸 꿰뚫어 보고 돈을 빌려주지 않는 거라면 예상을 뒤엎고 연대보증을 서서 형의 태도가 어떻게 변할지 시험해보

1 밥에 녹차를 부은 요리.

고 싶기도 하다. 여기까지 생각이 미치자 다이스케는 자신도 그다지 질이 좋은 인간은 아니라며 속으로 쓴웃음을 지었다.

하지만 또 한 가지 분명한 사실이 있다. 히라오카는 조만간 차용증서를 들고 자신의 도장을 받으러 올 것이 틀림없다.

그런 생각을 하면서 다이스케는 이불 속에서 나왔다. 가도노는 식당에서 책상다리를 하고 신문을 읽고 있다가 젖은 머리로 욕실에서 나오는 다이스케를 보자마자 재빨리 자세를 바꾸고 신문을 접어 방석 옆에 밀어놓으며 큰 소리로 말했다.

"아무래도 「매연」[2]은 심각하게 전개되는 것 같군요."

"자네 그걸 읽고 있나?"

"네, 매일 아침 읽고 있습니다."

"재미있나?"

"재미있는 것 같습니다, 왠지."

"어떤 면이?"

"어떤 면이냐고 하시면, 그리 정색을 하고 물어보시니 좀 당황스럽습니다만, 글쎄요. 전반적으로, 뭐, 현대적인 불안감이 표현되어 있다고나 할까요."

"그리고 육감적이지 않은가?"

"그렇지요. 상당히요."

다이스케는 입을 다물고 말았다.

홍차 잔을 들고 서재로 돌아가 의자에 앉아 멍하니 뜰을 바라보고

---

2 1910년을 전후한 시기에 새로운 여성상을 그린 모리타 소헤이(森田草平)의 소설. 모리타는 스승인 소세키의 후원으로 《아사히 신문》에 이 작품을 연재했다. 여성 운동가이자 사회명사였던 유부녀 히라쓰카 라이초가 주인공이다.

있으려니 울퉁불퉁한 석류나무의 마른 가지와 회색 줄기의 밑동에 암녹색과 검붉은 색을 섞어놓은 듯한 새싹이 온통 돋아나고 있다. 다이스케의 눈에는 그런 모습이 반짝 비쳤을 뿐 곧 자극을 잃고 말았다.

다이스케의 머릿속에는 지금 구체적인 생각은 전혀 없었다. 그저 바깥 날씨처럼 조용히 그리고 느긋하게 움직이고 있었다. 하지만 그 밑바닥에는 미세한 먼지 같은 정체를 알 수 없는 것들이 무수하게 서로 밀어내고 있었다. 치즈 속에서 벌레가 아무리 움직여도 치즈가 움직이지 않는 이상은 알아차릴 수 없는 것과 마찬가지로 다이스케도 그 먼지의 존재를 조금도 자각하지 못하고 있었다. 다만 먼지가 다이스케에게 생리적으로 반사되어 올 때마다 의자에서 조금씩 몸의 위치를 바꿔야만 했다.

다이스케는 근래 사람들 입에 자주 오르내리는 '현대적'이라거나 '불안'이라는 단어를 입 밖에 내본 적이 별로 없다. 그것은 입에 담지 않아도 자신이 현대적이라는 것은 이미 알려져 있다고 생각했기 때문이고 또 현대적이기 때문에 반드시 불안해할 필요는 없다고 스스로 믿고 있었기 때문이다.

다이스케는 러시아문학에 등장하는 불안을 그 나라 특유의 날씨와 정치적 압박에서 비롯된 것으로 해석했다. 프랑스문학에서 엿보이는 불안은 유부녀의 간통이 많기 때문으로 보았다. 단눈치오로 대표되는 이탈리아문학에서의 불안은 무절제한 타락으로 인한 자기결손의 감정이라고 판단했다. 그래서 일본의 문학가가 굳이 불안이라는 측면에서만 사회를 묘사하는 것은 서구를 모방하는 것에 불과하다고 보았다.

학창 시절에 사물을 논리적으로 따지고 의심하면서 불안을 경험한 적은 있었지만 어느 정도 지속되다가 딱 멈춰서 원래 상태로 돌아오곤 했다. 마치 하늘을 향해 돌을 던지는 것과 같다고나 할까? 지금에서야 다이스케는 섣불리 돌을 던지지 않으면 좋았을 뻔했다고 생각하고 있다. 선승(禪僧)들이 말하는 이른바 대의현전(大疑現前)[3]의 경지는 다이스케가 아직 경험해보지 못한 미지의 세계였다. 다이스케는 그 정도로 솔직하고 성급하게 만사에 의심을 품기에는 너무나 머리가 좋은 사내였다.

다이스케는 가도노가 칭찬했던 「매연」을 읽고 있었다. 오늘은 홍차 잔 옆에 신문을 둔 채 펴볼 기분이 들지 않았다. 단눈치오의 주인공들은 모두 돈에 구애받지 않는 남자들이어서 사치를 누린 끝에 그런 못된 장난을 쳐도 무리가 아니라고 생각하지만 「매연」의 주인공은 그런 여유가 없을 정도로 가난한 사람이다. 그런 사치스러운 수준까지 밀고 올라가려면 정말 사랑의 힘이 아니고서는 가능할 리 없다. 그러나 요기치(要吉)라는 인물도 도모코(朋子)라는 여자도 진실한 사랑 때문에 어쩔 수 없이 사회 밖으로 밀려나가는 것으로는 보이지 않는다. 그들을 움직이는 내면의 힘은 무엇일까 하고 생각했지만 다이스케는 납득하기 어려웠다. 그런 상황에서 그런 행동을 결행할 수 있는 주인공이라면 아마도 불안해하지 않을 것이다. 그런 행동을 꺼리는 자신이야말로 오히려 그 내면에 불안의 요소가 존재하고 있는 것이 당연하다. 다이스케는 혼자서 생각에 빠질 때마다 자신이 특별한 사람이라고 생각한다. 그렇지만 요기치는 자신보다 훨씬 더 특별한 사람이라는 점을 인정했다. 그래서 얼마 전까지는 호기심이 생겨 「매연」을 읽었지만 요즘에는 자신과 요기치는 너무 거리가 멀다는 생각이 들어서 읽지 않을 때도 많다.

3 현상을 모두 사상의 세계로 보고 의심하려는 사상.

다이스케는 이따금 의자 위에서 몸을 움직였다. 그러면서 자신은 어디까지나 차분한 상태라고 생각하고 있었다. 이윽고 홍차를 전부 마셔버리고 평소처럼 책을 읽기 시작했다. 두 시간 정도는 집중해서 읽었지만 어느 페이지의 중간쯤에 이르자 갑자기 책에서 눈을 떼고 턱을 괴었다. 그러고는 옆에 놓여 있던 신문을 집어 들고 「매연」을 읽기 시작했다. 호흡이 맞지 않기는 마찬가지였다. 그러고 나서 다른 사회면 기사를 읽었다. 오쿠마[4] 백작이 고등상업학교의 분쟁과 관련해서 크게 소동을 벌이고 있는 학생들을 지지하고 있다. 상당히 강경한 말투로 견해를 밝히고 있었다. 다이스케는 기사를 읽다가 이건 오쿠마 백작이 학생들을 와세다 대학으로 불러 모으기 위한 방편이라고 해석했다. 다이스케는 신문을 내던졌다.

오후가 되어서야 비로소 다이스케는 자신이 평정심을 잃고 있다는 걸 자각하기 시작했다. 배 속에 생긴 수많은 주름이 끊임없이 서로의 위치와 모습을 바꾸어가며 제각기 움직이고 있는 듯한 느낌이 들었다. 다이스케는 가끔 이런 감정에 사로잡힐 때가 있다. 그리고 이런 종류의 경험을 지금까지 단순한 생리 현상으로만 받아들였다. 다이스케는 어제 형과 장어를 먹은 것을 후회했다. 산책 겸 히라오카의 집에 가볼까 싶었지만 자신의 목적이 산책인지 히라오카를 만나는 것인지 스스로도 갈피를 잡을 수 없었다. 할멈에게 옷을 꺼내달라고 해서 갈아입으려는데 세이타로가 왔다. 모자를 손에 들고 보기 좋은 둥근 머리를 다이스케 앞으로 내밀며 앉았다.

"학교가 벌써 끝난 거냐? 너무 이르지 않니?"

---

4 오쿠마 시게노부(大隈重信, 1838~1922). 일본 사가 번 무사 출신의 정치가이자 교육자. 제8대, 제17대 총리를 역임했으며 와세다 대학의 전신인 도쿄 전문학교를 설립한 인물이기도 하다.

"전혀 이르지 않아요."

이렇게 말하고 웃으면서 다이스케의 얼굴을 보고 있다. 다이스케는 손뼉을 쳐서 할멈을 불렀다.

"세이타로, 코코아 마실래?"

"마실래요."

다이스케는 코코아 두 잔을 가져오라고 한 뒤에 세이타로를 놀리기 시작했다.

"세이타로! 넌 매일 야구만 하니까 요즘 손이 무척 커졌구나. 머리보다 손이 더 큰데."

세이타로는 싱글거리면서 오른손으로 둥근 머리를 긁적였다. 실제로 손이 컸다.

"어제 아버지가 삼촌한테 한턱내셨다고 하던데요."

"그래, 그랬지. 그 덕분에 오늘은 배 속이 편치 않아."

"또 신경증이다!"

"신경증이 아니라 진짜야. 다 아버지 탓이다."

"하지만 아버지는 그렇게 말씀하시던데요."

"뭐라고?"

"내일 학교에서 돌아오는 길에 삼촌 집에 들러서 맛있는 걸 얻어먹고 오라고요."

"음, 어제의 보답을 하라는 말이구나."

"네. 오늘은 아버지가 한턱냈으니까 내일은 삼촌 차례라고요."

"그래서 일부러 찾아온 거로구나."

"네."

"역시 형님 아들이라 빈틈이 없구나. 그러니 지금 코코아를 마시게 해줬으니 됐지?"

"겨우 코코아인가요?"

"안 마실 게냐?"

"마시기야 하겠지만."

세이타로의 요구를 자세히 들어보니 스모가 시작되면 에코인(回向院)에 데려가 일등석에서 구경시켜달라는 것이었다. 다이스케는 흔쾌히 받아들였다. 그러자 세이타로는 기쁜 표정을 짓더니 갑자기 이렇게 말했다.

"삼촌이 지금은 빈둥거리고 있지만 사실은 정말 뛰어나신 분이라던데요."

다이스케도 이 말에는 좀 어이가 없었다. 그래서 하는 수 없이 대답했다.

"내가 훌륭한 사람이라는 건 알고 있던 사실이 아니냐?"

그러자 세이타로가 대꾸했다.

"하지만 아버지한테는 어젯밤에 처음 들었는걸요."

세이타로의 말에 따르면 어젯밤 형이 집에 돌아가서 아버지와 형수 이렇게 셋이서 자신에 관한 이야기를 나눴다고 한다. 어린아이가 하는 말이라 잘은 모르겠지만 비교적 머리가 좋은 편이어서 단편적으로나마 그때 들은 말을 기억하고 있었다. 아버지는 다이스케에 대해 아무래도 장래를 기대할 수 없을 것 같다고 평했다고 한다. 그에 반해 형은 저래도 제법 사리에 밝은 편이다. 당분간은 내버려두는 편이 낫다. 내버려둬도 괜찮다. 잘못되지는 않을 거다. 조만간 뭔가 할 것이라고 변호했다고 한다. 그러자 형수가 그 말에 찬성하며 일주일쯤 전에 점술가에게 물어보니 이 사람은 반드시 남들 위에 서게 될 거라며 격정할 것 없다고 장담했다고 한다.

다이스케는 음, 그래서, 라며 내내 재미있게 듣고 있다가 점술가 이야기가 나오자 좀 우스워졌다. 그러고 나서 옷을 갈아입고 세이타로를 배웅하려고 집 밖에 나왔다가 자신은 히라오카의 집을 찾아갔다.

히라오카의 집은 최근 10여 년간 계속된 물가 상승으로 형편이 점점 어려워진 중류층의 생활상을 고스란히 드러내는 볼품없는 외관을 하고 있었다. 다이스케의 눈에는 특히 그렇게 보였다.

대문과 현관 사이가 2미터도 되지 않는다. 부엌문 역시 마찬가지다. 그리고 뒤쪽에도 옆에도 궁핍해 보이는 집들이 늘어서 있다. 도쿄가 볼품없이 팽창하자 그 틈을 노려 돈도 별로 없는 자본가가 얼마 되지 않는 원금을 투자해서 2할에서 3할의 높은 이자를 받아낼 속셈으로 조밀하게 지은 생존경쟁의 기념물이라고나 할까.

오늘날의 도쿄, 특히 변두리 지역에는 가는 곳마다 그런 집들이 산재해 있을 뿐 아니라 장마철의 벼룩처럼 하루가 다르게 엄청난 속도로 늘어나고 있다. 다이스케는 과거 그런 현상을 '패망으로 나아가는 발전'이라고 이름 붙였다. 그것은 작금의 일본을 가장 대표하는 상징물이었다.

그중에서 어떤 집은 석유통의 바닥을 이어 붙인 사각형 비늘로 덮여 있었다. 그런 집을 빌려서 살다 보면 한밤중에 기둥이 갈라지는 소리에 잠이 깨기 십상일 것이다. 그런 집의 문에는 반드시 옹이구멍이 있다. 그런 집의 미닫이는 틀림없이 어긋나 있을 것이다. 자본을 머릿속에 쏟아 붓고 매달 그 머리에서 이자를 받아 생활하려는 사람은 모두 그런 집을 빌려 궁핍하게 살고 있었다. 히라오카 역시 그들 중 하나였다.

다이스케는 울타리 앞을 지날 때 먼저 지붕이 눈에 들어왔다. 거무칙칙한 기와의 색깔이 묘하게 그의 마음을 자극했다. 다이스케에게는 이 광택 없는 흙판이 물을 얼마든지 흡수할 수 있을 것 같았다. 현관 앞에는 이사할 때 풀어놓은 지푸라기들이 아직도 어지럽게 널려 있었다. 방으로 들어서니 히라오카가 책상 앞에 앉아 긴 편지를 쓰고 있었다. 미치요는 그 옆방에 앉아 장롱 고리를 딸깍딸깍 만지작거리고 있었다. 옆에는 커다란 고리짝이 열려 있고 안쪽에는 아름답고 긴 비단옷의 소매가 반쯤 나와 있었다.

히라오카가 미안하지만 잠시 기다려달라고 하는 동안 다이스케는 고리짝과 긴 비단옷, 그리고 때때로 고리짝 안으로 사라지는 가느다란 손을 보고 있었다. 미닫이는 열린 채 닫힐 기미조차 보이지 않았다. 하지만 미치요의 얼굴은 그림자에 가려 보이지 않았다.

마침내 히라오카가 붓을 책상 위에 내던지고 자세를 고쳐 앉았다. 뭔가 복잡한 사연을 열심히 쓰고 있었던 듯 귀가 붉게 물들어 있다. 눈도 충혈되어 있다.

"어떻게 지냈는가? 지난번에는 여러모로 고마웠네. 인사차 잠시 들르려 했는데 이제까지 못 가고 말았군."

히라오카의 말투는 변명이라기보다는 도전처럼 들렸다. 셔츠도 잠방이도 입지 않은 채 곧 책상다리로 앉았다. 옷깃을 제대로 여미지 않아 가슴 털이 약간 드러나 있었다.

"아직 안정이 안 된 모양이군."

다이스케가 물었다.

"안정은커녕 이 상태로는 평생 안정과 거리가 멀 듯하군."

이렇게 말하고 분주한 듯이 담배를 피워 물었다.

다이스케는 히라오카가 왜 이런 태도로 자신을 대하는지 잘 알고 있었다. 결코 자신에게 맞서고 있는 것이 아니라 세상을 상대하고 있는 것이다. 아니 그보다도 자기 자신과 맞서고 있다는 생각이 들자 오히려 가엾어졌다. 하지만 다이스케와 같은 신경의 소유자에게는 그러한 태도가 매우 불쾌하게 느껴졌다. 다만 화가 나지 않을 뿐이다.

"집은 어떤가? 방의 배치는 괜찮은 것 같군."

"응. 뭐 나쁘다고 한들 어쩔 수 없겠지. 마음에 드는 집에 살려면 주식이라도 하지 않으면 달리 방법이 없을 테니까. 요즘 도쿄에 생기는 멋진 집은 모두 주주들이 짓고 있지 않은가?"

"그럴지도 모르지. 그 대신 그런 멋진 집이 한 채 지어질 때마다 얼마나 많은 집들이 허물어지고 있을지 모르는 일이지."

"그러니 더욱 살기 좋지 않겠나?"

히라오카는 그 말을 하고 크게 웃었다. 그때 미치요가 나왔다. 다이스케에게 지난번에는 고마웠다고 인사를 하고 자리에 앉자마자 손에 들고 있던 붉은 플란넬 천이 둘둘 말린 것을 앞에 놓으며 보여준다.

"뭡니까? 그게?"

"아기 옷요. 만들어둔 채 아직 풀어놓지 않은 걸 지금 고리짝 속에서 발견해서 꺼내왔어요."

이렇게 말하면서 끈을 풀어 통소매를 좌우로 펼쳐 들었다.

"이봐, 그런 걸 여태 모셔두었나? 빨리 찢어 걸레라도 만들어버려."

미치요는 아기 옷을 무릎 위에 놓은 채 대꾸도 없이 잠시 고개를 숙이고 바라보았다.

"당신 것하고 같이 만든 거예요."

이렇게 말하며 남편 쪽을 보았다.

"이거?"

히라오카는 잔무늬가 있는 겹옷 속에 플란넬 속옷을 맨몸에 걸치고 있었다.

"이건 이제 못 입겠는데. 너무 더워."

다이스케는 비로소 예전의 히라오카를 보는 것 같았다.

"겹옷 속에 플란넬 속옷을 입었으니 더울 수밖에. 겹옷만으로도 충분해."

"귀찮아서 입고는 있지만."

"빨아놓을 테니 벗으라고 해도 좀처럼 벗어주지 않는걸요."

"아니야. 벗을 거야. 나도 이제 싫어졌어."

화제는 죽은 아기의 이야기에서 멀어졌다. 그래서 다이스케가 처음 왔을 때보다는 분위기가 한결 누그러졌다. 히라오카는 오랜만에 한잔하자고 했다. 미치요도 준비할 테니 천천히 놀다 가라며 부탁이라도 하듯이 말하고 옆방으로 갔다. 다이스케는 그 뒷모습을 보며 어떻게든 돈을 마련해주고 싶다는 생각을 했다.

"자네, 어디 취직자리라도 찾아냈는가?"

다이스케가 물었다.

"응. 글쎄 있을 것 같기도 하고 없을 것 같기도 해. 없다면 당분간 놀아야지 어쩌겠나. 천천히 찾다 보면 어떻게든 되겠지."

말투는 여유가 있는 듯했으나 다이스케에게는 오히려 초조하게 찾고 있는 것처럼만 들렸다. 다이스케는 어제 형과 자신 사이에 오갔던 이야기를 히라오카에게 들려주려고 생각했다가 이 한마디를 듣고 당분간 미뤄두기로 했다. 왠지 자신이 일부러 구애받고 있는 상대방의 체면을 깎는 듯한 느낌이 들었기 때문이다. 게다가 돈 문제에 관해 히라오카는 자신에게 한마디도 상의한 적이 없다. 그러니까 굳이 인사 치레를 할 필요도 없는 것이다. 다만 이렇게 잠자코 있으면 히라오카 는 내심 냉담한 놈이라고 언짢게 생각할 것이다. 그렇지만 지금의 다 이스케는 그런 비난에 대해 거의 무감각하다. 또한 실제로 자신은 그 리 열정적인 인간은 아니라고 생각하고 있다. 3, 4년 전의 자신이 지 금의 자신을 판단한다면 자신은 타락한 것인지도 모른다. 그렇지만 현재의 입장에서 3, 4년 전의 자신을 되돌아보면 자신의 도덕심을 과 장하며 잘난 체했던 것이 분명하다. 그러나 도금한 것을 금으로 믿게 하려고 온갖 궁리를 하느니 놋쇠를 놋쇠라고 밝히고 놋쇠에 합당한 모멸을 견디는 편이 마음 편하다는 것이 요즘 생각이다.

다이스케가 스스로 놋쇠가 되기를 감내하게 된 데는 갑작스러운 파 란에 휩쓸려 충격을 받은 나머지 심기일전하게 되었다는 등의 소설 같은 내력 따위는 없다. 그건 오직 다이스케 특유의 사색과 관찰의 힘 으로 서서히 놋쇠에 붙은 도금을 스스로 벗겨온 것에 불과하다. 다이 스케는 그 도금의 대부분을 아버지가 씌운 것이라고 믿고 있다. 그 당 시에는 아버지가 금으로 보였다. 많은 선배들이 금으로 보였다. 교육 을 많이 받은 사람들은 모두 금으로 보였다. 그래서 자신의 도금이 고 통스러웠다. 하루바삐 금이 되고 싶어 초조해하기도 했다. 그러나 도 금에 가려져 있던 다른 사람들의 본질을 자신의 눈으로 직접 들여다 보고 나니 갑자기 그것이 부질없다는 생각이 들었다.

다이스케는 동시에 이런 생각도 해보았다. 자신이 3, 4년 동안 이렇 게 변했으니 히라오카 역시 같은 기간 동안 그 자신의 경험 내에서 상 당히 변했으리라. 옛날의 자신이라면 되도록 히라오카의 환심을 사려 고 이런 경우에는 형과 싸움을 하거나 아버지와 언쟁을 해서라도 그를 위해 애썼을 것이다. 그리고 자신의 행동을 히라오카에게 떠벌렸을 것이지만 그런 행동은 역시 옛날의 히라오카에게나 가능했고, 지금의 그는 그렇게까지 친구를 소중히 여기지 않는다.

중요한 이야기는 한두 마디로 끝내고 이런저런 잡담으로 시간을 때우는 사이 술상이 나왔다. 미치요가 술병의 밑을 받치고 술을 따랐다.

히라오카는 술기운이 오르자 점점 말수가 많아졌다. 그는 술에 아무리 취해도 평소와 전혀 달라지지 않는 경우가 있었다. 그런가 하면 아주 활기가 넘쳐 쾌활하게 떠들기도 했다. 그런 때는 여느 술꾼들보다 훨씬 말이 많아지는가 하면 때로는 진지한 화제를 꺼내 상대방과 토론을 즐기기도 했다. 다이스케는 옛날에 맥주병을 사이에 두고 히라오카와 자주 토론을 벌이곤 했다. 다이스케에게 신기했던 점은 히라오카가 바로 그런 상태일 때 그와 토론을 하기가 가장 쉽다는 점이었다. 히라오카는 "자아, 한잔 마시고 본심을 이야기해볼까?"라는 말을 자주 입에 담곤 했다. 오늘 두 사람 사이에 감도는 분위기는 그때와는 상당히 거리가 있다. 그 거리감을 메우기가 좀처럼 쉽지 않다는 사실은 두 사람 모두 잘 알고 있다. 도쿄에 도착한 다음 날 3년 만에 만난 두 사람은 어느새 둘 사이에 상당한 거리감이 존재한다는 사실을 발견했다.

그런데 오늘은 묘했다. 술을 마시면 마실수록 히라오카의 예전 모습이 나타났다. 술이 거나하게 취하자 그는 자신의 곤궁함과 눈앞에 닥친 생활, 그리고 그에 따른 고통과 불평 등 마음속을 혼란시키는 감정이 마비된 듯했다. 히라오카의 이야기는 몇 단계나 앞으로 나아간 상태였다.

"난 실패했네. 그러나 실패는 했을지언정 아직 일은 하고 있지. 또 앞으로도 일을 할 생각이네. 자네는 실패한 나를 비웃고 있어. ……비웃지 않았다고 하더라도 결국 비웃은 거나 마찬가지니까 상관없어. 알겠나? 자넨 비웃고 있어. 그러는 자넨 아무 일도 안 하고 있지 않은가? 자넨 세상을 그저 있는 그대로 받아들이는 인간이야. 달리 말하면 의지를 발전시킬 수 없는 인간이겠지. 의지가 없다는 건 거짓말이야. 인간이니까 말이네. 그 증거로 항상 공허함을 느끼고 있을 거야. 난 내 의지를 현실 사회에서 실현하려고 하고 내 의지 덕분에 이 현실 사회가 내가 원하는 대로 변했다는 확신을 갖지 못하고서는 살아갈 수 없네. 거기에서 나라는 인간의 존재가치를 인정하는 거야. 자넨 그저 생각만 하고 있지. 그러다 보니 관념 세계와 현실 세계를 따로따로 세우고 살아가고 있는 거야. 그런 엄청난 부조화를 숨기고 있는 것 자체가 이미 무형의 큰 실패가 아닐까? 왜냐고 말해보시게나. 나는 그 부조화를 겉으로 드러냈지만 자네는 내면에 감추고 있을 뿐이므로 부조화를 겉으로 드러낸 만큼 내가 자네보다 덜 실패했다고 할 수 있지. 그런데도 난 지금 자네에게 비웃음을 사고 있네. 나는 자네를 비웃을 수가 없지. 아니 비웃고 싶지만 세상 사람들 눈으로 보면 비웃어서는 안 되겠지."

"비웃어도 상관없네. 자네가 나를 비웃기 전에 이미 내가 나 스스로를 비웃고 있으니까."

"그건 거짓말이야. 그렇지, 미치요?"

미치요는 아까부터 입을 다물고 있다가 남편이 갑자기 동의를 구하자 싱긋 웃으며 다이스케를 바라보았다.

"내 말이 맞지요? 미치요 씨."

다이스케는 이렇게 말하며 잔을 내밀어 술을 받았다.

"그건 거짓말이야. 집사람이 아무리 편을 든다고 해도 거짓말이야. 하긴 자네라는 사람은 남을 비웃든 스스로를 비웃든 모두 머릿속으로 하는 사람이니까, 거짓인지 정말인지 구분하기가 어렵기는 하지만……"

"농담 말게."

"농담이 아니네. 진심으로 하는 말이네. 그거야, 옛날의 자네는 그렇지 않았지. 지금의 자네는 많이 달라졌지. 그렇지? 미치요. 나가이는 누가 보더라도 자신만만해 보이지?"

"아까부터 옆에서 듣고 있자니 당신이 오히려 훨씬 자신만만해 보이는데요."

히라오카는 큰 소리를 내어, 하하하하, 하고 웃었다. 미치요는 술병을 들고 옆방으로 갔다.

히라오카는 상 위에 놓인 안주를 젓가락으로 뒤적여서 두세 점 집어 고개를 숙인 채 게걸스럽게 먹더니 마침내 멍한 눈을 들고 말했다.

"오늘은 오랜만에 기분 좋게 취했군. 이보게…… 자넨 별로 기분이 좋은 것 같지 않군. 정말 괘씸한 일이군. 난 옛날의 히라오카 쓰네지로로 돌아갔는데 자넨 옛날의 나가이 다이스케로 돌아가지 않다니 정말 괘씸한 일이야. 부디 옛날 모습으로 돌아가주게. 그리고 한껏 취해보세. 나도 이제부터 마실 테니까. 그러니 자네도 같이 마시게나."

다이스케는 이 말 속에서 지금의 자신을 옛날로 되돌리려는 진솔하고 순수한 어떤 노력을 알아차렸다. 그리고 그 점에 감동받았다. 하지만 한편으로는 예전에 먹어버린 빵을 지금 돌려달라고 떼를 쓰는 듯한 느낌도 받았다.

"자네는 술을 마시면 말은 취해도 머리는 멀쩡한 사람이니 나도 한

마디 하겠네."

"그렇지. 그래야 나가이지."

다이스케는 갑자기 말하기가 싫어졌다.

"자네, 정신은 멀쩡한가?"

다이스케가 물었다.

"당연하지. 자네만 멀쩡하다면 나는 언제나 멀쩡하네."

이 말을 하면서 다이스케의 얼굴을 똑바로 쳐다보았다. 실제로 자신의 말처럼 멀쩡해 보였다. 그래서 다이스케가 말을 꺼냈다.

"자네는 아까부터 아무 일도 하지 않는다며 어지간히 나를 공격했지만 난 입을 다물고 있었네. 공격받은 대로 나는 아무 일도 하지 않을 작정이니까 가만히 있었지."

"왜 일을 하지 않는 건가?"

"왜 일을 하지 않느냐고? 그건 내 탓이 아니야. 즉 세상 탓이지. 좀더 과장해서 말하자면 일본과 서양의 관계에 문제가 있어서 일하지 않는 거네. 우선 일본만큼 빚이 많아 어려움을 겪는 나라는 없을 것이네. 자넨 그 빚을 언제쯤 갚을 수 있을 것 같은가? 그야 외채 정도는 갚을 수 있겠지. 하지만 빚은 그뿐만이 아닐세. 일본은 서양에서 빚을 얻지 못하면 도저히 일어설 수 없는 나라야. 그런데도 선진국이라고 자처하고 있지. 억지로라도 선진국 대열에 끼려고 하지. 그러니 여러 방면에서 깊이보다는 선진국처럼 넓이만 벌려놓는 거야. 무리하게 벌려놓으니 더욱 비참한 거야. 소하고 경쟁하는 개구리처럼 이제 곧 배가 터지고 말 걸세. 그 피해는 모두 우리 개인이 입게 될 테니 두고 보게. 이렇게 서양의 압박을 받고 있는 국민은 머릿속에 여유가 없으니 제대로 된 일은 할 수가 없지. 모두 빡빡하게 교육을 받고 그 후에는 눈이 돌 정도로 혹사를 당하니 모두가 하나같이 신경쇠약에 걸려 버리지. 한번 이야기를 해보게나. 그들 대부분이 바보일 테니까. 자신의 일과 자신의 현재, 단지 눈앞의 일 외에는 아무 생각도 없지. 생각조차 할 수 없을 정도로 지쳐 있으니 어쩔 수 없는 일이겠지. 정신적인 피로와 신체적인 쇠약은 불행히도 늘 함께 다니는 법이니까. 뿐만아니라 도덕적으로도 타락해가고 있어. 일본의 어디를 바라보아도 밝게 빛나는 구석이라고는 한 군데도 없지 않은가? 온통 암흑이지. 그속에서 나 한 사람이 무슨 말을 한들 무슨 일을 한다고 한들 소용이 있겠나. 난 태생적으로 게으른 사람일세. 실은 자네와 함께 어울리던때도 게으름뱅이였어. 그때는 센 척하며 자신만만하게 굴었으니 자네눈에는 내가 전도유망하게 보였을 거야. 그야 지금이라도 일본 사회가 정신적, 도덕적, 구조적으로 건강하다면 나도 여전히 전도유망한사람이었겠지. 그렇기만 하다면 할 일은 얼마든지 있을 테니까. 그리고 내 게으른 성격도 뛰어넘을 수 있을 만한 자극도 얼마든지 있을 거라고 생각하네. 그러나 이건 아니야. 지금과 같은 상태라면 나는 오히려 나 자신만을 위해 살 수밖에 없네. 그래서 자네 말처럼 있는 그대로의 세계를 그대로 받아들이고 그 속에서 내게 가장 걸맞은 것과 접촉하며 만족하고 있네. 나서서 다른 사람들이 내 생각을 따르도록 하는 것은 도저히 불가능한 이야기니 말일세."

다이스케는 잠시 숨을 돌렸다. 그러고 나서 약간 불편한 표정을 짓고 있는 미치요에게 적당히 말을 걸었다.

"미치요 씨! 어떠세요? 내 생각이? 너무 무사태평인가요? 찬성하지 않습니까?"

"뭔가 염세적인 것도 같고 무사태평한 듯도 한데 저는 잘 모르겠어요. 하지만 좀 숨기고 계신 듯해요."

"그래요? 어떤 점이 그렇지요?"

"글쎄요. 어떤 점이라고 해야 할지. 여보! 당신이 좀……"

미치요는 남편을 바라보았다. 히라오카는 허벅지 위에 팔꿈치를 올려놓고 턱을 괸 채 잠자코 있다가 아무 말도 없이 술잔을 다이스케 앞으로 내밀었다. 다이스케도 아무 말 없이 받았다. 미치요가 다시 잔을 채웠다.

다이스케는 술잔을 입에 대면서 더 이상 이야기할 필요가 없다고 느꼈다. 원래부터 히라오카가 자신의 생각에 동조하도록 만들기 위해 이런 말을 한 건 아니었고 히라오카의 의견을 듣기 위해 찾아온 것도 아니었다. 두 사람은 서로 떨어져 있어야 할 운명이라는 걸 처음부터 잘 알고 있었다. 그래서 다이스케는 논쟁은 이 정도에서 끝내고 미치요도 끼어들 수 있을 만한, 평범하고 사교적인 화제를 꺼내려고 시도했다.

그러나 히라오카는 술에 취하면 집요해지는 성격이다. 털 속까지 빨개진 가슴을 내밀고 말했다.

"그거 재미있군. 아주 재미있어. 나처럼 구석에 처박혀서 현실과 악전고투하고 있는 사람은 그런 걸 생각할 여유가 없지. 일본이 가난하다거나 겁쟁이라거나 하는 생각 따위는 일하는 동안 잊어버리게 되지. 세상이 타락했다고 해도 그런 사실도 알아차리지 못한 채 그 속에서 활동하고 있으니 말이야. 자네처럼 한가한 사람의 입장에서 보면 일본의 가난이나 우리들의 타락이 걱정될지도 모르지만 그건 이 사회에 쓸모없는 방관자들이나 할 수 있는 말이지. 결국 자신의 얼굴을 거울에 비춰볼 여유가 있기 때문에 그렇게 되는 거야. 누구든 바쁠 때는 자신의 얼굴 따위는 잊어버리게 되지."

히라오카는 말하면서 자연스럽게 이런 비유가 떠오르자 힘을 얻은 듯 자신 있게 말을 맺었다. 다이스케는 하는 수 없이 엷은 미소를 지어 보였다. 그러자 히라오카가 곧 덧붙였다.

"자네는 돈에 궁해본 적이 없어서 안 돼. 생활에 어려움을 겪어본 적이 없기 때문에 일할 생각이 없는 거지. 말하자면 부잣집 도련님이 그저 고상한 말이나 늘어놓고 있는 거야……"

다이스케는 히라오카가 얄미워져서 도중에 상대의 말을 끊었다.

"일하는 것도 좋지만 일을 한다면 단지 생계만을 위한 일이어서야 명예로운 일이라고 할 수 없지. 모든 신성한 노력이란 빵과는 거리가 있는 법이네."

히라오카는 뭔가 불쾌하다는 눈길로 다이스케의 얼굴을 바라보다가 물었다.

"왜 그렇지?"

"왜냐니? 생계만을 위한 노동은 노동을 위한 노동이 아니니까."

"그런 논리학의 명제와도 같은 말은 알아들을 수가 없어. 좀 더 구체적으로 보통 사람들이 알아들을 수 있도록 말해보게."

"말하자면 먹고살기 위한 직업에는 성실하게 매달리기가 어렵다는 의미지."

"내 생각과는 정반대로군. 먹고살기 위해서니까 열심히 일할 생각이 들겠지."

"열심히 일을 할 수 있을지는 모르지만 성실하게 일하기는 힘들다는 거야. 먹고살기 위해 일한다면 결국 먹고사는 것과 일하는 것 중에서 어느 쪽이 목적이라고 생각하나?"

"당연히 먹고사는 쪽이지."

"그것 보게. 먹고사는 것이 목적이고 일하는 것이 그 수단이라면 먹고살기 쉽게 일할 방법을 찾아가는 게 당연한 일이지. 그러면 무슨 일을 어떻게 하든 그저 빵을 얻을 수만 있으면 된다는 결론이 나지 않을까? 노동의 내용이나 방향, 순서가 다른 것의 방해를 받게 된다면 그런 노동은 타락한 노동이라 할 수 있지."

"여전히 이론적이군, 이것 참. 그렇다고 해서 문제 될 것은 없지 않은가?"

"그럼 아주 품격 있는 예를 들어 설명해보겠네. 케케묵은 이야기지만 어떤 책에서 이런 이야기를 읽은 적이 있네. 오다 노부나가[5]가 유명한 요리사를 고용했는데 그 요리사가 만든 요리를 처음으로 먹어보고 너무 맛이 없어서 크게 혼을 냈다는군. 요리사로서는 최고의 요리를 내놓고 야단을 맞은 셈이지. 그래서 그다음부터는 적당하게 이류나 삼류의 요리를 주인에게 만들어 주었더니 내내 칭찬을 받았다고 하네. 그 요리사의 일을 생각해보게. 자신의 생활을 위해 요리를 한다는 점에서는 빈틈이 없지만 자신의 기술인 요리 자체를 위해 일한다는 점에서는 매우 불성실하고 타락한 요리사라고 할 수 있지 않을까?"

"하지만 그렇게 하지 않으면 해고를 당할 게 뻔하니까 달리 방법이 없지 않겠나?"

"그러니 말일세. 먹고사는 일에서 자유로운 사람이 이른바 자신이 흥미가 있어서 하는 일이 아니라면 진실되게 일할 수 없다는 것이지."

5 오다 노부나가(織田信長, 1534~1582). 일본 전국시대 최고의 무장. 일본 통일의 기반을 닦았다.

"그렇다면 자네와 같은 신분이 아니라면 신성한 노동은 불가능하다
는 말이군. 그렇다면 더욱더 일할 의무가 있는 셈이로군. 그렇지, 미치
요?"

"그렇네요."

"어쩌다 보니 이야기가 원점으로 돌아가버렸군. 토론은 이래서 좋
지 않아."

이렇게 말하며 다이스케는 머리를 긁적였다. 마침내 이렇게 해서
토론은 끝났다.

7

다이스케는 욕조에 들어갔다.

"선생님, 온도는 어떻습니까? 불을 좀 더 지필까요?"

가도노가 입구에서 갑자기 얼굴을 디밀었다. 가도노는 이런 면에서는 아주 세심하게 신경을 쓴다. 다이스케는 뜨거운 물에 가만히 몸을 담근 채 대답했다.

"적당."

"합니까?"

이렇게 말하고 가도노는 식당 쪽으로 되돌아갔다. 다이스케는 가도노의 말투가 재미있어서 혼자 빙긋 웃었다. 다이스케는 다른 사람이 느끼지 못하는 것을 느끼는 신경이 있다. 그 때문에 가끔 고통스럽기도 하다. 언젠가 친구의 아버님이 돌아가셔서 장례식에 참석한 적이 있는데 그 친구가 상복을 입고 푸른 대나무 지팡이를 짚고 관 뒤를 따라가는 모습을 보자 문득 웃음이 나오려고 해서 난처했다. 또 언젠가는 아버지의 잔소리를 듣다가 멍하니 아버지 얼굴을 보자 갑자기 웃음보가 터지려고 해서 참기 어려웠던 일도 있다. 집에 욕조를 들여놓기 전에는 근처에 있는 대중탕을 다녔는데 거기에 체격이 건장한 때밀이가 있었다. 그는 갈 때마다 안에서 뛰어나와 때를 밀어주겠다면서 등을 밀어주었다. 다이스케는 그 녀석이 싹싹 등을 밀어줄 때마다 아무래도 이집트인이 자신의 등을 밀어주는 것 같은 느낌을 받았다. 아무리 생각해도 그가 일본 사람 같지가 않았다.

신기한 일은 또 있었다. 얼마 전에 어떤 책을 읽으니 베버[1]라는 생리학자는 자신의 심장 고동을 마음대로 늘였다가 줄였다가 한다고 쓰여 있어서 평소에도 심장 고동을 시험하는 버릇이 있었던 다이스케는 시험해보고 싶어져서 하루에 두세 번쯤 조심스럽게 시도해보는 동안 어쩐지 베버처럼 될 것 같은 생각이 들어 깜짝 놀라 그만두어버렸다.

욕조에 조용히 몸을 담그고 있던 다이스케는 무심코 오른손을 왼쪽 가슴 위에 갖다 댔는데 쿵쿵거리는 생명의 소리를 두세 번 듣자마자 갑자기 베버를 떠올리고 곧 욕조 밖으로 나왔다. 그리고 책상다리를 한 채 망연히 자신의 발을 바라보았다. 그러자 그 발이 이상하게 변하기 시작했다. 마치 자신의 발이 몸에 붙어 있는 것이 아니라 자신과는 전혀 상관없는 것이 그 자리에 제멋대로 붙어 있는 듯한 느낌이 들었다. 그러자 지금까지는 깨닫지 못했지만 자신의 발이 눈 뜨고 볼 수 없을 정도로 추해 보였다. 제멋대로 자란 털 사이로 푸른 힘줄이 이곳저곳 뻗어 있는 것이 정말이지 이상한 동물이었다.

다이스케는 다시 욕조 안으로 들어가서 히라오카의 말대로 시간이 남아돌아 이런 망상까지 하게 된 것이 아닐까 하고 생각했다. 욕조에

1 에른스트 하인리히 베버(Ernst Heinrich Weber, 1795~1878). 독일의 생리학자. 자극과 감각의 관계에 관한 법칙을 발견했으며, 이를 '베버의 법칙'이라 한다. 실험심리학의 발전에 공헌했다.

서 나와 거울에 자신의 모습을 비추어보다가 다시 히라오카의 말이 떠올랐다. 폭이 넓은 서양 면도기로 턱과 뺨의 수염을 깎으려는데 예리한 칼날이, 거울 속에서 번뜩이는 빛이 왠지 근질거리는 느낌이 들게 했다. 그런 느낌이 강해지면 높은 탑 위에서 까마득한 아래를 내려다볼 때와 비슷한 느낌이 들 것이라고 의식하면서 면도를 끝냈다.

식당 앞을 막 지나치려고 하는데 가도노가 할멈과 이야기를 나누고 있었다.

"아무리 봐도 선생님은 수완이 좋으세요."

"뭐가 수완이 좋다는 거지?"

다이스케는 멈춰 서서 가도노를 바라보며 물었다.

"벌써 목욕을 끝내셨나요? 빠르시네요."

가도노가 대답했다.

그런 인사를 받고 나니 다시 한번 자신이 어떻게 수완이 좋으냐고 물어볼 수도 없어 그대로 서재로 돌아와 의자에 앉아 휴식을 취했다.

휴식을 취하면서 머리가 묘한 방향으로 민감해지면 건강에 독이 될 테니 잠시 여행이라도 다녀올까 하고 생각해보았다. 게다가 최근에 거론되고 있는 결혼 문제를 피하는 데도 좋을 것 같았다. 그러나 이번에는 히라오카의 일이 마음에 걸려 떠나겠다는 계획을 금방 포기해버렸다. 곰곰이 따져보면 히라오카가 마음에 걸린다기보다는 역시 미치요가 마음에 걸리는 것이다. 다이스케는 이런 생각을 하면서도 별로 부도덕하다는 생각은 들지 않았다. 오히려 기분이 유쾌해졌다.

다이스케가 미치요를 알게 된 것은 지금으로부터 4, 5년 전으로 다이스케가 아직 학생일 때였다. 다이스케는 나가이 가문의 일원으로 당시 사교계에 등장하는 젊은 아가씨들의 이름이나 얼굴을 많이 알고 있었다. 그렇지만 미치요는 그런 여성은 아니었다. 겉모습은 수수했고 조금 차분한 분위기의 여자였다. 당시 다이스케에게는 스가누마(菅沼)라는 학교 친구가 있었는데 히라오카와도 아주 친한 사이였다. 미치요는 그의 여동생이었다.

스가누마는 도쿄 인근 출신으로 대학생이 된 지 2년째 되는 해 봄에 학업을 구실로 고향에서 여동생을 데려왔고 그때까지 묵었던 하숙집에서 나와 둘이서 집을 얻었다. 그때 그의 여동생은 고향에서 고등여학교를 막 졸업한 상태로 나이는 열여덟 정도라고 했는데 화려한 깃을 달고 어깨 부근이 올라간 옷을 입고 있었다. 그녀는 곧 어느 여학교에 다니기 시작했다.

스가누마의 집은 야나카(谷中)의 시미즈초(淸水町)에 있었는데 정원이 없는 대신 툇마루로 나서면 우에노 숲의 오래된 삼나무가 보였다. 그 나무들은 녹슨 쇠 같은 매우 특이한 색깔을 띠고 있었다. 그중한 그루는 거의 말라 죽어서 위쪽의 앙상한 가지만 남은 쪽에는 저녁이면 까마귀가 많이 몰려들어 울었다. 옆집에는 젊은 화가가 살고 있었다. 인력거도 별로 다니지 않는 좁은 골목에 위치한 매우 한적한 집이었다.

다이스케는 그 집에 자주 놀러 갔다. 미치요를 처음 만났을 때, 그녀는 인사만 하고 들어가버렸다. 다이스케는 우에노 숲에 관한 이야기를 하고 돌아왔다. 두 번째, 세 번째 찾아갔을 때도 미치요는 그저 차만 내올 뿐이었다. 그러나 집이 좁다 보니 옆방에 있을 수밖에 없었다. 다이스케는 스가누마와 이야기를 하면서도 옆방에 미치요가 자신의 이야기를 듣고 있을 거라는 사실을 의식하지 않을 수 없었다.

어떤 계기로 미치요와 말을 하게 되었는지, 어떤 상황이었는지 지금은 다이스케의 기억에 남아 있지 않다. 기억에 남지 않을 정도로 사소한 일에서 시작되었을 것이다. 시나 소설에 싫증이 나 있던 다이스케에게는 그것이 새로운 재미를 주었다. 하지만 일단 서로 말을 트고 나니 역시 시나 소설에서처럼 두 사람은 곧 친해졌다.

히라오카도 다이스케처럼 스가누마의 집에 자주 놀러 갔다. 어떤 때는 두 사람이 함께 간 적도 있다. 그래서 다이스케와 비슷한 시기에 미치요와 친해졌다. 미치요는 오빠와 두 사람을 따라 이케노하타(池の端)와 같은 곳을 산책한 적도 있다.

네 사람은 그런 관계로 거의 2년을 보냈다. 그러다가 스가누마가 졸업하는 해 봄에 그의 어머니가 시골에서 올라와 잠시 시미즈초에 머물렀다. 그의 어머니는 1년에 한두 번씩 상경해서 자식들 집에 대여섯 밤 정도 머무르곤 했는데 그때는 돌아가기 전날부터 열이 나 꼼짝할 수 없었다. 일주일이 지나서야 장티푸스로 판명되어 바로 대학병원에 입원했다. 미치요는 어머니를 간호하기 위해 함께 병원에 갔다. 환자는 한때 차도를 보이기는 했지만 도중에 갑자기 악화되어 결국 죽고 말았다. 뿐만 아니라 병문안을 갔던 스가누마도 장티푸스에 감염되어 곧 세상을 떠났다. 고향에는 아버지만 홀로 남게 되었다.

스가누마의 아버지는 아내와 스가누마가 죽었을 때 고향에서 올라와 그 뒤처리를 했다. 그래서 생전에 스가누마와 친했던 다이스케나 히라오카와도 알게 되었다. 미치요를 데리고 고향에 돌아갈 때는 딸과 함께 두 사람의 하숙집을 각각 방문해서 작별인사를 겸하여 고맙다는 인사를 했다.

그해 가을에 히라오카는 미치요와 결혼했다. 그 사이에서 중매 역할을 한 사람은 다이스케였다. 표면상으로는 시골의 선배에게 중매인의 역할을 부탁하는 형식을 취했지만 미치요의 승낙을 얻어낸 사람은 다이스케였다.

결혼하고 얼마 지나지 않아 두 사람은 도쿄를 떠났다. 고향에 있던 미치요의 아버지도 갑작스러운 사정이 생겨 홋카이도로 떠났다. 그런 만큼 지금 미치요의 마음은 허전할 것이다. 어떻게든 도쿄에서 자리를 잡도록 도와주고 싶은 심정이었다. 다이스케는 다시 한번 형수와 상의하여 지난번에 부탁받은 돈을 마련해주어야 하겠다고 생각했다. 또 미치요를 만나 더 구체적인 사정 이야기를 들어보리라 생각했다.

그렇지만 히라오카의 집에 간다고 해서 미치요가 속속들이 털어놓을 여자도 아니고, 설사 그런 돈이 필요한 사정을 자세히 듣는다고 해도 부부의 속사정까지 캐내기는 쉽지 않을 것이다. 다이스케의 마음속을 잘 들여다보면 그가 정말로 알고 싶어 하는 것은 그것이라고 스스로 인정하지 않을 수 없다. 그러므로 솔직히 말하면 돈이 필요한 이유를 알려고 할 필요는 이미 사라져버렸다. 사실 그들의 사정과는 상관없이 돈을 빌려줘서 미치요를 만족시켜주고 싶은 심정이었다. 그렇지만 미치요의 환심을 살 목적으로 그 수단으로써 돈을 마련할 생각은 전혀 없었다. 다이스케는 미치요에 대해 그 정도로 치밀한 계산을 하고 있을 만한 여유가 없었다.

게다가 히라오카가 집에 없는 틈에 찾아가 지금까지의 사정, 특히 경제 사정만이라도 충분히 알아내기는 쉽지 않았다. 히라오카가 집에 있는 동안에는 자세한 이야기를 할 수 없는 건 확실히 알고 있다. 가능하다고 해도 그걸 처음부터 끝까지 믿을 수도 없다. 히라오카는 세속적인 다양한 이유로 다이스케에게 허세를 부리고 있었다. 허세를 부릴 필요가 없는 때에도 무슨 생각에선지 침묵을 지켰다.

하여튼 다이스케는 먼저 형수와 상의해보기로 결심했다. 그렇지만 스스로가 생각해도 참으로 난감했다. 지금까지 형수에게 조금씩 부탁을 한 적은 몇 번이나 있었지만 이렇게 느닷없이 부탁을 하기는 처음이다. 하지만 우메코는 자신이 마음대로 쓸 수 있는 돈을 어느 정도 갖고 있으므로 어쩌면 빌릴 수 있을지도 모른다. 만약 안 된다면 비싼 이자라도 내고 빌리면 되겠지만 다이스케는 아직 거기까지는 마음이 내키지 않았다. 다만 조만간 히라오카가 찾아와 내놓고 연대보증을 부탁했을 때 그걸 거절할 수 없다면 차라리 자신이 직접 미치요를 기쁘게 해주는 편이 훨씬 좋겠다는 생각만은 이치를 떠나서 머릿속에 떠다니고 있었다.

뜨뜻미지근한 바람이 부는 날이다. 흐린 날씨가 시간이 아무리 흘러도 맑아질 것 같지 않아 시간이 한없이 더디게 느껴지는 날이다. 4시가 조금 지난 시각에 집을 나와 전차를 타고 본가로 갔다. 아오야마 인근에 이르렀을 때 전차 왼쪽으로 아버지와 형이 인력거를 타고 서둘러 지나갔다. 인사를 건넬 틈도 없이 스쳐 지나갔기 때문에 그쪽에서는 처음부터 알아차리지 못했다. 다이스케는 그다음 정거장에서 내렸다.

집에 들어서자 객실에서 피아노 소리가 들렸다. 다이스케는 잠깐 자갈 위에 멈춰 섰다가 곧 왼쪽으로 방향을 바꿔 부엌문으로 돌아갔다. 격자문 밖에 헥터라는 영국 품종의 큰 개가 가죽 끈으로 입이 묶인 채 누워 있었다. 다이스케의 발소리가 들리자마자 헥터는 털이 긴 귀를 흔들더니 반점이 있는 얼굴을 갑자기 들었다. 그러더니 꼬리를 흔들었다.

입구에 있는 서생의 방을 들여다보고 문턱에 선 채로 두세 마디 인사말을 건넨 뒤 곧 서양식 방으로 가서 문을 열자 형수가 피아노 앞에 앉아 두 손을 움직이고 있다. 그 옆에는 누이코가 긴 소매 옷을 입고 언제나처럼 머리카락을 어깨까지 늘어뜨린 채 서 있다. 다이스케는 누이코의 머리를 볼 때마다 어린 시절 그네를 타던 누이코의 모습이 떠오른다. 검은 머리와 담홍색 리본과 노란색 오글쪼글한 오비가 바람이 불어 한꺼번에 하늘에 나부끼던 모습이 선명하게 머릿속에 새겨져 있다.

모녀가 동시에 돌아보았다.

"오셨어요."

누이코는 말없이 달려왔다. 그리고 다이스케의 손을 힘껏 잡아당겼다. 다이스케는 피아노 옆까지 왔다.

"어떤 명인(名人)이 치고 있나 했지."

우메코는 아무 말 없이 이마에 팔자 주름을 지으며 웃으면서 손을 저어 다이스케의 말을 가로막았다. 그리고 이렇게 말했다.

"도련님! 이 부분을 좀 쳐보세요."

다이스케는 말없이 형수와 바꿔 앉았다. 악보를 보면서 양 손가락을 잠깐 능숙하게 움직이면서 "이렇게 치는 것이겠죠" 하며 곧 의자에서 물러났다.

그러고는 약 30분 동안 모녀가 번갈아가면서 악기 앞에 앉아 같은 곳을 되풀이해서 연주했다.

"이제 됐다. 저쪽으로 가서 밥이라도 먹어야지. 도련님도 같이 가세요."

이윽고 우메코가 이렇게 말하면서 자리에서 일어섰다. 방 안은 이미 어둑해져 있었다. 다이스케는 아까부터 피아노 소리를 들으면서 형수와 조카의 흰 손이 움직이는 모습을 보다가 가끔 채광창의 그림을 바라보며 미치요도, 돈을 빌려야 한다는 생각도 잊고 있었다. 방을 나오면서 돌아보니 그림 속에서 남빛 파도가 부서지면서 하얗게 일어나는 부분만이 어둠 속에서 선명하게 보였다. 다이스케는 그 부서지는 큰 파도 위에 황금빛 구름 봉우리를 그리게 했다. 그 구름 봉우리를 자세히 보면 벌거벗은 거인 여인이 머리를 산발하고 한 떼를 지어 춤을 추며 미친 듯이 날뛰는 듯한 윤곽이 보인다. 다이스케는 원래 발키리(Valkyrie)[2]를 구름에 빗댈 생각으로 이 그림을 주문했었다. 그는 구름 봉우리인지 거구의 여인인지 거의 분간할 수 없는 거대한 덩어리를 떠올리며 내심 기뻤었다. 그런데 완성된 그림을 벽에 걸고 보니 생각보다 마음에 들지 않았다. 우메코와 방에서 나왔을 때에 그 발키리는 거의 보이지 않았다. 남빛 파도는 물론 눈에 띄지 않았다. 그저 커다란 하얀 거품 덩이만이 희미하게 보였다.

거실에는 이미 전등이 켜져 있다. 그곳에서 다이스케는 우메코와 함께 저녁을 먹었다. 두 조카도 자리를 함께했다. 세이타로에게 형의 방에서 마닐라산 담배 한 개비를 가져오라고 해서 그걸 피우면서 잡담을 나누었다. 이윽고 아이들은 예습할 시간이라는 어머니의 주의를 듣고 각자의 방으로 들어갔기 때문에 그 후로는 둘이 마주 보게 되었다.

다이스케는 갑자기 그 이야기를 꺼내기도 거북해서 관계가 없는 이야기부터 슬슬 시작했다. 먼저 아버지와 형이 급하게 인력거를 타고 어디로 갔느냐는 이야기부터 시작하여 얼마 전에 형에게 한턱 얻어먹은 이야기, 형수는 왜 아자부에서 열린 파티에 오지 않았는지, 아버지

---

2 북유럽 신화에서 오딘 신이 발할라에 들어올 만한 전사자를 고르기 위해 전쟁터로 보낸, 그를 섬기는 소녀들을 총칭하는 말.

의 한시(漢詩)는 대개 과장이 심하다는 등 여러 가지 일을 묻기도 하고 대답하기도 하는 사이에 한 가지 새로운 사실을 알게 되었다. 그건 다름이 아니라 아버지와 형이 요즘 무척 바빠져 최근 4, 5일 동안은 제대로 눈 붙일 틈도 없다는 것이었다. 도대체 무슨 일을 시작했느냐고 다이스케는 태연한 표정으로 물었다. 그러자 형수는 평소와 같은 말투로 대답했다.

"글쎄요. 뭔가 시작했겠지요. 아버님이나 형님이 제게는 아무 말씀도 안 하시니까 잘은 모르지만. 그보다도 지난번 도련님 신붓감은……"

말을 꺼내려는 순간 서생이 들어왔다.

오늘 밤도 늦어지는데 만일 누구와 누구에게 연락이 오면 어떤 집으로 와달라고 전해달라는 전화 내용을 전하더니 다시 자리를 떠났다. 다이스케는 또 화제가 결혼 문제로 돌아가면 귀찮아질 것 같아서 곧바로 용건을 꺼내버렸다.

"형수님! 부탁드릴 일이 있어 왔습니다."

우메코는 다이스케의 이야기를 순순히 들었다. 다이스케가 이야기를 다 마칠 때까지는 10분 정도 걸렸다.

"그러니 눈 딱 감고 빌려주세요."

마지막으로 이렇게 말했다. 그러자 우메코는 진지한 표정으로 생각지도 않은 질문을 던졌다.

"글쎄요. 그렇지만 도대체 언제 갚을 생각이죠?"

다이스케는 손가락으로 턱 끝을 잡고는 가만히 형수의 기색을 살폈다. 우메코는 더욱 진지한 표정으로 다시 이렇게 말했다.

"비꼬는 게 아니에요. 화내시면 안 돼요."

다이스케는 물론 화를 내지는 않았다. 단지 형수에게 이런 질문을 받으리라고는 생각지도 못했을 뿐이다. 이제 와서 반드시 갚겠다거나 그냥 달라고 할 생각이었다고 늘어놓으면 늘어놓을수록 우스꽝스러워질 뿐이라 기꺼이 그 공격을 받아들이는 중이다. 우메코는 마침내 골칫거리 시동생을 꼼짝 못하게 만들었다는 생각이 들어서 다음 말을 아주 쉽게 이어갔다.

"도련님! 도련님은 항상 저를 바보 취급하고 있어요. 아니, 빈정대는 게 아니에요. 정말인걸요. 어쩔 수 없죠. 그렇지요?"

"난처한데요. 그렇게 진지하게 따지고 드시니."

"괜찮아요. 얼버무릴 필요는 없어요. 다 알고 있으니까요. 그러니까 솔직하게 그렇다고 말씀하세요. 그렇지 않으면 다음 이야기를 할 수 없으니까요."

다이스케는 입을 다물고 빙긋이 웃었다.

"그렇지요? 자아, 보세요. 하지만 그건 당연해요. 전혀 상관없어요. 제가 아무리 잘난 체를 해도 도련님의 상대는 될 수 없으니까요. 전 지금까지 도련님과 지내오면서 만족하고 있어요. 불만은 없어요. 그건 그렇고 도련님은 아버님도 바보 취급하고 있죠?"

다이스케는 형수의 솔직한 태도가 마음에 들었다. 그래서 이렇게 대답했다.

"네. 조금은 바보 취급을 하고 있습니다."

그러자 우메코는 정말 유쾌하다는 듯이 큰 소리로 웃었다. 그러고는 말했다.

"형님도 바보 취급하고 있죠?"

"형님 말입니까? 형님은 무척 존경하고 있습니다."

"거짓말하지 마세요. 말 나온 김에 전부 불어버리세요."

"그야 어떤 면에서는 바보 취급을 할 때도 있죠."

"그것 봐요. 도련님은 가족 모두를 바보 취급하고 있어요."

"대단히 송구스럽군요."

"그런 변명은 어떻든 상관없어요. 도련님이 보시기에 바보 취급당할 이유가 있을 테니까요."

"이제 그만하시지요. 오늘은 좀 엄하시네요."

"진심이에요. 그렇지만 상관없어요. 싸움이든 뭐든 안 할 생각이니까. 하지만 그렇게나 훌륭하신 도련님이 어째서 저 같은 사람에게 돈을 빌려야 하는 거죠? 이상하지 않아요? 말꼬리를 잡고 늘어진다는 생각에 화가 나시죠? 그렇지 않은가요? 그 정도로 훌륭한 분이라도 돈이 없으면 저 같은 사람에게도 머리를 숙이지 않으면 안 되는 거예요."

"그래서 아까부터 머리를 숙이고 있잖습니까?"

"아직도 제 말을 진지하게 듣지 않으시는군요."

"진심으로 하는 말입니다."

"그럼 그런 점도 도련님의 훌륭한 점일지 모르지요. 그렇지만 아무에게도 돈을 빌리지 못해 지금 그 친구를 돕지 못하게 되면 어쩔 생각이죠? 아무리 훌륭하다 한들 소용없지 않나요? 무능하다는 점에서는 인력거꾼과 마찬가지잖아요."

다이스케는 지금까지 형수가 이렇게까지 논리정연하게 자신을 공격할 수 있으리라고는 생각지 않았다. 사실 돈을 마련해야 할 필요를 느꼈을 때부터 스스로 자신의 약점을 부지불식간에 감지하고 있었다.

"확실히 인력거꾼과 마찬가지지요. 그래서 형수님께 부탁드리는 겁니다."

"어쩔 수 없군요, 도련님은. 너무 훌륭하시니 말이에요. 혼자 힘으로 돈을 마련해보세요. 진짜 인력거꾼이라면 빌려주겠지만 도련님에게는 싫어요. 좀 너무하신 것 아니에요? 매달 형님과 아버님의 신세를 지고 있으면서 남의 일까지 나서서 해결해주려고 하니 말이에요. 아무도 빌려주고 싶지 않을걸요."

우메코의 말은 당연했다. 그렇지만 다이스케는 그 당연함 이면을 깨닫지 못하고 있었다. 돌이켜보면 형수와 형과 아버지가 한통속이 되어 있었다. 자신도 되돌아가서 남들처럼 세속적으로 살아야 할 것 같았다. 집을 나서면서 형수에게 거절당할지도 모른다는 걱정은 했었다. 하지만 그러니까 열심히 일해서 스스로 돈을 구해야겠다는 결심은 서지 않았다. 다이스케는 이 사건을 그리 심각하게 생각지 않았던 것이다.

우메코는 이번 기회를 이용하여 여러모로 다이스케를 자극하려고 애썼다. 하지만 다이스케는 우메코의 속마음을 잘 알고 있었다. 잘 알았기에 더더욱 화를 낼 생각이 없었다. 그러다가 화제는 돈 문제를 떠나 다시 결혼 문제로 돌아갔다. 다이스케는 일전 신붓감 후보에 대해 아버지에게 두 번이나 설교를 들었다. 아버지의 논리는 언제나처럼 구태의연한 의리를 중시하는 것이었지만 그 대신 이번에는 그리 권위적인 태도는 아니었다. 자신의 생명의 은인이었던 사람의 혈통을 이어받은 사람과 인연을 맺는 것은 좋은 일이니 아내로 맞아달라는 것이었다. 그러면 조금이라도 은혜를 갚을 수 있다는 것이었다. 요컨대 다이스케의 입장에서는 무엇이 좋은 일이고, 무엇이 은혜를 갚을 수 있다는 건지 도통 이해가 가지 않는 주장이었다. 신붓감에 대해 다이스케도 특별히 불만이 있는 건 아니었다. 그래서 아버지의 말에 옳고 그름을 따질 필요도 없이 아내로 맞아도 상관없었다. 다이스케는 최근 2, 3년 사이에 모든 일을 하찮게 여기는 습관이 생겼기 때문에 결혼 역시 그다지 중요하게 생각할 필요를 느끼지 못했다. 사가와의 딸은 사진을 통해 봤을 뿐이지만, 그것만으로도 충분하다고 생각했다. (어쨌든 사진으로는 매우 아름다웠다.) 따라서 아내로 맞이하게 된다면 까다로운 조건을 내세울 생각도 뭣도 없었다. 그저 결혼하겠다고 분명히 대답하지 않았을 뿐이다.

그런 애매한 태도에 아버지는 요령부득의 멍청이와 다름없다는 평가를 내렸다. 결혼을 생사가 걸린 중요한 사건으로 간주하고 모든 걸 이것에 종속시키려 드는 형수의 입장에서 보면 불가사의다.

"하지만 도련님도 평생 혼자 살아갈 생각은 아니잖아요. 그렇게 제 멋대로 굴지 마시고 이제 적당히 결정을 해버리시는 게 어때요?"

우메코가 좀 답답하다는 듯이 말했다.

평생 혼자 살지, 첩을 거느리고 살지, 아니면 게이샤와 어울리며 살지, 다이스케 자신도 분명한 계획은 전혀 없었다. 다만 현재 그가 결혼에 대해 다른 독신자처럼 그다지 흥미를 느끼지 못하고 있다는 점은 분명했다. 그건 그의 성정이 한 가지 일에 집중하지 못하는 데다가 그의 두뇌가 지나치게 예민하고, 게다가 그 예민함이 일본의 최근 사회 상황으로 인해 환상(幻像)을 깨는 데 지금까지 많이 소모되었으며, 그리고 마지막으로 금전적으로 비교적 여유로워 여러 부류의 여자들을 많이 알고 있다는 세 가지 점 때문이라고 결론지을 수 있다. 그러나 다이스케는 그런 면까지 분석하며 생각할 필요를 느끼지 못했다. 그저 자신이 결혼에 흥미가 없다는 명백한 사실을 토대로 미래를 자연스럽게 펼쳐나갈 생각이었다. 따라서 처음부터 결혼을 필수 조건으로 단정하고는 언젠가 그걸 이루려고 초조하게 노력하는 것은 부자연스럽고 불합리하며, 또한 너무 세속적이라고 생각했다.

다이스케는 애초부터 이런 철학을 형수에게 해명할 생각은 없었다. 하지만 점점 궁지에 몰리자 난처해진 나머지 이렇게 물은 적이 있다.

"그렇지만 형수님! 저는 무슨 일이 있어도 결혼을 해야 하는 겁니까?"

다이스케는 물론 진지하게 물었지만 형수는 기가 막혀 했다. 그러고는 자신을 놀린다고 생각했다. 우메코는 그날 밤 다이스케를 상대로 평소의 수순을 되풀이한 다음, 이렇게 말했다.

"기묘한 일이군요. 그렇게까지 싫어하는 걸 보면…… 싫지는 않다고 입으로는 말씀하시지만 결혼을 하지 않겠다면 싫은 거나 마찬가지 아니에요? 그렇다면 누군가 마음에 두고 있는 사람이 있는 거겠지요? 그 사람의 이름을 말해보세요."

다이스케는 지금까지 한 번도 자신의 신붓감으로 마음에 드는 여자를 떠올려본 적이 없다. 하지만 지금 그런 말을 듣자 무슨 이유에선지 갑자기 미치요라는 이름이 마음속에 떠올랐다. 그런 다음 '그러니까 아까 말씀드린 돈을 빌려주십시오'라는 말이 저절로 머릿속에 떠올랐다. 그러나 다이스케는 그저 쓴웃음만 지은 채 형수와 마주 앉아 있었다.

8

　다이스케는 형수에게 거절당한 날 밤 꽤 늦은 시각에 귀가했다. 그는 아오야마 거리에서 가까스로 마지막 전차를 탔다. 그런데도 두 사람이 이야기하고 있는 동안 아버지도 형도 집에 돌아오지 않았다. 하긴 우메코가 전화를 받으러 두 번쯤 불려 나가기는 했다. 그러나 형수의 태도에 별다른 변화가 없었기 때문에 다이스케는 애써 무슨 일인지 물어보지 않았다.

　그날 밤은 당장이라도 비가 쏟아져 내릴 것처럼 하늘이 땅과 비슷한 색깔이었다. 정류장의 빨간 기둥 옆에 홀로 서서 전차를 기다리고 있는데 저 멀리서 작은 불꽃이 나타나 어둠 속에서 위아래로 흔들리며 다이스케 쪽으로 똑바로 다가오는 모습이 무척이나 쓸쓸하게 느껴졌다. 전차에 타고 보니 아무도 없었다. 검은 옷을 입은 차장과 운전수 사이에 끼어서 어떤 소리에 파묻혀 가고 있는데, 움직이는 전차 밖은 온통 캄캄했다. 다이스케는 혼자 밝은 곳에 앉아 끝도 없이 전차를 타고 가다가 미처 내릴 기회도 없이 끌려 다니는 듯한 기분이었다.

가구라자카(神樂坂)에 이르자 한적한 골목이 양옆으로 늘어선 이층 집에 끼어 좁고 길게 앞을 가로막고 있다. 중간쯤 올라갔을 때 갑자기 무슨 소리가 들려왔다. 바람이 지붕에 부딪쳐 내는 소리라고 생각하고 멈춰 서서 어두운 처마를 올려다보면서 지붕부터 하늘까지 휙 둘러보는 동안 갑자기 공포감이 엄습해왔다. 문과 미닫이와 유리창이 맞부딪치는 소리가 순식간에 격렬해져서 지진이라는 것을 깨달았을 때 다이스케의 발은 땅에 달라붙은 채 거의 꼼짝도 할 수 없었다. 그때 다이스케는 양옆으로 늘어선 이층집이 고갯길을 메워버릴 것처럼 양쪽에서 무너지는 듯한 느낌이 들었다. 그 순간 갑자기 오른쪽 쪽문이 드르륵 열리며 어린아이를 안은 한 남자가 "지진이다! 지진이다! 큰 지진이 났다!"라고 소리치며 나왔다. 다이스케는 그 남자의 목소리를 듣자 겨우 안심이 되었다.

집에 돌아오니 할멈도 가도노도 한창 지진에 관한 이야기를 하고 있었다. 그러나 다이스케는 두 사람 모두 자신만큼은 느끼지 못했을 것이라고 생각했다. 자리에 누워 다시 미치요의 부탁을 어떻게 해결할지 생각에 잠겼다. 그러나 좋은 생각이 떠오르지 않았다. 아버지와 형이 요즘 무슨 일 때문에 바쁜지 추측해보았다. 결혼은 적당히 미루기로 결정했다. 그런 다음 잠이 들었다.

다음 날 신문에 처음으로 일본제당의 뇌물 사건이 실렸다. 설탕회사의 중역이 회사의 공금을 이용하여 국회의원 몇 명을 매수했다는 내용이었다. 가도노는 보통 때처럼 회사의 중역과 국회의원이 구속된 것을, 통쾌하다, 통쾌하다, 하며 떠들었지만 다이스케는 그렇게 통쾌한 일이라고도 생각지 않았다. 그러나 이삼일 사이에 조사를 받은 사람의 수가 상당히 많아져서 사람들은 그 사건이 대대적인 뇌물스캔들이라도 되는 듯이 떠들어대기 시작했다. 어떤 신문에서는 이번 사건을 영국을 의식해 벌인 검거라고 평했다. 그 설명에 따르면 영국 대사가 일본제당의 주식을 사들여 손해를 보고 불평을 해서 일본 정부도 영국과의 관계를 고려해 수사에 나섰다는 것이었다.

일본제당 사건이 일어나기 조금 전에 동양기선이라는 회사는 주주에게 12퍼센트의 배당을 한 다음 반년 동안에 80만 엔의 적자를 보고한 일이 있다. 다이스케는 그 사건을 기억하고 있다. 당시 신문에서 그 보고는 신빙성이 없다고 평했던 것도 기억하고 있다.

다이스케는 아버지와 형이 관련된 회사에 대해 아무것도 아는 바가 없었다. 하지만 언제 어떤 일이 일어난다고 해도 이상할 것이 없다고 항상 생각하고 있었다. 그만큼 아버지도 형도 여러 가지 점에서 도덕군자라고는 믿지 않았다. 만약 엄격한 조사를 받는다면 두 사람 모두 구속당할 만한 짓을 하지는 않았을까 의심하고 있었다. 그 정도는 아니더라도 아버지와 형의 재산이 그들의 능력과 수완만으로, 누가 보더라도 납득할 만한 방법으로 모아진 것이라고는 생각지 않았다. 메이지 초기에 요코하마 이주를 장려하기 위해 정부는 그곳으로 이주하는 자에게 토지를 제공한 일이 있다. 그때 무상으로 받은 토지 덕분에 지금 상당한 재산가가 된 사람이 있다. 하지만 그건 오히려 하늘이 내린 우연이다. 아버지와 형의 경우에는 자신들만의 행복한 행운을 온실 속에서 인위적이고 전략적으로 키워나갔을 것이라고 다이스케는 추측하고 있다.

다이스케는 이런 생각을 해왔기 때문에 신문기사에 대해 특별히 놀라지도 않았다. 아버지와 형의 회사를 걱정할 만큼 정직하지도 않았다. 그저 미치요의 일이 조금 마음에 걸렸다. 그렇지만 빈손으로 가는 것이 달갑지 않아 조만간 어떻게든 하기로 결정을 내리고 매일같이 독서에 열중하면서 4, 5일을 보냈다. 이상하게도 그 후 전에 부탁한 돈 문제에 관해 히라오카나 미치요는 아무 말도 꺼내지 않았다. 다이스케는 내심 어쩌면 미치요가 지난번의 부탁에 대한 답을 들으려고 다시 혼자 찾아올지도 모른다고 실은 은근히 기다리고 있었지만 그런 보람은 없었다.

마침내 그는 권태로움을 느끼기 시작했다. 어디 놀러 갈 만한 곳이 없을까 신문의 오락란을 뒤적이다가 연극이라도 보러 가자는 생각이 들었다. 가구라자카에서 소토보리선(外濠線)을 타고 오차노미즈로 가는 도중에 생각이 바뀌어 모리카와초(森川町)에 사는 데라오(寺尾)라는 동창생을 찾아가기로 했다. 그 친구는 학교를 졸업하고 교사는 하기 싫으니 글쓰기를 직업으로 삼겠다며 다른 사람들의 만류에도 불구하고 위험한 세계로 진출했다. 시작한 지 3년이 지났지만 아직 명성을 얻지 못한 채 궁핍한 생활을 하며 계속 글을 쓰고 있다. 자신이 관계를 맺고 있는 잡지에 뭐라도 좋으니 써달라고 강요해서 다이스케는 한 번 우스운 글을 기고한 적이 있다. 그 잡지는 한 달 동안 잡지 가게 진열대에 아무렇게나 방치되었다가 인간세계를 영원히 떠나 어딘가로 사라져버리는 운명을 맞았다. 그 이후로 다이스케는 펜을 들기를 거부했다. 데라오는 만날 때마다 더 써보라고 권했다. 그러고 나서 "나를 보라!"고 말하는 게 입버릇이었다. 그러나 다른 이들의 말에 따르면 데라오도 머지않아 무너질 것이라고 한다. 러시아문학을 아주 좋아하는데 특히 그다지 알려지지 않은 작가를 좋아해서 없는 돈을 마련해 신간 서적을 사는 게 취미였다. 열을 올리고 있을 때 다이스케는 문학가라도 공로병(恐露病)[1]에 걸려 있는 동안에는 아직 아무것도 할 수 없다, 일단 러일전쟁을 경험한 자가 아니면 이야기를 할 수 없다고 놀린 적이 있다. 그러자 데라오는 진지한 표정으로 "전쟁은 언제라도 할 수 있지만 러일전쟁 후의 일본처럼 정신적인 공황상태에 빠진다면 아무런 소용이 없지 않은가? 역시 공로병에 걸려 있는 편이 비겁하기는 하지만 안전하다"고 대답하면서 여전히 러시아문학을 옹호했다.

현관을 지나 응접실로 들어가니 데라오는 한가운데에 잇칸바리(一閑張)² 책상을 놓고 머리가 아프다면서 머리띠를 두르고 팔을 걷어붙인 채 《데이코쿠분가쿠(帝國文學)》³에 기고할 원고를 쓰고 있었다. 방해가 된다면 다시 오겠다고 하자 "안 가도 돼, 오늘 아침부터 그러니까 오오 이십오, 으음, 2엔 50전은 벌었으니까"라고 대답했다. 곧 머리띠를 풀고 이야기를 시작했다. 입을 열자마자 요즘의 일본 작가와 평론가들을 눈알이 튀어나올 만큼 통쾌하게 매도하기 시작했다. 다이스케는 그 이야기를 재미있게 듣고 있었다. 그러나 내심으로는 데라오가 아무도 자신을 칭찬하지 않으니까 그에 대한 대항으로 자기 쪽에서 남을 헐뜯는 것이라고 생각했다. '그럼, 그런 의견을 발표하는 것이 어떠냐?'고 권유하면 그렇게는 안 된다며 웃는다. 그 이유를 물어도 대답하지 않는다. 한참 있다가 그건 자네처럼 편하게 먹고살 수 있는 신분이라면 얼마든지 그런 말을 하겠지만 어쨌거나 먹고살아야 하니

1 러시아에 대해 열등감, 공포감을 갖는 상태. 당시 자유주의 작가 사이에서 러시아문학을 숭배하는 풍조를 비꼰 표현이다.
2 칠기의 일종. 나무에 종이를 붙이고 옻칠을 해서 만든 세공품. 히라이 잇칸(飛來一閑)이 처음 만들어서 생긴 이름이다.
3 당시 제국대학 문과대학의 기관지. 메이지 29년 1월에 창간했으며 학생, 교수, 졸업생이 주로 필자로 나서 당시 문단에 큰 영향을 주었다. 다이쇼 시대에 폐간되었다.

까, 어차피 진지한 사업이 아니지 않은가, 라고 말한다. 다이스케는 그걸로 충분하니까 열심히 해보라고 격려해주었다. 그러자 데라오는 아니, 조금도 충분하지 않아. 어떻게든 진지해지고 싶네. 어때, 자네가 돈을 좀 빌려주어서 나를 진지한 사람으로 만들어줄 생각은 없나, 하고 물었다. 다이스케는 자네가 지금과 같은 일을 하면서 그걸로 진지하다고 느끼게 되면 그때 돈을 빌려주겠다고 놀려주고 밖으로 나왔다.

혼고(本郷) 거리까지 걸었지만 권태감은 여전히 그대로다. 어디를 어떻게 걸어도 뭔가 부족했다. 그렇다고 더 이상 남의 집을 찾아갈 생각도 들지 않았다. 자신을 자세히 살펴보니 몸 전체가 심한 위장병에 걸린 듯한 기분이 들었다. 4초메(四丁目)에서 다시 전차를 타고 이번에는 덴즈인마에(傳通院前)까지 갔다. 전차가 흔들릴 때마다 백오십몇 센티미터라고 하는 기다란 위장 속에서 썩은 것이 파도치는 듯했다. 3시가 지나 멍하니 집으로 돌아왔다. 현관에서 가도노가 말했다.

"조금 전 본가에서 사람이 왔었습니다. 편지는 서재 책상 위에 올려놓았습니다. 수령증은 제가 간단하게 써서 보냈습니다."

편지는 고풍스러운 함 안에 들어 있었다. 빨갛게 칠한 겉에는 받는 사람도 뭣도 아무것도 쓰여 있지 않았고 놋쇠로 된 둥근 고리에 꿰어서 종이를 새끼줄처럼 꼬아서 봉한 자리는 검게 칠해져 있었다. 다이스케는 책상 위를 흘깃 보고는 한눈에 형수가 보낸 편지라는 걸 알았다. 형수에게는 이런 고풍스러운 취미가 있었는데 때로는 생각지도 못한 부분에서 드러내곤 했다. 다이스케는 가위 끝으로 종이를 새끼줄처럼 꼬아 묶은 매듭을 쿡쿡 찌르면서 이건 쓸데없는 수고라고 생각했다.

그렇지만 안에 들어 있는 편지는 함과는 정반대로 언문일치로 간단한 용건만 적혀 있었다.

지난번에 일부러 찾아오셨는데 부탁을 들어드리지 못해 송구스러웠습니다. 나중에 생각해보니 그때 여러 가지로 무례한 말씀을 드린 것 같아 마음에 걸립니다. 나쁘게 생각지 마세요. 그 대신 돈을 드리겠습니다. 그렇지만 전부는 안 됩니다. 2백 엔만 마련해드리지요. 그러니 그걸 곧 친구에게 전해드리세요. 이건 형님에게는 비밀이니까 그렇게 알고 계세요. 신붓감을 맞이하겠다는 문제도 생각해보겠다고 약속하셨으니 심사숙고하신 후에 답해주세요.

편지 속에 둘둘 말린 2백 엔짜리 수표가 들어 있었다. 다이스케는 잠시 그걸 바라보면서 형수에게 미안한 생각이 들기 시작했다. 요전 날 밤 돌아올 때 형수는 그럼 이제 돈은 필요 없냐고 물었다. 빌려달라고 간절히 부탁할 때는 그렇게 매정하게 거절하더니 막상 단념하고 돌아가려 하자 오히려 거절한 쪽에서 걱정이 되었던지 재차 확인한 것이다. 다이스케는 그런 태도에서 여성의 아름다움과 연약함을 보았다. 그래서 그런 약점을 파고들 용기를 잃었다. 이 아름다운 약점을 농락할 수는 없었기 때문이다. "네. 필요 없어요. 뭐, 어떻게든 되겠지요"라고 말하고 헤어졌다. 우메코는 그 대답을 냉랭하다고 느꼈음에 틀림없다. 그 냉랭한 말이 평소 대담한 편인 형수의 마음속 어딘가에 걸려 있다가 결국 이런 편지를 쓰게 했을 것이라고 다이스케는 판단했다.
다이스케는 곧 답장을 썼다. 가능한 한 따뜻한 단어를 골라서 감사의 뜻을 표했다. 다이스케는 형에게는 이런 기분이 든 적이 없다. 아버지도 마찬가지다. 세상 사람들에 대해서는 더더욱 그러했다. 최근에는 형수에게도 별로 그런 감정이 일어나지 않았다.

다이스케는 지금 미치요를 찾아갈까 생각했다. 사실 2백 엔이라는 돈은 다이스케에게 어중간한 액수였다. 기왕 빌려줄 거면 마음을 크게 먹고 부탁대로 보내서 만족시켜주었으면 좋았을 텐데 하는 생각도 들었다. 그러나 그것은 다이스케의 마음이 형수를 떠나 미치요를 향했을 때의 생각이었다. 더욱이 여자란 아무리 결단력이 있다고 해도 감정상 애매한 존재라고 믿고 있는 다이스케로서는 그것이 그다지 불만스럽지도 않았다. 아니, 오히려 여자의 그런 태도가 오히려 남자의 단호한 태도보다는 융통성이 있다는 점에서 마음에 들었다. 만일 2백 엔을 보내준 사람이 형수가 아니라 아버지였다면 다이스케는 그것을 계산적인 애매한 의도로 해석하고 도리어 불쾌한 느낌을 받았을지도 모른다.

다이스케는 저녁도 먹지 않고 곧 다시 집을 나섰다. 고켄초(五軒町)에서 에도가와(江戶川) 강변을 따라 걷다가 강을 건넜을 때는 조금 전에 산책을 끝내고 돌아갈 때와 같은 정신적인 피로감이 느껴지지 않았다. 비탈길을 올라 덴즈인의 옆으로 나오자 가늘고 높은 굴뚝이 절과 절 사이에서 더러운 연기를 구름 낀 하늘에 토해내고 있었다. 다이스케는 그걸 보고 빈약한 공업이 생존을 위해 무리하게 숨을 내쉬는 것 같아 흉측하다고 생각했다. 그리고 그 가까이에 살고 있는 히라오카와 그 굴뚝을 암암리에 연상하지 않을 수 없었다. 그런 경우에 항상 동정심보다는 미추(美醜)에 대한 생각이 앞서곤 하는 것이 평소의 다이스케였다. 다이스케는 그 순간 미치요의 일은 거의 잊어버릴 정도로 하늘로 흩어지는 가련한 석탄 연기에 자극을 받았다.

히라오카네 현관의 신발 벗는 곳에는 여자의 조리가 벗어던진 채였다. 격자문을 열자 미치요가 옷자락 소리를 내며 나왔다. 그때 방으로 들어가는 입구의 2첩 다다미는 어두컴컴했다. 미치요는 그런 어둠 속에 앉아 인사를 했다. 처음에는 누구인지 잘 몰랐던 것 같았는데 다이스케의 목소리를 듣자마자 오히려 목소리를 낮추며 말했다.

"누구신가 했더니……"

다이스케에게는 희미한 미치요의 모습이 평소보다 더욱 아름답게 보였다.

히라오카는 집에 없다고 했다. 그 말을 듣자 다이스케는 말을 꺼내기가 한결 수월한 것 같기도 하고 그렇지 않을 것도 같은 이상한 기분이 들었다. 그러나 미치요는 평소처럼 침착했다. 두 사람은 불도 켜지 않은 채 어두운 방에서 문을 닫고 앉아 있었다. 미치요는 하녀도 집에 없다고 말했다. 자신도 조금 전에 근처에 볼일이 있어 외출했다가 지금 돌아와 막 저녁식사를 끝냈다고 했다. 이윽고 히라오카에 관한 이야기가 나왔다.

예상했던 대로 히라오카는 여전히 분주했다. 그러나 요즘 일주일 동안은 별로 외출을 하지 않았다. 피곤하다며 집에서 잠을 잔다. 아니면 술을 마신다. 누가 찾아오기라도 하면 더 많이 마신다. 그리고 자주 화를 낸다. 맹렬하게 남의 욕을 한다고 한다.

"예전과 달리 과격해져서 걱정이에요."

미치요는 이런 말을 하면서 은근히 동정을 구하는 듯한 태도였다. 다이스케는 잠자코 있었다. 하녀가 돌아왔는지 부엌문이 덜컹거리는 소리가 들린다. 잠시 후에 하녀가 대나무 받침대가 달린 전등을 들고 나왔다. 장지문을 닫을 때 하녀는 다이스케의 얼굴을 힐끗 보고 지나갔다.

다이스케는 주머니에서 그 수표를 꺼냈다. 반으로 접힌 것을 그대로 미치요의 앞에 내놓으며 "부인!" 하고 불렀다. 다이스케가 미치요를 부인이라고 부른 건 이번이 처음이었다.

"지난번에 부탁하신 돈입니다."

미치요는 아무 대답도 하지 않았다. 그저 고개를 들어 다이스케를 보았다.

"사실은 바로 해드리고 싶었지만 사정이 여의치 않아서 그만 늦어졌습니다. 일은 어떻게 해결이 되었나요?"

다이스케가 이렇게 물었다.

그때 미치요는 갑자기 불안한 듯이 낮은 목소리로 말했다. 그러고는 원망이라도 하듯이 눈을 크게 뜨고 꼼짝 않고 다이스케를 바라보았다.

"아직요. 그리 쉽게 해결될 일이 아니지요."

다이스케는 수표를 집어 접힌 부분을 폈다.

"이걸로 부족할까요?"

미치요는 손을 내밀어 수표를 받았다.

"고맙습니다. 남편이 기뻐할 거예요."

수표를 조용히 다다미 위에 놓았다.

다이스케는 돈을 빌려온 경위를 대충 설명해서 자신은 이렇게 태평해 보이지만 다른 사람을 도울 수 있을 정도로 능력이 있는 사람은 아니다, 그 점은 나쁘게 생각지 말아달라는 변명도 덧붙였다.

"그건 저 역시 알고 있어요. 그렇지만 어쩔 도리가 없을 정도로 곤란한 처지라 그만 무리한 부탁을 드렸습니다."

미치요는 폐를 끼쳐 죄송하다고 사과했다. 다이스케는 다시 한번 물었다.

"그 정도로 어떻게 해결이 되겠습니까? 그걸로 해결이 되지 않는다면 다시 마련해보겠습니다만."

"다시 마련해본다니요?"

"도장을 찍고 고리대금이라도 빌려야지요."

"어머, 어떻게 그런 일을⋯⋯"

미치요는 곧 나무라듯이 말했다.

"그거야말로 정말 큰일 날 소리예요."

다이스케는 히라오카가 지금 어려움을 겪게 된 것도 높은 이자로 돈을 빌리기 시작한 것이 화근이 되었다는 것을 들었다. 히라오카는 부임지에서 처음에는 매우 성실한 사람으로 통했는데 미치요가 산후에 심장이 나빠져 시름시름 앓자 방탕해지기 시작했다. 처음에는 그리 심한 편이 아니어서 미치요도 교제상 어쩔 수 없는 일이라고 포기했지만 나중에는 정도가 점점 심해져서 미치요도 걱정이 되었다. 몸은 점점 나빠졌다. 그럴수록 방탕은 더욱 심해졌다. 무심한 것이 아니다, 자기 탓이라며 미치요는 애써 변명했다. 그러나 쓸쓸한 표정을 지으며 아이라도 살아 있었다면 훨씬 나았을 것이라고 절실하게 생각한 적도 있다고 고백했다.

다이스케는 경제적인 궁핍 이면에 감춰져 있는 부부관계를 대충 짐작할 수 있을 것 같이 되도록 질문을 삼갔다. 돌아올 때는 용기를 북돋워주려고 했다.

"그렇게 약해져서는 안 돼요. 예전처럼 건강해져야죠. 그리고 바깥으로 좀 놀러 다니기도 하세요."

"그러지요."

미치요는 웃었다. 두 사람은 서로의 과거를 서로의 얼굴에서 확인했다. 히라오카는 끝내 돌아오지 않았다.

사흘 후에 갑자기 히라오카가 찾아왔다. 그날은 맑은 하늘에 마른 바람이 불어서 푸른 하늘이 유난히 눈에 들어오는, 평소보다 더운 날이었다. 아침 신문에 창포꽃이 한창이라고 실려 있었다. 다이스케가 사들인 커다란 화분의 군자란은 마침내 툇마루에서 지고 말았다. 그 대신 호신용 칼만큼이나 폭이 넓은 녹색 잎이 줄기에서 갈라져 길게 뻗어 나왔다. 오래된 잎은 거무스름해진 채 햇빛을 받아 빛나고 있었다. 그중에서 어쩐 일인지 잎사귀 하나가 반으로 접혀 줄기로부터 10여 센티미터쯤 떨어진 곳에서 푹 꺾여 내려간 것이 다이스케는 보기 흉했다. 다이스케는 가위를 집어 들고 툇마루로 나갔다. 그러고는 잎사귀의 접힌 부분을 잘라서 버렸다. 그때 두꺼운 절단면에서 갑자기 무엇인가 번지는 듯해서 잠시 바라보고 있으니 툇마루에서 툭 하는 소리가 났다. 절단면에 진하고 걸쭉한 녹색 즙이 맺혀 있었다. 다이스케는 그 냄새를 맡아보려고 흐트러진 잎사귀들 사이로 코를 대보았다. 툇마루에 떨어진 즙 한 방울은 그대로 내버려두었다. 일어서서 소매에서 손수건을 꺼내 가윗날을 닦고 있는데 가도노가 와서 히라오카가 왔다고 알려주었다. 다이스케는 그때 히라오카나 미치요에 대해 전혀 생각하고 있지 않았다. 다만 이상한 녹색 액체에 정신이 팔려 비교적 현실과 동떨어진 감정에 사로잡혀 있었다. 그런데 히라오카의 이름을 듣자마자 그 감정은 사라지고 말았다. 왠지 만나고 싶지 않은 기분이 들었다.

"이쪽으로 모실까요?"

가도노의 재촉을 받고서야 다이스케는 대답을 한 뒤에 응접실로 들어갔다. 그 뒤로 안내를 받고 들어온 히라오카는 벌써 여름용 양복을 입고 있었다. 깃이나 흰 와이셔츠도 새것인 데다가 유행하는 실로 짠 넥타이를 매, 아무도 그를 실업자라고 생각할 수 없을 정도로 하이칼라[4] 차림이었다.

이야기를 들어보니 히라오카의 사정은 여전히 나아지지 않았다. 요즘 들어서는 취직자리를 알아보고 다녀도 당분간은 가능성도 없을 것 같아 매일 이렇게 놀러 다닌다고 했다. 아니면 집에서 잠이나 잔다고 말하며 큰 소리로 웃어 보였다. 다이스케는 그게 좋을 거라고 대답하고 나서 조심조심 세상 돌아가는 이야기를 하며 시간을 보냈다. 하지만 자연스럽게 나온 이야기라기보다는 어떤 문제를 회피하기 위한 대화여서 두 사람 모두 내심 긴장감을 느끼고 있었다.

히라오카는 미치요에 관한 이야기도 돈에 관한 이야기도 입 밖에 내지 않았다. 따라서 사흘 전 그가 집에 없을 때 다이스케가 방문한 것에 대해서도 아무 말도 하지 않았다. 다이스케 역시 처음에는 굳이 그 일을 언급하지 않고 모른 척했지만 한참 지나도 히라오카가 서먹서먹한 태도를 보이자 불안해졌다. 그래서 말을 꺼냈다.

"사실은 이삼일 전에 자네 집에 갔었네. 자넨 없더군."

"응, 그랬다더군. 고마웠네. 덕분에…… 아니, 자네에게 신세를 지지

---

4 문명개화의 시대인 메이지 시대에 유행한 말이다. 서양에서 귀국한 사람 또는 서양풍의 문화를 좋아하는 사람이 주로 웃깃(high collar)을 높이 세운 셔츠를 입은 데서 유래한 말이다. 서양물이 들었다는 의미의 속어로 탄생했다가 나중에는 일반적으로 널리 사용되는 말이 되었다. 서양물이 들거나 유행을 좇으며 새로운 것을 좋아하는 것 또는 그런 사람이나 모습, 요컨대 서양식의 머리 모양이나 복장, 사고방식을 의미했다가 나중에는 새롭고 세련된 것이라는 일반적인 의미로도 쓰였다.

않고도 어떻게든 해결할 수 있었을 텐데. 집사람이 너무 걱정이 많아서 그만 자네에게 폐를 끼치게 됐네. 미안하네."

히라오카는 냉담한 인사치레를 했다. 그러고 나서 말을 이었다.

"나도 실은 인사를 하러 온 셈이지만 정식 인사는 언젠가 본인이 하러 올 걸세."

마치 미치요와 자신이 남남이라도 되는 듯한 말투다.

"그런 쓸데없는 일을 할 필요가 뭐 있겠나."

다이스케는 다만 이렇게 대답했다. 대화는 그걸로 끝났다. 그렇지만 다시 대화는 두 사람 모두의 공통된 화제이기도 하면서 게다가 두 사람 모두가 별로 흥미를 느끼지 못하는 방향으로 흘러갔다. 그러자 히라오카가 갑자기 자신의 마음을 고백하고 나섰다.

"어쩌면 나는 이제 실업계에서 손을 떼게 될지도 모르네. 실제로 그 내막을 알면 알수록 싫어지더군. 게다가 여기로 돌아와서 취직자리를 좀 알아보고 다니다 보니 점점 용기가 없어졌네."

다이스케는 한마디로 대답했다.

"그야 그렇겠지."

히라오카는 이 대답이 너무 냉담해서 놀란 듯했다. 그러나 다시 덧붙여 말했다.

"지난번에도 잠깐 이야기한 적이 있지만 신문사에나 들어갈까 생각하고 있네."

"자리는 있나?"

다이스케가 되물었다.

"지금 자리가 하나 있네. 될 것 같기도 해."

처음에는 일자리를 알아봐도 소용이 없어서 놀고 있다더니 이제는 신문사에 자리가 있어서 나가게 될 거라고 하니 도대체 종잡을 수 없지만 그걸 추궁하는 것도 귀찮아서 다이스케는 찬성의 뜻을 표해두었다.

"그것도 재미있을 것 같군."

히라오카를 현관까지 배웅하고 나서 다이스케는 잠시 미닫이에 몸을 기댄 채 문턱 위에 서 있었다. 가도노도 함께 히라오카의 뒷모습을 지켜보고 있었다. 그러더니 곧 입을 열었다.

"히라오카 씨는 생각보다 하이칼라시네요. 옷차림에 비해 살고 있는 집은 너무 초라한 것 같은데요."

"그렇지도 않아. 요즘은 모두 저 정도야 입고 다니지."

다이스케가 일어서며 말했다.

"정말 겉모습만으로는 알 수 없는 세상이 되어버렸다니까요. 어느 댁 신사분인가 하고 보면 아주 초라한 집으로 들어가니 말이지요."

가도노가 곧 덧붙여 말했다.

다이스케는 대꾸도 없이 서재로 돌아갔다. 툇마루에 떨어진 군자란의 녹색 즙이 굳어 거의 말라가고 있었다. 다이스케는 일부러 서재와 응접실 사이의 칸막이를 닫아버리고 혼자 방 안으로 들어갔다. 다이스케는 손님을 접대하고 나서 잠시 앉아 혼자 생각에 잠기는 버릇이 있었다. 특히 오늘처럼 기분이 좋지 않을 때는 각별히 더 그럴 필요를 느꼈다.

히라오카는 마침내 자신과 멀어지고 말았다. 만날 때마다 멀어지고 있는 듯한 느낌이 들었다. 사실은 히라오카뿐만이 아니다. 누구를 만나더라도 그런 느낌이 들었다. 현대사회란 고립된 인간의 집합체에 불과하다. 대지는 자연과 이어져 있지만 그 위에 집을 지으면 금세 조각조각 나버린다. 집 안에 있는 인간 역시 조각조각 나버린다. 다이스케는 문명은 우리들을 고립시키는 것이라고 해석했다.

다이스케와 친하게 지내던 시절의 히라오카는 남이 울어주는 걸 기뻐하는 사람이었다. 지금도 그럴지 모른다. 그러나 조금도 그런 기색을 보이지 않으니 알 수 없다. 아니, 애써 남의 동정을 물리치려는 것처럼 행동하고 있다. 혼자서라도 세상을 살아 보이겠다고 허세를 부리는 것일까? 아니면 그것이 현대사회의 본래 모습이라는 것을 깨달아서일까? 둘 중의 하나일 것이다.

히라오카와 친하게 지내던 시절의 다이스케는 남을 위해 울기를 좋아하는 남자였다. 그러나 점점 울 수 없게 되었다. 울지 않는 편이 현대적이어서가 아니다. 사실은 오히려 그 반대로 울지 않으니까 현대적이라고 말하고 싶었다. 서구 문명의 압박을 받고 그 무거운 짐에 눌려 신음하면서 격렬한 생존경쟁의 무대 뒤에 서 있는 한 인간으로서 진심으로 다른 사람을 위해 울 수 있는 사람을 다이스케는 지금까지 만난 적이 없다.

다이스케는 지금의 히라오카에 대해 거리감보다는 혐오감을 느꼈다. 그리고 상대 역시 자신과 비슷한 감정이 싹텄을 것이라고 짐작했다. 예전에도 다이스케는 때때로 자신의 내면에 그런 그림자가 자리잡아서 깜짝 놀란 적이 있다. 그때는 매우 슬펐다. 지금은 그런 슬픔도 거의 얇게 벗겨지고 말았다. 그래서 스스로 어두운 그림자를 가만히 응시해본다. 그리고 그것이 진실이라고 생각했다. 부득이한 일이라고 생각했다. 단지 그뿐이었다.

그런 의미의 고독에 깊숙이 빠져들어 번민하기에 다이스케의 내면은 너무도 분명했다. 그는 그런 것이 바로 현대인이 거쳐야 할 필연적인 운명이라고 생각했기 때문이다. 따라서 자신과 히라오카의 거리감은 지금 자신이 보기에는 일반적인 경로를 거쳐서 어느 정도 진행된 결과에 지나지 않는다고 간주했다. 하지만 동시에 두 사람 사이에 가로놓인 어떤 특별한 사정으로 인해 그 거리감이 남들보다도 빨리 진행되었다는 사실을 자각하지 않을 수 없었다. 그건 바로 미치요의 결혼이었다. 미치요와 히라오카의 결혼을 주선한 사람은 다름 아닌 자신이었다. 그 당시 그는 후회할 만큼 박약한 두뇌의 소유자가 아니었다. 지금 돌이켜보아도 자신의 행위는 과거를 빛내주는 명예로운 일이었다. 하지만 3년이 흐르는 동안 자연은 자연스러운 특유의 결과를 그들 두 사람 앞에 가져다주었다. 그들은 자기만족과 명예심을 버리고 그 앞에 머리를 숙여야만 했다. 그래서 히라오카는 언뜻언뜻 왜 미치요와 결혼했을까 생각하게 되었다. 다이스케의 마음속 어딘가에서 왜 미치요와 히라오카의 결혼을 자신이 주선했는지 묻는 소리가 들려왔다.

다이스케는 서재에 틀어박혀 하루 종일 생각에 잠겨 있었다. 저녁식사 때 가도노가 혼자 말했다.

"선생님! 오늘은 하루 종일 공부만 하시는군요. 산책이라도 하시는 것이 어떠십니까? 오늘 밤은 도라비샤(寅毘沙)⁵입니다. 엔게이칸(演藝館)에서 중국 유학생들이 연극을 한다고 하더군요. 어떤 연극을 하는지 가보시는 게 어떠세요? 중국 놈들이란 뻔뻔스러워 뭐든지 하려고 드니. 참으로 태평하지요……"

5 호랑이날에 행해지는 비사문천(毘沙門天)의 제삿날.

9

　다이스케는 다시 아버지의 부름을 받았다. 다이스케는 용건이 무엇인지 대충 알고 있었다. 다이스케는 평소에도 가능하면 아버지를 피하려고 했다. 요즘에는 더욱 안채 근처에는 얼씬도 하지 않았다. 뵈었을 때는 깍듯한 말과 예의 바른 태도를 취하지만 그럼에도 마음속으로는 아버지를 모욕하고 있는 듯한 느낌이 들었기 때문이다.

　다이스케는 인류의 일원으로서 마음속으로 서로를 모욕하지 않고서는 서로 접촉할 수 없는 현대사회를 20세기의 타락이라고 불렀다. 그래서 이는 근래 급격히 팽창된 물질에 대한 욕심의 큰 압력이 도덕의 붕괴를 초래한 결과라고 해석했다. 또한 그것을 신구 세대의 가치관의 충돌로 간주했다. 결국 눈에 띄게 심해진 물질욕의 발전은 유럽에서 밀어닥친 해일이라고 결론 내렸다.

　그 두 가지 요소는 어딘가에서 평형을 유지해야 한다. 하지만 가난한 일본이 유럽의 최강국과 경제력에서 어깨를 나란히 할 날이 올 때까지 일본은 그런 평형을 얻지 못할 것이라고 다이스케는 믿고 있었다. 그리고 일본에 그런 날이 도저히 올 리가 없다고 포기하고 있었다. 따라서 궁지에 몰린 수많은 일본의 신사들은 날마다 법에 저촉되지 않을 정도로, 혹은 머릿속에서 죄를 지을 수밖에 없다. 그래서 상대가 지금 어떤 죄를 짓고 있는지 서로 알고 있으면서도 짐짓 모른 체하고 웃는 얼굴로 이야기를 나누어야 한다. 다이스케는 한 인간으로서 그런 모욕을 가하는 것도, 당하는 것도 참을 수 없었다.

아버지의 경우는 다른 사람들에 비해 약간 특수한 성향을 지니고 있는 만큼 복잡했다. 그는 메이지 유신 이전의 무사 특유의 도덕을 중시하는 교육을 받았다. 그런 교육을 받은 그는 감정과 의지, 행위의 표준을 자신에게서 멀리 떨어진 곳에 설정하고, 사실의 발전으로 증명해야 할 가까운 진리를 안중에 두지 않는 무리한 사람이었다. 그럼에도 아버지는 관습에 얽매여 아직까지도 그런 교육에 집착하고 있다. 그러면서 한편으로는 격렬한 물욕에 사로잡히기 쉬운 사업에 종사하고 있다. 아버지는 실제로 해마다 그런 물욕으로 인한 부식을 경험하면서 오늘에 이른 것이다. 그러므로 옛날의 자신과 지금의 자신 사이에는 엄청난 차이가 존재할 것이다. 아버지는 그걸 인정하려고 하지 않았다. 옛날의 자신과 옛날 그대로의 마음가짐을 갖고 있었기 때문에 지금 이 정도로 사업을 성공시킬 수 있었다고 공언했다. 그렇지만 다이스케는 봉건시대에나 통용될 만한 교육의 범위를 좁히지 않는다면 현대인의 물질적인 욕구를 시시각각으로 충족시켜줄 수는 없다고 생각했다. 만약 양자를 그대로 존속시키려면 그 당사자인 개인은 모순으로 인해 큰 고통을 받을 수밖에 없다. 만약 내심으로 고통을 받으면서 그 고통을 또렷이 자각하고 있으면서도 단지 무엇 때문에 고통을 겪는지 분별할 수 없다면 그는 머리가 둔한 열등한 인종이다.

다이스케는 아버지를 대할 때마다 아버지는 자기 자신을 은폐하는 가짜 군자이거나 분별력이 부족한 바보이거나 둘 중 하나라는 생각이 들었다. 그리고 그런 생각을 하는 것이 매우 싫었다.

그렇다고 아버지가 다이스케의 말을 들을 사람도 아니었다. 다이스케는 그걸 분명하게 알고 있었다. 그래서 다이스케는 지금까지 아버지의 그런 모순의 극단까지 추궁한 적이 없었다.

다이스케는 모든 도덕의 출발점은 사회적인 사실밖에 없다고 믿고 있었다. 처음부터 머릿속에 굳어진 도덕관념을 가지고 그 도덕관념에서 반대로 사회적 사실로 발전시키려 하는 것만큼 본말이 전도된 일은 없다고 믿고 있었다. 따라서 일본의 학교에서와 같은 이론 중심의 윤리교육은 무의미하다고 생각했다. 그들은 학교에서는 옛날의 도덕을 가르치고 있다. 그렇지 않으면 일반적인 유럽인에게나 맞는 도덕을 납득시키려 하고 있다. 이는 격렬한 물질적인 욕구에 습격당한 국민의 입장에서는 탁상공론에 불과하다. 그런 현실과 동떨어진 교육을 받은 사람은 훗날 사회에 진출했을 때 예전에 받은 교육을 떠올리며 웃어버린다. 혹은 바보 취급을 당한 듯한 기분이 들 것이다. 다이스케의 경우는 학교뿐만 아니라 실제로 자신의 아버지로부터 가장 엄격하고 가장 현실과 동떨어진 도덕교육을 받았다. 그래서 한때는 굉장한 모순을 느끼고 고통스러워한 적이 있다. 다이스케는 지금도 그걸 원망스럽게 생각하고 있을 정도다.

며칠 전에 다이스케가 형수에게 감사의 인사를 하려고 본가에 갔을 때 형수는 잠시 안채로 들어가서 아버님께 인사라도 하고 오라고 주의를 주었다. 다이스케는 웃으면서 아버지가 집에 계시냐고 딴전을 부렸다. 계시다는 분명한 대답을 들었을 때도 바쁜 일이 있다면서 집으로 돌아왔다. 오늘은 일부러 그 때문에 왔으니 좋든 싫든 아버지를 만나야 했다. 평소처럼 현관을 안쪽으로 돌아서 응접실로 가보니 뜻밖에도 형 세이고가 책상다리를 하고 앉아 술을 마시고 있었다. 형수도 옆에 앉아 있었다. 형은 다이스케를 보자 앞에 놓인 포도주 병을 흔들어 보였다.

"어떠냐? 한잔할래?"

병에는 아직 술이 많이 남아 있었다. 우메코가 손뼉을 쳐서 잔을 가져오라고 했다.

"알아맞혀보세요. 얼마나 오래된 술인지."

우메코는 이 말을 하며 술을 따랐다.

"다이스케가 그걸 어떻게 알겠어?"

세이고는 동생의 입술 근처를 바라보았다. 다이스케는 한 모금 마시고는 술잔을 아래에 내려놓았다. 안주 대용으로 과자 접시에 얇은 웨하스가 담겨 있었다.

"맛이 좋군요."

"그러니까 이게 얼마나 오래된 술인지 맞혀보세요."

"오래된 건가요? 대단한 걸 사들이셨군요. 갈 때 한 병 얻어 갈까요?"

"공교롭게도 이제 이게 다예요. 외국산이거든요."

이 말을 하고 우메코는 툇마루로 나가 무릎 위에 떨어진 웨하스 가루를 털어냈다.

"형님! 오늘은 어쩐 일이십니까? 아주 무사태평해 보이는데요."

다이스케가 물었다.

"오늘은 쉬기로 한 날이야. 요즘 너무 바빠서 몸이 말이 아니야."

세이고는 불이 꺼진 담배를 입에 물었다. 다이스케는 자신의 옆에 있던 성냥을 켜서 불을 붙여주었다.

"도련님이야말로 정말 무사태평 아닌가요?"

우메코가 이 말을 하면서 툇마루에서 돌아왔다.

"형수님! 가부키 극장에 가보셨어요? 아직 안 가보셨다면 가보세요. 재미있더군요."

"도련님은 벌써 가본 모양이군요. 놀랐는데요. 도련님도 정말 한가하신가 봐요."

"그런 말은 옳지 않아요. 사람마다 공부하는 방향이 다르니까요."

"억지만 부리시는군요. 남의 속도 모르면서."

우메코는 세이고 쪽을 쳐다보았다. 세이고는 눈이 빨개진 채 멍하니 담배 연기를 내뿜고 있었다.

"저기, 여보!"

우메코가 재촉했다. 세이고는 귀찮다는 듯이 담배를 손가락 사이로 옮기며 말했다.

"지금 잔뜩 공부해두었다가 나중에 내가 가난해지면 도와주면 되잖아."

"도련님은 배우가 될 생각이세요?"

우메코가 물었다.

다이스케는 아무 말도 하지 않고 술잔을 형수 쪽으로 내밀었다. 우메코도 말없이 포도주 병을 들었다.

"형님! 요즘 무슨 일로 굉장히 바쁘셨다고요?"

다이스케는 조금 전의 화제로 돌아가 물었다.

"정말 힘든 문제야."

세이고는 이 말을 하면서 드러누워버렸다.

"일본제당 사건과 무슨 연관이라도 있나요?"

다이스케가 물었다.

"일본제당 사건과는 관계가 없지만 하여튼 바빴다."

형은 언제나 이 이상 명료하게 대답하는 일이 없다. 실은 명료하게 이야기하기 싫은 것이겠지만 다이스케의 귀에는 원래부터 무관심해서 말하기 귀찮아하는 것처럼 들렸다. 그래서 다이스케는 항상 이런 대화에 쉽게 끼어들 수가 있었다.

"일본제당도 한심하지만 그렇게 되기 전에 무슨 방도가 없었을까요?"

"그렇지. 사실 세상일이란 뭐가 어떻게 될지 모르는 법이니까…… 우메코! 오늘은 나오키에게 헥터 운동 좀 시키라고 해. 저렇게 많이 먹고 잠만 자서야 몸에 독만 되지."

세이고는 졸음이 오는지 눈꺼풀을 자꾸만 문질렀다.

"슬슬 안채로 들어가서 아버지에게 꾸지람이나 듣고 올까?"

이렇게 말하면서 다시 형수 앞으로 컵을 내밀었다. 우미코는 웃으면서 술을 따랐다.

"신붓감 얘기냐?"

세이고가 물었다.

"글쎄요. 아마 그렇겠지요."

"맞아들이는 게 좋을 거다. 나이 드신 노인에게 걱정을 끼쳐봤자 별수가 있는 것도 아니니."

이렇게 말하더니 이번에는 좀 더 분명한 말투로 덧붙였다.

"조심해야 할 거다. 약간 저기압이시니까"라고 주의를 주었다. 다이스케는 자리에서 일어서면서 확인했다.

"설마 요즘 분주했던 일 때문에 저기압이신 건 아니겠죠?"

형은 드러누운 채 대답했다.

"뭐라고 확실하게 말할 수 있는 상황이 아니야. 이렇게 보여도 일본 제당 중역들처럼 우리도 언제 구속될지 모르는 처지니까."

"바보 같은 소리 하지 마세요."

우메코가 나무랐다.

"역시 제 게으름이 몰고 온 저기압일 테지요."

다이스케는 웃으면서 일어섰다.

복도를 따라 안뜰을 지나 안채로 들어가보니 아버지는 당나라풍의 책상 앞에 앉아 중국책을 보고 있었다. 아버지는 시를 좋아해서 한가하면 가끔 중국인이 쓴 시집을 읽었다. 하지만 때로는 그것이 아주 기분이 나쁘다는 뜻이기도 했다. 그런 때는 아무리 신경이 무딘 형이라도 가능하면 가까이 가지 않으려고 했다. 부득이하게 아버지와 마주해야 할 경우에는 세이타로나 누이코를 앞세워 다가가는 수법을 썼다. 다이스케도 툇마루까지 가서야 그 수법이 생각났지만 그럴 필요는 없다고 생각하고 응접실을 지나 아버지 방으로 들어갔다.

아버지는 우선 안경을 벗었다. 그런 다음 읽고 있던 책 위에 내려놓고 다이스케 쪽으로 돌아앉았다. 그러고 나서 그저 짧게 "왔느냐?" 하고 말했다. 아버지의 말투는 오히려 평소보다 더 온화하게 느껴질 정도였다. 다이스케는 무릎 위에 손을 얹으며 형이 진지한 표정으로 감쪽같이 자신을 속인 게 아닌가 하고 생각했다. 다이스케는 쓴 차를 마시며 잠시 잡담을 나눴다. 올해는 작약꽃이 일찍 피었다느니, 찻잎을 수확할 때 부르는 노래를 들으면 졸음이 쏟아지는 시기라느니, 어떤

지역에 큰 등나무가 있는데 꽃의 길이가 1미터 정도 된다느니 하며 이야기가 두서없이 길게 이어졌다. 다이스케 역시 그러는 편이 편했기 때문에 계속 이어가려고 끊임없이 화제를 바꾸었다. 마침내 아버지도 그런 대화가 지겨워졌는지 용건을 꺼냈다.

"그런데 오늘 널 부른 건."

다이스케는 이후로 한마디도 하지 않았다. 그냥 다소곳이 앉아 아버지의 말을 듣고 있었다. 아버지 역시 다이스케가 이런 태도를 취하면 한동안 혼자 강의라도 하듯이 말을 이어가야만 했다. 하지만 반 이상은 이전에 한 이야기의 반복에 불과했다. 그러나 다이스케는 처음 듣는다는 듯 주의 깊게 들었다.

아버지의 기나긴 설교 중에서 다이스케는 두세 가지 새로운 사실을 발견했다. 하나는 너는 대체 앞으로 어떻게 살아갈 생각이냐고 진지하게 질문했다는 점이다. 다이스케는 지금까지 아버지의 명령만 들어왔다. 그래서 그런 요구들을 어물쩍 넘기는 데 익숙해져 있었다. 그러나 이번처럼 진지하게 물으면 쉽게 대답할 수 없다. 적당히 대답했다가는 아버지가 화를 낼 게 뻔하기 때문이다. 그렇다고 솔직하게 속내를 말한다면 2, 3년 정도 아버지를 교육시키지 않고서야 통할 리가 없다. 다이스케는 그런 진지한 질문에 자신의 미래를 명확히 말할 수 있을 정도로 뚜렷한 생각을 갖고 있지도 않았다. 그는 자신의 입장에서는 그것이 당연하다고 생각했다. 그러나 아버지에게 있는 그대로 솔직히 밝히고 납득시키려면 상당한 시간이 필요할 것이다. 어쩌면 평생 불가능한 일일지도 모른다. 아버지의 마음에 들려면 어쨌든 국가를 위해서라거나 세상을 위해서라는 식의 허울 좋은 말을, 그것도 결혼과 모순되지 않도록 말하면 되지만 다이스케는 아무리 스스로를 모욕할 마음을 먹었더라도 그런 말만은 어리석게 느껴져 입에 담을 용기가 나지 않았다. 그래서 어쩔 수 없이 사실은 이런저런 계획을 세우고 있는데 조만간 정리를 해서 상의를 드리겠노라고 대답했다. 자신의 대답이 우스꽝스럽다고 생각했지만 달리 방법이 없었다.

다음으로 다이스케는 독립할 수 있을 만한 재산이 필요하지 않느냐는 질문을 받았다. 다이스케는 당연히 필요하다고 대답했다. 그러자 아버지는 그렇다면 사가와 집안의 딸과 결혼하는 것이 좋을 거라는 조건을 덧붙였다. 그 재산을 사가와 집안의 딸이 가져오는 것인지, 아니면 아버지가 주겠다는 것인지 분명치 않았다. 다이스케는 그 점에 대해 물었지만 요령부득이었다. 그렇지만 구태여 따질 필요도 없다는 생각이 들어 그만두었다.

그러고 나서 차라리 서양에 가보는 게 어떠냐는 말을 했다. 다이스케는 그것도 좋겠다고 찬성했다. 하지만 역시 결혼이 전제 조건이었다.

"그렇게까지 사가와 집안의 딸과 결혼할 필요가 있는 건가요?"

마침내 다이스케가 이렇게 물었다. 그러자 아버지의 얼굴이 벌게졌다.

다이스케는 아버지를 화나게 할 생각은 전혀 없었다. 그는 요즘 타인과의 다툼은 인간 타락의 한 범주에 속한다고 생각하고 있었다. 다툼의 일종이라 할 수 있는 상대를 화나게 하는 것도 화를 내게 하는 자신보다는 화난 사람의 안색이 자신의 눈에 얼마나 불쾌하게 비칠 것인가 하는 점에서 소중한 자신의 생명을 손상시키는 타격으로 인식하고 있었다. 그는 죄에 대해서도 자신만의 독특한 생각을 갖고 있었다. 그렇다고 해서 자연의 순리에 어긋나지 않게 행동하면 벌을 면할 수 있다고 믿지는 않았다. 사람을 죽인 자가 받는 벌은 죽은 사람의 몸에서 뿜어져 나오는 피일 것이라고 굳게 믿고 있었다. 뿜어져 나오는 피의 붉은색을 보고 심적으로 동요하지 않는 사람은 없을 것이라고 생각했기 때문이다. 다이스케는 이 정도로 신경이 예민한 사람이었다. 그래서 얼굴이 벌게진 아버지를 보았을 때 묘하게도 불쾌해졌다. 그러나 그런 죄를 이중으로 보상하기 위해 아버지의 뜻에 따를 생각은 추호도 없었다. 그는 어떤 면에서는 자신의 사고능력에 대해 상당한 자부심을 갖고 있는 사람이었다.

그때 아버지는 굉장히 열띤 어조로 먼저 자신이 점점 나이를 먹고 있다는 점, 자식의 미래가 걱정된다는 점, 자식을 결혼시키는 것은 부모의 의무라는 점, 신붓감의 자격이나 그 밖의 점에 대해서는 당사자보다도 부모가 훨씬 신경 쓰고 있다는 점, 남이 베푸는 친절이 그 당시에는 잔소리처럼 들리지만 나중에는 다시 성가실 정도로 간섭해주었으면 하고 바랄 날이 온다는 점 등을 무척 차근차근 설명했다. 다이스케는 진지한 자세로 듣고 있었다. 그렇지만 아버지의 말을 다 듣고 난 후에도 여전히 따르겠다는 의사를 표시하지 않았다. 그러자 아버지는 애써 억누르며 말했다.

"그럼 사가와는 그만두자. 그 대신 누구라도 좋으니까 네가 원하는 사람과 결혼하도록 해라. 달리 결혼하고 싶은 상대라도 있는 것이냐?"

형수와 똑같은 질문이었지만 다이스케는 형수에게 그랬던 것처럼 그저 쓴웃음만 짓고 있을 수는 없었다.

"뭐, 딱히 그런 사람이 있는 건 아닙니다."

다이스케는 분명하게 대답했다. 그러자 아버지는 갑자기 짜증이라도 난 듯한 목소리로 말했다.

"그렇다면 조금은 아버지 입장도 생각해주면 좋지 않겠느냐. 뭐든지 그렇게 네 자신만 생각해서야 되겠느냐."

다이스케는 아버지가 갑자기 다이스케 중심에서 아버지 자신의 이해관계로 관점을 옮기자 깜짝 놀랐다. 그렇지만 그것은 무논리로의 급격한 변화에서 받은 놀라움일 뿐이었다.

"아버지에게 제 결혼이 그런 문제라면 다시 한번 생각해보겠습니다."

아버지는 더욱 기분이 나빠졌다. 다이스케는 타인과 대화를 할 때 도무지 논리에서 벗어나지 못하는 경우가 있다. 그래서 상대방을 옭아매려고 애쓰는 듯한 인상을 주는 일이 많았다. 실제로 그만큼 다른 사람을 공격하기를 싫어하는 사람은 없을 것이다.

"꼭 내 입장 때문에 결혼하라는 건 아니다."

아버지는 방금 한 말을 정정했다.

"그렇게 이치를 따지고 든다면 참고로 말하지만, 나이가 벌써 서른이 아니냐. 서른이나 된 멀쩡한 인간이 장가도 안 가고 있으면 세상 사람들이 뭐라고 수군대겠느냐? 그야 물론 지금은 옛날과 달라 독신으로 지내는 것도 본인의 자유일 수 있다. 그러나 네가 독신인 탓에 아버지나 형제가 피해를 입고 결국 네 자신에게도 좋지 않은 일이 생긴다면 어쩔 셈이냐?"

다이스케는 그저 멍하니 아버지의 얼굴을 쳐다보았다. 아버지가 자신의 어떤 점을 비난하려고 하는 것인지 다이스케는 조금도 이해할 수 없었기 때문이다. 한참 후에 입을 열었다.

"그야 제가 조금은 놀기 좋아하는 성격이기는 합니다만……"

아버지는 곧바로 그 말을 가로막았다.

"그런 얘기가 아니다."

두 사람은 한참 동안 입을 다물고 있었다. 아버지는 이 침묵이 다이스케에게 가한 타격의 결과라고 믿었다. 이윽고 부드러운 말투로 말했다.

"그럼, 잘 생각해보도록 해라."

다이스케는 그러겠노라고 대답하고 아버지의 방을 나왔다. 응접실로 가서 형을 찾아보았지만 보이지 않았다. 형수는 어디 있느냐고 하녀에게 묻자 응접실에 있다고 가르쳐주기에 문을 열어보니 누이코의 피아노 선생이 와 있었다. 다이스케는 선생에게 가볍게 인사하고 형수를 불러냈다.

"형수님이 제 일을 아버지한테 고해바친 거 아닙니까?"

우메코가 큰 소리로 웃었다. 그러고는 "어서 들어오세요. 마침 잘 오셨네요"라고 말하더니 다이스케를 피아노 옆으로 끌고 갔다.

10

개미가 방으로 기어드는 계절이 되었다. 다이스케는 커다란 수반에 물을 붓고 그 안에 새하얀 은방울꽃을 줄기째 담갔다. 무리 지어 핀 섬세한 꽃들이 짙은 무늬의 가장자리를 뒤덮었다. 수반을 움직이니 꽃들이 흔들렸다. 다이스케는 그것을 큰 사전 위에 올려놓았다. 그리고 그 옆에 베개를 놓고 벌렁 드러누웠다. 검은 머리가 수반의 그림자에 포개지니 꽃에서 뿜어 나오는 향기가 기분 좋게 코에 스며들었다. 다이스케는 그 향기를 맡으면서 잠이 들었다.

다이스케는 때때로 평범한 외부세계로부터 의외로 강렬한 자극을 받는다. 그 자극이 극에 달하면 맑은 하늘에서 내리쬐는 햇볕의 반사조차도 견디기 어려울 때가 있다. 그런 때는 되도록 세상과의 접촉을 최소한으로 줄이고 아침이나 낮이나 그저 잠잘 생각만 했다. 그 수단으로 아주 은은하고 달콤한 향기가 적은 꽃을 자주 이용했다. 눈을 감고 눈동자 속으로 파고드는 빛을 차단한 채 조용히 콧구멍만으로 숨을 쉬는 동안 베갯머리 맡의 꽃이 서서히 꿈속으로 술렁이는 의식을 몰아갔다. 이 시도가 성공하면 다이스케의 신경은 다시 태어난 듯 안정감을 찾았고 세상과의 관계도 한결 가벼워졌다.

다이스케는 아버지를 만나고 돌아온 후 이삼일 동안 뜰 한쪽에 핀 장미의 붉은 빛깔을 바라볼 때마다 그것이 무수한 빨간 점이 되어 자신의 눈을 찌르는 것 같아 견딜 수 없었다. 그럴 때는 항상 손 씻을 물을 떠놓은 대야 옆에 놓인 개옥잠화 잎을 바라보곤 했다. 그 잎에는 얼기설기 그어진 서너 개의 흰 줄무늬가 길게 흩어져 있었다. 다이스케가 볼 때마다 개옥잠화 잎은 쑥쑥 자라는 것 같았다. 그와 함께 흰색 줄무늬 역시 거침없이 자라는 듯했다. 석류꽃은 장미보다도 요란스러워 부담스러웠다. 녹색 잎들 사이로 언뜻언뜻 빛이 날 정도로 강렬한 빛을 발하고 있었다. 그래서 이것도 다이스케의 지금 기분과는 어울리지 않았다.

가끔씩 그렇지만 지금 그의 기분은 전체적으로 어두운 편이었다. 그래서 지나치게 밝은 것을 대하면 그 모순을 견디기 힘들었다. 개옥잠화 잎도 한참 바라보고 있으면 곧 싫어질 정도였다.

게다가 그는 현대 일본 사회의 한 특징이라고 할 수 있는 어떤 불안에 지배당하기 시작했다. 그 불안은 사람들이 서로 신뢰하지 않기 때문에 생기는 야만적인 현상이었다. 그는 그런 심적 현상으로 인해 마음이 크게 동요되었다. 그는 신을 향한 믿음을 좋아하지 않는 사람이었다. 게다가 이성적이어서 신을 믿기 어려운 성격이었다. 그렇지만 인간 상호 간에 믿음을 갖고 있다면 굳이 신에게 의지할 필요가 없다고 믿고 있었다. 서로를 의심하는 데서 오는 고통에서 해탈하기 위해 신은 비로소 존재 의의를 갖는다고 해석했다. 따라서 신이 존재하는 나라에서는 사람들이 거짓말을 일삼을 것이라고 단정했다. 하지만 현재의 일본은 신에게도, 인간에게도 믿음이 없는 나라라는 것을 발견했다. 그는 이것을 전적으로 일본의 경제 상황 때문이라고 결론지었다.

4, 5일 전에 그는 신문에서 소매치기와 한패가 되어 나쁜 짓을 저지른 형사에 관한 기사를 읽었다. 그런 사람은 한두 명이 아니었다. 다른 신문 기사에 따르면 만일 엄중하게 수사를 벌인다면 도쿄는 일시적으로 경찰이 거의 사라질지도 모른다고 한다. 다이스케는 그 기사를 읽고 쓴웃음을 지을 수밖에 없었다. 그리고 생활고를 해결해야 하는 박봉의 형사가 불법을 저지르는 것은 어쩌면 당연하다고 생각했다.

다이스케는 아버지를 만나 결혼에 관한 이야기를 나눌 때도 조금은 그와 비슷한 느낌이 들었다. 그러나 그건 아버지에 대한 믿음이 없기 때문으로 다이스케에게는 불행한 암시에 불과했다. 다이스케는 마음속으로 그런 불행한 암시를 받은 것이 부도덕하다고 여기지는 않았다. 그것이 사실이 되어 눈앞에 닥친다고 해도 역시 아버지로서는 당연하다고 받아들일 생각이었기 때문이다.

다이스케는 히라오카에 대해서도 마찬가지 감정을 갖고 있었다. 그러나 히라오카로서는 당연히 그럴 수밖에 없을 것이라고 납득하고 있었다. 다만 히라오카를 좋아하는 마음이 생기지 않을 뿐이었다. 다이스케는 형을 좋아했다. 그렇지만 역시 형을 신뢰하지는 않았다. 형수는 진실성이 있는 여자였다. 그러나 형수는 직접 돈을 벌어야 하는 입장에 있지 않은 만큼 형보다도 접근하기가 쉽다고 생각했다.

다이스케는 평소부터 이 정도로 세상에 대해 방관적이었다. 그래서 상당히 예민한 신경의 소유자임에도 불안감에 사로잡히는 일은 적었다. 스스로도 그런 사실을 자각하고 있었다. 그런데 어찌 된 일인지 갑자기 동요하기 시작했다. 다이스케는 그것을 생리상의 변화 때문이라고 추측했다. 그래서 어떤 사람이 홋카이도에서 가져왔다는 은방울꽃 다발을 풀어 전부 물속에 담가놓고 그 아래에서 잠을 잔 것이다.

한 시간 뒤 다이스케는 커다란 검은 눈을 떴다. 그 눈동자는 한참동안 한 점에 머문 채 움직이지 않았다. 손과 발 역시 누워 있을 때와 마찬가지로 꼼짝도 하지 않아서 마치 죽은 사람 같았다. 그때 검은 개미 한 마리가 플란넬 깃을 타고 다이스케의 목 부근에 떨어졌다. 다이스케는 곧 오른손을 움직여서 목을 눌렀다. 그리고 이마를 찌푸리며 손가락 사이에 낀 작은 동물을 코 위까지 들어 올려 바라보았다. 이미 개미는 죽어 있었다. 다이스케는 검지 끝에 붙어 있는 검은 것을 엄지손톱으로 튕겨 멀리 날려버렸다. 그리고 일어났다.

무릎 주위에 아직도 서너 마리가 기어 다니고 있는 것을 얇은 상아로 만든 종이칼로 죽였다. 그런 다음 손뼉을 쳐서 사람을 불렀다.

"일어나셨습니까?"

가도노가 나와 물었다.

"차라도 준비할까요?"

다이스케는 벌어진 가슴팍을 여미면서 나직하게 물었다.

"내가 자고 있는 동안 누가 오지 않았나?"

"네, 오셨습니다. 히라오카 씨 사모님이. 어떻게 아셨어요?"

가도노는 태연하게 대답했다.

"왜 깨우지 않았나?"

"너무 깊이 주무시고 계셔서요."

"그래도 손님이 오셨으면 깨워야지."

다이스케의 말투는 좀 무뚝뚝해졌다.

"하지만 히라오카 씨 사모님이 깨우지 말라고 하셔서."

"그래서 부인은 그냥 가셨나?"

"아닙니다. 그냥 가신 건 아닙니다. 잠시 가구라자카에서 장을 봐야 하니까 장을 보고 다시 오겠다고 하셨어요."

"그럼 다시 오는 거군."

"그렇습니다. 사실은 깨실 때까지 기다리려고 이 방까지 들어오셨 습니다만, 선생님 얼굴을 보고 너무 깊이 잠드셔서 쉽게 깨지 않을 거 라고 생각하신 듯합니다."

"그러고는 다시 나가셨나?"

"네, 그렇습니다."

다이스케는 웃으면서 양손으로 잠에서 막 깨어난 얼굴을 만졌다. 그러고는 얼굴을 씻으러 목욕탕에 갔다. 얼굴을 닦고 툇마루로 돌아 와 뜰을 바라보니 아까보다 기분이 훨씬 산뜻했다. 흐린 하늘을 날아 가는 제비 두 마리가 무척 기분 좋게 보였다.

다이스케는 지난번에 히라오카가 찾아온 뒤로 미치요가 오기를 기 다리고 있었다. 그러나 히라오카의 말은 좀처럼 실현될 기미가 보이 지 않았다. 특별한 사정이 있어서 미치요가 일부러 오지 않는 것인지, 혹은 히라오카가 처음부터 그냥 예의상 한 말인지는 모르지만 그 때 문에 다이스케는 마음 한구석이 공허했다. 그러나 그는 그런 공허함 을 하나의 경험으로 간주했을 뿐 굳이 그 원인을 찾아보려는 생각은 하지 않았다. 그 경험을 깊이 파고들면 그 이상으로 어두운 그림자가 어른거리는 것처럼 생각되었기 때문이다.

그래서 그는 먼저 히라오카를 방문하지 않았다. 산책할 때 그의 발 길은 에도가와 쪽을 향할 때가 많았다. 벚꽃이 질 무렵에는 저녁 바람을 맞으면서 네 개의 다리를 이쪽에서 저쪽으로, 저쪽에서 다시 이쪽으로 건너 긴 둑을 걸었다. 하지만 이제 벚꽃도 져버리고 어느새 녹음의 계절이 찾아왔다. 다이스케는 때때로 다리 한가운데 서서 난간에 턱을 괴고 무성한 잎 사이를 가로지르는 물 위에 반짝이는 빛을 망연히 바라보곤 했다. 그리고 그 빛의 가늘어진 끝 쪽에서 높이 솟아 오른 메지로다이(目白台) 숲을 올려다본다. 그러나 다리 건너편으로 건너가서 고이시카와(小石川) 언덕을 오르는 건 포기하고 돌아오곤 했다. 언젠가 그는 오마가리(大曲)에서 전차에서 내리는 히라오카로 보이는 사람을 50여 미터 앞에서 본 적도 있다. 그는 그가 히라오카라고 확신했다. 하지만 곧 아게바(揚場) 쪽으로 되돌아왔다.

그는 히라오카가 어떻게 지내는지 신경이 쓰였다. 아직 일자리가 없어 생계가 불안한 처지일 거라고 생각하면서도 어쩌면 생활의 활로가 될 만한 일을 찾아냈을지도 모른다고 상상해보았다. 그러나 그걸 확인하기 위해 히라오카의 뒤를 조사해볼 생각은 들지 않았다. 그는 히라오카를 대할 때마다 느껴지는 원인 모를 불쾌감을 떠올렸다. 그렇다고 다만 미치요만을 위해 히라오카의 상황을 걱정할 만큼 히라오카를 미워하지도 않았다. 히라오카 자신을 위해 역시 그의 성공을 바라는 마음이었다.

이렇게 다이스케는 마음 한구석에 공허함을 간직한 채 오늘에 이르렀다. 조금 전에 가도노를 불러 베개를 가져오라고 해서 낮잠을 잘 때는 너무도 강렬한 우주의 자극을 견딜 수 없게 된 머리를 가능하다면 푸르고 깊은 물속에 푹 담그고 싶은 심정이었다. 그 정도로 그는 생명에 대해 지나치게 예민하게 반응했다. 따라서 뜨거운 머리를 베개에 댔을 때는 히라오카도 미치요도 그에게 전혀 존재하지 않았다. 그는 다행히 편안하고 기분 좋게 잠을 잤다. 그러나 평온한 잠 속에서 누군가 슬쩍 왔다 간 기분이 들었다. 눈을 뜨고 일어나 자리에 앉아도 그 느낌은 여전히 뇌리에 남아서 떨쳐버릴 수가 없었다. 그래서 가도노를 불러 자는 동안 누가 오지 않았는지 물었던 것이다.

다이스케는 양손을 이마에 대고 높은 하늘을 신나게 날아다니는 제비의 움직임을 툇마루에 앉아 바라보고 있었지만 이윽고 그 모습이 어지럽게 느껴져 방 안으로 들어왔다. 그러나 미치요가 다시 찾아오리라는 기대감에 이미 마음의 평정이 깨져버렸기 때문에 사색도 독서도 거의 할 수 없었다. 다이스케는 결국 책꽂이에서 커다란 화첩을 꺼내 무릎 위에 펼쳐놓고 넘기기 시작했다. 하지만 그저 손가락 끝으로 대충 넘기고 있을 뿐이었다. 그림의 가치를 절반도 감상하지 못했다. 이윽고 브랭귄[1]의 그림이 나왔다. 다이스케는 평소부터 이 장식화가에게 관심이 많았다. 그의 눈은 언제나처럼 광채를 띠고 그 위로 향했다. 그건 어느 항구를 그린 그림이었다. 배경에는 배와 돛대와 돛이 크게 묘사되었고 남은 자리에 눈에 띄는 선명한 구름과 검푸른 물 색을 표현한 앞에 옷을 벗어부친 노동자가 네댓 명 있었다. 다이스케는 이 남성들의 근육이 마치 산처럼 울툭불툭 튀어나온 모습이나 어깨에서 등에 걸쳐 살과 살이 뒤엉키면서 그 사이에 소용돌이 같은 계곡을 이룬 모양을 바라보면서 잠시 근육이 지닌 힘의 쾌감을 느꼈지만, 곧 화첩을 펼쳐놓은 채 눈을 떼고 귀를 기울였다. 그러자 부엌 쪽에서 할멈의 목소리가 들려왔다. 그리고 나서 우유 배달부가 빈 병 소리를 내며 급한 걸음으로 나갔다. 집이 조용했기 때문에 예민한 다이스케의

---

1 프랭크 브랭귄(Frank Brangwyn, 1867~1956). 영국의 화가. 색채가 풍부한 인상파적인 화풍으로 건축의 내부 장식과 벽화에 재능을 보였다.

청각 신경은 아주 민감하게 반응했다.

다이스케는 멍하니 벽을 바라보았다. 가도노를 다시 불러서 미치요
가 다시 오겠다고 한 시각을 말하고 갔는지 물어보고 싶었지만 그건
너무 어리석은 질문이 될 것 같아 그만두었다. 뿐만 아니라 다른 사람
의 부인이 찾아오는 것을 그토록 기다릴 이유가 없다는 생각도 들었
다. 또한 그렇게 기다릴 정도라면 자기 쪽에서 언제든지 찾아가 이야
기를 하면 될 것이라 생각했다. 이런 모순된 양면을 깨닫고 다이스케
는 갑자기 자신의 비논리적인 측면이 부끄러워졌다. 그는 허리를 반
쯤 의자에서 들고 있었다. 그러나 그는 이 비논리적인 생각의 밑바닥
에 자리한 여러 가지 요소를 제대로 파악하고 있었다. 그래서 지금의
자신으로서는 그런 비논리적인 상태가 어쩔 수 없는 사실이므로 당연
하다고 생각했다. 또한 그 사실과 충돌하는 논리란 자기와는 상관없
는 명제를 연결하여 만든 자신의 본질을 멸시하는 형식에 불과하다고
생각했다. 그렇게 생각하며 다시 의자에 앉았다.

그 후로 미치요가 올 때까지 다이스케는 어떻게 시간을 보냈는지
거의 몰랐다. 밖에서 여자 목소리가 들려왔을 때 그는 가슴의 고동을
느꼈다. 그는 논리에는 상당히 강한 반면 심장의 작용에는 아주 약한
남자였다. 그가 요즘 화를 내지 않게 된 것은 전적으로 머리의 덕분인
데 화를 낼 정도로 자신을 바보로 만드는 것을 이성이 허락하지 않았
기 때문이다. 하지만 그 밖의 면에서는 보통 이상으로 감정의 지배를
받지 않을 수 없었다. 손님을 맞으러 나갔던 가도노가 발소리를 내며
서재 앞에 나타났을 때 혈색 좋은 다이스케의 뺨은 희미하게 광택을
잃고 있었다. 가도노는 매우 간단하게 다이스케의 의사를 확인했다.

"이쪽으로 모실까요?"

응접실로 안내할 것인지 아니면 서재에서 만날 것인지 묻는 것이 번거로워 이렇게 간단하게 물은 것이다. 다이스케는 그러라고 대답하고 입구에서 대답을 기다리는 가도노를 쫓아내듯이 스스로 일어서서 툇마루로 얼굴을 내밀었다. 미치요는 툇마루와 현관이 이어진 곳에서 이쪽을 향한 채 머뭇거리고 있었다.

미치요의 얼굴은 지난번에 만났을 때보다 더욱 창백했다. 다이스케의 눈과 턱짓에 이끌려 서재 가까이 다가왔을 때, 다이스케는 미치요가 숨을 헐떡이고 있다는 것을 알아챘다.

"무슨 일이라도 있었습니까?"

다이스케가 이렇게 물었지만 미치요는 아무런 대답도 하지 않고 방 안으로 들어왔다. 모직으로 만든 홑옷 안에 비단옷을 껴입고 손에는 크고 흰 백합을 세 송이 들고 있었다. 그 백합을 테이블 위에 내던지듯이 내려놓고 그 옆에 있는 의자에 앉았다. 그러고는 지금 막 땋아 올린 것 같은 이초가에시[2]를 거리낌 없이 의자 등받이에 기댔다.

"아, 힘들어."

이렇게 말하며 다이스케 쪽을 바라보며 웃었다. 다이스케는 손뼉을 쳐서 물을 가져오라고 했다. 미치요는 말없이 테이블 위를 가리켰다. 그곳에는 다이스케가 식사 후에 양치질을 하는 유리컵이 있었다. 그 안에는 물이 두 모금 정도 남아 있었다.

"깨끗한 거겠죠?"

미치요가 물었다.

"아까 내가 마시던 물이니까요."

2 여성의 머리 모양 가운데 하나로, 뒤통수에서 묶은 머리를 좌우로 갈라 반달 모양으로 둥글려서 은행잎 모양으로 틀어 붙인 것이다. 에도 말기에서 메이지·다이쇼 시대에 걸쳐 유행했다.

컵을 들어 올렸지만 주저했다. 다이스케가 앉아 있는 곳에서 물을 버리려면 미닫이 밖에 있는 유리문 한 장이 방해가 되었다. 가도노는 매일 아침 툇마루의 유리문을 한두 장씩은 열지 않고 원래대로 내버려두는 버릇이 있었다. 다이스케는 자리에서 일어나 툇마루로 나가 뜰에 물을 버리면서 가도노를 불렀다. 방금 전까지 있던 가도노는 어디 갔는지 대답이 없다. 다이스케는 잠시 망설이다가 다시 미치요가 있는 곳으로 들어왔다.

"지금 곧 갖다 드리죠."

이렇게 말하며 애써 비운 컵을 테이블 위에 놓은 채 부엌 쪽으로 나갔다. 식당으로 나가자 가도노는 서툰 손놀림으로 주석으로 만든 찻주전자로 녹차를 따르고 있었다. 다이스케를 보자 변명조로 말한다.

"선생님! 곧 가져갑니다."

"차는 나중에 가져와도 돼. 물이 필요해."

다이스케는 직접 부엌으로 나갔다.

"아, 그래요? 드실 건가요?"

가도노는 이렇게 말하며 찻주전자를 팽개치고 다이스케를 따라왔다. 두 사람은 컵을 찾아보았지만 좀처럼 눈에 띄지 않았다. 할멈은 어디 갔느냐고 묻자 지금 손님을 대접할 과자를 사러 갔다고 한다.

"과자가 없었으면 미리 사다놓았어야지."

다이스케가 수도꼭지를 틀어 찻잔에 물을 받으면서 말했다.

"제가 깜박 잊고 아주머니에게 손님이 오신다는 걸 말하지 않아서요."

가도노는 미안하다는 듯이 머리를 긁적거렸다.

"그럼 자네가 과자를 사러 갔으면 좋지 않았나?"

다이스케는 부엌을 나서면서 가도노에게 짜증을 냈다. 그래도 여전히 가도노는 말대답을 했다.

"과자 말고도 이것저것 살 것이 있다고 해서요. 다리도 아프시고 날씨도 좋지 않아 가지 않았으면 했는데."

다이스케는 뒤도 돌아보지 않고 서재로 돌아왔다. 문턱을 넘어 안으로 들어가자마자 미치요의 얼굴을 보니 미치요는 아까 다이스케가 두고 간 컵을 무릎 위에 올려놓은 채 두 손으로 감싸고 있다. 그 컵 안에는 아까 다이스케가 뜰에 버린 정도의 물이 들어 있었다. 다이스케는 찻잔을 든 채로 멍하니 미치요의 앞에 섰다.

"어떻게 된 겁니까?"

다이스케가 물었다. 미치요는 여느 때처럼 침착한 말투로 대답하며 은방울꽃이 꽂혀 있는 수반을 돌아보았다.

"고마워요. 뭐, 됐어요. 방금 전에 저 물을 마셨거든요. 너무 깨끗해서요."

다이스케는 그 커다란 수반 안에 물을 절반 이상 담아두었다. 이쑤시개만큼이나 가느다란 줄기의 엷은 푸른빛이 물속에 나란히 꽂혀 있는 사이로 도자기의 무늬가 희미하게 드러나 보였다.

"왜 저런 물을 마셨습니까?"

다이스케는 어처구니가 없어서 물었다.

"그렇지만 독이 든 건 아니잖아요?"

미치요는 자신이 들고 있던 컵을 다이스케 앞으로 내밀어 안을 보여주었다.

"독은 없다고 해도 이삼일 지난 물이었다면 어쩌려고 그랬죠?"

"아니에요. 아까 왔을 때 저 수반에 얼굴을 대고 냄새를 맡아봤어요. 그때 아까 그분이 방금 수반에 물을 넣었다고 말했거든요. 괜찮아요. 향기까지 나던데요."

다이스케는 말없이 의자에 앉았다. 과연 시(詩)를 위해 물을 마신 것인지, 아니면 생리적인 이유로 물을 마신 것인지 캐물을 용기도 나지 않았다. 만일 전자라 하더라도 시적인 척하고 소설 따위를 흉내 낸 행동이라고는 생각되지 않았기 때문이다.

"이제 기분은 좋아지셨습니까?"

그래서 그저 이렇게 물었다.

미치요의 뺨은 그제야 원래 색으로 돌아왔다. 소맷자락에서 손수건을 꺼내 입가를 닦으며 이야기하기 시작했다. 여느 때는 덴즈인마에에서 전차를 타고 혼고로 가서 물건을 샀는데 사람들에게 물어보니 혼고는 가구라자카에 비해 아무래도 1할이나 2할쯤 비싸다고 하기에 지난번부터 한두 번 이쪽으로 와보았다. 지난번에도 들를 생각이었는데 그만 시간이 늦어져 서둘러 돌아갔다. 오늘은 올 작정을 하고 일찍 집을 나섰다. 그런데 깊이 잠들어 있어서 다시 시내로 나가 장을 본 다음 돌아가는 길에 들르기로 했다. 그러나 날씨가 나빠지더니 와라다나(藥店) 골목길을 올라오는데 빗방울이 추적추적 흩뿌리기 시작했다. 우산을 갖고 나오지 않아 비를 맞지 않으려고 서두르다 보니 몸에 무리가 와 숨이 차서 혼났다.

"그렇지만 이런 상태에 익숙해서 놀라지는 않아요."

미치요는 다이스케를 바라보며 쓸쓸한 웃음을 지었다.

"심장은 아직 완전히 낫지 않았습니까?"

다이스케가 가엾다는 표정을 지으며 물었다.

"완전히 낫지는 못할 거예요."

절망적인 의미만큼 미치요의 말투는 우울하지 않았다. 가는 손가락을 뒤로 젖혀 끼고 있던 반지를 본다. 그러고는 손수건을 접어 다시 소맷자락에 넣었다. 다이스케는 눈을 내리뜬 그녀의 이마에서 머리카락이 시작되는 부분을 바라보고 있었다.

그러자 미치요는 갑자기 생각났다는 듯 지난번 수표에 대해 고맙다고 인사했다. 그 말을 할 때 뺨이 조금 붉어진 듯했다. 눈의 감각이 예민한 다이스케는 그것을 금방 알아챘다. 그는 돈을 빌렸다는 수치심 때문에 뺨이 붉어진 것으로 해석했다. 그래서 곧 화제를 돌렸다.

조금 전에 미치요가 들고 들어온 백합은 여전히 테이블 위에 있었다. 달콤하고 강한 향기가 두 사람 사이에 감돌았다. 다이스케는 이 무겁고 고통스러운 자극을 코앞에 두고 참기 어려웠다. 하지만 멋대로 치워버릴 정도로 미치요에게 거침없는 행동을 하기는 어려웠다.

"이건 웬 꽃이죠? 사온 겁니까?"

다이스케가 물었다. 미치요는 잠자코 고개를 끄덕였다.

"향기가 참 좋지요?"

이렇게 말하며 코를 꽃잎에 대고 그 향기를 깊이 들이마셨다. 다이스케는 저도 모르게 다리를 세우고 몸을 뒤로 젖혔다.

"그렇게 가까이서 냄새를 맡으시면 안 됩니다."

"어머, 왜요?"

"뭐, 특별한 이유가 있는 것은 아니지만 하여튼 안 됩니다."

다이스케는 미간을 약간 찌푸렸다. 미치요는 얼굴을 떼며 말했다.

"이 꽃을 싫어하세요?"

다이스케는 의자 다리를 비스듬히 세우고 몸을 뒤로 젖힌 채 말없이 미소를 지었다.

"그럼 사오지 말 걸 그랬군요. 괜한 짓을 했네. 먼 길을 돌아서 사온 건데. 게다가 비를 피하느라 숨도 가빴고."

비가 본격적으로 내리기 시작했다. 빗방울이 물받이에 모여 흘러가는 소리가 쏴아 하고 들렸다. 다이스케는 의자에서 일어섰다. 눈앞에 놓인 백합 다발을 들고 밑동을 동여맨 젖은 짚을 풀었다.

"내게 준 거로군요. 그럼 얼른 살려내야지요."

다이스케는 곧 백합을 조금 전의 그 큰 수반 안에 넣었다. 줄기가 너무 길어서 뿌리가 수반에서 튀어나올 것 같았다. 다이스케는 물이 떨어지는 줄기를 수반에서 꺼냈다. 그리고 테이블 서랍에서 가위를 꺼내 반 정도 길이로 툭툭 잘라 그 큰 꽃을 은방울꽃 위에 꽂았다.

"자아, 이제 됐지요."

다이스케는 가위를 테이블 위에 놓았다. 미치요는 제멋대로 꽂아놓은 백합을 한참 동안 바라보다가 갑자기 묘한 질문을 던졌다.

"언제부터 이 꽃을 싫어하게 된 거죠?"

예전에 미치요의 오빠가 살아 있을 때, 어느 날 무슨 이유에서인지 다이스케가 큰 백합을 가지고 그들 남매의 집을 방문한 적이 있었다. 당시 그는 미치요에게 초라한 꽃병을 씻어 오라고 해서 자신이 사온 꽃을 정성스럽게 꽂고는 미치요와 오빠에게 바라보게 했다. 미치요는 그걸 기억하고 있었던 것이다.

"당신도 그때는 코를 대고 향기를 맡지 않았나요?"

다이스케는 그런 일이 있었던 것도 같아 쓴웃음을 지을 수밖에 없었다.

빗발이 점차 거세졌다. 멀리서 들려오는 소리가 집을 에워싸고 있는 듯했다. 가도노가 안채에서 나오더니 약간 추운 듯한데 유리문을 닫는 것이 좋을지 물었다. 유리문을 잡아당기는 동안 두 사람 모두 뜰 쪽을 바라보고 있었다. 푸른 나뭇잎이 흠뻑 젖었고 온화한 습기가 유리창 너머로 다이스케의 머리에 스며들었다. 세상에 떠 있는 모든 것이 대지 위로 내려앉은 듯 보였다. 다이스케는 오랜만에 자신을 되찾은 듯한 기분이 들었다.

"비가 상쾌하게 내리는군요."

다이스케가 말했다.

"전 전혀 좋지 않아요. 조리를 신고 왔거든요."

미치요는 원망스럽다는 듯 홈통에서 새는 낙숫물을 바라보았다.

"돌아가실 때는 인력거를 불러드릴 테니 걱정 마세요. 천천히 있다 가시면 됩니다."

미치요는 그다지 느긋하게 있을 여유는 없는 것 같았다. 다이스케를 똑바로 바라보며 꾸짖듯이 말했다.

"당신은 여전히 무사태평하시네요."

그렇지만 눈가에는 웃음이 감돌고 있었다.

지금까지 미치요의 그림자에 가려 희미하던 히라오카의 모습이 그때 다이스케의 마음속 눈동자에 분명하게 비쳤다. 다이스케는 갑자기 어둑어둑한 곳에서 누군가에게 공격을 당한 느낌이 들었다. 미치요는 역시 떼어내기 힘든 어두운 그림자를 끌고 다니는 여자였다.

"히라오카는 어떻습니까?"

일부러 아무렇지도 않게 물었다. 그러자 미치요의 입가가 약간 경직되는 것처럼 보였다.

"변함없지요."

"아직 일자리는 못 찾았나요?"

"그런 건 별로 걱정하지 않아요. 다음 달부터 신문사에 자리가 날 것 같아요."

"그거 잘됐군요. 전혀 몰랐네요. 그럼 당분간은 괜찮지 않습니까?"

"네, 그렇지요."

미치요는 낮은 목소리로 진지하게 말했다. 그때 다이스케는 미치요가 매우 사랑스럽게 느껴졌다. 계속해서 다이스케가 물었다.

"저쪽에서 그동안 재촉하거나 하는 일은 없었는지요?"

"저쪽이라면……"

잠시 주저하던 미치요는 갑자기 얼굴을 붉혔다.

"저어, 사실은 그 문제로 사과를 하러 왔어요."

이렇게 말하며 숙였던 얼굴을 다시 들었다.

다이스케는 조금이라도 어색한 모습을 보여 더 이상 그녀를 당황스럽게 만들 수는 없었다. 게다가 굳이 상대방의 기분을 맞추는 듯한 말로 상대방을 더욱 가엾게 만드는 일은 하고 싶지 않았다. 그래서 조용히 미치요의 말을 듣기로 했다.

지난번에 받은 2백 엔은 다이스케에게 받자마자 곧 빚을 갚으려고 했지만 새로 살림을 장만하다 보니 여러모로 돈이 들어서 빌린 돈에서 얼마를 빼서 써버린 것이 시작이었다. 나머지 돈으로 빚을 갚으려고 했으나 이번에는 생활고에 시달리기 시작했다. 스스로도 내키지 않았지만 어쩔 수 없이 곤궁해질 때마다 쓰다 보니 마침내 다 써버리게 되었다. 그렇게라도 하지 않았다면 우리 부부는 이렇게 생활해나갈 수 없었을 것이다. 지금 와서 생각해보면 처음부터 없었더라면 없는 대로 생활해나갈 수 있었을지도 모르지만 수중에 돈이 있으니 급한 대로 쓰고는 빚은 아직도 그대로다. 그건 히라오카 탓이 아니다.

모두 내 잘못이다.

"정말 한심한 짓을 했다고 후회하고 있어요. 그렇지만 돈을 빌릴 때는 결코 당신을 속이거나 거짓말을 할 생각은 없었으니 용서해주세요."

미치요는 괴로운 표정으로 변명했다.

"어차피 당신에게 드린 돈이니까 어떻게 썼든 아무도 뭐라 할 수 없지요. 유용하게 썼다면 그걸로 충분하지 않겠어요?"

다이스케는 미치요를 위로했다. 그리고 '당신'이라는 말에 특별히 힘을 주어 천천히 발음했다.

"이제 겨우 안심이 되는군요."

미치요는 그저 이렇게 말할 뿐이었다.

비가 세차게 내리고 있어서 돌아갈 때는 약속한 대로 인력거를 불렀다. 날씨가 추워 모직 위에 남자용 하오리를 입혀주려 했지만 미치요는 미소를 지으며 거절했다.

11

어느덧 사람들이 여름용 하오리를 입고 다니게 되었다. 이삼일 집에서 조사할 것이 있어 뜰 외에는 내다본 적이 없는 다이스케는 겨울 모자를 쓰고 밖에 나갔다가 갑작스러운 더위를 느꼈다. 이제 자신도 모직옷은 벗어야겠다고 생각하며 5, 6백 미터 걸어가는 동안 겹옷을 입은 사람 두셋과 마주쳤다. 그런가 하면 새로 문을 연 빙수집에서 학생이 컵을 손에 들고 차가운 것을 마시고 있었다. 다이스케는 그 순간 세이타로를 떠올렸다.

최근 들어 다이스케는 예전보다 세이타로를 더 좋아하게 되었다. 세상 사람들과 이야기를 나누고 있으면 인간의 껍데기와 이야기를 하는 것 같아 답답해서 견딜 수가 없었다. 하지만 자기 자신을 돌이켜보면 자신이야말로 세상 사람들 중에서 그 누구보다도 상대방을 답답하게 만드는 사람이었다. 그것 또한 오랜 기간에 걸친 생존경쟁의 결과가 유발한 벌이라고 생각하니 그다지 기분이 좋지는 않았다.

요즘 세이타로는 다마노리[1]를 하고 싶어 하는데 그건 모두 지난번에 아사쿠사의 오쿠야마에 데리고 갔다 온 결과라 할 수 있다. 그런 외골수적인 성향은 형수의 성격을 그대로 닮았다. 하지만 형의 아들인 만큼 외골수면서도 어딘가 대범한 면이 있었다. 세이타로를 상대하고 있으면 그 아이의 영혼이 거침없이 자신에게 흘러드는 것 같아 유쾌했다. 사실 다이스케는 밤낮으로 무장을 해제한 적이 없는 사람들에게 포위당해 있는 것이 고통스러웠다.

세이타로는 올봄부터 중학교에 다니기 시작했다. 그러자 갑자기 키가 훌쩍 커버린 듯했다. 이제 한두 해가 지나면 목소리도 변할 것이다. 그 후로는 어떤 과정을 거쳐 성장해나갈지 모르지만 어차피 인간으로서 생존하려면 다른 사람들로부터 미움을 받게 될 운명에 맞닥뜨리게 될 것이 틀림없다. 그때 그는 조용히 남의 눈에 띄지 않는 옷차림을 하고 거지처럼 무엇인가를 찾으며 사람들로 붐비는 거리를 헤매게 될 것이다.

다이스케는 수로 근처로 나섰다. 얼마 전까지만 해도 건너편 제방에 무리 지어 피어 있던 철쭉이 푸른 잎 사이로 붉고 흰 모양을 이곳저곳에 만들어내고 있었지만 그 모습은 흔적도 없이 사라진 채 풀이 무성하게 자란 높은 비탈길 위에는 큰 소나무가 수십 그루나 줄지어 늘어서 있었다. 하늘은 매우 화창했다. 다이스케는 전차를 타고 본가로 가서 형수와 잡담이나 나누고 세이타로와도 놀아볼까 하는 생각이 들었지만 갑자기 싫증이 나서 소나무를 보며 몸에 힘이 빠질 때까지 수로 주위를 따라 걷고 싶어졌다.

신미쓰케(新見付)에 이르자 바삐 왕래하는 전차가 신경에 거슬려 수로를 가로질러 쇼콘샤(招魂社) 옆을 지나 반초(番町)로 갔다. 그곳

---

1 커다란 공 위에 올라서서 발로 공을 굴리는 곡예.

을 이리저리 헤매고 걷고 있자니 아무런 목적도 없이 걷는 것이 바보스럽게 여겨졌다. 그는 평소에 천한 사람들이나 어떤 목적을 갖고 걷는 것이라고 생각하고 있었지만 지금 자신의 입장에서는 그런 천민이 더 위대하다는 생각이 들었다. 그는 자신이 다시 권태감에 사로잡혔다는 사실을 깨닫고 집으로 발길을 돌렸다. 가구라자카에 이르자 어떤 상점에서 큰 축음기를 켜놓고 있었다. 날카로운 금속성의 자극적인 소리에 다이스케는 머리가 무척 명해졌다.

집으로 돌아와 대문을 들어서자 이번에는 가도노가 주인이 없는 틈을 타서 큰 소리로 비파 반주에 맞춰 노래를 부르고 있었다. 그러나 다이스케의 발걸음 소리를 듣자 딱 그쳤다.

"어, 일찍 들어오셨네요."

이렇게 말하며 현관으로 나왔다. 다이스케는 아무런 대꾸도 하지 않고 모자를 현관에 걸고 툇마루를 지나 서재로 들어갔다. 그러고는 일부러 미닫이를 닫아버렸다. 찻잔에 차를 따라 갖고 온 가도노가 물었다.

"닫을까요? 덥지는 않으신지요?"

다이스케는 소맷자락에서 손수건을 꺼내 이마를 닦아내며 역시 명령했다.

"닫아두게."

가도노는 묘한 표정을 지으며 미닫이를 닫고 나갔다. 다이스케는 어두운 방 안에서 10분쯤 명하니 있었다.

그는 남이 부러워할 정도로 광택이 나는 피부와 노동자들에게는 찾아볼 수 없는 부드러운 근육을 가진 남자다. 그는 태어나서 지금까지 아직 큰 병이라고는 앓아본 적이 없을 정도로 건강에 관해서는 축복받은 사람이다. 그는 이야말로 사는 보람이라고 믿고 있었기 때문에 그에게 건강은 다른 사람보다 배 이상의 가치를 지니고 있었다. 그의 머리는 육체만큼이나 튼실했다. 그러나 항상 논리에 시달리고 있었다. 가끔 머리 한가운데가 활을 겨눈 과녁처럼 이중, 삼중으로 겹쳐 있다고 느낄 때가 있었다. 특히 오늘은 아침부터 그런 느낌이 들었다.

다이스케가 자신이 무슨 목적으로 이 세상에 태어났는지 심각하게 생각해보는 것은 바로 그런 순간이었다. 그는 지금까지 몇 번이나 이런 진지한 문제를 끄집어내서 직시해보았다. 그 동기는 단순한 철학적 호기심에서 비롯되기도 하고, 또 세상의 현상이 너무나도 복잡한 색채로 그의 머릿속을 물들이려고 초조하게 구는 데서 시작되기도 하고, 마지막으로는 오늘처럼 권태로움의 결과로서 비롯되기도 하지만 그때마다 그는 동일한 결론에 도달했다. 그러나 그 결론은 문제의 해결이라기보다는 오히려 그 문제를 부정하는 것에 불과했다. 그는 인간이란 어떤 목적을 갖고 태어난 존재가 아니라고 생각했다. 그 반대로 인간은 태어난 후에야 비로소 어떤 목적을 갖게 된다. 처음부터 객관적으로 어떤 목적을 설정하고 그것을 인간에게 부여하는 것은 그 인간의 자유로운 활동을 태어나는 순간 이미 빼앗는 것이나 다름없다. 따라서 인간의 목적이란 태어난 본인이 스스로 만든 것이어야 한다. 그러나 어떤 사람도 그 목적을 마음대로 만들 수는 없다. 자기의 존재 목적은 자기 존재의 과정을 통해 이미 세상에 발표한 것과 마찬가지이기 때문이다.

이런 전제에서 출발한 다이스케는 자신의 본래 활동을 자기 본래의 목적으로 삼고 있었다. 걷고 싶으니까 걷는다. 그러면 걷는 것 자체가 목적이 된다. 생각하고 싶으니까 생각한다. 그러면 생각하는 것이 목적이 된다. 그 밖의 목적을 갖고 걷거나 생각하는 것은 보행과 사색의 타락이나 다름없고 자신의 활동 외에 어떤 목적을 세워 활동하는 것은 활동의 타락이 된다. 따라서 자신의 모든 활동을 한낱 어떤 방편의 도구로 삼는 것은 스스로 자기 존재의 목적을 파괴하는 것이나 마찬가지다.

그래서 다이스케는 지금까지 자신의 뇌리에 어떤 욕구가 생길 때마다 그걸 수행하는 것을 자신의 목적으로 삼고 살아왔다. 양립할 수 없는 두 가지 욕구가 가슴속에서 싸울 때도 마찬가지였다. 그건 단지 모순에서 유발되는 목적의 소모라고 해석하고 있었다. 따지고 보면 그는 소위 목적이 없는 행위를 목적으로 삼고 활동하고 있었던 것이다. 그리고 남을 속이지 않는 걸 가장 도덕적인 행동으로 인식하고 있었다.

그런 자신의 생각을 가능한 한 실현하려고 노력하다가 이미 자신이 포기했던 문제에 사로잡혀서 내가 과연 무엇 때문에 이런 행동을 하고 있는 것일까 하고 부지불식간에 의문을 갖게 되는 일도 있었다. 그가 반초를 산책하면서 왜 산책을 하고 있을까 하는 의문을 품었던 것도 바로 이런 까닭에서다.

그때 그는 스스로 생각해도 자신이 활력에 충실하지 못하다는 것을 깨달았다. 용기와 흥미가 부족한 상태에서 이런 생각을 단번에 실행하려다 보니 스스로 그 행동의 의미를 도중에 의심하게 된다. 그는 이런 현상을 권태라고 부르고 있었다. 그는 권태에 사로잡히면 논리에 혼란이 일어난다고 믿고 있었다. 그가 어떤 행위를 하다 도중에 왜 그 행동을 하고 있는지 주객전도된 의문을 품게 되는 것은 바로 이 권태 때문이었던 것이다.

그는 밀폐된 방 안에서 한두 번 머리를 누르고 흔들어도 보았다. 그는 옛날부터 오늘날까지 사색가들이 자주 반복하곤 하던 의미 없는 의문을 다시 머릿속에 떠올릴 필요조차 느끼지 못했다. 그런 생각이 언뜻 들었을 때면, 또야, 하고 곧 떨쳐버렸다. 동시에 그는 자신이 생활력이 부족하다는 사실을 절실하게 느꼈다. 따라서 행위 자체를 목적으로 삼고 원만하게 수행하려는 흥미도 느끼지 못했다. 그는 황야에 다만 홀로 서 있었다. 멍하니 있었다.

그는 고상한 생활의 욕구를 충족시키려고 애쓰는 사람이었다. 또한 어떤 의미에서 도덕적인 욕구를 만족시키려고 하는 남자이기도 했다. 그리고 어떤 경지에 이르면 그 두 가지의 욕구가 불꽃을 튀기며 서로 격렬하게 싸우는 경계에 설 것으로 예상했다. 그래서 물욕을 억제하고 자만했다. 그의 방은 평범한 일본식이었다. 이렇다 할 대단한 장식도 없었다. 그의 말을 빌리면 액자조차 마음에 드는 것은 걸지 않았다. 눈에 띄게 아름다운 색채가 있다면 책꽂이에 꽂혀 있는 서양 책 정도에 불과했다. 그는 지금 그 서양 책 사이에 멍하니 앉아 있었다. 잠시 후 멍한 자신의 의식에 힘을 불어넣으려면 주위 사물들에서 어떻게든 변화를 끌어내야겠다고 생각하며 방 안을 이곳저곳 둘러보았다. 그러고는 다시 멍하니 벽을 바라보았다. 그러다가 마침내 이런 초라한 생활로부터 자신을 구해낼 방법은 오직 하나밖에 없다고 생각했다. 그런 다음 입속으로 중얼거렸다.

"역시 미치요를 만나야겠군."

그는 내키지 않는 곳으로 산책을 나갔던 것을 후회했다. 다시 나가서 히라오카의 집으로 가려고 생각하던 참에 모리카와초에서 데라오가 찾아왔다. 새 밀짚모자를 쓰고 시원해 보이는 얇은 하오리를 걸치고는, 덥다 덥다, 하며 벌건 얼굴을 닦았다.

"왜 하필 이런 시간에 왔나?"

다이스케가 퉁명스럽게 내뱉었다. 그와 데라오는 보통 때도 이런 식의 말투로 서로를 대하고 있었다.

"이런 시간이 사람을 찾아가기에 가장 좋잖나. 자넨 또 낮잠을 잤군. 직업이 없는 사람은 이렇게 나약해서 안 돼. 자넨 도대체 무엇을 위해 태어난 거지?"

데라오는 이렇게 말하더니 밀짚모자로 가슴 언저리를 부쳐댔다. 날씨가 그 정도로 덥지는 않았기 때문에 그 동작은 애교스럽게 보이기도 했다.

"내가 무엇 때문에 태어났든 자네가 무슨 상관인가? 그보다도 자넨 어쩐 일인가? 또 '딱 열흘만'은 아니겠지? 돈 얘기라면 이제 그만두게."

다이스케는 서슴지 않고 말도 꺼내기 전에 거절했다.

"자넨 정말 예의를 모르는 사람이군."

데라오는 하는 수 없다는 듯이 대꾸했다. 그러나 그다지 감정이 상한 것 같지는 않았다. 사실 그 정도의 말은 데라오에게는 조금도 무례하다고 생각되지 않았다. 다이스케는 잠자코 데라오의 얼굴을 바라보고 있었다. 그의 얼굴은 다이스케에게 텅 빈 벽을 보고 있는 것 이상의 어떤 감동도 주지 않았다.

데라오는 주머니에서 손때가 묻은 가제본한 책을 꺼냈다.

"이걸 번역해야 하네."

데라오가 말했다. 다이스케는 여전히 입을 다물고 있었다.

"먹고사는 데 걱정이 없다고 그렇게 쌀쌀맞은 표정을 짓지는 말게. 좀 진지해져보게. 나로서는 이 일이 생사가 걸린 싸움이니까."

데라오는 이렇게 말하면서 작은 책을 의자 모서리에 탕탕 두 번 두들겼다.

"언제까진데?"

데라오는 책장을 삭삭 넘겨 보이더니 단호한 말투로 대답한다.

"2주일."

그런 다음 덧붙여 설명한다.

"어쨌든 그때까지 처리하지 않으면 먹고살 수가 없으니 방법이 없지."

"대단한 기세로군."

다이스케가 비꼬듯이 말했다.

"그래서 혼고에서 일부러 찾아왔네. 돈은 빌려주지 않아도 괜찮아. 뭐, 빌려주면 더할 나위 없이 좋겠지만. 그보다는 좀 모르는 곳이 있어 물어보려고 찾아왔네."

"귀찮군. 난 오늘 머리가 아파서 그런 걸 하고 있을 수가 없어. 그냥 적당히 번역하면 되지 않나? 어차피 원고료는 페이지로 계산하니까."

"아무리 나 같은 사람이라도 그렇게 무책임하게 번역할 수는 없지. 오역이라는 지적을 받으면 나중에 성가시거든."

"참 귀찮게 구는군."

다이스케는 여전히 쌀쌀맞은 태도를 보였다.

그러자 데라오가 "이보게!" 하고 불렀다.

"농담이 아니라 자네처럼 빈둥거리며 놀고먹는 사람이 이 정도 일도 안 한다면 정말 따분해서 견딜 수 없을 걸세. 나 역시 이 책을 술술 읽어낼 수 있는 사람을 찾아갈 생각이었다면 굳이 자네에게 올 이유가 없지. 하지만 그런 사람들은 자네와 달리 모두 바쁘단 말이야."

데라오는 조금도 물러날 기색을 보이지 않았다. 다이스케는 싸움을 하든지, 그의 부탁을 들어주든지 둘 중 하나를 선택할 결심을 했다. 그의 성격상 이런 인물을 경멸할 수는 있어도 화를 내기는 불가능했다.

"그럼 가능하다면 아주 적은 분량만 하기로 하겠네."

이런 단서를 단 다음 표시가 되어 있는 곳만 보았다. 다이스케는 이 책의 전체적인 내용을 물어볼 의욕조차 없었다. 묻는 부분에도 애매한 곳이 많았다. 데라오는 마침내 "아, 고맙네"라고 말하고 책을 덮었다.

"모르는 곳은 어떻게 하지?"

다이스케가 물었다.

"어떻게든 되겠지. 누구에게 묻더라도 그다지 잘 알지는 못할 거야. 우선 시간이 없으니까 달리 방법이 없지."

데라오는 오역의 문제보다도 생활비 쪽이 더 중요한 문제라는 듯 처음부터 확고한 상태였다.

이야기가 일단락되자 데라오는 여느 때처럼 문학에 관한 화제를 꺼냈다. 신기하게도 번역을 화제로 삼을 때와는 달리 그런 화제가 나오면 언제나 그렇듯 매우 열정적인 자세가 된다. 다이스케는 현재의 문학가들이 발표하는 작품 중에도 데라오의 번역과 동일한 의미를 지닌 것들이 많을 거라는 생각이 들어서 데라오의 모순이 재미있게 느껴졌다. 그렇지만 귀찮아서 입 밖에 내지는 않았다.

데라오 때문에 그날 결국 다이스케는 히라오카를 방문할 기회를 놓치고 말았다.

저녁을 먹고 있는데 마루젠(丸善)에서 보낸 소포가 도착했다. 젓가락을 내려놓고 뜯어보니 아주 오래전에 외국에 주문했던 두세 권의 신간서적이었다. 다이스케는 그걸 겨드랑이에 끼고 서재로 돌아왔다. 한 권씩 차례대로 들고 어둠 속에서 두세 페이지를 넘기면서 대충 훑어보았지만 그 어디에도 그의 주의를 끌 만한 곳은 없었다. 마지막 한 권은 이미 그 제목조차 잊어버렸다. 나중에 읽을 생각으로 책을 한곳에 모아 책꽂이 위에 쌓아놓았다. 툇마루에서 밖을 내다보니 아름다운 하늘이 그 색채를 잃어가고 한층 짙어 보이는 옆집 오동나무 위로 희미한 달이 걸려 있었다.

그때 가도노가 큰 전등을 들고 왔다. 전등은 비단 잔주름처럼 세로로 홈이 파인 파란색 갓이 씌워져 있었다. 가도노는 전등을 테이블 위에 놓고 다시 툇마루로 나가면서 말했다.

"이제 서서히 반딧불이가 나올 시기가 되었군요."

"아직 나올 시기가 아니지."

다이스케가 우습다는 듯한 표정으로 대답했다.

그러자 가도노는 여느 때처럼 "그런가요?"라고 대답했으나 곧 진지한 투로 말했다.

"반딧불이는 옛날에는 상당히 인기가 많았는데 요즘 문학에는 거의 등장하지 않게 되었지요. 왜 그럴까요? 반딧불이나 까마귀는 요즘 거의 본 적이 없을 정도지요."

"글쎄. 과연 그 이유가 뭘까?"

다이스케도 일부러 시치미를 떼고 진지하게 대화에 응했다.

"역시 전등에 압도당해 점점 사라지게 되었겠지요."

가도노는 이 말을 하고 스스로 헤헤헤 익살스럽게 웃고 자기 방으로 돌아갔다. 다이스케도 그 뒤를 따라 현관까지 나갔다. 가도노가 돌아보았다.

"또 외출하십니까? 자주 나가시네요. 전등은 제가 신경 쓰겠습니다. 아주머니는 아까부터 배가 아프다고 누워 있습니다만 뭐 대단치는 않은 것 같습니다. 그럼 다녀오십시오."

다이스케는 문을 나섰다. 에도가와 근처에 이르자 벌써 강물이 검게 보였다. 그는 물론 히라오카의 집을 찾아갈 생각이었다. 그래서 여느 때처럼 강변을 따라 걷지 않고 곧장 다리를 건너 곤고지(金鋼寺) 언덕을 올라갔다.

사실 다이스케는 그 후로 미치요와 히라오카를 두세 번 만났다. 한 번은 히라오카가 비교적 긴 편지를 보내왔을 때였다. 그 편지에는 우선 도쿄에 온 이후로 여러모로 도와주어서 고맙다는 인사말이 쓰여 있었다. 그런 다음 그동안 여러 친구들과 선배들이 힘을 써주었는데 성과를 내지 못하다가 최근 어떤 친지의 주선으로 모 신문사의 경제부 주임기자를 해보지 않겠느냐는 권유를 받았다. 해보고 싶은 생각이 있다. 하지만 도쿄에 도착했을 때 자네에게 부탁한 일이 있어 자기 마음대로 결정해서는 안 될 것 같은 생각이 들어 일단 상의해본다는 내용이었다. 다이스케는 당시 형의 회사에 취직을 주선해달라는 부탁을 받은 것을 아무런 대답도 하지 않고 내버려두었다. 그래서 그 편지를 재촉으로 받아들였다. 편지 한 통으로 거절하는 것도 너무 냉담하다는 생각이 들어 다음 날 찾아가 형의 사정 이야기를 하고 당분간 그쪽은 포기해달라고 부탁했다. 히라오카는 그때 역시 대충 그럴 것이라고 짐작하고 있었다고 말하고는 묘한 시선으로 미치요를 보았다.

또 한 번은 마침내 신문사에 취직이 결정되었다면서 하룻밤 자네와 느긋하게 술을 마시고 싶다, 날을 잡아 한번 와달라는 히라오카의 엽서가 왔을 때 공교롭게도 사정이 생겨 가지 못한다고 양해를 구하러 산책길에 들른 적이 있다. 그때 히라오카는 방 한가운데에서 벌렁 누워 자고 있었다. 간밤에 어떤 모임에 참석해 과음을 했기 때문이라며 벌건 눈을 계속 문질러댔다. 다이스케를 보자 갑자기 "사람은 자네처럼 독신이 아니면 아무 일도 할 수가 없어, 나도 혼자였다면 만주나 미국에라도 갔을 텐데"라며 아내가 부담이 된다고 불평을 해댔다. 미치요는 옆방에서 쥐 죽은 듯이 일을 하고 있었다.

세 번째는 히라오카가 신문사에 나가고 없을 때에 찾아갔다. 그 당시는 별다른 용무도 없었다. 30분쯤 툇마루에 앉아서 이야기를 나눴다.

그 후로는 웬만하면 고이시카와 쪽으로는 가지 않기로 하다 오늘 밤에 이르렀던 것이다. 다이스케는 다케하야초(竹早町)로 올라가 반대편을 가로지른 뒤 2, 3백 미터쯤 가서 히라오카라는 문패 앞에 이르렀다. 격자문 밖에서 사람을 부르자 하녀가 전등을 들고 나왔다. 하지만 부부는 모두 집에 없었다. 다이스케는 어디 갔느냐고 묻지도 않고 그냥 돌아서서 전차를 타고 혼고까지 가서 혼고에서 다시 간다행 전차로 갈아타고 거기에서 내려 맥줏집으로 들어가 맥주를 벌컥벌컥 들이켰다.

다음 날 눈을 뜨니 여전히 뇌의 중심에서부터, 반지름이 다른 원이 머리를 두 겹으로 나누는 것 같은 느낌이었다. 그럴 때 다이스케는 머리의 안팎이 서로 다른 질로 만들어진 것 같다는 생각을 떨쳐버릴 수 없다. 그래서 스스로 자신의 머리를 흔들어 안팎을 섞어보려고 애썼다. 그는 지금 베개 위에 머리를 얹은 채 오른손을 꼭 쥐고 귀 위를 두세 번 두드렸다.

다이스케는 그러한 뇌의 이상이 술 때문이라고 생각한 적은 없었다. 그는 어릴 적부터 술을 잘 마시는 편이었다. 아무리 많이 마셔도 잘 취하지 않았다. 뿐만 아니라 한숨 푹 자고 나면 언제 술을 마셨냐는 듯 몸도 개운해졌다. 예전에 어쩌다가 형과 술 마시기 경쟁이 붙어 세 홉들이 술을 열세 병이나 마셔버린 적이 있다. 그 다음 날 다이스케는 멀쩡한 얼굴로 학교에 갔다. 형은 이틀 동안이나 머리가 아프다며 투덜거렸다. 그리고 그것을 나이 차이 때문이라고 했다.

그에 비하면 어젯밤에 마신 맥주는 아무것도 아니었다고 다이스케는 머리를 두드리며 생각했다. 다행스럽게도 다이스케는 아무리 머릿속이 쪼개지는 것 같아도 두뇌 활동에 지장을 받은 적은 없다. 그저 머리 쓰는 것이 내키지 않을 뿐이었다. 그러나 노력만 한다면 복잡한 일도 충분히 해낼 자신이 있었다. 그래서 이런 이상을 느낀다고 해도 두뇌 조직의 변화가 정신세계에 나쁜 영향을 미칠 것이라고 비관할 여지는 없었다. 처음 이런 감각을 느꼈을 때는 놀랐다. 두 번째에는 오히려 신기한 경험을 한 것 같아 기뻤다. 요즘에는 그런 경험이 대부분 정신력의 저하를 동반했다. 내용이 충실하지 못한 행위를 억지로 해가며 생활할 때 나타나는 하나의 징후였다. 다이스케는 바로 그 점이 불쾌했다.

잠자리에서 일어나 그는 다시 머리를 흔들었다. 아침식사 때 가도노가 조간신문에 실린 뱀과 독수리의 싸움에 관해 말을 걸어왔지만 다이스케는 대꾸하지 않았다. 가도노는 또 시작됐다고 생각하고 식당에서 나갔다. 부엌 쪽에서 할멈을 위로했다.

"아주머니, 그렇게 무리하시면 몸에 좋지 않아요. 선생님 상은 제가 정리할 테니 저쪽에서 좀 쉬고 계세요."

다이스케는 그제야 할멈이 아프다는 게 생각났다. 뭔가 다정한 말이라도 건네려 했지만 귀찮아서 그만두었다.

나이프를 놓자마자 다이스케는 곧 홍차 찻잔을 들고 서재로 들어갔다. 시계를 보니 벌써 9시가 지나 있었다. 한참 동안 뜰을 바라보면서 차를 마시고 있는데 가도노가 다가와 말했다.

"본가에서 선생님을 모시러 왔습니다."

다이스케는 본가에서 데리러 온다는 전갈을 받은 기억이 없었다. 가도노에게 다시 물어보라고 시켜도 인력거꾼이 도무지 종잡을 수 없는 말을 한다고 해서 다이스케는 머리를 흔들며 현관으로 나가보았다. 그러자 그곳에는 형의 인력거를 끄는 가쓰(勝)가 있었다. 고무바퀴가 달린 인력거를 똑바로 현관 옆에 갖다 대놓고 공손하게 인사를 했다.

"가쓰, 데리러 왔다니 대체 무슨 일인가?"

다이스케가 묻자 가쓰는 황송하다는 표정으로 대답했다.

"마님께서 모셔 오라고만 말씀하셨습니다."

"무슨 급한 일이라도 생겼나?"

가쓰는 아무것도 알지 못했다.

"오시면 아실 거라면서……"

간단하게 대답하고 말꼬리를 흐렸다.

다이스케는 안으로 들어갔다. 할멈을 불러 옷을 꺼내달라고 하려다가 배가 아파 누워 있는 사람을 부리는 것이 싫어 직접 서랍을 뒤져 서둘러 채비를 하고 가쓰의 인력거에 올라탔다.

그날은 바람이 세차게 불었다. 가쓰는 힘겨운 듯 앞으로 숙이고 인력거를 끌었다. 타고 있는 다이스케에게도 둘로 쪼개지는 듯한 머리가 빙빙 돌 정도로 바람이 휘몰아쳤다. 그렇지만 소리도 울림도 없는 바퀴가 부드럽게 움직여 의식이 희미한 자신을 반쯤 잠든 상태에서

184

우주로 데리고 가는 듯 유쾌했다. 아오야마에 있는 본가에 도착했을 무렵에는 일어났을 때와는 달리 기분이 매우 상쾌해졌다.

무슨 일이 있는지 물어보려고 들어가기 전에 서생의 방을 들여다보니 나오키와 세이타로 단둘이 백설탕을 뿌린 딸기를 먹고 있었다.

"여어, 맛있어 보이는데."

나오키는 곧 자세를 가다듬고 인사를 했다. 세이타로는 입술 언저리가 젖은 채로 갑자기 물었다.

"삼촌! 신붓감은 언제 맞이하세요?"

나오키는 싱글거리고 있다. 다이스케는 잠시 대답이 궁해졌다. 하는 수 없이 놀리는 듯하기도 하고 야단을 치는 듯도 하게 말했다.

"오늘은 학교에 안 가니? 게다가 아침부터 딸기나 먹고 있다니."

"오늘은 일요일이잖아요."

세이타로가 정색을 하면서 말했다.

"어! 그래? 일요일이었던가?"

다이스케는 깜짝 놀랐다.

나오키는 다이스케의 얼굴을 보고 마침내 웃음을 터뜨렸다. 다이스케도 웃고 나서 응접실로 갔다. 그곳에는 아무도 없었다. 새로 바꾼 다다미 위에는 자단나무로 만든 둥근 쟁반이 하나 놓여 있고 그 위에 놓인 찻잔에 교토의 아사이 모쿠고(淺井默語)[2]가 그린 그림이 염색되어 있었다. 텅 빈 넓은 응접실에 아침의 상큼한 초록이 정원에서 비쳐 들어 모든 것이 고요해 보였다. 바람은 갑자기 잠잠해진 것 같았다.

응접실을 빠져나와 형의 방으로 가는데 인기척이 들려왔다.

2 아사이 모쿠고(淺井默語, 1856~1907). 메이지 중기의 서양화가. 환상적인 화풍으로 유명하다. 그중에서도 수채화에서 발군의 작품을 남겼다. 교육자로도 유명하다.

"어머, 하지만 그건 너무 심하지 않아요?"

형수의 목소리가 들려왔다. 다이스케는 안으로 들어갔다. 안에는 형과 형수와 누이코가 있었다. 형은 가쿠오비[3]에 금사슬 장식을 달고 요즘 유행하는 묘한 모양의 여름용 하오리를 입고 이쪽을 향해 서 있었다. 다이스케를 보자 우메코에게 말했다.

"왔군. 그러니까 데려가달라고 해봐."

다이스케는 무슨 소리인지 전혀 알 수가 없었다. 그러자 우메코가 다이스케 쪽으로 돌아서며 물었다.

"도련님! 오늘도 한가하시지요?"

"네, 한가하지요."

다이스케가 대답했다.

"그럼 가부키 극장에 함께 가주실래요?"

다이스케는 형수의 말이 갑자기 내심 우습게 느껴졌다. 그러나 오늘은 여느 때처럼 형수를 놀릴 용기가 없었다. 귀찮기도 해서 태연한 표정으로 기세 좋게 대답했다.

"네, 좋습니다. 가시죠."

그러자 우메코가 되물었다.

"하지만 도련님은 이미 한 번 봤다고 하지 않았나요?"

"한 번이든 두 번이든 뭐 상관없어요. 가시죠."

다이스케가 우메코를 바라보며 미소 지었다.

"도련님도 참 태평하시다니까요."

우메코가 평했다. 다이스케는 점점 우습게 느껴졌다.

형은 볼일이 있다며 곧 밖으로 나갔다. 4시쯤 일이 끝나면 극장으

3 겹으로 된 딱딱하고 폭이 좁은 남자용 허리띠.

로 오기로 약속했다고 한다. 그때까지 자신과 누이코 둘이 보고 있어도 될 텐데 우메코는 그러기 싫다고 했다. 그럼 나오키를 데리고 가라고 형이 말하자 나오키는 가스리[4]에 하카마를 입고 불편한 표정으로 앉아 있어서 안 된다고 대답했다. 그래서 하는 수 없이 다이스케를 데리러 보냈다고 집을 나서면서 형이 말해주었다. 다이스케는 앞뒤가 좀 안 맞는다고 생각했지만 그저 그러냐고 대답했다. 그러고는 형수가 막간에 대화 상대가 필요하고 무슨 일이 있으면 여러모로 부탁하기 쉬우니까 굳이 자신을 부른 것이 틀림없다고 해석했다.

우메코와 누이코는 공들여 화장했다. 다이스케는 화장의 감독자가 되어 두 사람 옆에 끈기 있게 붙어 있었다. 가끔 재미삼아 농담도 했다. 누이코가 "삼촌! 너무하세요"라는 말을 두세 번 했다.

아버지는 아침 일찍 집을 나가고 없었다. 어디에 갔는지 형수도 모른다고 했다. 다이스케는 별로 알고 싶지도 않았다. 그저 아버지가 집에 없다는 것이 고마울 뿐이었다. 지난번에 대화를 나눈 뒤로 다이스케는 아버지와 두 번밖에 얼굴을 마주치지 않았다. 그것도 겨우 10분에서 15분 정도에 지나지 않았다. 이야기가 심각해질 것 같으면 갑자기 공손하게 인사를 하고 일어서버리곤 했다. 아버지가 응접실로 나와서는 아무래도 요즘 다이스케가 한곳에 엉덩이를 붙이고 가만히 앉아 있지를 못한다, 내 얼굴만 보면 도망칠 궁리만 한다며 화를 냈다고 한다고 형수는 거울 앞에서 여름용 오비를 만지면서 다이스케에게 말해주었다.

"완전히 신뢰를 잃고 말았군요"

다이스케는 이렇게 말하고 형수와 누이코의 양산을 들고 앞장서서

4 감색 바탕에 흰색 비백(飛白) 무늬가 있는 평직의 류큐산 면직물.

현관을 나섰다. 그곳에 인력거 세 대가 나란히 있었다.

다이스케는 바람을 피하려고 사냥모자를 쓰고 있었다. 바람은 점차 잦아들고 강렬한 햇빛이 구름 사이로 머리 위를 비추고 있었다. 앞서 가던 우메코와 누이코가 양산을 폈다. 다이스케는 가끔 손등으로 이마를 가리곤 했다.

극장에서 형수와 누이코는 매우 열정적인 관객이었다. 다이스케는 이미 한 번 본 데다 요 3, 4일 동안의 뇌 상태로는 무대에 정신을 집중하기가 힘들었다. 견디기 힘든 더위 때문에 자꾸 부채를 들고 옷깃에서 머리 쪽으로 부쳐댔다.

막간의 휴식시간에 누이코가 다이스케를 돌아보며 때때로 묘한 질문을 해댔다. 왜 저 사람은 대야로 술을 마시고 있냐[5], 스님이 어떻게 갑자기 대장이 될 수 있느냐[6]는 식의 대체로 설명하기 어려운 질문들뿐이었다. 우메코는 누이코의 질문에 그저 미소만 지을 뿐이었다. 다이스케는 갑자기 이삼일 전에 신문에서 읽은 어느 문학가의 연극 평론이 생각났다. 거기에는 일본의 각본은 너무 돌발적인 줄거리가 많아서 편한 마음으로 구경하기 힘들다고 쓰여 있었다. 다이스케는 그때 배우의 입장에서 굳이 그런 사람에게 보일 필요는 없다고 생각했다. 작가에게 해야 할 주문을 배우에게 하는 것은 지카마쓰(近松)[7]의 작품을 이해하기 위해 고시지(越路)[8]의 조루리(淨瑠璃)[9]를 듣고 싶어

---

5 일본의 영웅이었던 오다 노부나가가 그를 살해한 아케치 미쓰히데에게 모욕을 가하는 장면이다. 일본의 옛이야기에 다양하게 등장하는 대목이다.

6 승려로 변장해 적의 추격을 받고 있던 히데요시가 자신의 정체가 탄로 나자 무장으로 등장하는 대목이다.

7 지카마쓰 몬자에몬(近松門左衛門, 1653~1724). 일본의 위대한 조루리(淨淨瑠) 가부키(歌舞技) 작가. 그의 작품은 20세기 후반까지 인기를 끌었다.

하는 것처럼 어리석은 일이라고 가도노에게 말했다. 가도노는 언제나
처럼 "그런가요" 하고 말했다.

어릴 적부터 일본의 전통극을 많이 보아온 다이스케는 물론 우메코
와 마찬가지로 단순한 예술 감상자였다. 그래서 무대에서 예술의 의
미란 배우의 능력에만 적용해야 한다는 좁은 뜻으로 해석하고 있었
다. 그래서 우메코와 말이 잘 통했다. 때때로 마주 앉아 전문가처럼 비
평을 늘어놓고는 서로 감탄하곤 했다. 그렇지만 대체로 무대를 직접
보는 것은 이미 싫증이 난 상태였다. 공연 도중에도 쌍안경으로 이쪽
을 봤다가 저쪽을 봤다가 했다. 쌍안경으로 멀리 바라보니 게이샤들
이 많이 있었다. 그중에는 쌍안경을 이쪽으로 향하는 사람도 있었다.

다이스케의 오른편에는 자신과 동년배로 보이는 남자가 머리를 둥
글게 틀어 올린 아름다운 아내와 함께 와 있었다. 다이스케는 그 부인
의 옆얼굴을 보며 자신과 가까이 지내는 게이샤와 많이 닮았다고 생
각했다. 왼편에는 일행인 남자 네 명이 있었다. 그들은 모두 박사들이
었다. 다이스케는 그들의 얼굴을 모두 기억하고 있었다. 그리고 그 옆
에는 넓은 좌석을 둘이서 차지하고 있는 이들이 있었다. 그중 한 명은
형과 비슷한 나이로 단정하게 양복을 입고 있었다. 그는 금테안경을
쓰고 무언가를 볼 때 턱을 앞으로 내밀어 위로 쳐드는 버릇이 있었다.
다이스케는 그 사람을 보자마자 어디선가 본 적이 있는 듯한 느낌이
들었다. 하지만 굳이 그 기억을 떠올리려 애쓰지는 않았다. 그와 함께
온 사람은 젊은 여자였다. 다이스케는 그녀가 아직 스물이 되지 않았

---

8 고시지(越路, 1836~1917). 메이지 시대 조루리계의 최고 작가.

9 일본 문학과 음악에서 행해지는 낭송의 한 종류. 인형극인 분라쿠(文樂)의 대본이 되는 경우
가 많다. 이름은 15세기 조루리히메(淨瑠璃姬)의 사랑을 주제로 한 민요에서 유래했다.

을 것이라고 판단했다. 하오리를 입지 않은 채 평소보다는 머리를 약간 위로 올려 빗고 턱을 옷깃에 바짝 붙이고 앉아 있었다.

다이스케는 답답해서 몇 번이나 자리에서 일어나 뒤편의 복도로 나가 좁은 하늘을 올려다보았다. 형이 오면 형수와 누이코를 떠넘기고 빨리 돌아가고 싶을 정도였다. 한번은 누이코를 데리고 운동 삼아 주변을 빙빙 돌며 걷기도 했다. 나중에는 술이라도 시켜 먹으면 어떨까 하는 생각까지 들었다.

형은 거의 해가 질 무렵이 되어서야 왔다. 너무 늦은 것이 아니냐고 말하자 형은 허리춤에서 금시계를 꺼내 보여주었다. 실제로 6시가 조금 지났을 뿐이었다. 형은 여느 때처럼 태연한 표정으로 주변을 둘러보고 있었다. 그러나 식사를 할 때 일어서서 복도로 나가더니 좀처럼 돌아오지 않았다. 한참 지나 다이스케가 무심코 뒤를 돌아보니 한 칸 건너 옆자리의 금테안경을 쓴 남자의 자리에서 이야기를 나누고 있었다. 젊은 여자와도 가끔 이야기를 나누고 있는 듯했다. 하지만 여자는 잠깐 웃는 듯하더니 이내 진지한 표정으로 무대 쪽으로 시선을 돌렸다. 다이스케는 형수에게 그 여자의 이름을 물어보려고 했지만 형은 사람들이 모인 자리에서는 자연스럽게 대화에 끼어들 정도로 발이 넓고 세상을 마치 자기 집처럼 편안해하는 사람이라 특별히 신경 쓰지 않고 가만히 있었다.

그러자 막간의 휴식시간에 형이 입구로 돌아와 다이스케에게 잠깐 오라고 하더니 금테안경을 쓴 남자에게 데려가 동생이라고 소개했다. 그리고 다이스케에게는 이분이 고베에서 오신 다카기 씨라며 인사를 시켰다. 금테안경 신사는 젊은 여자를 돌아보며 자신의 조카라고 말했다. 여자는 공손하게 인사를 했다. 그때 형이 사가와 씨의 따님이라고 덧붙였다. 다이스케는 여자의 이름을 듣는 순간 내심 교묘하게 걸려들었다고 생각했다. 하지만 아무것도 모르는 척 적당히 응대했다. 그러자 형수가 슬쩍 자신 쪽을 바라보았다.

5, 6분이 지나 다이스케는 형과 함께 자리로 돌아왔다. 사가와의 딸을 소개받기 전에는 형이 오자마자 도망칠 생각이었지만 이제는 그것조차 여의치 않게 되었다. 너무 노골적으로 행동하면 오히려 역효과가 날 가능성이 있기 때문에 괴롭지만 참고 앉아 있었다. 형도 연극에는 전혀 관심이 없는 듯했지만 여느 때처럼 느긋한 태도로 검은 머리가 그을릴 정도로 담배를 피워댔다. 그저 가끔 "누이코! 어떠냐? 이번 막은 정말 멋있었지?" 정도의 말을 할 뿐이었다. 우메코는 평소의 호기심 많은 태도와는 달리 다카기나 사가와의 딸에 관해서는 어떤 질문도 하지 않고, 한마디도 하지 않았다. 다이스케는 그렇게 시치미를 떼는 모습이 재미있었다. 그는 지금까지 형수의 책략에 걸려든 적이 몇 번 있었다. 그렇지만 아직까지 한 번도 화를 내본 적은 없다. 오늘 이 희극도 보통 때 같았으면 심심풀이 장난 정도로 받아들이고 웃어버렸을지 모른다. 뿐만 아니다. 만일 자신에게 결혼할 마음이 있었다면 오히려 이 연극을 경사스러운 희극으로 완성시켜 평생 자신을 비웃는 것으로 만족할 수도 있었다. 그러나 이번에는 형수마저 아버지와 형과 공모하여 지금 자신을 점점 궁지에 빠뜨리려 한다고 생각하니 역시 단순한 장난으로 볼 수만은 없었다. 다이스케는 앞으로 형수가 이번 사건을 어떻게 발전시켜나갈지 생각하자 조금은 걱정스러웠다. 집안사람 중에서 형수가 이런 계획에 가장 흥미를 갖고 있었기 때문이다. 만약 형수가 이런 식으로 자신을 압박한다면 자신은 점점 가족과 소원해질 수밖에 없다는 두려움이 머릿속 어딘가에 잠재해 있었다.

연극은 11시가 되어서야 끝났다. 밖에 나오자 바람은 완전히 그쳤고, 달도 별도 보이지 않는 조용한 밤에 전등 빛만이 희미하게 비치고 있었다. 늦은 시간이라 찻집에 들어가 이야기를 나눌 짬도 없었다. 세 사람의 인력거는 와 있었지만 다이스케는 인력거를 부르는 걸 깜박 잊고 있었다. 귀찮다는 생각이 들어 형수의 권유를 뿌리치고 찻집 앞에서 전차를 탔다. 스키야바시에서 갈아타려고 어두운 길에서 기다리고 있는데 아이를 업은 부인이 반대편에서 피곤한 듯이 다가오고 있었다. 전차는 건너편에서 두세 번이나 지나갔다. 다이스케와 철로 사이에는 높은 둑처럼 흙과 돌이 쌓여 있었다. 다이스케는 비로소 엉뚱한 곳에 서 있다는 것을 깨달았다.

"아주머니! 전차를 타려면 여기 서 있으면 안 돼요. 반대편입니다."

이렇게 가르쳐주고 걷기 시작했다. 아주머니는 고맙다는 인사를 하고 따라왔다. 다이스케는 손으로 더듬기라도 하듯 어두운 곳을 대충 걸어갔다. 25미터쯤 왼쪽에 보이는 에도 성의 수로 부근을 목표로 걸었더니 마침내 정류소 기둥이 나타났다. 아주머니는 그곳에서 간다바시(神田橋) 방향으로 가는 전차를 탔다. 다이스케는 혼자 반대 방향인 아카사카행을 탔다.

전차 안에서는 잠이 와도 잠을 잘 수가 없었다. 이리저리 흔들리면서도 오늘 밤 잠을 잘 일이 걱정되었다. 그는 너무 피곤해서 낮 동안에 벌어졌던 모든 일에 무관심한 상태임에도 불구하고 알지 못할 흥분으로 인해 조용한 밤을 마음껏 즐길 수 없을 것 같은 일이 자주 있었다. 그의 뇌리에는 오늘 낮 동안에 번갈아가며 흔적을 남긴 색채들이 시간의 흐름이나 형태의 차이를 모두 잊은 채 한꺼번에 어른거리고 있었다. 그래서 그것이 어떤 색채이며 어떤 움직임이었는지 분명히 알 수가 없었다. 그는 눈을 감고 집에 돌아가면 또다시 위스키의 힘을 빌려 잠을 자야겠다고 생각했다.

그는 그런 명확하지 않은 화려한 색조의 반사로 미치요를 떠올릴 수밖에 없었다. 그리고 그곳에서 자신의 안식처를 발견한 듯한 느낌이 들었다. 그렇지만 그 안식처는 그의 눈에 확실하게 비치지 않았다. 그저 마음 전체에서 그것을 인정한 것뿐이었다. 따라서 그는 미치요의 얼굴이나 자태, 말투나 부부의 관계, 건강 상태와 자신을 하나로 합쳐놓은 것을 자신의 감정에 맞아떨어지는 대상으로 발견한 것에 불과했다.

다음 날 다이스케는 다지마에 있는 친구에게서 장문의 편지를 받았다. 그 친구는 학교를 졸업하자마자 고향으로 돌아가서 지금까지 도쿄에 온 적이 한 번도 없었다. 물론 본인은 산속에서 살 생각이 없었지만 부모의 명령으로 어쩔 수 없이 고향에 갇혀버렸던 것이다. 그래도 1년 동안은 다시 아버지를 설득해서 도쿄로 나오겠다며 귀찮을 정도로 편지를 보내왔지만 요즘은 단념했는지 별반 불평도 하지 않았다. 그의 집은 그 지방에서 유서가 깊은 가문으로, 조상 대대로 내려온 산림을 해마다 벌채해 파는 것이 생업이었다. 이번 편지에는 그의 일상이 상세하게 적혀 있었다. 그리고 한 달 전에 면장으로 추대되어 3백 엔의 연봉을 받는 신분이 되었다는 사실을 반쯤 재미있어하며 진지한 말투로 알려왔다. 대학을 졸업하고 중학교 교사가 되었어도 그 세 배는 받을 거라며 자신과 다른 친구들을 비교하고 있었다.

그 친구는 고향에 돌아가서 한 1년쯤 있다가 교토 인근에 사는 어느 재력가의 딸과 결혼했다. 그건 당연히 부모의 뜻에 따른 결정이었다. 곧 아이가 태어났다. 아내에 대해서는 결혼을 할 때 외에는 별 이야기가 없었지만 아이가 성장해가는 모습에는 흥미가 있는지 때때로 다이스케가 미소를 지을 만한 내용을 보내왔다. 다이스케는 그걸 읽을 때마다 자식에 대해 만족하고 있는 친구의 생활을 상상했다. 그 아이로 인해 그의 아내에 대한 감정이 결혼 당시에 비해 얼마나 변했을까 하는 의문을 품기도 했다.

그 친구는 때때로 말린 은어나 곶감을 보내왔다. 다이스케는 그 답례로 대개는 새로 나온 서양문학 책을 보냈다. 그러면 답장에는 보내준 책을 재미있게 읽었다는 증거 같은 비평이 꼭 있었다. 하지만 이런 서신 교환은 오래 계속되지 않았다. 나중에는 책을 받았다는 인사도 없었다. 자신이 일부러 물어보면 책은 고맙게 잘 받았다, 읽고 인사를 하려다 보니 이렇게 늦어졌다, 실은 아직 책을 읽지 않았다, 자백하면 읽을 시간이 없다기보다 읽고 싶은 마음이 없다, 더 노골적으로 말하면 읽어도 무슨 뜻인지 이해할 수 없게 되었다는 답장이 왔다. 다이스케는 그 후로 책을 보내는 대신에 최신 장난감을 보내기로 했다.

다이스케는 친구의 편지를 봉투에 넣고 자신과 취향이 비슷했던 옛 친구가 예전과는 정반대의 사상과 행동에 지배당해서 생활의 음색을 내고 있다는 사실을 절실하게 느꼈다. 그래서 생명이라는 현(絃)의 떨림에서 발생하는 두 사람의 울림을 자세히 살펴보았다.

그는 이론가로서 친구의 결혼을 긍정적으로 받아들였다. 산속에서 나무나 계곡에 둘러싸여 사는 사람은 부모가 정한 아내를 맞아들여 안전한 결과를 얻는 것이 자연의 순리라는 생각이 들었기 때문이다. 그는 이 같은 논리로 어떤 의미의 결혼이든 도시 사람들에게는 불행을 가져온다고 단정했다. 그 원인은 도시는 인간의 전람회에 불과하기 때문이다. 그는 이런 전제에서 이 결론에 도달하기 위해 다음과 같은 과정을 거쳤다.

그는 육체와 정신에 관해서 아름다움의 구별을 인정하는 사람이었다. 그리고 모든 종류의 아름다움에 접할 기회를 얻는 것이 도시인의 권리라고 생각했다. 모든 종류의 아름다움에 접한 다음 그때마다 갑에서 을로 마음이 바뀌고, 을에서 병으로 마음이 움직이지 않는 사람은 감수성이 무뎌 감상 능력이 없는 사람이라고 단정했다. 그는 이를 자신의 경험에 비춰 이런 생각은 논란의 여지가 없는 진리라고 믿었다. 이런 진리에서 출발해 도시에 살고 있는 남자와 여자들은 모두 서로 끌어당기는 힘에 있어서 예측하기 힘든 변화를 겪고 있다고 결론을 내렸다. 덧붙여 말한다면 결혼한 한 쌍은 보통 세상에서 일컫는 부정(不貞)이라는 관념에 사로잡혀 불행과 매번 마주칠 수밖에 없다는 것이다. 다이스케는 가장 감수성이 발달하고, 가장 자유롭게 접근할 수 있는 도시인의 대표자로 게이샤를 선택했다. 그들 중에는 평생 정부(情夫)를 몇 명이나 바꿨는지 알 수 없는 사람조차 있지 않은가? 일반적인 도시인은 정도의 차이는 있지만 모두 게이샤와 마찬가지가 아닐까? 다이스케는 요즘 같은 세상에 변함없는 사랑을 입에 담는 사람을 최고의 위선자로 간주했다.

여기까지 생각했을 때 다이스케의 머릿속에 갑자기 미치요의 모습이 떠올랐다. 그때 다이스케는 이 논리에서 혹시 제외된 인자(因子)가 없는지 의심해보았다. 하지만 그런 인자는 아무래도 찾아낼 수 없었다. 그러자 미치요에 대한 자신의 감정도 이런 논리에 의해 그저 일시적인 감정에 지나지 않는 것으로 인식되었다. 그의 머리는 당연히 이를 받아들였다. 그러나 그의 가슴은 틀림없이 그렇다고 인정할 용기가 없었다.

12

다이스케는 형수의 저돌적인 공세가 두려웠다. 또한 미치요에게 끌리는 것이 두려웠다. 피서를 가기에는 좀 이른 시기였다. 그 어떤 오락에도 흥미를 잃었다. 독서를 해도 정신을 검은 글자에 집중시키기 어려웠다. 차분하게 생각해보면 연사(蓮絲)를 끌어당기듯이 생각이 떠오르지만 그런 생각을 한곳에 모아보면 남들이 모두 두려워하는 것들뿐이었다. 나중에는 그런 생각을 할 수밖에 없는 자신이 두려워졌다. 다이스케는 창백해 보이는 자신의 뇌수를 밀크셰이크처럼 회전시키기 위해 잠시 여행을 떠나기로 결심했다. 처음에는 아버지의 별장에 갈 생각이었다. 그러나 그곳은 도쿄와 가깝기 때문에 우시고메(牛込)에 있는 것과 별다른 차이가 없다. 다이스케는 여행 안내서를 사서 갈 만한 곳을 찾아보았다. 그러나 자신이 갈 만한 곳은 이 세상 어디에도 없는 듯했다. 그러나 억지로라도 어디론가 떠나기로 했다. 그러려면 철저한 준비를 해두는 것보다 더 좋은 방법은 없다. 다이스케는 전차를 타고 긴자까지 갔다. 맑은 바람이 부는 상쾌한 오후였다. 신바시의 간코바(勸工場)¹를 한 바퀴 돌아보고 나서 넓은 거리를 어슬렁어슬렁 걸어서 교바시 방향으로 내려갔다. 그때 반대편에 보이는 집이 다이스케의 눈에는 연극의 배경 그림처럼 납작하게 보였다. 파란 하늘이 지붕 바로 위에 칠해져 있었다.

다이스케는 잡화점을 두세 군데 돌며 필요한 물건을 샀다. 그중에는 비교적 비싼 향수도 있었다. 시세이도(資生堂)에서 치약을 사려고 하는데 필요 없다는데도 젊은 점원이 자기네 제품을 끈질기게 권했다. 다이스케는 얼굴을 찌푸리고 가게를 나왔다. 종이 포장지를 겨드랑이에 낀 채 긴자 변두리까지 가서 거기서 다이콘가시(大根河岸)를 돌아 가지바시(鍛冶橋)로 해서 마루노우치(丸の內)로 향했다. 하릴없이 서쪽으로 걸어가면서 이것 역시 간단한 여행이라 할 수 있을지도 모른다고 생각한 끝에 너무 피곤해 인력거 생각이 났지만 아무리 주변을 둘러봐도 눈에 띄지 않아 다시 전차를 타고 돌아왔다.

대문을 들어서니 현관에 세이타로의 것 같은 신발이 가지런히 놓여 있다. 가도노에게 물으니 "음, 그렇습니다, 아까부터 기다리고 있었습니다"라고 대답한다. 다이스케는 곧 서재로 가보았다. 세이타로는 다이스케가 앉는 큰 의자에 앉아 테이블 앞에서 알래스카 탐험기를 읽고 있었다. 테이블 위에는 메밀만두와 찻잔을 받친 쟁반이 놓여 있다.

"세이타로! 웬일이냐? 주인도 없는 방에서 맛난 걸 먹고 있구나."

세이타로는 웃으면서 알래스카 탐험기를 주머니에 집어넣고 자리에서 일어났다.

"거기 앉고 싶으면 그냥 앉아 있어도 돼."

1 메이지부터 다이쇼 시대까지 많은 상점들이 조합을 만들어 일용 잡화나 완구류를 판매하던 공동 점포. 나중에 백화점으로 바뀐다.

이렇게 말했지만 듣지 않았다.

다이스케는 세이타로를 붙들고 평소처럼 장난을 치기 시작했다. 세이타로는 지난번에 가부키 극장에서 다이스케가 몇 번이나 하품을 했는지 알고 있었다. 그러고는 세이타로는 지난번과 같은 질문을 했다.

"삼촌은 언제 신붓감을 맞이하세요?"

이날 세이타로는 아버지의 심부름으로 온 것이었다. 내일 11시까지 와달라는 것이었다. 다이스케는 그렇게 아버지나 형에게 본가로 불려가는 것이 귀찮았다. 세이타로에게 다소 화가 난 것처럼 말했다.

"뭐야, 이건 좀 심하군. 용건도 말하지 않고 무조건 사람을 부르다니."

세이타로는 여전히 싱글거리고 있다. 다이스케는 화제를 다른 곳으로 돌려버렸다. 신문에 나온 스모의 승패가 두 사람의 주된 화제였다.

저녁을 먹고 가라고 했지만 세이타로는 예습할 것이 있다면서 그냥 돌아갔다. 돌아가기 전에 세이타로가 물었다.

"그럼 삼촌, 내일은 안 오시는 건가요?"

다이스케는 하는 수 없이 말했다.

"글쎄. 어찌 될지 모르겠다. 삼촌은 여행을 떠나게 될지 모른다고 가서 말씀드려라."

"언제요?"

세이타로가 되묻자 다이스케는 오늘이나 내일이라고 대답했다. 세이타로는 알았다는 얼굴로 현관으로 나가더니 댓돌에 내려서면서 뒤를 돌아보고 불쑥 물었다.

"어디로 가시는데요?"

세이타로는 다이스케를 올려다보았다.

"어디가 될지 아직 몰라. 그냥 이곳저곳 유람을 하는 거지."

이렇게 말하자 세이타로는 다시 싱글거리며 격자문을 나섰다.

다이스케는 그날 밤 바로 출발하려고 가도노에게 시켜 글래드스톤 (Gladstone)[2] 속을 치우게 한 다음 휴대품 몇 가지를 챙겨 넣었다. 가도노는 호기심 어린 눈으로 다이스케의 가방을 바라보고 있다가 뻣뻣이 선 채 물었다.

"좀 도와드릴까요?"

"아니야, 괜찮아."

거절하고 일단 넣어두었던 향수병을 꺼내 포장을 뜯고 마개를 빼서 코에 대고 향기를 맡아보았다. 가도노는 약간 정나미가 떨어진 듯한 표정으로 자기 방으로 돌아갔다. 2, 3분 후에 다시 나와 물었다.

"선생님, 인력거를 대기시켜둘까요?"

다이스케는 글래드스톤을 앞에 놓고 얼굴을 들었다.

"글쎄. 좀 기다려보게."

뜰을 바라보니 상록수 교목으로 꾸려진 산울타리 꼭대기에 저물어가는 햇살이 아직 아른거리고 있었다. 다이스케는 밖을 내다보며 앞으로 30분 안에 여행지를 정하기로 결심했다. 아무 때나 적당한 시간에 출발하는 기차를 타고 그 기차가 데려다주는 곳에서 내려 그곳에서 내일까지 지내고 지내는 동안 다시 새로운 운명이 자신을 붙들러 오기를 기다릴 생각이었다. 여비는 물론 충분하지 않았다. 다이스케의 여장(旅裝)에 맞는 곳에서 계속 머물려고 한다면 일주일도 버틸 수 없을 정도였다. 하지만 다이스케는 그 점에 대해서는 신경쓰지 않았다. 다급해지면 집에다 돈을 부쳐달라고 할 생각이었다. 그리고 애당

2 중앙에서 둘로 분리되어 열리는 여행용 가방.

초 환경을 바꾸어보려고 떠나는 여행이므로 사치를 부리지는 않겠다고 결심했다. 흥이 나면 짐꾼을 고용해 하루 종일 걸어도 상관없다는 각오까지 했다.

그는 다시 여행 안내서를 펼쳐 들고 숫자를 자세히 살피기 시작했지만 좀처럼 어떤 결정도 내릴 수 없는 동안 다시 미치요의 얼굴이 뇌리에 떠올랐다. 출발하기 전에 한 번 더 만나보고 떠나야겠다는 생각이 들었다. 글래드스톤은 오늘 밤 안으로 싸서 내일 일찍 가지고 떠날 수 있으면 된다. 다이스케는 서둘러 현관으로 나갔다. 그 소리를 듣고 가도노도 뛰어나왔다. 다이스케는 평상복 차림으로 벽에 걸린 모자를 집어 들었다.

"또 나가시려고요? 뭘 사러 가시는지요? 제가 가도 되는 일이라면 사가지고 오겠습니다."

가도노가 놀란 표정을 지으며 말했다.

"오늘 밤은 떠나지 않을 거야."

다이스케는 이렇게 내뱉고 밖으로 나왔다. 밖은 이미 어두웠다. 아름다운 하늘에 별이 하나둘 늘어나고 있었다. 기분 좋은 바람이 옷깃을 스쳤다. 그렇지만 긴 다리로 성큼성큼 걸어가던 다이스케는 2, 3백 미터도 가지 않아 벌써 이마에 땀이 나기 시작했다. 그는 사냥모자를 벗었다. 검은 머리를 밤이슬에 적시며 가끔 일부러 모자를 흔들면서 걸었다.

히라오카의 집이 가까워지자 사람들의 검은 그림자가 박쥐처럼 은밀하게 이곳저곳에서 움직였다. 조악한 판자 울타리 틈새로 불빛이 새어 나왔다. 미치요는 그 불빛 아래서 신문을 읽고 있었다. 이제야 신문을 읽느냐고 묻자 이번이 두 번째라고 했다.

"한가하시군요."

다이스케는 방석을 문턱 위로 옮겨서 툇마루 쪽으로 몸을 반쯤 내밀어 미닫이에 기댔다.

히라오카는 집에 없었다. 미치요는 방금 전에 목욕탕에서 돌아왔다면서 부채를 무릎 위에 올려놓고 있었다. 평소보다 약간 붉어진 뺨으로 이제 곧 돌아올 테니 천천히 놀다 가라면서 부엌으로 차를 가지러 갔다. 머리 모양은 서양식이다.

히라오카는 미치요의 말과는 달리 좀처럼 돌아오지 않았다. 항상 이렇게 늦느냐고 묻자 미소를 지으며 대개는 그렇다고 대답했다. 다이스케는 그 웃음 속에서 쓸쓸함을 발견하고 눈을 똑바로 뜨고 미치요의 얼굴을 가만히 바라보았다. 미치요는 갑자기 부채를 들어 소매 밑을 부쳐댔다.

다이스케는 히라오카의 살림살이가 걱정되었다. 요즘에는 생활비에 곤란을 겪지 않느냐고 내놓고 물어보았다. 미치요는 "글쎄, 어떨까요?" 하고 말하고 조금 전과 같은 미소를 지었다. 다이스케가 곧바로 아무 대답도 하지 않자 이번에는 그쪽에서 되물었다.

"당신에겐 그렇게 보이나요?"

그러고는 손에 든 부채를 내려놓고 방금 목욕한 예쁘고 가는 섬세한 손가락을 다이스케 앞에 내밀어 보였다. 그 손가락에는 다이스케가 선물한 반지도, 다른 반지도 끼워져 있지 않았다. 자신이 기념으로 준 반지를 항상 가슴에 품고 있던 다이스케는 미치요의 행동이 어떤 뜻인지 잘 알았다. 손을 거둬들이는 미치요의 얼굴이 확 붉어졌다.

"달리 방법이 없었어요. 이해해주세요."

다이스케는 가엾다는 생각이 들었다.

다이스케는 그날 밤 9시경에 히라오카의 집을 나섰다. 나오기 전에 지갑 안에 있던 돈을 꺼내 미치요에게 건넸다. 그때는 마음속으로 약간 궁리를 했다. 그는 일단 아무렇지도 않게 가슴 앞에서 지갑을 열어 안에 있는 지폐를 세어보지도 않고 집어서는 "이걸 드릴 테니 쓰세요"라고 대수롭지 않게 미치요의 앞에 내밀었다.

"안 그러셔도 돼요."

미치요는 하녀를 의식한 듯 낮은 목소리로 말하며 양손을 오히려 몸에 바싹 붙여버렸다. 그렇지만 다이스케는 자신의 손을 거둬들이지 않았다.

"반지를 받았으면 이걸 받아도 마찬가집니다. 종이 반지라고 생각하시고 받으세요."

다이스케는 웃으면서 이렇게 말했다. 미치요는 그래도 이건 안 된다며 여전히 주저했다. 다이스케는 히라오카가 알게 되면 야단을 맞느냐고 물었다. 미치요는 야단을 맞을지 칭찬을 받을지 분명히 알 수 없어 그저 우물쭈물하고 있었다. 다이스케는 야단을 맞을 것 같다면 히라오카에게는 아무 말 하지 말라고 말했다. 미치요는 그래도 손을 내밀지 않았다. 다이스케 역시 내민 것을 다시 거둬들일 수도 없는 노릇이었다. 할 수 없이 약간 엉거주춤한 자세로 손바닥을 미치요의 가슴 부근까지 가져갔다. 얼굴도 미치요에게 30센티미터 정도까지 가까이 가서 낮고 단호한 목소리로 말했다.

"괜찮으니까 받아요."

미치요는 턱을 옷깃 속에 파묻은 채 말없이 오른손을 내밀었다. 그 위로 지폐가 떨어졌다. 그때 미치요의 긴 속눈썹이 두세 번 깜박였다. 그러고는 손바닥에 떨어진 것을 오비 사이에 끼워 넣었다.

"다시 오겠습니다. 히라오카에게 안부 전해주십시오."

다이스케는 이렇게 말하고 밖으로 나왔다. 거리를 가로질러 골목길로 내려가자 주위가 깜깜해졌다. 다이스케는 아름다운 꿈을 꾸듯이 어두운 밤을 가르며 걸었다. 그는 30분도 지나지 않아 집 앞에 도착했다. 그렇지만 안으로 들어갈 마음이 들지 않았다. 그는 높이 떠 있는 별을 머리에 이고 조용한 주택가를 이리저리 배회했다. 한밤이 되도록 계속 걸어도 전혀 피곤할 것 같지 않았다. 이럭저럭하는 사이에 다시 자신의 집 앞에 이르렀다. 안은 조용했다. 가도노와 할멈은 응접실에서 잡담을 나누고 있는 듯했다.

"많이 늦으셨네요. 내일은 몇 시 기차로 떠나실 생각이십니까?"

현관으로 올라서자마자 가도노가 물었다.

"내일도 떠나지 않기로 했네."

다이스케는 미소를 지으며 대답하고 자기 방으로 들어갔다. 방에는 이미 이부자리가 깔려 있었다. 다이스케는 아까 마개를 딴 향수를 집어 들어 베개 위에 한 방울 떨어뜨렸다. 그 정도로는 왠지 부족한 듯한 느낌이 들었다. 병을 든 채 일어서서 방의 네 귀퉁이를 돌며 한두 방울씩 뿌렸다. 이처럼 매우 즐거워한 뒤, 흰색 유카타[3]로 갈아입고 새로 만든 솜이불 속으로 들어가 편안히 팔다리를 펴고 누웠다. 그러고는 장미 향기가 감도는 잠 속으로 빠져들었다.

눈을 떴을 때는 해가 중천에 떠 툇마루에 황금빛 햇살이 내리쬐고 있었다. 베갯머리에는 신문 두 개가 가지런히 놓여 있었다. 다이스케는 가도노가 언제 문을 열고 들어와 신문을 가져다놓았는지 전혀 몰랐다. 다이스케는 크게 기지개를 켜고 자리에서 일어났다. 목욕탕에

3 일본의 무명 홑옷으로 주로 잠잘 때나 목욕한 뒤에 입는다.

서 몸을 씻고 있는데 가도노가 약간 당황한 태도로 다가와 말했다.

"아오야마에서 형님이 오셨습니다."

다이스케는 지금 바로 나가겠다고 말하고 깨끗이 몸을 씻었다. 방이 제대로 청소가 되어 있는지 어쩐지 알 수 없지만 자신이 뛰어나갈 필요는 없다고 생각해 서두르지 않고 여느 때처럼 가르마를 타고 면도도 하고 나서 천천히 식당으로 들어갔다. 그렇지만 거기에서는 느긋하게 식사를 즐길 생각은 들지 않았다. 서서 홍차를 한 잔 마시고 수건으로 수염을 문지르고는 수건을 그곳에 던져두고 바로 응접실로 들어가 인사를 했다.

"형님! 오셨습니까?"

형은 늘 그렇듯 불이 꺼진 짙은 색 담배를 손가락 사이에 끼우고 태연히 다이스케의 신문을 읽고 있었다. 다이스케의 얼굴을 보자마자 물었다.

"이 방에서 아주 좋은 냄새가 나는데 네 머리에서 나는 것이냐?"

"제 머리가 들어오기 전부터 나지 않던가요?"

다이스케는 이렇게 대답하고는 어젯밤에 향수를 뿌렸다는 이야기를 했다. 형은 차분한 말투로 말했다.

"허허, 정말 멋들어진 삶을 사는구나."

형은 여간해서는 다이스케를 찾아오는 일이 없다. 어쩌다 찾아와도 반드시 와야 할 용건이 있을 때뿐이었다. 그러고 나서 용건이 끝나면 곧바로 돌아갔다. 다이스케는 오늘도 틀림없이 그럴 거라고 생각했다. 이렇게 찾아온 건 어제 세이타로를 대충 얼버무려 돌려보냈기 때문일 거라고 생각했다. 5, 6분 잡담을 하던 형이 마침내 말하기 시작했다.

"어제저녁에 세이타로가 돌아와 네가 오늘부터 여행을 떠난다고 하기에 이렇게 찾아왔다."

"네. 사실은 오늘 아침 6시경에 떠나려고 했습니다."

다이스케는 거짓말을 아주 냉정한 말투로 말했다.

"네가 6시에 일어날 수 있는 사람이었다면 굳이 이런 시각에 아오야마에서 찾아오진 않았을 게다."

형 역시 진지한 표정으로 말했다.

새삼스레 용건을 물어보니 역시나 예상했던 대로 육박 공세에 불과했다. 즉 오늘 다카기와 사가와의 딸을 초대해 오찬을 할 예정이니 다이스케도 참석하라는 아버지의 지시가 있었다고 한다. 형의 말에 따르면 아버지는 어젯밤 세이타로의 말을 듣고 몹시 언짢아했다고 한다. 우메코는 조바심이 나서 다이스케가 떠나기 전에 만나서 여행을 늦추도록 하겠다고 했다. 형은 그걸 말렸다고 한다.

"설마 그 녀석이 오늘 밤 안으로 출발할 것 같아? 지금쯤 가방 앞에서 생각에 잠겨 있을 거야. 내일이 되어봐. 그냥 놔둬도 제 발로 올 테니까, 라고 내가 형수를 안심시켰지."

세이고는 태연하게 말했다. 다이스케는 그런 형이 약간 밉살스러워졌다.

"그럼 그냥 놔두시면 좋잖아요?"

"하지만 여자들이란 성질이 급한 법이야, 아버님께 죄송하다며 오늘 아침에 일어나자마자 날 졸라대서 말이다."

세이고는 재미있어하는 표정도 하지 않았다. 오히려 귀찮다는 듯이 다이스케를 바라보았다. 다이스케는 갈 것인지, 가지 않을 것인지 분명히 답하지 않았다. 그러나 형은 세이타로처럼 대충 얼버무려 보낼 용기도 없었다. 게다가 오찬을 거절하고 여행을 간다고 해도 이미 자신의 수중에는 그럴 만한 돈이 없었다. 역시 형이나 형수, 혹은 아버지 등 반대파의 누군가에게 신세를 지지 않고서는 전혀 움직일 수 없는 처지였다. 그래서 어중간하게 다카기와 사가와의 딸에 대한 평을 했다.

다카기는 10년쯤 전에 한 번 만났을 뿐인데 왠지 어딘가에서 본 것 같아서 지난번에 극장에서 보았을 때는 설마 했다. 그런데 사가와의 딸은 얼마 전 사진으로 보았지만 실물을 보고도 전혀 알아보지 못했다. 사진은 참으로 묘한 것으로, 아는 사람을 사진에서 찾아내기는 쉽지만 그 반대로 사진에서 본 사람을 실제로 알아보기란 상당히 어려운 일이다. 철학에 빗대 말하자면 죽음에서 삶을 이끌어내는 것은 불가능하지만 삶에서 죽음으로 옮아가는 것은 자연의 순리라는 진리에 귀착한다.

"전 그런 생각을 했습니다."

다이스케가 말했다. 형은 역시 그랬군, 이라고 대답했지만 그리 감탄한 모습은 아니었다. 담배가 짧아져 수염에 불이 붙은 것도 개의치 않고 바꿔 물고는 물었다.

"꼭 오늘 여행을 떠나야 하는 건 아니지?"

다이스케는 그렇다고 대답할 수밖에 없었다.

"그럼 오늘 식사를 하러 올 수는 있겠지?"

다이스케는 다시 좋다고 대답할 수밖에 없었다.

"그럼 나는 지금 잠깐 들러야 할 곳이 있어 가봐야 하니 꼭 오도록 해라."

여전히 바쁜 듯했다. 다이스케는 이제 배짱이 생겼기에 어찌 되건 상관없다는 마음으로 형의 비위에 맞는 답을 했다. 그러자 형이 갑자기 말투를 바꾸어 말했다.

"도대체 뭘 하겠다는 거냐? 그 여자를 맞아들일 생각이 없는 거냐? 그 정도면 결혼해도 괜찮은 상대가 아니냐? 그렇게 고르고 또 고르고 할 정도로 중요시하는 것이 어쩐지 겐로쿠(元祿) 시대[4]의 바람둥이처럼 보여 좀 우습구나. 그 시대 사람들은 모두 구속이 많은 연애를 한 것 같은데. 그렇지 않은 거냐? 뭐, 그런 건 아무래도 좋다. 웬만하면 노인네를 화나게 하지 마라."

형은 이 말을 남기고 돌아갔다.

다이스케는 방으로 돌아와서 잠시 형의 말을 곱씹어보았다. 사실 자신도 결혼에 대해서는 형과 생각이 같았다. 따라서 결혼을 권유하는 쪽도 화내지 말고 그냥 내버려두어야 한다. 형과는 반대로 자신에게 편한 대로 결론을 내렸다.

형의 말에 따르면 사가와의 딸은 이번에 오랜만에 숙부를 따라 구경도 할 겸 해서 도쿄에 와서 숙부의 일이 끝나는 대로 함께 고향으로 돌아간다고 한다. 아버지가 그 기회를 이용해서 양쪽 집안의 관계를 굳건히 하려고 전략을 세운 건지, 아니면 지난번 여행을 갔을 때 이런 만남까지도 자발적으로 계획하고 돌아온 것인지, 어쨌거나 다이스케는 깊이 생각할 필요성을 느끼지 못했다. 자신은 그저 그 사람들과 같은 식탁에서 맛있다는 듯 점심을 먹어 보이면 그것으로 사교상의 의무는 다하는 것이라고 생각했다. 만일 그 이상의 행동이 필요하게 되면 그때 가서 대처할 수밖에 없다고 생각했다.

다이스케는 할멈을 불러 옷을 꺼내오라고 시켰다. 귀찮다는 생각이

4 1688년~1704년의 연호. 상업경제와 도시문화가 급속하게 발달한 시기로 유명하다.

들기는 했지만 예의를 갖추기 위해 가문(家紋)이 새겨진 여름용 하오리를 입었다. 하카마는 홑겹밖에 없어 집에 가서 아버지나 형의 것을 입기로 했다. 다이스케는 신경질적인 성격임에도 불구하고 어렸을 적부터 습관이 되어서인지 사람들이 모이는 자리에 나서는 것이 그다지 힘들지 않았다. 연회나 초대, 송별 모임 같은 자리가 있으면 대개는 시간을 내어 참석했다. 따라서 그 분야에서 저명한 사람들의 얼굴을 많이 알고 있었다. 그중에는 백작이나 자작 같은 귀공자도 섞여 있었다. 그는 그런 사람들과 친분을 나누는 것에 손(損)도 득(得)도 느끼지 않았다. 말씨나 행동은 어딜 가나 마찬가지였다. 겉으로 보기에 그런 면은 형 세이고와 많이 닮아 있었다. 그래서 잘 모르는 사람들은 형제의 성격이 아주 똑같다고 믿었다.

다이스케가 아오야마에 도착한 시각은 11시 5분 전이었지만 손님은 아직 오지 않았다. 형도 아직 오지 않았다. 형수만 제대로 준비를 마치고 응접실에 앉아 있었다. 다이스케의 얼굴을 보자마자 갑자기 몰아붙였다.

"도련님도 참 너무하세요. 다른 사람들을 따돌리고 여행이나 떠나려 하시다니."

어떤 때 보면 우메코는 전혀 논리적이라고 할 수 없었다. 이번 같은 경우도 자신이 다이스케를 따돌린 일은 전혀 깨닫지 못한 듯한 태도였다. 그런 점이 다이스케에게는 애교스럽게 보였다. 그래서 곧 자리에 앉아 우메코의 옷에 대해 평가하기 시작했다. 아버지가 안에 계시다고 했지만 일부러 가지 않았다. 형수는 일단 가서 아버지를 뵙고 오라고 재촉했다.

"금방 손님이 오실 거니까 제가 아버지께 알려드리러 가지요. 그때 인사드리면 됩니다."

이렇게 대꾸하고 역시 여느 때처럼 잡담을 늘어놓았다. 하지만 사가와의 딸에 대해서는 한마디도 하지 않았다. 우메코는 어떻게든 화제를 그쪽으로 돌려보려고 했다. 다이스케는 분명히 그렇게 보였다. 그래서 더욱 시치미를 떼서 보복을 했다.

그러는 동안 기다리던 손님이 도착해서 다이스케는 약속한 대로 아버지에게 알리러 갔다.

"그래?"

아버지는 예상했던 대로 이 말을 하면서 곧 일어설 뿐이었다. 다이스케에게 잔소리를 늘어놓을 틈도 없었다. 다이스케는 방으로 들어와 하카마를 입고 응접실로 나갔다. 손님과 주인이 그곳에서 전부 서로 얼굴을 마주했다. 아버지와 다카기가 먼저 이야기를 시작했다. 우메코는 주로 사가와의 딸의 말상대를 했다. 그때 형이 오늘 아침에 입었던 복장 그대로의 모습으로 조용히 들어왔다.

"이거 좀 늦었습니다."

손님을 향해 인사를 했지만 자리에 앉았을 때는 다이스케를 돌아보며 작은 목소리로 말을 걸었다.

"일찍 왔구나."

식사 장소로는 응접실 옆방을 사용했다. 다이스케는 열린 방문 사이로 하얀 테이블보 모서리의 눈에 띄는 색깔을 바라보고는 식사는 양식이 나올 것으로 예상했다. 우메코는 잠깐 자리에서 일어나 옆방 입구를 들여다보러 갔다. 그건 아버지에게 식사 준비가 다 되었다는 것을 알리기 위해서였다.

"그럼 이쪽으로."

아버지가 일어섰다. 다카기도 가볍게 인사를 하고 일어섰다. 사가와의 딸도 숙부를 따라 일어섰다. 다이스케는 그때 그녀의 하반신이 비교적 날씬하고 긴 것을 발견했다. 아버지와 다카기가 테이블 한가운데에 마주 보고 앉았다. 다카기의 오른편에는 우메코가 앉고 아버지의 왼쪽은 사가와의 딸이 앉았다. 여자끼리 마주 앉은 것처럼 세이고와 다이스케도 마주 보고 앉았다. 다이스케는 작은 양념통들을 사이에 두고 약간 비스듬한 위치에서 그녀의 얼굴을 바라보게 되었다. 다이스케는 뒤쪽 창에서 비쳐드는 햇살의 영향으로 그녀의 뺨과 코가 만나는 부근에 너무 어두운 그림자가 생기는 것처럼 느꼈다. 그 대신 귀에 가까운 쪽은 분명하게 옅은 홍색이었다. 특히 작은 귀가 햇빛을 투과하는 듯이 아주 섬세하게 보였다. 피부와는 달리 그녀는 다갈색 커다란 눈을 갖고 있었다. 그 두 가지 대조가 화려한 느낌을 주는 그녀의 얼굴형은 오히려 둥근 편이었다.

식탁은 인원이 많지 않은 만큼 그리 크지 않았다. 방의 크기에 비해 너무 작게 느껴질 정도였지만 새하얀 식탁보는 여기저기 다양한 꽃으로 장식되어 있고 그 사이로 나이프와 포크의 색이 선명하게 빛났다.

식탁에서 나눈 대화는 거의 평범한 세상 돌아가는 이야기였다. 처음에는 그조차 별로 흥을 돋우지 못하는 듯했다. 그럴 때면 아버지는 자주 자신이 좋아하는 고서화나 골동품을 화제로 삼곤 했다. 그리고 마음이 내키면 창고에서 몇 점을 꺼내와 손님 앞에 늘어놓곤 했다. 아버지 덕분에 다이스케는 그 방면에 어느 정도 안목을 갖게 되었다. 형역시 같은 이유로 화가의 이름 정도는 알고 있었다. 다만 족자 앞에서서 "아하! 이건 규에이(仇英)[5] 작품이로군", "이건 오쿄(應擧)[6] 것이고"라는 말을 할 뿐이었다. 그리 즐거운 표정이 아니기 때문에 흥미가 있는 것 같지 않았다. 그림의 진위를 감정하려고 돋보기를 들이대지 않는다는 점은 세이고나 다이스케나 같았다. 형제는 아버지처럼 옛날 화가들은 파도를 이런 방식으로 그리지는 않는데 잘못되었다는 식으로 어떤 그림에 대해서도 비평해본 적은 아직까지 없다.

아버지는 건조한 대화에 활기를 불어넣기 위해 마침내 취미를 들고 나왔다. 하지만 한두 마디 해보니 다카기가 그런 것에는 전혀 관심이 없는 사람이라는 걸 알게 되었다. 사람을 대하는 데 노련한 아버지는 곧바로 물러섰다. 하지만 서로에게 안전한 화제로 돌아가자 다시 무미 건조한 대화가 이어질 뿐이었다. 아버지는 하는 수 없이 다카기에게 어떤 취미를 갖고 있는지 물었다. 다카기는 특별한 취미가 없다고 대답했다. 아버지는 이제 포기했다는 듯이 다카기를 세이고와 다이스케에게 맡기고 잠시 대화에서 빠졌다. 세이고는 고베의 여관에서부터 난코 신사에 이르기까지 아무 어려움도 없이 화제를 이어나갔다. 그리고 그런 화제에 아주 자연스럽게 사가와의 딸을 끌어들였다. 그녀는 간단하게 필요한 말만 하고 입을 다물었다. 다이스케와 다카기는 처음에는 도시샤에 대해 이야기했다. 그리고 화제는 미국 대학의 상황으로 옮아 갔다. 마지막으로 에머슨[7]이나 호손[8]의 이름이 등장했다. 다이스케는 다카기에게 이런 지식이 있다는 사실은 확인했지만 그저 확인만 했을

5 규에이(仇英, ?~?). 중국 명나라(16세기 초반)의 화가. 세련된 화풍으로 산수화의 인물화에 독보적인 영역을 구축했다.

6 오쿄(應擧, 1733~1795). 에도 시대의 화가. 사생을 기초로 서양화의 원근법과 음영을 집어넣은 독자적인 화풍을 창시했다.

7 랠프 월도 에머슨(Ralph Waldo Emerson, 1803~1882). 미국의 사상가·시인. 독일 관념론, 특히 칸트 철학을 미국에 소개하고 범신론을 주장했다.

8 너새니얼 호손(Nathaniel Hawthorne, 1804~1864). 미국의 소설가. 청교도의 내면에 숨어 있는 죄와 악의 문제를 추구하는 동시에, 문학의 상징적인 면에 독자적인 세계를 구축했다.

뿐 그 이상 깊이 나아가지는 않았다. 따라서 문학에 대해서도 작가와 책의 제목 두셋이 거론되었을 뿐 그 이상 진척된 건 없었다.

우메코는 원래 처음부터 끊임없이 입을 움직이고 있었다. 그런 노력을 기울이는 것은 물론 자기 앞에 앉은 아가씨의 조심스러워하는 태도와 침묵을 깨뜨리기 위해서였다. 그녀는 예의상으로라도 우메코의 끊임없는 질문에 대답할 수밖에 없었다. 그렇지만 자신이 먼저 적극적으로 우메코의 마음을 움직이려고 애쓰는 모습은 거의 찾아보기 힘들었다. 다만 무슨 말을 할 때는 머리를 약간 옆으로 숙이는 버릇이 있었다. 그조차도 다이스케에게는 애교로 해석되지 않았다.

그녀는 교토에서 교육을 받았다. 처음에는 거문고(古琴)를 배웠지만 나중에는 피아노로 바꿨다. 바이올린도 조금 배웠지만 손을 사용하는 방법이 너무 어려워 배우지 않은 거나 다름없었다. 연극은 거의 본 적이 없다고 한다.

"지난번에 가부키 극장에서 본 건 어땠어요?"

우메코가 물었을 때 그녀는 아무 대답도 하지 않았다. 다이스케에게는 가부키의 내용을 이해하지 못해서라기보다는 가부키를 경멸해서인 것처럼 느껴졌다. 그런데도 우메코는 계속해서 갑이라는 배우는 이렇다, 을이라는 배우는 이렇다 하고 평가를 늘어놓았다. 다이스케는 형수가 또 논리에서 벗어났다고 생각했다. 그래서 하는 수 없이 옆에서 물었다.

"가부키는 싫어하시더라도 소설은 읽으시겠지요?"

이 질문으로 가부키에 대한 이야기를 끝냈다. 그녀는 이때 처음으로 잠시 다이스케를 보았다. 그렇지만 대답은 의외로 분명했다.

"아니요. 소설도 읽지 않아요."

그녀의 대답을 기다리고 있던 사람들은 모두 소리를 내어 웃었다. 다카기는 그녀를 대신해 해명했다. 그의 말에 의하면 그녀는 미스 뭐라고 하는 부인의 영향으로 어떤 면에서는 거의 청교도적인 교육을 받았다고 한다. 그래서 시대에 상당히 뒤떨어져 있다는 논평까지 덧붙였다. 그때는 물론 아무도 웃지 않았다. 기독교에 그다지 호의적이지 않은 아버지는 그녀를 칭찬했다.

"그거 좋은 일이군."

우메코는 그러한 교육의 가치를 전혀 이해할 수 없었다. 그럼에도 평소 태도와는 어울리지 않게 요령부득의 말을 했다.

"그러네요."

세이고는 우메코의 말이 상대에게 너무 깊은 인상을 주지 않도록 곧 화제를 바꿨다.

"그럼 영어는 잘하시겠군요?"

그녀는 그렇지 않다고 말하며 얼굴을 붉혔다.

식사가 끝나고 모두 응접실로 돌아가서 이야기를 이어갔지만 짧아진 촛불을 새로운 촛불에 옮겨 붙이는 것처럼 새로운 화제가 쉽게 나타날 것 같지 않았다. 우메코가 자리에서 일어나 피아노의 뚜껑을 열고 사가와의 딸을 바라보며 말했다.

"한 곡 어떠세요?"

그녀는 자리에게 꼼짝도 하지 않았다.

"그럼 도련님이 먼저 한 곡 치세요."

이번에는 다이스케에게 말했다. 다이스케는 남에게 들려줄 만큼 피아노를 잘 치지 못한다는 것을 자각하고 있었다. 그러나 그런 변명을 하면 복잡하고 귀찮아질 뿐이라는 생각이 들었다.

"뚜껑을 열어놓으시죠. 곧 쳐볼 테니까."

이렇게 대답한 채 이런저런 상관도 없는 이야기를 계속 늘어놓았다.

손님들은 한 시간 정도 지나서 돌아갔다. 네 사람은 어깨를 나란히 하고 현관까지 나갔다. 집안으로 들어오면서 아버지가 말했다.

"다이스케는 아직 돌아가지 않았지?"

다이스케는 다른 사람들보다 한 걸음 뒤처져 들어오며 미닫이틀에 두 손이 닿을 정도로 기지개를 한 번 켰다. 그러고는 아무도 없는 응접실과 식당을 좀 돌아다니다 객실로 가보니 형과 형수가 마주 앉아 뭔가 이야기를 나누고 있었다.

"너 바로 돌아가면 안 된다. 아버지께서 하실 말씀이 있으시다니까 안으로 들어가봐."

형은 일부러 진지한 어조로 말했다. 우메코는 엷은 미소를 짓고 있었다. 다이스케는 말없이 머리를 긁적였다.

다이스케는 혼자서 아버지 방에 들어갈 용기가 나지 않았다. 어떻게든 형 부부를 끌고 가고 싶었다. 그 시도가 실패하자 결국 그 자리에 주저앉았다. 그때 하녀가 와서 재촉했다.

"도련님! 잠깐 안으로 들어오시라는데요."

"그래, 곧 갈 거야."

이렇게 대답하고는 형 부부에게 변명하기 시작했다.

자기 혼자 아버지를 만나면 아버지 성격도 성격인 데다가 자신도 이렇게 애매해서 어쩌면 노인이 크게 화를 낼지도 모른다. 그러면 형 부부도 나중에 귀찮은 중재를 하게 될 수밖에 없다. 그러니까 이것저것 따지지 말고 지금 함께 가주는 편이 좋을 거다.

형은 논쟁을 싫어하는 성격이라서 한심하다는 표정을 지었지만 자리에서 일어섰다.

"알았으니 함께 들어가자!"

형수도 웃으며 곧 일어섰다. 세 사람은 복도를 지나 아버지 방으로 가서 아무 일도 없었던 듯이 자리에 앉았다.

형수가 눈치 빠르게 과거 일로 다이스케가 아버지에게 꾸중을 듣지 않도록 조처했다. 그러고 나서 대화의 흐름을 가능하면 방금 돌아간 손님 쪽으로 이끌어갔다. 형수는 사가와의 딸을 매우 어른스럽고 착한 처녀라고 칭찬했다. 그 점에서는 아버지도 형도 다이스케도 동의했다. 하지만 형은 미국인에게 교육을 받은 것이 사실이라면 좀 더 서양식으로 활달해야 하지 않겠느냐고 의문을 제기했다. 다이스케는 그 의문에도 동의했다. 아버지와 형수는 입을 다물고 있었다. 그래서 다이스케는 그 어른스러운 태도는 부끄러움을 잘 타는 성격 때문이며 미국인의 교육과는 별개의 문제로, 일본 남녀의 사교적 관습에서 비롯된 거라고 설명했다. 아버지는 그도 그렇겠다고 했다. 형수는 그녀가 교육을 받은 곳이 교토라서 그런 게 아닐까 추측했다. 형은 도쿄에도 당신 같은 사람만 있는 건 아니라고 말했다. 그때 아버지는 엄한 표정으로 재떨이를 두들겼다. 이어서 형수는 용모도 보통 이상은 되지 않느냐고 말했다. 그 점에는 아버지도 형도 이의가 없었다. 다이스케도 이 점에서는 고개를 끄덕였다. 네 사람은 화제를 다가기로 옮아갔다. 보수적인 성격의 호인이라는 간단한 결론이 내려졌다. 불행하게도 그녀의 부모가 누구인지는 아무도 알지 못했다. 그러나 견실하고 차분한 사람이라는 것만은 아버지가 세 사람 앞에서 보증했다. 아버지는 그 말을 같은 지방에 사는 고액 납세자 모 의원에게 들었다고 했다. 마지막으로 사가와 집안의 재산에 대해서도 이야기가 나왔다.

그때 아버지는 그런 집안의 재산은 보통 사업가보다 기반이 단단해서 더 견실하다고 했다.

그녀의 여러 가지 조건이 대략 검증되었을 때 아버지가 다이스케에게 물었다.

"특별히 이의는 없겠지?"

그 말투나 의미로 봐서 이제 어떻게 할 것이냐 정도의 질문이 아니었다.

"글쎄요."

다이스케는 여전히 애매모호하게 대답했다. 다이스케를 가만히 바라보던 아버지의 이마에 주름이 점점 깊어졌다.

"자아, 좀 더 생각해보도록 해라."

형은 하는 수 없이 이렇게 다이스케를 위해 말미를 주었다.

13

나흘쯤 지나서 다이스케는 다시 아버지의 지시로 신바시에서 다카기를 배웅했다. 그날은 졸린 상태에서 억지로 일찍 일어나는 바람에 잠이 부족한 상태로 바람을 너무 많이 쐰 탓인지 정류장에 도착할 즈음에는 감기 기운이 느껴졌다. 대합실에 들어서자마자 우메코에게 안색이 안 좋아 보인다는 말을 들었다. 다이스케는 말없이 모자를 벗고 이따금 젖은 머리를 어루만졌다. 결국 아침에 깔끔하게 가르마를 탄 머리가 부스스해졌다.

플랫폼에서 다카기는 갑자기 다이스케에게 "어떤가? 이 기차를 타고 고베에 놀러가지 않겠나?" 하고 권했다. 다이스케는 그저 고맙다고만 했다. 마침내 기차가 출발하려고 하자 우메코는 굳이 창가로 다가가 특히 사가와의 딸의 이름을 부르며 말했다.

"조만간 또 오세요."

그녀는 창문 안쪽에서 정중하게 인사를 했지만 창밖으로 별반 다른 말은 들리지 않았다. 기차를 배웅하고 다시 개찰구로 나온 네 사람은 뿔뿔이 흩어졌다. 우메코는 다이스케를 아오야마로 데려가려 했지만 다이스케는 아픈 머리를 누르며 응하지 않았다.

인력거를 타고 바로 우시고메로 돌아가서 곧 서재로 들어가 드러누웠다. 가도노가 잠시 살피러 왔지만 다이스케의 평소 모습을 알고 있는 터라 말도 걸지 않고 의자에 걸쳐놓은 겉옷만 들고 나갔다.

다이스케는 누워서 자신의 가까운 미래가 어떻게 될 것인지 생각했다. 이대로 있다가는 반드시 결혼을 하지 않으면 안 된다. 지금까지 여러 번 혼담을 거절해왔다. 더 이상 거절하면 진절머리를 내든지 몹시 화를 내게 될 것이다. 진절머리가 나서 더는 결혼을 권하지 않는다면 더 바랄 것이 없겠지만 화를 내면 곤란하다. 그렇다고 내키지 않는 사람과 결혼한다는 것은 현대를 살아가는 한 사람으로서 말도 안 되는 바보 같은 짓이다. 다이스케는 이 딜레마에 빠져 방황했다.

그는 아버지와 달리 처음부터 어떤 계획을 세워 자연의 순리를 강제로 자신의 계획에 맞추려 드는 앞뒤가 막힌 사람은 아니었다. 자연의 순리란 인간이 세운 어떤 계획보다도 위대한 것이라고 믿고 있었기 때문이다. 따라서 아버지가 자연의 순리를 거역하고 자신의 계획을 고집한다면 그건 버림받은 아내가 이혼장을 무기로 부부 관계를 증명하려는 것과 마찬가지라고 생각했다. 하지만 아버지에게 그런 논리를 펼칠 생각은 전혀 없었다. 아버지를 논리로 공격한다는 건 곤란함 중의 곤란함이었다. 설사 그 곤란함을 무릅써봤자 다이스케에게 득이 될 일은 전혀 없었다. 그 결과 아버지의 역정만 살 뿐 이유를 말하지 않고 결혼을 거부하는 것과 다를 바가 없었다.

그는 아버지와 형, 형수 세 사람 중에서 아버지의 인격을 가장 의심했다. 이번 혼담만 해도 결혼 그 자체가 반드시 아버지의 유일한 목적은 아닐 것이라고 추측했다. 하지만 애당초 아버지의 본심이 어떤 것인지 분명히 알 기회가 없었다. 그는 자식으로서 아버지의 심중을 이런 식으로 헤아리는 것이 부도덕하다고는 생각지 않았다. 따라서 많은 부모와 자식 중에서 자신만이 가장 불행하다는 생각은 조금도 하지 않았다. 다만 이 일로 인해 이제까지보다도 아버지와 자신의 관계가 더욱 멀어질 것 같아 불쾌했다.

그는 부자간의 인연을 끊게 되는 극단적인 상황을 상상했다. 그러면서 고통을 느꼈다. 그러나 그건 견딜 수 없을 정도의 고통은 아니었다. 오히려 그로 인해서 경제적인 지원이 끊기는 점이 두려웠다.

평소 다이스케는 만일 감자가 다이아몬드보다 더 귀하게 여겨진다면 인간은 더 이상 가치가 없다고 생각하고 있었다. 아버지의 노여움을 사서 만약 금전적인 지원이 끊기게 된다면 그는 싫어도 다이아몬드를 내던지고 감자에 매달려야 한다. 그리고 그 대가로는 자연의 순리인 사랑만이 남을 뿐이다. 그 사랑의 대상은 다른 사람의 아내였다.

그는 누워서 끝없이 생각했다. 그렇지만 그의 머리는 한참이 지나도록 아무런 결론을 내릴 수 없었다. 그는 자신의 수명을 결정할 권리가 없는 것처럼 자신의 미래도 마음대로 정할 수 없었다. 동시에 자신의 수명을 어림잡아 짐작할 수 있는 것처럼 자신의 미래도 어느 정도 자취를 알 수 있었다. 그리고 헛되이 그 자취를 붙잡아보려고 애썼다.

그런 때 다이스케의 두뇌에는 어둠을 깨뜨리는 박쥐 같은 환상들이 언뜻언뜻 떠오를 뿐이었다. 그 날갯짓의 빛을 좇으며 누워 있으면 머리가 잠자리에서 떠올라 둥실둥실 떠다니는 듯한 생각이 들었다. 그리고 어느새 선잠에 빠졌다.

그러자 갑자기 누군가 귀 옆에서 경종을 울렸다. 다이스케는 불이

났다는 의식조차 하기 전에 잠에서 깨어났다. 하지만 일어나지 않고 그냥 누워 있었다. 그의 꿈에서 그런 소리가 나는 것은 거의 일상적인 일이었다. 어떤 때는 잠에서 깨어 정신을 차린 후에도 계속 울리고 있다. 5, 6일 전에 그는 집이 심하게 흔들리는 듯한 자각과 함께 잠에서 깨어났다. 그때 그는 분명히 몸 밑에서 흔들리는 다다미를 어깨와 허리와 등으로 느낄 수 있었다. 그는 또 꿈을 꿀 때 심장의 고동이 잠을 깨고 나서도 계속 이어지는 경우가 자주 있었다. 그런 때는 성인(聖人)처럼 가슴에 손을 얹고 눈을 뜬 채 가만히 천장을 응시했다.

다이스케는 이때도 종소리가 징 하고 귓속에서 다 울릴 때까지 누워서 기다렸다. 그러고 나서 자리에서 일어났다. 식당에 가보니 자신의 밥상이 발에 덮인 채 화로 옆에 놓여 있었다. 괘종시계를 보니 12시가 지나 있었다. 할멈은 밥을 먹었는지 방에서 밥통 위에 팔꿈치를 괴고 졸고 있었다. 가도노는 어디로 갔는지 그림자도 보이지 않았다.

다이스케는 목욕탕에서 머리를 감은 뒤 식당에 차려진 밥상 앞에 홀로 앉았다. 쓸쓸하게 혼자 밥을 먹고 다시 서재로 돌아와 오늘은 오랜만에 책이라도 읽어야겠다고 생각했다.

전에 읽다가 만 서양 책을 집어 들고 책갈피가 꽂혀 있는 곳을 살펴보니 앞의 내용이 전혀 생각나지 않았다. 다이스케의 기억에 비추어 볼 때 이런 현상은 드문 일이었다. 그는 학생 시절부터 상당한 독서가였다. 졸업한 후에도 먹고사는 것에 구애받지 않고 독서의 이익을 마음껏 누릴 수 있는 신분을 자랑스럽게 여겼다. 한 페이지도 읽지 않고 하루를 보내게 되면 왠지 황폐해지는 느낌이 들었다. 그래서 대개 어떤 일이 있더라도 되도록 틈을 내서 활자를 가까이했다. 어떤 때는 독서 자체가 유일한 자신의 본질인 듯한 생각이 들었다.

다이스케는 지금 멍하니 담배를 피우면서 읽다가 만 페이지를 두세 장 뒤로 넘겨보았다. 거기에 어떤 논리가 있고 그것이 어떤 방식으로 전개되는지 생각을 정리하느라 힘이 들었다. 그러한 노력은 나룻배를 타고 잔교(棧橋)로 이동하는 것처럼 쉬운 일이 아니었다. 단면이 어긋난 갑에서 헤매고 있다가 갑자기 을로 옮겨질 수밖에 없게 된 것과 마찬가지였다. 다이스케는 그래도 참고 두 시간쯤 책을 읽었다. 그러다가 마침내 더 이상 참을 수 없게 되었다. 지금 읽고 있는 책은 활자의 집합체로서 어떤 의미를 갖고 그의 머릿속에 비치고 있었지만 그 활자가 그의 육체와 피에 돌 기색은 전혀 보이지 않았다. 그는 주머니에 얼음을 싸서 입에 문 것 같은 부족함을 느꼈다.

그는 책을 덮었다. 이런 상황에서 책을 읽는 것은 무리라고 생각했다. 동시에 이제 안식은 불가능하다고도 생각했다. 그의 고통은 여느 때 느끼던 권태가 아니었다. 어떤 일도 하기 싫은 것과 달리 뭔가를 하지 않고는 견딜 수 없는 정신 상태였다.

그는 자리에서 일어나 응접실로 가서는 개어놓은 하오리를 다시 집어 들었다. 그러고 나서 현관에 벗어놓은 게다를 신고 뛰쳐나가듯 문을 나섰다. 시간은 4시경이었다. 가구라자카를 내려가 무작정 가장 먼저 눈에 들어온 전차를 탔다. 차장이 행선지를 묻자 입에서 나오는 대로 대답했다. 지갑을 열어보니 미치요에게 주고 남은 여비의 나머지가 바닥에 아직 남아 있었다. 다이스케는 차표를 사고 나서 지폐를 세어보았다.

그날 밤은 아카사카의 어떤 요릿집에서 보냈다. 거기서 재미있는 이야기를 들었다. 어느 젊고 아름다운 여자가 어떤 남자와 관계를 맺고 아이를 갖게 되었는데 아이를 낳을 때가 되자 눈물을 흘리며 슬퍼

했다. 나중에 그 이유를 물어보니 그 나이에 벌써 아이를 낳아야 하는 것이 한심해서라고 대답했다. 그녀는 사랑에 빠져 있을 시간은 너무 짧은데 부모자식 관계가 가차 없이 엄습하자 일종의 허무감을 느꼈던 것이다. 그녀는 물론 평범한 집안 출신은 아니었다. 다이스케는 육신의 아름다움과 영혼의 사랑에만 자신을 바치고 그 밖의 것들은 돌아보지 않는 여자들의 심리 상태에 강한 흥미를 느꼈다.

다음 날 다이스케는 결국 미치요를 만나러 갔다. 그때 그는 마음속으로 지난번에 주고 온 돈에 대해 미치요가 히라오카에게 이야기를 했는지 안 했는지, 만일 이야기를 했다면 부부에게 어떤 결과를 일으켰는지 마음에 걸린다는 구실을 만들었다. 그는 그 점이 마음에 걸려 가만히 있을 수 없었고 이리저리 배회한 끝에 결국 미치요를 찾아오게 되었다고 둘러대기로 했다.

다이스케는 집을 나서기 전 어제저녁에 입은 속옷은 물론 겉옷까지 모조리 새로 갈아입고 기분전환을 했다. 바깥은 온도계의 눈금이 점점 올라가는 시기였다. 걷다 보면 습한 장마가 기다려질 정도로 햇볕이 따가웠다. 다이스케는 어젯밤과는 대조적으로 밝은 대기 속에 드리운 자신의 검은 그림자가 고통스러웠다. 차양이 넓은 여름 모자를 쓰면서 빨리 장마가 시작되기를 바랐다. 이삼일 후면 장마철에 접어들 것이다. 그의 머리는 그걸 예보라도 하듯 찌뿌듯했다.

히라오카의 집 앞에 도착했을 즈음에는 답답한 머리를 두텁게 덮고 있는 머리카락의 모근이 후끈거렸다. 다이스케는 집에 들어가기 전에 우선 모자를 벗었다. 격자문은 잠겨 있었다. 소리가 나는 쪽을 좇아 뒤편으로 돌아가보니 미치요가 하녀와 함께 풀을 먹이고 있었다. 창고 옆에 세워둔 판자 가운데서 가는 목을 내밀고 몸을 구부린 채 주름

투성이가 된 옷을 펴던 손길을 멈추고 다이스케를 쳐다보았다. 잠시 아무 말도 하지 않았다. 다이스케도 한동안 그저 서 있었다.

"또 왔습니다."

다이스케가 말하자 미치요는 젖은 손을 흔들며 부엌으로 뛰어 들어갔다. 그리고 앞으로 돌아오라고 눈짓을 했다. 미치요는 댓돌에 내려서 손수 격자문을 열며 말했다.

"세상이 어수선해서 닫아놨어요."

지금까지 따가운 햇볕 속에서 일한 탓에 볼이 벌겋게 달아올라 보였다. 그러나 여느 때처럼 창백한 이마에는 약간 땀이 배어 있었다. 다이스케는 격자문 밖에서 미치요의 지극히 연약한 피부를 바라보며 문이 열리기를 조용히 기다렸다.

"어서 들어오세요."

미치요는 이렇게 말하며 다이스케에게 자리를 내어주듯 한발 옆으로 물러섰다. 다이스케는 미치요와 몸이 스칠 듯이 안으로 들어갔다. 방에는 히라오카의 책상 앞에 보라색 방석이 단정히 놓여 있었다. 다이스케는 그걸 보자 갑자기 기분이 언짢아졌다. 제대로 정돈이 되어 있지 않은 뜰 위로 햇살이 노랗게 비쳐드는 곳에 긴 풀이 보기 흉하게 나 있었다.

다이스케는 바쁜데 찾아와 미안하다는 상투적인 변명을 늘어놓으며 황량한 뜰을 바라보았다. 그때 이런 집에서 사는 미치요가 정말 가엾게 여겨졌다. 미치요는 물을 만져서 손톱 끝이 약간 붉은 손을 무릎 위에 포개놓고 너무 지루해서 풀을 먹이고 있었다고 말했다. 미치요가 지루하다고 말한 것은 남편이 항상 밖으로만 나돌아 혼자 외롭게 집을 지키고 있으려니 무료하다는 뜻이었다. 다이스케는 일부러 놀리

듯이 말했다.

"참으로 부러운 신분이시군요."

미치요는 자신의 황량한 마음을 다이스케에게 토로도 하지 않았다. 말없이 옆방으로 갔다. 장롱 고리 소리가 울리고 이어 빨간 벨벳을 씌운 작은 상자를 가지고 왔다. 다이스케 앞에 앉더니 그걸 열었다. 안에는 예전에 다이스케가 선물했던 반지가 분명하게 들어 있었다.

"이제 됐죠?"

다이스케에게 사죄하듯이 말하고 곧 다시 일어서 옆방으로 갔다. 그러고는 남의 눈을 피하기라도 하듯 선물로 받은 반지를 대충 장롱에 집어넣고는 다시 원래 자리로 돌아왔다. 다이스케는 반지에 대해서는 아무 말도 하지 않았다. 뜰을 바라보며 말했다.

"그렇게 한가하시면 뜰에 난 풀이라도 뽑는 게 어때요?"

그러자 이번에는 미치요가 입을 다물어버렸다. 한참을 말없이 있다가 다이스케가 말했다.

"지난번 일은 히라오카에게 말했습니까?"

"아니요."

미치요는 낮은 목소리로 대답했다.

"그럼 아직 모르는군요?"

그때 미치요의 설명에 따르면 이야기를 하려고 했지만 요즘 히라오카는 좀처럼 차분히 집에 붙어 있지 않아서 그만 말할 기회가 없었다고 했다. 다이스케는 물론 미치요의 설명이 거짓이라고는 생각지 않았다. 다만 5분의 틈만 있으면 남편에게 할 수 있었을 이야기를 지금까지 안 한 것은 미치요의 마음속에서 뭔가 이야기하기가 어렵거나 꺼림칙했던 것이 아닌지 하는 생각이 들었다. 다이스케는 자신이 미치요를 히라오카 앞에 그만 죄인으로 만들어버렸다는 생각이 들었다. 하지만 다이스케는 그 일 때문에 그다지 양심의 가책을 느끼지는 않았다. 법률적으로는 모르겠지만 순리적인 판단으로서 그 일에 대해서는 히라오카도 분명히 책임이 있다고 생각했기 때문이다.

다이스케는 미치요에게 히라오카의 근황을 물었다. 미치요는 여느 때처럼 많은 이야기를 하는 것을 좋아하지 않았다. 하지만 아내를 대하는 히라오카의 태도가 결혼 당시와 달라진 것만은 분명했다. 다이스케는 두 사람이 도쿄로 돌아왔을 때 이미 그것을 간파했다. 그 이후로 두 사람의 속내를 들어본 적은 없지만 날이 갈수록 좋지 않은 방향으로 치닫고 있는 것은 거의 논란의 여지가 없는 사실로 보였다. 다이스케라는 제삼자가 끼어들어서 소원함이 생긴 거라면 다이스케는 더욱 주의 깊게 행동했을지도 모른다. 그러나 다이스케는 자신의 지성에 호소해도 그렇다는 생각은 들지 않았다. 그는 미치요의 병도 그 원인 중 하나일 것으로 생각했다. 그래서 육체적인 관계의 변화가 남편의 마음에 영향을 미쳤을 것이라고 단정지었다. 또 아이의 죽음도 얼마간 영향을 미쳤을 것이다. 방탕한 히라오카도 책임을 면할 수 없다. 게다가 히라오카가 직장 생활에서 좌절감을 맛보았다는 점도 무시할 수 없다. 마지막으로 히라오카가 주색잡기에 빠져 집안의 경제 상황이 더욱 나빠진 것도 멀어진 원인 중 하나일 것이다. 그런 모든 사실을 개괄하면 히라오카는 아내로 맞아서는 안 될 사람을 맞아들인 것이고, 미치요는 시집가서는 안 될 사람에게 시집간 것이라는 결론에 도달했다. 다이스케는 히라오카의 부탁을 받고 그와 미치요의 혼담을 주선한 것을 가슴 깊이 후회했다. 그렇지만 자신이 미치요의 마음을 움직인 탓에 히라오카가 아내에게서 멀어졌다고는 도저히 생각할 수가 없었다.

그와 동시에 현재 그들 부부의 관계가 좋지 않다는 것을 필수조건으로 해서 미치요를 향한 다이스케의 애정이 더욱 깊어지고 있다는 사실 또한 부정할 수 없었다. 미치요가 히라오카와 결혼하기 전에 다이스케와 미치요가 얼마나 깊은 사이였는지는 차치하고라도 그는 현재의 미치요를 결코 내버려둘 수 없었다. 그는 병든 미치요를 예전의 미치요보다 가엾게 여겼다. 그는 아이를 잃은 미치요를 예전의 미치요보다 가엾게 여겼다. 그는 남편의 사랑을 잃은 미치요를 예전의 미치요보다 가엾게 여겼다. 그는 생활고에 시달리는 미치요를 예전의 미치요보다 가엾게 여겼다. 다만 다이스케는 이들 부부 사이에 끼어들어 영원히 갈라놓으려 할 만큼 대담하지 않았다. 그의 사랑은 그렇게 무분별하지 않았다.

미치요가 당장 괴로워하는 것은 돈 때문이었다. 히라오카가 살림을 꾸려나갈 수 있을 정도로 생활비를 내놓지 않는다는 것은 그녀의 말투로 보아 분명했다. 다이스케는 그 부분만이라도 먼저 어떻게 해결해야겠다고 생각했다.

"제가 히라오카 군을 만나 이야기를 잘 해보지요."

다이스케가 말했다.

미치요는 쓸쓸한 표정으로 다이스케를 바라보았다. 잘 풀리면 다행이지만 잘못하면 미치요가 더욱 난처해질 거라는 사실은 다이스케 역시 잘 알고 있었기 때문에 그렇게 하겠다고 고집을 부리기도 어려웠다. 미치요는 다시 일어나 옆방에서 편지 한 통을 가지고 돌아왔다. 편지는 옅은 푸른색 봉투에 들어 있었다. 홋카이도에 있는 아버지가 미치요에게 보낸 것이었다. 미치요는 봉투 속에서 장문의 편지를 꺼내 다이스케에게 보여주었다.

편지에는 그곳 사정이 생각했던 것과 다르며 물가가 비싸 생활하기 힘들다, 친척이나 연고자도 없어 불안하다, 도쿄로 가고 싶은데 사정은 어떠냐는 등 모두 애달픈 이야기뿐이었다. 다이스케는 정중하게 편지를 다시 말아 미치요에게 건넸다. 미치요의 눈가에는 눈물이 고여 있었다.

미치요의 아버지는 예전에는 얼마간의 재산이라고 할 수 있을 만한 전답을 소유하고 있었다. 러일전쟁 당시 다른 사람의 권유로 주식에 손을 댔다가 완전히 실패해서 조상 대대로 살아온 땅을 미련 없이 팔아버리고 홋카이도로 건너갔던 것이다. 그 후의 소식은 다이스케도 지금 이 편지를 읽기 전까지 전혀 알지 못했다. 친척이 있어도 없는 것이나 마찬가지라는 말은 살아생전 미치요의 오빠가 다이스케에게 자주 했던 말이다. 역시 미치요는 아버지와 히라오카만을 의지하고 살고 있었다.

"당신이 부럽네요."

눈을 깜박이며 말했다. 다이스케는 그 말을 부정할 용기가 부족했다. 한참 후에 다시 물었다.

"왜 아직 결혼을 안 하세요?"

다이스케는 이 질문에도 대답할 수가 없었다.

한동안 말없이 미치요의 얼굴을 바라보고 있자니 그녀의 뺨에서 점점 핏기가 사라지더니 평소보다 눈에 띄게 창백해졌다. 그제야 다이스케는 미치요와 오래 앉아 있는 것이 얼마나 위험한 일인지 처음으로 깨달았다. 서로 자연스러운 애정에서 흘러나오는 대화를 주고받는 동안 그들이 무의식중에 세상의 속박을 뛰어넘는 데는 2, 3분의 시간이면 충분할 것이다. 다이스케는 원래 대화가 심각한 방향으로 흘러도 마치 아무 일도 없었다는 듯 되돌아갈 수 있는 대화법을 터득하고 있었다. 그는 평소 서양소설을 읽을 때마다 그 속에 등장하는 남녀의 사랑 이야기가 너무 노골적이고 문란한 데다가 지나치게 직설적이어서 이상했다. 원어로 읽는다면 모를까 일본어로 번역하기에는 적당하지 않다고 생각했다. 그래서 그는 자신과 미치요의 관계를 진전시키기 위해 서양소설의 대사를 끌어올 생각은 추호도 없었다. 적어도 두 사람 사이는 평범한 말로도 충분히 대화가 통했다. 하지만 여기에 갑의 위치에서 모르는 사이에 을의 위치로 미끄러져 들어갈 위험이 도사리고 있었다. 다이스케는 한발 앞의 아슬아슬한 곳에서 간신히 멈추었다. 돌아갈 때 미치요는 현관에 서서 배웅하며 말했다.

"쓸쓸하니까 또 와주세요."

하녀는 아직 뒤에서 옷에 풀을 먹이고 있었다.

밖으로 나온 다이스케는 비틀거리며 100미터쯤 걸었다. 적절한 때 대화를 끝내길 잘했다는 생각이 들기도 할 법한데 그의 마음에는 그런 만족감이 전혀 없었다. 그렇다고 미치요와 더 오래 마주 앉아 자연의 순리가 명령하는 대로 하고 싶은 이야기를 전부 하고 돌아왔으면 좋았을 거라는 후회도 없었다. 그는 그 시점에서 끝맺었어도, 5분 10분 뒤에 끝맺었어도 결국은 마찬가지였을 거라고 생각했다. 지금 자신과 미치요의 관계는 이미 지난번에 만났을 때부터 발전하고 있었다고 생각했다. 아니 그보다 더 이전일지도 모른다는 생각도 들었다. 다이스케는 두 사람의 과거를 차례로 돌이켜보며 어느 순간에도 두 사람 사이에서 사랑의 불꽃이 사그라진 적은 없었다. 필경 미치요는 히라오카와 결혼하기 전에 이미 자신과 결혼한 것과 다름없다는 결론에 이르자 견디기 힘든 무거운 것을 가슴에 처넣은 듯했다. 그는 그 무게로 인해 다리가 휘청거렸다. 집에 도착하자 가도노가 물었다.

"안색이 많이 안 좋으세요. 무슨 일이라도 있었습니까?"

다이스케는 목욕탕으로 가서 창백한 이마에 흐르는 땀을 깨끗이 닦아냈다. 그러고는 너무 길게 자란 머리카락을 찬물에 담갔다.

그 후로 이틀 동안 다이스케는 두문불출했다. 사흘째 오후에 전차를 타고 히라오카를 만나러 신문사를 찾았다. 그는 히라오카를 만나서 터놓고 미치요에 관한 이야기를 할 결심이었다. 급사에게 명함을 건네고 먼지투성이의 접수계에서 기다리는 동안 그는 몇 번이나 소매에서 손수건을 꺼내 코를 감쌌다. 마침내 2층 응접실로 안내되었다. 그곳은 바람이 잘 안 통하는 무덥고 음침한 좁은 방이었다. 다이스케는 그곳에서 담배를 한 대 피워 물었다. 편집실이라고 쓰인 출입문이 빈번하게 열리며 사람들이 드나들었다. 다이스케가 만나러 온 히라오카도 그 문에서 나타났다. 지난번에 본 여름 양복을 입고 여전히 세련된 옷깃과 소매를 달고 있었다.

"야아, 이거 오랜만인데."

바쁜 듯이 다이스케 앞에 섰다. 다이스케도 상대방에 이끌리듯이 따라 일어섰다. 두 사람은 선 채로 이야기를 잠시 나눴다. 하필 마감에 쫓기는 시간이라 느긋하게 이야기를 나눌 수 없었다. 다이스케는 히라오카의 사정을 물었다. 히라오카는 주머니에서 시계를 꺼내 보더니 말했다.

"미안하지만 한 시간쯤 후에 다시 와주지 않겠나?"

다이스케는 모자를 들고 다시 어두운 먼지투성이의 계단을 내려갔다. 밖으로 나오자 선선한 바람이 불었다.

다이스케는 목적도 없이 근처를 배회했다. 그러면서 히라오카를 만나게 되면 어떤 식으로 이야기를 꺼낼까 궁리했다. 다이스케의 목적은 오직 미치요를 조금이라도 편안하게 하는 데 있었다. 하지만 그로 인해 오히려 히라오카의 감정을 상하게 할 수도 있다고 생각했다. 다이스케는 가장 나쁜 결과로 히라오카와 자신의 관계가 끊어질지도 모른다는 예상까지 했다. 그러나 그렇게 되면 어떻게 미치요를 보호해야 할지 계획이 없었다. 다이스케는 미치요와 둘이서 결정하고, 둘 사이를 지금 이상으로 어떻게 할 용기가 없는 것과 동시에 미치요를 위해 무슨 일이든 하지 않고는 견딜 수가 없었다. 그래서 오늘 만남은 이성적인 판단에 따른 안전한 행동이라기보다는 오히려 감정의 회오리바람에 휩쓸린 모험이었다. 이는 평소의 다이스케답지 않은 점이다. 그러나 다이스케 자신은 깨닫지 못하고 있었다. 한 시간 후에 그는 다시 편집실 입구에 섰다. 그리고 히라오카와 함께 신문사를 나섰다.

뒷골목을 3, 4미터쯤 걷다가 히라오카가 어느 집으로 앞장서 들어갔다. 다다미방의 차양에는 쓰리시노부[1]가 걸려 있었고 좁은 뜰은 물에 젖어 있었다. 히라오카는 웃옷을 벗고 곧 책상다리로 앉았다. 다이스케는 별로 덥지 않았다. 부채는 손에 들고만 있었다.

화제는 신문사에 관한 이야기부터 시작되었다. 히라오카는 바쁘기는 하지만 편한 직업이라 좋다고 했다. 그 말투로 보아 허세를 부리는 것 같지는 않았다. 다이스케는 무책임하기 때문이 아니냐고 놀렸다. 히라오카는 정색을 하고 변명했다. 그리고 요즘의 신문사처럼 경쟁이 치열하고 기민한 두뇌를 필요로 하는 곳은 없을 거라고 그 이유를 설

---

1 넉줄고사리를 휘어서 여러 가지 모양으로 만든 것. 여름에 시원해 보이도록 처마 끝에 매단다.

명했다.

"역시 글만 잘 써서는 안 되는 직업이군."

다이스케는 크게 감탄한 것 같지는 않았다. 그러자 히라오카가 이렇게 말했다.

"나는 경제면을 맡고 있는데 그것만으로도 꽤 재미있는 사실을 알게 되지. 자네 집안에서 하는 회사의 내막이라도 써내볼까?"

다이스케는 평소에 지켜봐 대충 짐작하고 있었기 때문에 그런 말을 듣고 놀랄 정도로 멍청하지 않았다.

"그것도 재미있겠지. 그 대신 공평하게 취급해주게."

"물론 거짓 기사는 쓰지 않을 생각이네."

"아니, 우리 형의 회사뿐 아니라 그런 회사 전부를 신랄하게 고발하라는 말일세."

이때 히라오카는 음흉하게 미소를 지었다. 그러고 나서 뭔가 숨기는 듯이 말했다.

"일본제당 사건만으로는 부족해서 말이야."

다이스케는 잠자코 술을 마셨다. 대화는 그런 식으로 점차 활기를 잃어가고 있었다. 그러자 히라오카는 경제계의 내막과도 관련이 있다고 생각했는지 갑자기 청일전쟁 당시 오쿠라(大倉)라는 회사에서 있었던 일화를 다이스케에게 들려주었다. 그때 오쿠라 사(社)는 히로시마에서 군용 식료품으로 몇 백 마리의 소를 육군에 납품하기로 되어 있었다. 그런데 매일 몇 마리씩 소를 갖다 주고는 밤이 되면 몰래 가서 훔쳐왔다. 그러고 나서 다음 날 시치미를 떼고 같은 소를 다시 납품했다. 관리는 매일매일 같은 소를 몇 번이나 다시 산 셈이다. 그런데 나중에는 이런 사실을 알아차리고 한 번 납품된 소에 낙인을 찍었다. 그런 사실도 모른 채 다시 소를 훔쳐냈다. 뿐만 아니라 다음 날 태연하게 그 소를 납품하러 끌고 갔다가 마침내 발각되고 말았다고 한다.

다이스케는 그 이야기가 실화로 실제 사회를 반영하고 있다는 점에서 현대적 골계의 표본이라고 생각했다. 그리고 히라오카는 고도쿠 슈스이(幸德秋水)[2]라는 사회주의자를 정부가 얼마나 두려워하고 있는지 이야기했다. 고도쿠 슈스이의 집 앞뒤에서는 순사가 두세 명씩 밤낮으로 감시했다. 한때는 천막을 치고 그 안에서 감시하기도 했다. 슈스이가 외출하면 순사가 뒤를 밟았다. 만일 놓치기라도 하면 큰일이었다. 지금 혼고에 나타났다, 지금 간다에 있다는 식으로 여기저기에서 전화가 걸려와 도쿄 전체에 큰 소동이 벌어지기도 했다. 신주쿠 경찰서는 슈스이 한 사람 때문에 매달 100엔을 지출한다. 사탕가게를 하는 슈스이의 동료가 큰길에서 사탕을 만들고 있으면 흰 제복을 입은 순사가 가게 앞에서 감시하는 통에 방해가 될 정도라는 것이다.

이것도 다이스케의 귀에는 진지하게 들리지 않았다.

"역시 현대적 골계의 표본 아닐까?"

히라오카는 앞서의 논평을 되풀이하면서 다이스케를 바라보았다. 다이스케는 그렇다며 웃었지만 그런 이야기에는 별로 흥미가 없을 뿐 아니라 오늘은 여느 때처럼 잡담이나 할 기분이 아니어서 사회주의에 관한 이야기는 흘려들었다. 조금 전에 히라오카가 게이샤를 부르려는 것을 억지로 말린 것도 그 때문이었다.

"실은 자네에게 할 말이 있네만."

다이스케는 마침내 말을 꺼냈다. 그러자 히라오카는 갑자기 태도를

2 고도쿠 슈스이(幸德秋水, 1871~1911). 메이지 시대의 무정부주의자. 천황 암살 모의로 유명한 역모 사건으로 처형되었다.

바꿔 불안한 눈초리로 다이스케를 쳐다보며 갑자기 말을 꺼냈다.

"그야 나도 전부터 어떻게든 해볼 생각이었네만 지금 형편으로는 어쩔 도리가 없네. 조금만 더 기다려주게. 그 대신 자네 형님이나 아버지에 관한 것도 이렇게 쓰지 않고 있으니."

다이스케로서는 뜻밖의 답변이었다. 다이스케는 어이없다기보다는 오히려 일종의 증오를 느껴 차갑게 말했다.

"자네도 많이 변했군."

"자네가 변한 것처럼 변해버렸지. 각박한 세상을 살다 보니 어쩔 도리가 없군. 그러니 좀 기다려주게."

히라오카는 이렇게 말하고 억지스러운 웃음소리를 냈다.

다이스케는 히라오카가 뭐라고 하건 할 말은 하기로 마음먹었다. 공연히 빚 독촉을 하러 온 것이 아니라고 변명하면 또 히라오카가 의중을 떠보려 할 것 같아 싫어서 그쪽이 착각을 하건 말건 이쪽은 이쪽 뜻대로 밀고 나가기로 했다. 다만 무엇보다 곤란한 것은 미치요를 통해 히라오카의 집안 사정을 알게 되었다고 말을 꺼내면 미치요가 난처해질 수도 있다는 점이었다. 그렇다고 그 점을 언급하지 않으면 충고도 조언도 아무 소용이 없다. 다이스케는 하는 수 없이 돌려 말하기로 했다.

"자넨 요즘 이런 곳에 꽤 자주 드나드는 모양이군. 이 집 사람들과 친한 것을 보니."

"자네처럼 주머니 사정이 좋지 않아서, 그리 호화롭게 놀지는 못하지만 교제상 어쩔 수 없다네."

히라오카는 익숙한 손놀림으로 잔을 입으로 가져갔다.

"쓸데없는 참견일 수도 있겠지만 그러고도 수지가 맞는가?"

다이스케는 과감하게 밀어붙였다.

"응, 그럭저럭 꾸려나가고 있네."

히라오카는 갑자기 기세가 누그러지면서 아주 힘없이 대꾸했다. 다이스케는 그 이상 캐묻기 어려워졌다. 그래서 할 수 없이 물었다.

"평소 지금쯤이면 벌써 집에 돌아가 있겠지? 요전에 내가 찾아갔을 때는 상당히 늦는 것 같더군."

그러자 히라오카는 여전히 화제를 회피하려는 듯한 어조로 변명하는 것처럼 애매하게 말했다.

"글쎄, 집에 들어가는 날도 있고 그렇지 못한 날도 있지. 직업이 이렇게 불규칙하다 보니 어쩔 수 없지."

"미치요 씨가 쓸쓸해하겠군."

"뭐 괜찮아. 그 여자도 많이 변했으니까."

히라오카는 다이스케를 바라보았다. 다이스케는 그 눈동자에서 왠지 모를 두려움을 느꼈다. 어쩌면 이들 부부의 관계는 원래 상태로 돌이킬 수 없을 거라는 생각이 들었다. 만일 이 부부가 자연의 도끼에 의해 둘로 갈라진다면 자신의 운명은 돌이킬 수 없는 미래에 직면하게 될 것이다. 부부가 멀어지면 멀어질수록 자신과 미치요는 그만큼 가까워질 수밖에 없기 때문이다. 다이스케는 당장의 충동에 내몰려 말했다.

"그럴 리 없어. 아무리 변했더라도 그건 나이가 들었기 때문이겠지. 되도록이면 집에 돌아가서 미치요 씨를 편안하게 해주게."

"자네는 그렇게 생각하나?"

히라오카는 이렇게 말하자마자 술을 벌컥 들이켰다.

"그렇게 생각하냐니? 누구라도 그렇게 생각할 걸세."

다이스케는 거의 입에서 나오는 대로 대답했다.

"자네는 미치요를 3년 전의 미치요로 생각하고 있나? 많이 변했어. 아주 많이."

히라오카는 다시 술을 벌컥 들이켰다. 다이스케는 자신도 모르게 심장의 심한 고동을 느꼈다.

"똑같아. 내가 보기에는 아주 똑같아. 전혀 변하지 않았어."

"하지만 나는 집에 돌아가봤자 재미가 없으니 도리가 없지 않나?"

"그럴 리 없어."

히라오카는 눈을 동그랗게 뜨고 다이스케를 다시 쳐다보았다. 다이스케는 숨이 좀 가빠졌다. 하지만 죄를 지은 사람이 벼락을 맞은 듯한 느낌은 전혀 들지 않았다. 그는 평소와 달리 논리에 맞지 않는 말을 거의 충동적으로 했다. 그러나 그것은 눈앞에 있는 히라오카를 위해서라고 굳게 믿어 의심치 않았다. 그는 히라오카 부부를 3년 전으로 되돌려놓고 그것을 계기로 자신을 미치요로부터 영원히 떨어뜨리려는 마지막 시도를 거의 무의식적으로 한 것일 뿐이었다. 히라오카에게 자신과 미치요의 관계를 숨기려는 방편이라고는 조금도 생각하지 않았다. 다이스케는 히라오카에게 그렇게 믿을 수 없는 말을 감히 하기에는 너무나도 고상하다고 족히 자기를 평가하고 있었다. 한참 후에 다이스케는 평소의 말투로 돌아왔다.

"자네가 그렇게 밖으로만 나돌면 자연히 돈도 많이 들 거야. 그렇게 되면 집안 살림도 점점 힘들어지겠지. 결국에는 점점 가정생활에 소원해지지 않겠나?"

히라오카는 흰 셔츠의 소매를 팔뚝 중간쯤까지 걷어 올리고 말했다.

"가정 말인가? 가정도 그리 대단한 건 아니야. 가정을 중시하는 건 자네 같은 독신자들뿐일 거야."

이 말을 듣는 순간 다이스케는 히라오카가 싫어졌다. 노골적으로 자신의 속내를 말하자면 그렇게 가정이 싫다면 알겠다, 그 대신 네 아내를 빼앗아버리겠다고 확실히 알리고 싶었다. 그러나 두 사람의 대화가 거기에 이르기까지는 아직 상당한 거리가 있었다. 다이스케는 다시 한번 말을 돌려 히라오카의 속내를 떠보았다.

"도쿄로 온 지 얼마 안 되었을 때 나는 자네에게 설교를 들었지. 무슨 일이든지 해보라고 말이야."

"그래. 그러고 나서 난 자네의 소극적인 철학을 듣고 놀랐었지."

다이스케는 실제로 히라오카가 놀랐을 거라고 생각했다. 그때의 히라오카는 열병에 걸린 사람처럼 행위를 갈망하고 있었다. 그는 행위의 결과로서 부를 열망했던 것일까, 아니면 명예나 권세를 열망했던 것일까, 그것도 아니라면 행위 자체를 원했던 것일까. 그건 다이스케로서도 알 수 없는 일이었다.

"나처럼 정신적으로 패배한 사람은 어쩔 수 없이 그런 소극적인 생각을 갖게 되지. 그러나 본래 생각이 존재하고 사람이 그에 따르는 것은 아닐세. 사람이 존재하고 그 사람에게 적합한 의견이 나오는 법이니까 내 주장은 나 자신에게만 통용되는 것일 뿐이지. 그러한 내 생각으로 자네의 신상을 어찌해보려던 것은 결코 아니라네. 난 그때 자네의 기개에 감탄했어. 자네는 그때 자네가 말한 것처럼 진정한 활동가라고 할 수 있지. 부디 활동해주기 바라네."

"물론 그럴 생각이네."

히라오카의 대답은 그 한마디뿐이었다. 다이스케는 내심 의아하게 생각했다.

"신문사에서 할 생각인가?"

히라오카는 잠시 망설였다. 하지만 이윽고 분명히 말했다.

"신문사에 있는 동안은 신문을 통해 활동할 생각이네."

"맞는 말이야. 나 역시 자네의 삶 전체에 대해 묻고 있는 건 아니니까 대답은 그걸로 충분하네. 그러나 신문사에서 자네가 의도한 활동이 가능할 거라고 생각하나?"

"가능해."

히라오카는 간결하게 대답했다.

이야기는 깊어지는 듯하면서도 여전히 추상적인 방향으로 흘러갈 뿐이었다. 다이스케는 말로는 납득할 수 있었지만 히라오카가 정말로 무슨 생각을 하고 있는지는 전혀 알 수 없었다. 다이스케는 어쩐지 책임을 맡은 정부 위원이나 변호사를 상대하고 있는 듯한 느낌이 들었다. 다이스케는 정략적인 의도로 입에 발린 말을 늘어놓았다. 그러기 위해 군신(軍神) 히로세(廣瀬) 중좌의 예를 들었다. 히로세 중좌는 러일전쟁 때 폐색대(閉塞隊)³에 투입되었다가 전사했는데 당시 사람들로부터 우상시되어 마침내는 군신으로 숭배되었다. 그러나 4, 5년이 지난 오늘날 더 이상 군신 히로세 중좌의 이름을 입에 담는 사람은 찾아볼 수 없게 되었다. 영웅의 명성이란 그만큼 극적인 것이다. 대개 영웅이란 그 시대에 매우 중요한 인물로서 이름은 크게 떨치지만 본래는 매우 현실적인 사람이다. 그래서 그런 중요한 시기를 넘기고 나면 세상은 그 자격을 점점 빼앗으려 든다. 러시아와 한창 전쟁 중일 때야 폐색대가 중요했겠지만 평화를 되찾은 새벽에는 100명의 히로

---

3 러일전쟁 당시 일본 해군이 실시한 러시아 제국 해군함 해상 봉쇄 작전의 임무를 맡았던 선대(船隊).

세 중좌도 완전히 평범한 사람에 불과하다. 세상은 이웃에 대해 매우 타산적인 것처럼 영웅에 대해서도 마찬가지다. 따라서 그런 우상에게도 항상 신진대사나 생존경쟁의 원리가 작용한다. 그런 이유로 다이스케는 영웅 따위에 빗대고자 하는 생각은 전혀 없다. 그러나 만일 야심과 패기가 넘치는 쾌남아라면 일시적인 칼의 힘보다는 영원한 펜의 힘으로 영웅이 되는 편이 더 오래갈 것이다. 신문은 그 방면의 대표적인 사업이라고 할 수 있다.

다이스케는 이런 이야기를 늘어놓았지만 본래가 비위를 맞추려던 것인 데다가 말한 것도 너무 서생 같아서 내심 약간 우습게 여겨져 마음이 내키지 않았다.

"고맙네."

히라오카는 짧게 대답했다. 별반 화가 난 것 같지는 않았지만 전혀 감동한 것 같지도 않은 것은 이 대답에서도 분명히 느껴졌다.

다이스케는 히라오카를 너무 얕잡아 본 것이 매우 부끄러웠다. 사실은 이런 식으로 그의 마음을 움직여 적당한 기회에 화제를 바꿔 원래 의도했던 가정생활에 관한 이야기로 돌아가려는 것이 다이스케의 계획이었다. 다이스케는 그러한 우회적이고도 매우 어려운 시도의 출발점에서 얼마 나아가지 못한 채 차질을 빚게 된 것이다.

그날 밤 다이스케는 히라오카와 결국 우물쭈물하며 헤어졌다. 결과만 보자면 무엇 때문에 히라오카를 신문사로 찾아갔는지 스스로도 알수 없었다. 히라오카 쪽에서 보면 더욱 그러했을 것이다. 히라오카는 다이스케가 뭐하러 신문사까지 자신을 찾아왔는지 돌아갈 때까지 끝내 캐묻지 않았다.

다음 날 다이스케는 홀로 서재에서 어제저녁의 일을 몇 번이나 머릿속으로 떠올려보았다. 두 시간 동안이나 이야기를 나누면서 자신이 히라오카에게 비교적 진지한 태도를 보였던 때는 미치요를 변호할 때뿐이었다. 그러나 그런 진지함 역시 동기만 진지했을 뿐 말은 입에서 나오는 대로 대충 지껄인 것에 불과했다. 엄격하게 말한다면 거짓말만 늘어놓았다고 할 수 있다. 스스로 진지하다고 믿고 있던 동기조차도 사실은 자신의 미래를 보호하는 수단이었다. 히라오카의 입장에서 보면 애초부터 진지한 것이라고 말할 수 없었다. 게다가 그 밖의 다른 이야기도 처음부터 히라오카를 현재의 입장에서 자신이 원하는 방향으로 유도하려고 계획한 타산적인 것이었다. 따라서 히라오카를 어떻게 할 수도 없었다.

만일 과감하게 미치요를 내세워서 자신의 생각을 솔직히 정면으로 털어놓았다면 좀 더 강하게 말할 수 있었을 것이다. 좀 더 히라오카를 동요시킬 수 있었을 것이다. 좀 더 그의 폐부를 찌르는 말을 할 수 있었을 것이다. 틀림없다. 그 대신 자칫하면 미치요가 곤란해진다. 히라오카와 다투게 된다. 그럴지도 모른다.

다이스케는 자신도 모르게 안전하지만 무능력한 태도로 히라오카를 대했던 것이 한심스럽게 느껴졌다. 만일 그런 태도로 히라오카를 대하면서 한편으로는 미치요의 운명을 도저히 히라오카에게는 맡겨 놓을 수 없을 정도로 불안하다면 그건 논리에 맞지 않는 모순을 뻔뻔스럽게 범하고 있는 것이었다.

다이스케는 옛 사람들이 사리판단이 불분명한 탓에 사실은 자기중심적이면서도 남을 위한 일이라 스스로 믿으며 울기도 하고 감격하기도 하고 화를 내기도 하면서 그 결과 마침내 상대를 자기 마음대로 움직이던 것이 부럽다는 생각이 들었다. 자신이 사리판단에 그 정도로 둔감했다면 어제저녁의 만남에서도 좀 더 감동적이고 만족스러운 효과를 거둘 수 있었을지도 모른다. 그는 다른 사람들, 특히 아버지로부터 열정이 부족하다는 말을 들어왔다. 그의 해석에 따르면 사실은 이렇다. 인간은 열정을 가지고 대할 정도로 고상하며 진지하며 순수한 동기나 행위를 하는 존재가 아니다. 그보다 훨씬 열등한 존재다. 그런 열등한 동기나 행위에 열정적인 사람은 무분별하고 유치한 두뇌의 소유자거나 열정을 가장해서 자신을 과대평가하는 사기꾼에 불과하다. 따라서 그의 냉정함은 진취적인 태도라고는 할 수 없지만 인간을 깊이 분석한 결과임에는 틀림없다. 그는 평소 자신의 동기나 행위를 깊이 음미해본 결과 교활하고 진지하지 못하고 대개는 허위가 포함되어 있다는 것을 알고 있기 때문에 결국 열정적으로 그 일에 매달릴 생각이 들지 않았던 것이다, 라고 단연코 믿고 있다.

여기서 그는 하나의 딜레마에 봉착했다. 그는 자신과 미치요의 관계를 직선적으로 자연이 명령하는 대로 발전시킬 것인지, 아니면 그와 정반대로 아무것도 모르는 옛날로 돌아갈 것인지, 어느 한 쪽을 선택하지 않으면 삶의 의미를 잃는 것과 다름없다고 생각했다. 그 밖의 모든 미봉책은 거짓으로 시작해서 거짓으로 끝날 수밖에 없다. 전부 사회적으로 안전하지만 전부 자기 자신에 대해서는 무능하고 무력한 것이라고 생각했다.

그는 미치요와의 관계를 하늘의 뜻에 따라, 그는 그걸 하늘의 뜻이라고 생각할 수밖에 없었다. 발전시켰을 때 뒤따라올 사회적 위험을 알고 있었다. 하늘의 뜻에는 맞지만 인간의 법도를 등지는 그 사랑이란 주체가 죽어야만 비로소 사회로부터 인정을 받는 것이 일반적이다. 그는 만일의 경우에 생길 두 사람 사이의 비극을 그리며 자기도 모르게 전율했다.

그는 반대로 미치요와의 영원한 이별을 상상해보았다. 그때는 하늘의 뜻을 따르는 대신 자신의 의지에 충실한 사람이 될 수밖에 없다. 그는 그 수단으로써 아버지나 형수가 권하는 결혼에 생각이 미쳤다. 그 결혼을 받아들이는 것은 모든 관계를 새롭게 하는 계기라고 생각했다.

14

자연의 아이가 될 것인지, 아니면 의지의 인간이 될 것인지 다이스케는 헤맸다. 그는 자신의 주의(主義)로써, 탄력성 없는 경직된 방침 아래 더위나 추위에조차 즉시 반응하는 자신을 기계처럼 속박하는 어리석음을 범하지 않았다. 동시에 그는 그의 생활이, 중대한 결단을 내려야 할 위기에 처해 있다는 사실을 절절히 자각했다.

그는 결혼 문제에 대해 잘 생각해보라는 말을 듣고 돌아온 후로 아직까지 진지하게 생각할 여유가 없었다. 돌아와서는 오늘도 고비를 잘 넘겨서 다행이라고 안도하고 나서 생각해보지 않았다. 아버지는 아직 아무런 재촉도 하지 않지만 이삼일 내로 다시 아오야마로 부를 것만 같다. 다이스케는 물론 호출을 할 때까지 아무 생각도 하지 않을 작정이다. 호출을 당하면 아버지의 안색을 살피면서 이야기를 나누다가 다시 즉석에서 적당히 둘러댈 생각이었다. 다이스케는 그렇다고 아버지를 바보로 만들 생각은 없었다. 모든 대답은 그런 식으로 상대와 자신을 헤아려서 순간적으로 떠오르는 것이어야 진짜라고 생각했다.

만약 미치요에 대한 자신의 태도가 막다른 골목에 몰린 듯한 느낌이 없었다면 다이스케는 물론 아버지에게 그런 태도를 취했을 것이다. 그러나 다이스케는 지금 상대의 안색이 어떻든 간에 손에 쥔 주사위를 던져야만 했다. 드러난 숫자가 히라오카의 처지를 곤란하게 하건, 아버지의 마음에 들지 않건 간에 주사위를 던진 순간 하늘의 뜻을 따르는 수밖에 달리 방법이 없었다. 주사위를 손에 쥔 이상 그리고 주사위가 던져질 운명인 이상, 주사위의 눈을 결정할 사람은 자신 외에는 없다. 다이스케는 최후의 결정권은 자신에게 있다고 마음속으로 정했다. 아버지도 형도 형수도 히라오카도 결단의 지평선 위에 모습을 드러내지 않았다.

그는 다만 그의 운명에 비겁했다. 4, 5일 동안 그는 손바닥 위의 주사위만 바라보며 지냈다. 오늘도 아직 쥐고 있었다. 빨리 외부에서 운명이 찾아와 그 손을 가볍게 툭 쳐주었으면 좋겠다고 생각했다. 하지만 한편으로는 아직 쥐고 있을 수 있다는 생각에 무척 기쁘기도 했다.

가도노가 가끔 서재로 왔다. 올 때마다 다이스케는 책상 앞에서 꼼짝도 하지 않았다.

"산책이라도 하고 오시는 게 어떠세요. 그렇게 공부만 하시면 건강에 안 좋아요."

가도노가 한두 번 이런 말을 했다. 과연 안색이 좋지 않았다. 여름이 되었는데도 가도노는 매일 목욕물을 데워주었다. 다이스케는 목욕탕에 들어설 때마다 오랫동안 거울을 보았다. 수염이 짙은 편이라 조금만 자라도 자신에게는 매우 흉측해 보였다. 꺼끌꺼끌한 감촉에 기분이 더 나빠졌다.

식사는 여느 때처럼 했다. 하지만 운동 부족과 불규칙한 수면, 그리고 두뇌의 피로로 인해 배설 기능에 변화가 생겼다. 그러나 다이스케는 전혀 신경 쓰지 않았다. 생리 작용에 괴로워할 틈이 거의 없을 정도로 한 가지 문제를 빙빙 돌며 생각하고 있었다. 그것이 습관이 되자 시종일관 빙빙 도는 편이 울타리 밖으로 뛰어나가려고 애쓰는 것보다 오히려 편해졌다.

다이스케는 결국에는 우유부단한 자신에 대한 혐오감에 빠졌다. 어쩔 수 없어서 미치요와 자신의 관계를 진전시키기 위한 수단으로 사가와 집안과의 혼담을 거절할까 하는 생각마저 들었을 때는 자신도 모르게 놀랐다. 그러나 미치요와 자신의 관계를 끊는 수단으로 결혼을 받아들이겠다는 생각은 빙빙 도는 중에 단 한 번도 한 적이 없다.

혼담을 거절하는 것은 혼자서도 얼마든지 결정할 수 있었다. 단지 거절한 후에 그 반작용으로 자신을 정면으로 미치요에게 몰입시키는 필연적인 사태가 닥치리라는 생각이 들자 다시 두려워졌다.

다이스케는 내심 아버지의 재촉을 기다리고 있었다. 하지만 아버지에게서는 아무 연락도 없었다. 미치요를 다시 한번 만나볼까 하는 생각도 들었다. 하지만 그럴 용기도 나지 않았다.

결국 결혼은 도덕의 형식에서는 자신과 미치요를 가로막겠지만 도덕의 내용에서는 두 사람에게 아무런 영향도 미치지 못할 것이라는 생각이 점점 다이스케의 머릿속을 지배하기 시작했다. 이미 히라오카와 결혼한 미치요와 이런 관계라면 자신이 기혼자가 된다고 해도 똑같은 관계가 지속되지 않으리라고 보기 힘들었다. 그것이 지속되지 않으리라고 보는 것은 단지 피상적인 견해에 불과했고 마음을 속박할 수 없는 형식이라면 결국에는 고통만 가중될 것이라는 게 다이스케의 논리였다. 다이스케는 혼담을 거절하는 것 외에는 다른 길이 없었다.

그렇게 결심한 다음 날 다이스케는 오랜만에 이발을 하고 수염을 깎았다. 장마철로 접어들어 이삼일 동안 비가 억수로 퍼부은 끝에 땅위나 나뭇가지나 먼지 비슷한 것은 모두 촉촉이 가라앉아 있었다. 햇빛은 전보다 옅어졌다. 구름 사이로 비쳐드는 햇살은 지상의 습기 때문에 거의 반사력을 잃었는지 부드럽게 보였다. 다이스케는 이발소 거울에 자신의 모습을 비춰보고 여느 때처럼 통통한 뺨을 만지면서 오늘부터 정말 적극적으로 살아보겠다고 다짐했다.

아오야마에 가보니 현관에 인력거 두 대가 서 있었다. 주인을 기다리고 있던 인력거꾼은 발판에 기대어 다이스케가 지나가는 것도 모른채 잠들어 있었다. 응접실에서는 형수가 신문을 무릎 위에 올려놓고 무성한 뜰을 멍하니 바라보고 있었다. 형수 역시 졸린 듯했다. 다이스케는 불쑥 우메코 앞에 앉았다.

"아버지 계십니까?"

형수는 대답하기에 앞서 먼저 다이스케의 모습을 시험관 같은 눈으로 보고 물었다.

"도련님! 좀 야위신 것 아니에요?"

다이스케는 볼을 만지며 부정했다.

"그렇지 않아요."

"하지만 안색이 안 좋아요."

우메코는 눈을 들어 다이스케의 얼굴을 들여다보았다.

"정원 탓이지요. 푸른 잎사귀가 반사돼서 그럴 겁니다."

정원의 나무를 바라보며 덧붙였다.

"그래서 형수님 안색도 창백해 보이는 거예요."

"저는 이삼일 전부터 몸이 안 좋네요."

"어쩐지 멍하니 계신다 했어요. 무슨 일이라도? 혹시 감기라도 걸리셨나요?"

"왜 그런지는 몰라도 하품만 자꾸 나오고."

우메코는 그렇게 대답하고는 신문을 무릎에서 내려놓고 손뼉을 쳐서 하녀를 불렀다. 다이스케는 다시 아버지가 계신지 안 계신지 확인했다. 우메코는 그 질문을 잊고 있었다. 물어보니 현관에 있는 인력거는 아버지의 손님이 타고 온 것이었다. 다이스케는 오래 걸리지 않을 테니 손님이 돌아갈 때까지 기다리기로 마음먹었다. 형수는 머리가 멍해서 목욕탕에서 세수를 하고 오겠다며 일어섰다. 하녀가 좋은 향이 나는 갈분떡을 오목한 접시에 담아 내왔다. 다이스케는 떡을 싼 잎의 끝을 들고 몇 번이나 냄새를 맡았다.

우메코가 상쾌한 표정으로 목욕탕에서 돌아오자 다이스케는 떡 한 개를 시계추처럼 흔들면서 물었다.

"형님은 어디 계세요?"

우메코는 그런 진부한 질문에는 대답할 필요가 없다는 듯 한동안 툇마루 끝에 서서 뜰을 바라보았다.

"이삼일 내린 비로 이끼 색깔이 선명해졌네."

평소와는 어울리지 않는 관심을 보인 후에 원래 자리로 되돌아왔다.

"형님은 어디 계세요?"

다이스케가 되물었다. 같은 질문을 되풀이하자 형수는 심드렁하게 대답했다.

"어디 갔냐고요? 여느 때와 다를 바 없어요."

"여전히 집을 비울 때가 많아요?"

"그렇죠. 아침이나 저녁이나 집에 잘 없어요."

"형수님은 그래도 쓸쓸하지 않으십니까?"

"이제 와서 새삼스럽게 그런 걸 물으세요?"

우메코가 웃음을 터뜨렸다. 놀린다고 생각했는지 아이 같다고 생각했는지 장단에 맞추려는 기색은 거의 보이지 않았다. 다이스케도 평소의 자신과 달리 진지하게 그런 질문을 던진 지금의 자신이 오히려 어색했다. 지금껏 오랫동안 형과 형수를 지켜보면서도 그런 생각을 해본 적은 없었다. 형수 역시 다이스케가 눈치챌 정도로 불만스러운 기색을 보인 적이 없었다.

"세상의 부부란 모두 그렇게 살아가는 건가?"

혼잣말처럼 중얼거렸으나 우메코의 대답을 기대하지 않았으므로 다이스케는 상대의 얼굴도 보지 않고 다만 다다미 위에 놓여 있는 신문으로 눈길을 돌렸다. 그러자 우메코가 불쑥 물었다.

"뭐라고요?"

그 말투에 놀라 다이스케가 순간적으로 자신에게 시선을 돌리자 우메코가 말했다.

"그러니까 도련님은 결혼하게 되면 항상 집에만 있으면서 부인을 사랑해주시라고요."

다이스케는 그제야 비로소 이야기 상대가 형수고 자신이 평소의 다이스케가 아니었다는 것을 알아차렸다. 그래서 가능하면 본래 모습을 되찾으려고 애썼다.

그러나 다이스케는 혼담을 거절하는 일과 그 뒤에 일어날 미치요와 자신의 관계에만 정신을 집중했다. 그래서 아무리 평소의 자신으로 돌아와 형수를 대하려고 해도 형수가 예상치 못할 이상한 말들이 때때로 대화 중에 저도 모르게 튀어나왔다.

"도련님! 오늘은 무슨 일이라도 있으세요?"

끝내 우메코가 이렇게 물었다. 다이스케는 평소에 형수의 말을 능숙하게 받아넘기는 법을 얼마든지 터득하고 있었다. 그런데 오늘은 그런 행동이 경박스러운 것 같기도 하고 귀찮기도 해서 싫어졌다. 그래서 진지한 태도로 오늘 자신의 어디가 이상한지 가르쳐달라고 부탁했다. 우메코는 다이스케의 질문이 어이가 없다고 생각했는지 묘한 표정을 지었다. 그러나 다이스케가 계속 부탁하자 그럼 가르쳐드리겠다며 평소와 다른 점들을 늘어놓기 시작했다. 우메코는 당연히 다이스케가 일부러 진지한 척한다고 생각했다.

"집을 자주 비워서 쓸쓸하지는 않느냐는 식의 말씀이 지나치게 친절하니까요."

다이스케는 그때 형수의 말을 가로막았다.

"아니 제가 아는 여자 중에 그런 사람이 한 명 있는데 실은 너무 가없다는 생각이 들어서 다른 여자들은 어떤지 알고 싶어서 물어본 겁니다. 놀릴 생각은 결코 없었어요."

"정말이에요? 그분이 누군데요?"

"이름은 말하기 어렵습니다."

"그럼, 도련님이 그분의 남편에게 부인을 좀 더 사랑해주라고 하면 되잖아요."

다이스케는 미소를 지었다.

"형수님도 그렇게 생각하시는군요."

"당연하죠."

"만약 그 남편이 제 충고를 듣지 않으면 어떻게 하지요?"

"그럼 방법이 없지요."

"내버려두는 겁니까?"

"내버려두지 않으면 어떻게 하겠어요?"

"그렇다면 그 부인은 남편에게 아내로서의 의무를 다할 필요가 있을까요?"

"오늘은 상당히 따지시네요. 그건 남편이 얼마나 불친절한가에 따라 다르겠지요."

"만약 그 부인에게 좋아하는 사람이 있다면 어떨까요?"

"몰라요. 좀 바보스럽네요. 좋아하는 사람이 있었다면 처음부터 그 사람한테 시집갔으면 좋았잖아요?"

다이스케는 잠자코 생각에 잠겼다. 한참 있다가 "형수님!" 하고 불렀다. 우메코는 묵직한 말투에 놀라 새삼 다이스케의 얼굴을 바라보았다. 다이스케는 여전히 같은 말투로 말했다.

"저 이번 혼담을 거절할까 생각 중입니다."

담배를 쥔 다이스케의 손이 조금 떨렸다. 우메코는 오히려 무표정한 표정으로 거절의 말을 들었다. 다이스케는 상대방의 반응은 신경 쓰지 않고 이어갔다.

"전 지금까지 결혼 문제로 형수님께 폐를 끼쳐왔고 이번에도 걱정을 끼쳐드리고 있습니다. 제 나이도 이미 서른이니 형수님 말씀대로 적당한 선에서 권하시는 대로 해도 좋습니다만 좀 생각하는 바가 있어서 이번 혼담도 거절했으면 하는 바람입니다. 아버지나 형님께는 죄송스럽지만 달리 방법이 없어요. 신붓감이 마음에 들지 않는 것은 아니지만 거절할 겁니다. 지난번에 아버지가 잘 생각해보라고 하셔서 깊이 생각해봤지만 역시 거절하는 편이 좋을 것 같습니다. 실은 그 말씀을 드리려고 아버지를 뵈러 왔습니다만 지금 손님이 계셔서 미리 형수님께 말씀드리는 겁니다."

우메코는 다이스케의 태도가 너무 진지해서 평소처럼 말장난도 하지 않고 듣다가 말을 마치자 곧바로 자신의 의견을 말했다. 그것은 지극히 간단하면서도 실질적인 한마디였다.

"그렇게 되면 아버님은 분명 곤란하실 거예요."

"아버지께는 제가 직접 말씀드릴 거니까 상관없습니다."

"하지만 이야기가 상당히 진전된 걸로 알고 있어요."

"이야기가 어디까지 진전되었든지 간에 저는 아직 하겠다고 말한 적이 없습니다."

"하지만 하지 않겠다고 분명히 말씀하신 것도 아니잖아요."

"그걸 지금 말씀드리려고 온 겁니다."

다이스케와 우메코는 마주 앉은 채 잠시 침묵을 지켰다.

다이스케로서는 이미 해야 할 말은 전부 한 느낌이었다. 적어도 더 이상 우메코에게 자신을 설명하겠다는 생각은 전혀 없었다. 우메코는 해야 할 말과 물어봐야 말들이 너무나 많았다. 다만 그것들을 곧바로 앞서 주고받은 말들과 연관 지어 말할 수 없을 뿐이었다.

"도련님이 모르는 사이에 혼담이 어느 정도 진전되었는지는 저도 잘 모르지만 아무도 도련님이 그렇게 단호하게 거절하리라고는 생각지 못했을 거예요."

우메코가 간신히 말문을 열었다.

"왜 그렇지요?"

다이스케가 냉정하고 가라앉은 말투로 물었다. 우메코는 눈살을 찌푸렸다.

"왜냐고 물으시지만 그건 논리적으로 따질 일이 아니잖아요."

"논리적이 아니라도 괜찮으니까 말해주세요."

"도련님 같은 사람은 몇 번을 거절해도 결국 마찬가지 아닌가요?"

우메코가 설명했다. 그러나 다이스케는 무슨 뜻인지 금방 알 수 없었다. 궁금하다는 눈빛으로 우메코를 바라보았다. 우메코는 비로소 자신의 본래 의도를 덧붙여 설명했다.

"결국 도련님도 언젠가 한 번은 신부를 맞을 생각이시죠? 싫더라도 하는 수 없지 않겠어요? 그렇게 언제까지 자기 고집만 피워서야 아버님께 죄송스러울 따름이지요. 그러니까 말이에요. 어차피 도련님은 상대가 누구라도 마음에 들어 하지 않으니까 결국 누구와 결혼을 하더라도 마찬가지라는 의미지요. 도련님은 어떤 사람도 마음에 들어 하지 않을 거예요. 이 세상에 도련님 마음에 들 만한 사람은 한 명도 없어요. 그러니까 처음부터 아내란 마음에 들지 않는 사람이라고 체념하고 결혼하는 수밖에 달리 방법이 없지 않겠어요? 그러니 우리가 가장 괜찮다고 생각하는 사람과 눈 딱 감고 결혼하면 그걸로 모든 것이 원만하게 해결될 거예요. 그래서 이번에는 어쩌면 아버님께서 도련님과 일일이 의논하지 않고 진행시킬지도 몰라요. 아버님 입장에서는 그렇게 하시는 것이 당연하지요. 그렇게라도 하지 않으면 살아생전에 작은며느리 얼굴이나 볼 수 있겠어요?"

다이스케는 차분히 형수의 말을 듣고 있었다. 우메코의 말이 끝나도 쉽게 입을 열려고 하지 않았다. 만약 반박하면 이야기가 점점 복잡해질 뿐 자신의 생각이 우메코에게 통할 리가 없다고 생각했다. 그렇지만 상대방의 주장을 그대로 받아들일 생각은 추호도 없었다. 서로가 곤란해질 뿐이라고 믿었기 때문이다. 그래서 형수에게 말했다.

"형수님 말씀도 일리는 있지만 제게도 제 나름대로 생각이 있으니까 그냥 내버려두세요."

말투에 우메코의 간섭을 귀찮아하는 기색이 자연스럽게 드러났다. 그러자 우메코도 잠자코 있지 않았다.

"그야 도련님도 어린아이가 아니니까 당연히 생각이 있겠지요. 저같이 잔소리나 늘어놓는 사람은 폐가 될 뿐이니 더 이상 아무 말도 하지 않겠어요. 하지만 아버님의 입장이 되어보세요. 지금도 생활비는 도련님이 달라는 대로 매달 주고 계시니까 결국 도련님은 학생 시절보다도 더욱 아버님의 신세를 지고 있는 셈이에요. 그렇게 신세는 신세대로 지면서 이제 나이가 들어 어른이 되었으니 예전처럼 아버님 말씀에 따를 수는 없다고 고집을 부려봤자 통할 리 있겠어요?"

우메코가 조금 흥분한 듯 말이 점점 격해지려는 것을 다이스케가 가로막았다.

"하지만 결혼을 하면 더욱 아버님의 신세를 져야 하지 않습니까?"

"그건 괜찮아요. 아버님께서 그건 괜찮다고 말씀하셨어요."

"그럼 아버님은 아무리 제 마음에 들지 않는 상대라도 꼭 결혼을 시키실 결심이신 거군요."

"도련님 마음에 드는 사람이 있으면 몰라도 그런 사람은 온 나라를 뒤져도 없지 않을까요?"

"어째서 그런 생각을 하시지요?"

우메코는 날카로운 눈으로 다이스케를 바라보며 말했다.

"도련님은 마치 변호사처럼 말씀하시네요."

다이스케는 창백해진 이마를 형수 쪽으로 기울였다.

"형수님! 저는 좋아하는 여자가 있습니다."

낮은 목소리로 분명하게 말했다.

다이스케는 지금까지 우메코에게 농담으로 그런 말을 한 적이 몇 번 있었다. 우메코도 당시에는 그 말을 사실로 믿었다. 그래서 사람을 써서 알아보기까지 한 우스운 일도 있었다. 사실을 알게 된 후로는 다이스케가 좋아하는 여자가 있다고 말해도 우메코에게 전혀 효력이 없었다. 다이스케가 그런 말을 꺼내도 들은 척도 하지 않았다. 아니면 농담으로 치부했다. 다이스케 역시 아무렇지 않았다. 하지만 이번만은 그에게 매우 특별한 경우였다. 얼굴 표정이나 눈매, 힘 있는 낮은 목소리, 지금까지 나눈 대화의 앞뒤 정황 등 모든 것이 우메코에게 놀라움을 안겨주었다. 형수는 이 짧은 한마디를 빛을 발하는 비수처럼 느꼈다.

다이스케는 오비 사이에서 시계를 꺼냈다. 아버지를 찾아온 손님은 좀처럼 돌아가지 않았다. 하늘은 다시 흐려졌다. 다이스케는 일단 돌아갔다가 나중에 날을 잡아서 아버지와 이야기를 마무리 짓는 편이 낫겠다고 생각했다.

"나중에 다시 오겠습니다. 다시 와서 아버님을 뵙는 게 좋을 듯하군요."

다이스케가 자리에서 일어서려고 했다. 우메코가 그사이에 정신을 차렸다. 우메코는 때로는 질릴 정도로 다른 사람을 보살펴주고 싶어하는 데다가 무슨 일이든 중도에 포기하는 성격이 아니었다. 다이스케를 가로막듯이 붙잡고 여자의 이름을 물었다. 다이스케는 물론 대답하지 않았다. 우메코는 강하게 압박해왔다. 다이스케는 그래도 대답하지 않았다. 그러자 우메코는 왜 그 여자와 결혼하지 않느냐고 물었다. 다이스케는 단순히 결혼할 수 없으니까 하지 않는 거라고 대답했다. 우메코는 끝내 눈물을 흘렸다. 이제까지 남의 노력을 무시했다고 원망했다. 왜 처음부터 터놓고 말하지 않았느냐고 꾸짖기까지 했다. 그런가 하면 동정하기도 했다. 그러나 다이스케는 끝내 미치요에 관한 이야기는 하지 않았다. 우메코는 마침내 고집을 꺾었다. 다이스케가 막 돌아가려는데 우메코가 물었다.

"그럼 아버님께는 도련님이 직접 말씀드리는 거죠? 그때까지 전 잠자코 있는 게 좋겠죠?"

다이스케는 직접 이야기하는 편이 좋을지 형수를 통해 이야기를 전하는 편이 좋을지 판단이 서지 않았다.

"글쎄요."

주저하다가 형수의 얼굴을 보고 말했다.

"어차피 결혼하지 않겠다는 말씀을 드리러 올 테니까요."

"그럼 형편을 봐서 말씀드리는 게 나을 것 같으면 말씀드릴게요. 그럴 기회가 없으면 잠자코 있을 테니까 도련님이 처음부터 말씀드리세요. 그게 좋겠지요?"

우메코는 친절하게 말했다.

"어쨌든 잘 부탁드리겠습니다."

다이스케는 이렇게 부탁하고 밖으로 나왔다. 길모퉁이로 와서 요쓰야(四谷)부터 걸어갈 생각으로 일부러 시오초(鹽町)로 가는 전차를 탔다. 연병장 옆을 지날 때 두터운 구름이 서쪽으로 갈라져 장마철에는 보기 힘든 석양이 새빨갛게 넓은 벌판을 비추고 있었다. 석양이 저 멀리 가는 인력거 바퀴에 부딪쳐 바퀴가 구를 때마다 강철 같은 빛을 냈다. 인력거는 머나먼 벌판 가운데서 아주 작게 보였다. 벌판은 인력거가 작게 보일 정도로 넓었다. 해가 피처럼 선명하게 비쳤다. 다이스케는 그 광경을 비스듬히 바라보면서 바람을 가르며 전차에 실려 갔다.

무거운 머릿속이 빙빙 돌았다. 종점에 도착했을 때는 정신이 몸을 덮친 것인지, 아니면 몸이 정신을 덮친 것인지 기분이 좋지 않아 빨리 전차에서 내리고 싶었다. 다이스케는 비가 올지 몰라 들고 나왔던 박쥐우산을 지팡이처럼 끌며 걸었다.

걸으면서 오늘 자신은 스스로 자신의 운명의 절반을 파괴한 것이나 다름없다고 마음속으로 속삭였다. 지금까지는 아버지나 형수를 상대로 적당히 거리를 두면서 부드럽게 자신을 관철시켰다. 이번에는 결국 본심을 드러내지 않고는 그것을 관철시킬 수 없었다. 동시에 자신의 본심을 드러내지 않고는 지금까지처럼 만족스러운 결과를 기대하기는 어려울 것 같았다. 그러나 아직 과거로 돌아갈 여지는 있었다. 다만 그러려면 다시 아버지를 속여야 할 필요가 생길 것이다. 다이스케는 마음속으로 지금까지의 자신을 비웃었다. 그는 무슨 일이 있어도 오늘의 고백이 자기 운명의 절반을 파괴한 것이라고 인정하고 싶었다. 그로 인해 받게 될 타격의 반동이 과감하게 미치요 위에, 뒤덮듯 맹렬히 나아가고 싶었다.

그는 다음에 아버지를 만날 때는 더 이상 한 발자국도 물러서지 않도록 만반의 준비를 하고 싶었다. 그래서 미치요를 만나기 전에 다시 아버지에게 불려가지 않을까 매우 두려웠다. 그는 오늘 형수에게 자신의 의사를 아버지에게 말하든지 말든지 알아서 하라고 말한 것을 후회했다. 오늘 밤에라도 그 이야기를 하게 되면 내일 아침에라도 불려갈지 모를 일이었다. 그러면 오늘 밤 안에 미치요를 만나 자신의 의사를 밝혀둘 필요가 있었다. 하지만 밤이라 그럴 상황이 아니라고 생각했다.

쓰노카미(角上)를 내려왔을 때 해가 저물고 있었다. 사관학교 앞을 곧장 지나 에도성의 제방 근처로 나온 다음 2, 3백 미터쯤 가서 사도 하라초(砂土原町) 쪽으로 돌아가야 하지만 다이스케는 일부러 전찻길을 따라 걸었다. 그는 여느 때처럼 집으로 돌아가서 서재에서 편안하게 하룻밤을 지낸다는 게 참을 수 없었다. 수로를 막고 높이 세운 제방의 소나무가 끝없이 검게 늘어서 있는 아래쪽으로 전차가 빈번히 지나가고 있었다. 다이스케는 가벼운 상자가 철로 위를 매끄럽게 미끄러지듯이 갔다가 다시 미끄러지듯이 돌아오는 그 빠른 모습에 경쾌함을 느꼈다. 그리고 자신과 똑같은 길을 거리낌 없이 왕래하는 소토보리선 전차가 평소보다 시끄럽게 느껴져 거슬렸다. 우시고메미쓰케(牛込見附)까지 왔을 때 멀리 고이시카와 숲 여기저기서 불이 밝혀져 있는 것이 보였다. 다이스케는 저녁을 먹을 생각도 하지 않고 미치요가 있는 방향을 향해 걸었다.

20분쯤 지나서 그는 안도자카(安藤坂)를 올라가 덴즈인의 불에 탄 흔적 앞에 이르렀다. 커다란 나무가 좌우로 늘어선 사이를 왼쪽으로 빠져나가 히라오카의 집 근처에 이르자 판자 울타리 사이로 여느 때처럼 불빛이 새어 나오고 있었다. 다이스케는 울타리에 몸을 기댄 채 꼼짝하지 않고 집 안을 살펴보았다. 한참 동안 아무 소리도 없이 집 안은 아주 조용했다. 다이스케는 문 안으로 들어가 격자문 밖에서 말을 걸어볼까 생각했다. 그때 툇마루 부근에서 철썩 하고 정강이를 내리치는 소리가 났다. 그리고 누군가 안으로 들어가는 기척이 있었다. 이윽고 말소리가 들려왔다. 무슨 말인지는 알아들을 수 없었지만 분명히 히라오카와 미치요의 목소리였다. 말소리는 조금 있다 그쳐버렸다. 그러자 다시 툇마루 쪽으로 걸어가는 발소리가 나더니 털썩 주저앉는 소리가 또렷이 들려왔다. 다이스케는 그대로 울타리에서 물러섰다. 그리고 원래 왔던 길과는 반대 방향으로 걷기 시작했다.

한동안은 어디를 어떻게 걷는지 인식하지 못했다. 그사이에 다이스케의 머릿속에는 방금 보았던 광경이 춤추듯 어른거렸다. 그것이 조금 사라지자 이번에는 자신의 행동이 말할 수 없이 부끄러워졌다. 그는 무엇 때문에 그런 비열한 짓을 하고, 게다가 기겁하며 물러났는지 스스로도 이해할 수 없었다. 그는 어두운 골목길에 서서 세상이 지금 밤의 지배를 받고 있는 것을 은근히 기뻐했다. 게다가 장마철의 무거운 공기에 휩싸여 걸으면 걸을수록 숨이 막힐 것 같은 느낌이 들었다. 가구라자카 언덕에 이르자 갑자기 눈이 부셨다. 몸을 둘러싸는 무수한 사람들과 무수한 빛들이 사정없이 머리로 쏟아져 내렸다. 다이스케는 도망이라도 치듯 와라다나를 올라갔다.

집에 돌아오자 가도노가 여느 때처럼 멍한 표정으로 물었다.

"상당히 늦으셨군요. 식사는 하셨습니까?"

다이스케는 밥 생각이 없었기 때문에 필요 없다고 하고 가도노를 내쫓듯이 서재에서 물러가게 했다. 그러나 2, 3분도 지나지 않아 손뼉을 쳐서 다시 불렀다.

"본가에서 심부름꾼이 오지 않았나?"

"아니요."

"알았네."

다이스케는 그저 이렇게 말했을 뿐이다. 가도노는 뭔가 부족하다는 듯이 입구에 서서 물었다.

"선생님께서는 뭐랄까, 그럼 본가에 가셨던 게 아니셨군요?"

"왜?"

다이스케는 못마땅한 표정을 지었다.

"그게, 외출하시면서 본가에 가시겠다고 하셨잖습니까?"

다이스케는 가도노를 상대하는 것이 귀찮아졌다.

"집에 가기는 했지…… 집에서 심부름꾼이 오지 않았으면 그걸로 된 거 아닌가."

"아, 그렇습니까?"

가도노는 요령부득인 말을 내뱉고 나갔다. 다이스케는 아버지가 세상일에 대해서보다는 자신의 일에 매우 조급해한다는 걸 알고 있었기 때문에 어쩌면 그가 돌아간 뒤 바로 심부름꾼을 보내지 않았을까 하는 두려움에서 캐물은 것이다. 가도노가 자기 방으로 물러간 뒤 내일은 반드시 미치요를 만나야겠다고 결심했다.

그날 밤 다이스케는 잠자리에서 어떤 방법으로 미치요를 만날지 하는 문제를 생각했다. 인력거꾼 편에 편지를 보내서 집으로 부르면 오기는 오겠지만 이미 오늘 형수에게 말을 해버린 이상 내일이라도 형이나 형수가 쳐들어오지 않으리라는 보장은 없다. 한편 히라오카 집으로 찾아가 만나는 것은 다이스케에게는 고통이었다. 다이스케는 할 수 없이 자신이나 미치요와 관계가 없는 곳에서 만나는 수밖에 없다고 생각했다.

밤부터 세찬 비가 내렸다. 쳐놓은 모기장이 오히려 추워 보일 정도로 소리가 쏴아쏴아 하고 온 집안을 둘러쌌다. 다이스케는 그 소리 속에서 날이 밝기를 기다렸다.

비는 이튿날까지 그치지 않았다. 다이스케는 습기 찬 툇마루에 서서 어두운 하늘을 바라보며 어젯밤의 계획을 바꿨다. 그는 미치요를 제삼의 장소 같은 곳으로 불러내 이야기하기가 불쾌했다. 가능하다면 푸른 하늘 아래서 만나고 싶었지만 날씨가 이래서는 그것도 어려울 것 같았다. 그렇다고 히라오카 집으로 찾아갈 생각은 애당초 없었다. 그는 아무래도 미치요를 자신의 집으로 부르는 수밖에 방법이 없다고 결론지었다. 가도노가 좀 방해가 되기는 하지만 그의 방에 들리지 않도록 이야기하면 된다고 생각했다.

정오 전까지는 멍하니 비를 바라보고 있었다. 점심을 먹자마자 고무 우비를 걸치고 밖으로 나갔다. 빗속을 걸어서 가구라자카 아래쪽까지 가서 아오야마 본가에 전화를 걸었다. 내일 찾아갈 예정이라고 먼저 운을 뗐다. 전화는 형수가 받았다. 지난번에 말한 것은 아직 아버님께 말씀드리지 않았으니 다시 한번 잘 생각해보라고 했다. 다이스케는 감사하다는 인사와 함께 벨을 울려 전화를 끊었다. 그다음에 히라오카의 신문사에 전화를 걸어 그가 출근했는지를 확인했다. 히라오카가 출근했다는 대답을 들었다. 다이스케는 비를 맞으며 다시 언덕길을 올라갔다. 꽃집에 들어가서 커다란 흰 백합을 한 아름 사 들고 집으로 돌아왔다. 비에 젖은 꽃을 꽃병 두 개에 나눠 꽂았다. 그래도 남은 것은 지난번의 수반에 물을 담아 줄기를 짧게 잘라서 대충 꽂아두었다. 그런 다음 책상 앞에 앉아서 미치요에게 편지를 썼다. 내용은 지극히 짧았다. 단지 빨리 만나 할 이야기가 있으니 와달라는 내용이 전부였다.

다이스케는 손뼉을 쳐서 가도노를 불렀다. 가도노는 콧소리를 내며 나타났다.

"아주 좋은 향기가 나는데요."

가도노가 편지를 받으며 말했다.

"인력거를 끌고 가서 태워 와야 하네."

다이스케는 다짐을 받듯 말했다. 가도노는 빗속을 뚫고 단골 인력거를 부르러 나갔다.

다이스케는 백합을 바라보면서 방을 가득 채운 강한 향기에 자신을 내맡겼다. 그는 그런 후각적인 자극 속에서 지난날 미치요의 모습을 분명하게 떠올렸다. 그 과거 속에는 떨쳐버릴 수 없는 자신의 옛 그림자가 연기처럼 휘감고 있었다. 그는 한참 후에 마음속으로 중얼거렸다.

'오늘 처음으로 자연스러웠던 옛날로 돌아가는군.'

그런 생각을 하자 그는 온몸에 나이에 어울리지 않는 평온함을 느꼈다. 왜 좀 더 일찍 돌아갈 수 없었던 것일까 하는 생각이 들었다. 처음부터 왜 자연스러운 흐름에 저항했을까 하는 생각도 들었다. 그는 빗속에서, 백합 속에서, 다시 살아난 과거 속에서 순수하고 평화로운 생명을 발견했다. 그 생명 어디에도 욕망은 없었다. 이해관계도 없었다. 자신을 압박하는 도덕도 없었다. 구름과 같은 자유와 물과 같은 자연이 있었다. 그리고 모든 것이 행복했다. 따라서 모든 것이 아름다웠다.

이윽고 꿈에서 깨어났다. 이 순간의 행복에서 비롯된 영원한 고통이 갑자기 다이스케의 머리를 침범했다. 그의 입술은 색깔을 잃었다. 그는 말없이 자신의 손을 바라보았다. 손톱 밑으로 흐르고 있는 피가 부들부들 떠는 것 같았다. 그는 자리에서 일어나 백합 쪽으로 다가갔다. 입술이 꽃잎에 닿을 정도로 바짝 붙어서 현기증이 날 때까지 진한 향기를 맡았다. 그는 이 꽃에서 저 꽃으로 입술을 옮기며 달콤한 향기에 숨이 막혀 정신을 잃고 방 안에서 쓰러지고 싶었다. 그는 마침내 팔짱을 끼고 서재와 방 사이를 서성거렸다. 그의 가슴은 끊임없이 고동치고 있었다. 그는 이따금 의자 모서리나 책상 앞에서 멈춰 섰다. 그러고는 다시 걷기 시작했다. 그의 마음속의 동요는 그를 한곳에 멈춰 서게 하지 않았다. 동시에 그는 뭔가 생각하기 위해 아무 곳에나 멈춰 서지 않을 수 없었다.

그러는 동안 시간은 점점 흘러갔다. 다이스케는 끊임없이 탁상시계의 바늘을 보았다. 또 엿보듯이 처마 밖으로 내리는 비를 바라보았다. 비는 여전히 하늘에서 수직으로 떨어지고 있었다. 하늘은 조금 전보다 약간 어두워졌다. 두터운 구름이 한곳에서 소용돌이를 만들었다가 점차 땅 위로 달려들지나 않을까 걱정되었다. 그때 비에 젖어 번뜩이는 인력거가 문 안으로 들이닥쳤다. 바퀴 소리가 빗소리를 뚫고 다이스케의 귀에 들렸을 때 그는 창백한 뺨에 미소를 지으며 오른손을 가슴에 얹었다.

미치요는 현관에서 가도노의 안내를 받아 복도를 따라 들어왔다. 비백 무늬가 있는 감색의 거친 천에 당초무늬의 홑겹 오비를 맨 모습은 이전과 전혀 다른 차림이어서 다이스케는 첫눈에 신선한 느낌을 받았다. 안색은 평소처럼 좋지 않았지만 응접실 입구에서 다이스케와 얼굴을 마주했을 때 눈과 눈썹, 입마저도 갑자기 움직임을 멈춘 것처럼 굳어졌다. 문턱에 서 있는 동안은 발도 움직일 수 없는 모양이었다. 미치요는 처음부터 편지를 읽고 나서 무슨 일이 생길 것을 예상하고 왔다. 그런 예상 속에는 두려움과 기쁨, 걱정이 있었다. 인력거에서 내려 응접실로 안내될 때까지 미치요의 얼굴은 그 예상의 색으로 가득 차 있었다. 미치요의 표정은 거기에서 딱 멈췄다. 다이스케의 태도는 미치요에게 그만한 충격을 줄 정도로 강렬했다.

다이스케는 의자 하나를 가리켰다. 미치요는 시키는 대로 앉았다. 다이스케는 그 맞은편에 앉았다. 두 사람은 비로소 마주 앉았다. 하지만 한동안 두 사람 모두 입을 열지 않았다.

"무슨 하실 말씀이라도 있으신가요?"

마침내 미치요가 물었다.

"예."

다이스케가 간단하게 대답했다. 두 사람은 그러고 나서 또 한참 동안 빗소리를 들었다.

"급한 일인가요?"

미치요가 다시 물었다.

"예."

다이스케가 다시 대답했다.

두 사람 모두 평소와는 다르게 가볍게 대화를 이어가지 못했다. 다이스케는 술의 힘을 빌려야만 자신의 속내를 이야기할 수 있을 것 같아 스스로가 부끄러워졌다. 그는 평상시와 다름없는 모습으로 진심을 털어놓겠다고 각오하고 있었다. 그러나 새삼 이렇게 미치요를 대하고 보니 처음으로 한 방울의 알코올이 그리웠다. 몰래 옆방으로 가서 평소 마시던 위스키를 한 잔 마시고 올까 하는 생각도 했지만 결국 그건 견딜 수 없을 것 같았다. 청천백일 아래 평소의 태도로 상대방에게 공언할 수 있어야만 자신의 진심이라고 믿었기 때문이다. 술기운이라는 장벽을 쌓고 그 엄호를 받고서야 대담해지는 것은 비겁하고 잔혹하며 상대방을 모욕하는 행동이라고 생각했기 때문이다. 그는 사회 관습에 대해서는 도덕적인 입장을 취할 수 없게 되었다. 그 대신 미치요에 대해서는 조금도 부도덕한 동기를 갖지 않을 생각이었다. 아니, 스스로를 비열하고 인색하게 만들 여지가 없을 정도로 다이스케는 미치요를 사랑했다. 하지만 그는 미치요가 무슨 일이냐고 물었을 때 즉시 자신의 마음을 털어놓을 수가 없었다. 두 번째 물었을 때도 여전히 망설였다. 세 번째 물어왔을 때는 하는 수 없이 담배에 불을 붙이며 말했다.

"천천히 이야기하죠."

대답을 미룰수록 미치요의 안색은 나빠졌다.

비는 여전히 거침없이 세찬 소리를 내며 내렸다. 두 사람은 비로 인해, 빗소리로 세상과 분리되었다. 같은 집에 살고 있는 가도노와 할멈으로부터도 분리되었다. 두 사람은 고립된 채 흰 백합 향기 속에 갇혀 있었다.

"조금 전에 밖에 나가 저 꽃을 사왔습니다."

다이스케는 자신의 주위를 둘러보았다. 미치요도 눈으로 다이스케를 따라 방 안을 한 바퀴 둘러보았다. 그런 다음 미치요는 코로 숨을 깊게 들이마셨다.

"당신 오빠와 당신이 시미즈초에 살던 시절을 떠올리려고 되도록 많이 사왔습니다."

다이스케가 말했다.

"좋은 향기가 나는군요."

미치요는 나부끼듯이 벌어진 커다란 꽃잎을 바라보고 있다가 눈을 돌려 다이스케로 옮기고는 뺨이 발그스름해졌다.

"그때를 생각하면……"

말을 꺼내다가 그만두었다.

"기억하고 있습니까?"

"기억하고 있어요."

"당신은 화려한 장식용 깃을 달고 머리는 은행잎 모양이었지요."

"도쿄에 온 지 얼마 안 되었을 때였으니까요. 곧 그만두었지요."

"지난번 백합을 가져왔을 때도 은행잎 모양이지 않았나요?"

"어머, 알고 계셨군요. 그건 그때뿐이었어요."

"그때는 그런 머리 모양을 하고 싶던가요?"

"네. 순간적으로 그렇게 하고 싶어 묶어본 거예요."

"그 머리 모양을 보자 옛 생각이 났습니다."

"그래요?"

미치요는 수줍은 듯이 고개를 끄덕였다.

미치요가 시미즈초에 살던 무렵 다이스케와 허물없이 대화를 나누게 된 후의 일이지만 다이스케가 고향에서 갓 올라왔을 때 했던 머리 모양을 칭찬했던 적이 있다. 그때 미치요는 웃었지만 그 후로는 한 번도 은행잎 모양으로 머리를 묶은 적이 없었다. 두 사람은 지금도 그 일을 생생하게 기억하고 있었다. 하지만 둘 다 입 밖에 내서 말하려 하지 않았다.

미치요의 오빠는 성격이 활달하고 사교성이 좋아 친구들의 사랑을 받았다. 다이스케와는 특히 사이가 좋았다. 그는 자신이 활달한 만큼 누이의 얌전한 성격을 사랑스럽게 여겼다. 고향에서 데리고 와 함께 집을 얻어 살았던 것도 누이를 교육시켜야 한다는 의무감보다는 전적으로 누이의 미래를 생각해주는 마음과 당장 자신의 주위에 가까이 두고 싶어 하는 마음 때문이었다. 그는 미치요를 불러오기 전에 이미 다이스케에게 그런 뜻을 이야기한 적이 있었다. 그때 다이스케는 보통의 청년들처럼 지대한 호기심을 갖고 이 계획을 환영했다.

미치요가 오고 나서 그와 다이스케는 더욱 친해졌다. 누가 더 가까워지려고 노력했는지는 다이스케 자신도 알 수 없었다. 그가 세상을 떠난 후에 그 당시를 떠올릴 때마다 다이스케는 그 친밀함 속에 어떤 의미가 내포되어 있었을 것이라는 생각이 들었다. 그는 죽을 때까지 그 의미를 분명히 밝히지 않았다. 다이스케도 구태여 말하려 하지 않았다. 그렇게 해서 서로의 생각은 비밀로 묻혀버리고 말았다. 그가 살아 있을 때 그 의미를 미치요에게 넌지시 말한 적이 있는지는 다이스케 역시 알 수 없다. 다이스케는 미치요의 행동과 말에서 어떤 특별한 느낌을 받았을 뿐이다.

다이스케는 그 무렵부터 자기 자신을 취미의 인간으로서 미치요 오빠를 대하고 있었다. 미치요의 오빠는 그 방면에서는 보통 이상의 감수성을 갖고 있지 않았다. 이야기가 깊어지면 솔직히 모르겠다고 자백하고 필요 이상의 논의를 피했다. 어디선가 '아비터 엘레간티아룸(arbiter elegantiarum)'[1]이라는 말을 발견하고 그걸 다이스케의 별명처럼 남용했던 것은 그 무렵의 일이다. 미치요는 옆방에서 잠자코 오빠와 다이스케의 이야기를 듣고 있었다. 나중에는 '아비터 엘레간티아룸'이라는 말을 알게 되었다. 어느 날 오빠에게 그 의미를 물어서 놀란 일이 있었다.

오빠는 취미에 관한 누이동생의 교육을 다이스케에게 완전히 맡긴 것 같았다. 누이동생의 두뇌가 계발될 수 있도록 다이스케와 자주 만나게 하려고 애썼다. 다이스케도 거절하지 않았다. 나중에 돌이켜보니 자청해서 그 일을 맡으려 한 흔적도 있었다. 미치요는 처음부터 즐겁게 그의 지도를 받았다. 세 사람은 마치 세 개의 원처럼 돌면서 서로 가깝게 어울려 지내며 세월을 보냈다. 의식적인지 무의식적인지는 몰라도 세 개의 원은 돌면 돌수록 점점 그 폭이 좁아졌다. 결국 세 개의 원이 한곳에 모여서 둥근 원이 되기 직전에 갑자기 그중 하나가 사라졌기 때문에 나머지 둘은 평형을 잃었다.

1 취미의 심판자라는 의미의 라틴어. 타키투스의 『연대기』 제16권 18절에서 유래했다.

다이스케와 미치요는 5년 전의 일을 거리낌 없이 이야기하기 시작했다. 이야기를 하다 보니 현재의 자신으로부터 멀어져서 점차 학창 시절로 돌아갔다. 두 사람의 거리는 다시 예전처럼 가까워졌다.

"그때 오빠가 돌아가시지 않고 아직 살아 있다면 지금쯤 전 어떻게 되었을까요?"

미치요는 그 시절이 그립다는 듯이 말했다.

"오빠가 살아 있다면 지금과 다른 사람이 되었을지도 모른다는 뜻입니까?"

"다른 사람이 되지는 않았겠지요. 당신은요?"

"나 역시 마찬가지였겠죠."

미치요는 그때 약간 나무라는 투로 말했다.

"어머, 거짓말하지 마세요."

다이스케는 의미 있는 시선으로 미치요를 바라보았다.

"나는 그때나 지금이나 조금도 달라지지 않았습니다."

다이스케는 이렇게 대답하고 나서도 상대에게서 한참 동안 눈을 떼지 않았다. 미치요는 금세 시선을 피했다. 그런 다음 거의 혼잣말을 하듯 말했다.

"하지만 그때부터 이미 달라지셨어요."

미치요의 말투는 평범한 대화치고는 너무 낮은 목소리였다. 다이스케는 사라져가는 그림자를 밟듯 즉시 그 꼬리를 붙잡았다.

"달라지지 않았어요. 단지 당신에게 그렇게 보였을 뿐이오. 그렇게 보였어도 할 수 없지만 그건 잘못 본 겁니다."

다이스케는 평소보다도 정열적이고 분명한 목소리로 자신을 변호하듯이 말했다. 미치요의 목소리는 점점 낮아졌다.

"잘못 보았다 해도 괜찮아요."

다이스케는 말없이 미치요의 모습을 살폈다. 미치요는 처음부터 눈을 내리깔고 있었다. 다이스케에게 그 긴 속눈썹이 떨리고 있는 모습이 잘 보였다.

"내게는 당신이 필요합니다. 반드시 필요해요. 저는 이 말을 하기 위해서 일부러 당신을 부른 겁니다."

다이스케의 말에는 보통 사랑하는 사람들이 사용하는 달콤한 표현은 포함되어 있지 않았다. 그의 말투는 그 말처럼 단순하고 소박했다. 오히려 엄숙하기까지 했다. 단지 그 말을 하기 위해 급한 일이라며 일부러 미치요를 부른 것이 유치한 시가(詩歌) 같은 느낌이 들었다. 그러나 미치요는 본래 세속적인 의미와는 동떨어진 급한 용건을 이해할 수 있는 여자였다. 또한 통속적인 소설에 등장하는 젊은 남녀 간의 수식어에는 별 흥미가 없었다. 다이스케의 말이 미치요의 감정에 어떤 강렬한 자극도 주지 않았다는 것은 사실이다. 미치요가 그걸 갈망하지 않았다는 것도 사실이다. 다이스케의 말은 그런 감정을 초월해서 곧바로 미치요의 마음에 전해졌다. 미치요의 떨리는 속눈썹 사이로 눈물이 뺨 위로 흘러내렸다.

"당신이 내 마음을 알아주었으면 좋겠소. 부디 알아주시오."

미치요는 여전히 울고 있었다. 다이스케에게 답을 할 수 있는 상태가 아니었다. 소맷자락에서 손수건을 꺼내 얼굴로 가져갔다. 짙은 눈썹의 일부와 이마, 앞머리만이 다이스케의 눈에 남았다. 다이스케는 의자를 미치요 쪽으로 바짝 가져갔다.

"알아주겠지요?"

귀 가까이에서 말했다. 미치요는 여전히 얼굴을 가리고 있었다.

"너무하세요."

흐느끼며 말하는 목소리가 손수건 너머로 들려왔다. 그 말이 다이스케의 청각을 전류처럼 자극했다. 다이스케는 자신의 고백이 너무 늦었다는 것을 절실히 깨달았다. 고백을 하려면 미치요가 히라오카와 결혼하기 전에 했어야 했다. 그는 흐느낌 사이로 띄엄띄엄 이어지는 미치요의 이 한마디를 듣고 견딜 수 없었다.

"3, 4년 전에 당신에게 그렇게 고백했어야 했습니다."

이렇게 말하고는 망연하게 입을 다물었다. 미치요는 갑자기 얼굴에서 손수건을 뗐다. 눈두덩이 빨개진 눈으로 다이스케를 쳐다보더니 말했다.

"고백하지 않은 것은 그렇다 해도, 왜……"

말을 하려다가 잠시 망설였지만 이윽고 결심한 듯, "왜 저를 버리셨지요?" 이 말을 하자마자 다시 손수건을 얼굴에 갖다 대고 또 울음을 터뜨렸다.

"내가 나빴소. 용서해주시오."

다이스케는 미치요의 손목을 잡고 손수건을 얼굴에서 떼려고 했다. 미치요는 반항하려고 하지도 않았다. 손수건이 무릎 위로 떨어졌다. 미치요는 무릎을 내려다보면서 희미한 목소리로 말했다.

"잔혹하세요."

작은 입언저리가 떨리듯이 움직였다.

"잔혹하다고 해도 할 말이 없습니다. 그 대신 난 그만큼 벌을 받고 있습니다."

미치요는 의아한 눈빛으로 얼굴을 들고 물었다.

"어떻게요?"

"당신이 결혼한 지 3년이 지났지만 나는 아직 혼자입니다."

"하지만 그건 당신이 그렇게 하고 싶어 그런 것 아닌가요?"

"그게 아닙니다. 결혼하고 싶어도 할 수가 없었어요. 그 후로 가족들로부터 얼마나 결혼을 권유받았는지 모릅니다. 그렇지만 전부 거절해버리고 말았어요. 이번에도 또 한 사람을 거절했습니다. 그 결과 아버지와의 사이가 어떻게 될지 알 수 없습니다. 하지만 뭐 어찌 되건 상관없습니다. 거절할 겁니다. 당신이 내게 복수하고 있는 동안은 거절할 수밖에 없으니까요."

"복수?"

미치요가 말했다. 그 두 글자가 두렵기라도 한 듯 눈동자가 움직였다.

"저는 결혼한 후로 지금까지 하루라도 빨리 당신이 결혼하기를 바라면서 지냈어요."

약간 정색을 한 말투였다. 하지만 다이스케는 그 말에 귀 기울이지 않았다.

"아니, 나는 당신이 어디까지나 원 없이 복수해주기를 바라고 있습니다. 그게 진정으로 바라는 일입니다. 오늘 이렇게 당신을 불러서 굳이 내 마음을 털어놓은 것도 실은 당신에게 당하는 복수의 일부라고밖에 생각하지 않습니다. 나는 사회적으로 이미 죄를 지은 것이나 다름없습니다. 하지만 나는 원래 그렇게 태어난 사람이니까 죄를 범하는 것이 내게는 자연스러운 일입니다. 세상에 죄를 짓더라도 당신 앞에서 참회할 수 있다면 그걸로 충분합니다. 그보다 기쁜 일은 없습니다."

미치요는 눈물에 젖은 채 처음으로 미소를 지었다. 그러나 한마디도 입 밖에 내지 않았다. 다이스케는 더욱 계속해서 자신의 심정을 토로할 틈을 얻었다.

"저는 이제 와서 당신에게 이런 말을 하는 것이 잔혹한 일이라는 건 알고 있습니다. 그 말이 당신에게 잔혹하게 들릴수록 뜻이 이루어지는 셈이니 어쩔 수 없어요. 게다가 나는 이렇게 잔혹한 말을 털어놓지 않고서는 더 이상 살아갈 수 없게 되었습니다. 결국 제멋대로입니다. 그러니 용서를 비는 겁니다."

"잔혹한 것은 아니에요. 그러니 용서를 빌지 마세요."

미치요의 말투는 그때 갑자기 분명해졌다. 가라앉았지만 좀 전에 비하면 아주 차분해져 있었다. 그러나 한참 후 다시 말을 하다가 눈물을 머금었다.

"다만 좀 일찍 말씀해주셨더라면……"

다이스케는 그때 이렇게 물었다.

"그럼 내가 평생 입을 다물고 있는 편이 당신이 행복했을까요?"

"그런 의미가 아니에요."

미치요는 힘주어 부정했다.

"저 역시 당신이 그런 말을 해주지 않았다면 살아갈 수 없었을지도 몰라요."

이번에는 다이스케가 미소를 지었다.

"그럼 괜찮지 않아요?"

"괜찮기보다는 감사드리고 싶은 심정이에요. 다만……"

"다만 히라오카에게 미안하다는 말이겠지요?"

미치요는 불안한 듯 고개를 끄덕였다. 다이스케는 이렇게 물었다.

"미치요 씨! 솔직하게 말해보세요. 당신은 히라오카를 사랑하고 있습니까?"

미치요는 대답하지 않았다. 어느새 안색이 창백해졌다. 눈도 입도 굳어졌다. 얼굴 전체가 고통스러운 표정이었다. 다이스케는 다시 물었다.

"그럼 히라오카는 당신을 사랑하고 있나요?"

미치요는 여전히 고개를 숙이고 있었다. 다이스케는 자신의 질문에 대해 스스로 과감한 결정을 내리려고 막 입을 떼려는데 갑자기 미치요가 고개를 들었다. 그 얼굴에는 방금 전까지 어려 있던 불안도 고통도 거의 사라져 있었다. 눈물도 거의 말라 있었다. 뺨은 전보다 더 창백했지만 입술은 꼭 다문 채 움직일 기미가 없었다. 그 사이로 낮고 무거운 말이 한마디씩 새어 나왔다.

"하는 수 없군요. 마음의 결정을 내려야겠어요."

다이스케는 등에 찬물을 뒤집어쓴 듯 떨렸다. 사회로부터 추방당할 두 사람의 영혼은 단둘이 마주하고 서로를 뚫어지게 바라보고 있었다. 그리고 그들은 모든 것을 거역하고 서로를 하나로 묶으려는 어떤 힘을 두려워하며 몸을 떨었다.

잠시 후 미치요는 뭔가에 공격당한 듯 손으로 얼굴을 가리고 울기 시작했다. 다이스케는 미치요가 우는 모습을 보고 견딜 수 없었다. 팔꿈치를 괴고 다섯 손가락으로 이마를 가렸다. 두 사람은 그런 자세를 흐트러뜨리지 않은 채 마치 사랑하는 사람들을 조각해놓은 것처럼 꼼짝 않고 있었다.

그렇게 꼼짝 않고 있는 동안 두 사람은 50년이란 세월을 눈앞에 축소해놓은 것 같은 정신적인 긴장을 느꼈다. 그 긴장과 함께 두 사람이 서로 존재하고 있다는 자각을 잃지 않았다. 그들은 사랑의 형벌과 축복을 동시에 받으며 동시에 그 두 가지를 절실하게 음미했다.

잠시 후 미치요는 손수건을 집어서 눈물을 깨끗이 닦고 조용한 목소리로 말했다.

"이제 돌아가겠어요."

"그렇게 해요."

다이스케가 대답했다.

빗줄기는 잦아들었지만 다이스케는 물론 미치요를 혼자 돌려보낼 생각은 없었다. 일부러 인력거를 부르지 않고 직접 바래다주러 나섰다. 히라오카네 집까지 따라가려다가 에도가와 다리 위에서 헤어졌다. 다이스케는 다리 위에 서서 미치요가 골목길을 돌아설 때까지 지켜보았다. 그런 다음 천천히 발길을 돌리면서 마음속으로 선고했다.

'모든 것이 끝났다.'

비는 저녁 무렵에 그쳤고 밤이 되자 구름이 자꾸 떠다니고 있었다. 그 속에서 씻은 듯한 달이 떠올랐다. 다이스케는 툇마루에서 달빛에 비친 뜰의 젖은 잎들을 오랫동안 바라보다가 마침내 게다를 신고 뜰로 내려섰다. 본래 넓지도 않은 뜰인 데다가 나무가 의외로 많아서 다이스케가 걸을 만한 공간은 거의 없었다. 다이스케는 그 한가운데 서서 넓은 하늘을 올려다보았다. 이윽고 낮에 사왔던 백합을 응접실에서 가지고 와서 자기 주위에 흩뿌렸다. 흩어진 하얀 꽃잎이 달빛을 받아 선명했다. 어떤 것은 나무 밑 어둠 속에서 희미하게 보였다. 다이스케는 아무 생각 없이 그 속에 쭈그리고 앉았다.

잘 시간이 되어서야 다시 응접실로 돌아왔다. 방 안에는 아직 꽃향기가 남아 있었다.

15

 미치요를 만나 해야 할 말을 해버린 다이스케는 만나기 전보다 마음이 훨씬 평화에 접근하기 쉬워졌다. 그러나 이는 그가 이미 예상하던 바였고 딱히 의외의 결과라고는 할 수 없다.

 미치요를 만난 다음 날 그는 오랫동안 손에 쥐고 있던 주사위를 과감하게 던져버릴 결심으로 일어났다. 그는 어제부터 자신과 미치요의 운명에 일종의 책임을 져야 하는 처지가 되었다고 자각했다. 게다가 그것은 스스로 원해서 떠맡은 책임임에 틀림없었다. 따라서 짐을 지고 있어도 고통스럽지 않았다. 그 무게에 눌린 덕분에 오히려 발이 저절로 앞을 향해 나가는 듯한 느낌이 들었다. 그는 스스로 열어젖힌 운명의 단편을 머리에 얹고 아버지와의 결전을 준비했다. 아버지 뒤에는 형과 형수가 있다. 그리고 그들과 싸운 뒤에는 히라오카가 있다. 그것을 넘어선다 해도 커다란 사회가 있다. 개인의 자유와 저마다의 사정을 조금도 아랑곳하지 않는 기계 같은 사회가 있다. 지금 다이스케에게는 그 사회가 완전히 암흑으로 보였다. 다이스케는 모든 것과 싸울 각오를 했다.

그는 자신의 용기와 대담함에 놀랐다. 그는 이제까지 열정을 싫어하고 위험에 다가가지 않으며 승부를 꺼리는 신중하고 태평한 신사라고 자신을 간주했다. 아직까지 도덕적으로 치명적인 비겁한 행동은 저지른 적이 없지만 겁쟁이라는 자각은 마음에서 좀처럼 떨쳐버릴 수가 없었다.

그는 통속적인 외국 잡지를 구독하고 있었다. 그중 어느 호에서 'Mountain Accidents(등반 사고)'라는 제목의 글을 읽고 놀랐던 적이 있다. 그 글에는 높은 산을 오르는 모험가들이 겪은 많은 부상과 사고가 열거되어 있었다. 등산 중에 눈사태를 만나 행방불명된 사람의 뼈가 40년 뒤에 빙하에서 발견되었다는 이야기, 네 명의 모험가가 낭떠러지 중간에서 서로의 어깨 위로 올라가 원숭이처럼 서로 몸을 포개며 수직으로 솟아 있는 커다란 바위를 넘을 때 맨 윗사람의 손이 바위 끝에 닿자마자 바위가 무너져 허리를 동여맨 밧줄이 끊어지면서 세 사람이 포개져서 곤두박질치며 네 번째 사람의 곁을 스쳐 아득한 골짜기 아래로 떨어진 이야기 등이 실려 있었다. 벽돌을 쌓아 올린 벽처럼 가파른 산중턱에 박쥐처럼 달라붙어 있는 사람을 두세 군데 그려 넣은 삽화도 있었다. 그때 다이스케는 그 절벽 옆에 있는 텅 빈 공간 저편에 있을 넓은 하늘과 아득한 골짜기를 상상하며 두려움에 현기증이 날 정도였다.

다이스케는 지금 도덕적인 면에서 그 등산가들과 다름없는 처지에 있다는 것을 알고 있었다. 하지만 자신이 그런 상황에 처하고 보니 물러서겠다는 생각이 조금도 들지 않았다. 그에게는 기가 꺾여 유예하는 편이 몇 배나 고통스러웠다.

그는 하루라도 빨리 아버지를 만나 이야기하고 싶었다. 사정이 생길 수도 있다는 걱정에 미치요가 왔던 다음 날 다시 전화를 걸어 상황을 물어보았다. 아버지는 부재중이었다. 다음 날 다시 물어보니 이번에는 일이 있다고 거절했다. 그러고는 이쪽에서 연락할 때까지 오지 말라는 연락을 받았다. 다이스케는 명령에 따라 기다렸다. 그동안 형수나 형에게서는 아무 연락도 없었다. 다이스케는 처음에는 가족들이 자신에게 되도록 오래 반성과 다시 생각할 시간을 주기 위해 꾸민 책략이라고 짐작하고 잠자코 기다렸다. 세끼 식사도 맛있게 먹었다. 밤에도 비교적 편안한 꿈을 꿨다. 비가 내리지 않을 때는 가도노를 데리고 한두 번 산책을 나가기도 했다. 그러나 본가에서는 심부름꾼도 편지도 오지 않았다. 다이스케로서는 절벽을 오르는 도중에 쉬는 시간이 너무 길어지자 마음이 편치 않았다. 결국 눈 딱 감고 아오야마에 가보기로 마음을 먹었다. 형은 역시나 부재중이었다. 형수는 다이스케를 보자 딱하다는 표정을 지었다. 하지만 그 일에 대해서는 아무 말도 하지 않았다. 다이스케의 용건을 묻더니 그럼 잠깐 안으로 들어가 아버님께 상황을 여쭤보고 오겠다며 일어섰다. 우메코의 태도는 아버지의 분노로부터 다이스케를 감싸려는 것도 같았다. 또는 그를 소외시키려는 것처럼도 보였다. 다이스케는 과연 어느 쪽일지를 고민하며 기다리고 있었다. 기다리면서도 오늘 일은 어차피 각오한 일이라고 몇 번이나 되뇌었다.

우메코가 돌아오기까지는 상당한 시간이 걸렸다. 다이스케를 보자 다시 딱하다는 표정으로, 오늘은 몸이 좋지 않으시다는군요, 라고 말했다. 다이스케는 할 수 없이 그러면 언제 오는 것이 좋을지 물었다. 전과 같은 활기는 사라지고 맥없는 말투였다. 우메코는 다이스케의 모습에 동정 어린 말투로 이삼일 내에 자신이 반드시 책임을 지고 적당한 날짜와 시간을 알려줄 테니 오늘은 돌아가라고 했다. 다이스케가 현관을 나설 때 우메코가 일부러 따라 나오며 주의를 주었다.

"이번에야말로 잘 생각해보고 오세요."

다이스케는 대답도 하지 않고 문을 나섰다.

집에 돌아오는 길에도 치밀어 오르는 분노를 참을 수 없었다. 미치요를 만난 이후로 누려왔던 마음의 평화가 아버지와 형수의 태도 때문에 점차 무너지고 있다는 생각이 갈수록 더해갔다. 아버지에게 자신의 생각을 밝히고 아버지는 당신의 생각을 숨김없이 자신에게 털어놓는다. 그로 인해 충돌하고, 충돌의 결과가 어떤 것이라 할지라도 미련 없이 받아들이겠다. 이것이 다이스케가 예상한 바였다. 그러나 아버지가 이렇게 나오리라고는 예상하지 못했다. 그러한 아버지의 태도는 자신의 인격을 드러내고 있는 만큼 다이스케를 더욱 불쾌하게 만들었다.

다이스케는 걸어가면서 왜 괴로울 게 뻔한데도 아버지와의 대면을 그렇게까지 서둘렀는지 생각해보았다. 본래는 아버지의 요구에 자신의 결정을 이야기하기 위해 마련된 자리인 만큼 오히려 대답을 기다리는 입장인 아버지가 더 답답해야 할 것이다. 그런데 아버지가 일부러 자신을 피하는 듯 만남을 늦추면 결국 자신의 문제를 해결할 시간이 늦어지는 결과를 초래할 뿐이다. 다이스케는 자신의 미래에 관한 중요한 부분에 대해 이미 결정을 내렸다. 그는 아버지가 날짜를 정해서 부를 때까지는 아버지와의 담판은 그대로 내버려두기로 결심했다.

그는 집으로 돌아왔다. 아버지를 떠올릴 때면 어둑어둑한 불쾌한 그림자가 뇌리에 떠올랐다. 그러나 그 그림자는 가까운 장래에 반드시 어둠이 더욱 짙어질 성질의 것이었다. 그 밖에는 눈앞에 펼쳐질 운명의 두 갈래 조류를 발견했다. 하나는 미치요와 자신이 이제부터 흘러갈 방향을 가리키고 있었다. 다른 하나는 히라오카와 자신이 휩쓸리게 될 처참한 격류를 가리키고 있었다. 다이스케는 지난번 미치요를 만난 후 둘 사이의 문제는 그냥 내버려두었다. 오랫동안 떨어져 있을 생각은 없으니 앞으로 미치요와 만나게 되겠지만 두 사람은 당분간 현재 상태를 유지할 생각이었다. 이 점에 대해 다이스케는 분명한 계획이 있는 것이 아니었다. 히라오카와 자신에게 밀어닥칠 장래에 대해서도 다이스케는 다만 언제 무슨 일이 일어나더라도 대처할 준비가 되어 있을 뿐이었다. 물론 그는 기회를 봐서 적극적으로 행동하려는 마음의 준비는 하고 있었다. 그러나 구체적인 계획은 전혀 없었다. 어떤 경우라도 그는 모든 것을 히라오카에게 털어놓겠다는 결심만은 확고했다. 따라서 히라오카와 자신이 맞닥뜨려야 할 운명의 흐름은 검고 무서운 것일 수밖에 없었다. 그저 걱정스러운 것은 그 무서운 폭풍 속에서 어떻게 미치요를 구해낼 수 있는가 하는 문제였다.

마지막으로 그의 주위를 둘러싸고 있는 모든 사람들이 포함된 사회에 대해 다이스케는 아직 생각을 정리하지 못했다. 사실상 사회는 제재를 가할 권리가 있었다. 그러나 동기나 행위의 권리는 전적으로 선천적으로 타고난다고 믿었다. 그는 그 점에서 사회와 자신은 아무런 상관이 없다고 생각하고 행동할 작정이었다.

다이스케는 그의 작은 세상 중심에 서서 그의 세계를 그렇게 보고 비례관계를 머릿속으로 검토해보고 중얼거리고 다시 집을 나섰다.

"이 정도면 됐어."

그러고 나서 1, 2백 미터쯤 걷다가 인력거 대기소에서 깨끗하고 날

렵해 보이는 인력거를 골라 올라탔다. 어디로 가겠다는 목적지도 없이 적당한 동네 이름을 말하고는 두 시간 정도 돌아다니다가 돌아왔다.

다음 날도 서재에서 전날과 마찬가지로 한동안 자기 세상의 중심에 서서 전후좌우를 우선 빈틈없이 둘러보았다.

"좋아."

다이스케는 이렇게 말하고 집을 나서 용건도 없이 이번에는 발길 닿는 대로 거닐다가 돌아왔다.

사흘째도 같은 행동을 반복했다. 하지만 이번에는 집을 나서자마자 곧장 에도가와를 건너 미치요를 찾아갔다. 미치요는 두 사람 사이에 마치 아무 일도 없었다는 듯이 물었다.

"왜 그 뒤로 오시지 않았어요?"

다이스케는 그녀의 차분한 태도에 오히려 놀랐다. 미치요는 히라오카의 책상 앞에 놓인 방석을 다이스케 앞으로 내밀어 억지로 그 위에 앉혔다.

"왜 그렇게 안절부절못하세요?"

한 시간쯤 이야기를 나누자 다이스케의 머리는 점차 평온해졌다. 인력거를 타고 하릴없이 돌아다니느니 단 30분만이라도 진작 여기로 놀러 올 걸 그랬다는 생각이 들었다. 돌아올 때 다이스케는 미치요를 위로하듯 말했다.

"다시 오죠. 괜찮으니까 안심하고 있어요."

미치요는 미소를 지을 뿐이었다.

그날 저녁에서야 비로소 아버지로부터 연락을 받았다. 그때 다이스케는 할멈의 시중을 받으며 밥을 먹고 있었다. 밥그릇을 상 위에 놓고 가도노로부터 편지를 받아 읽어보니 내일 아침 몇 시까지 오라는 내용이었다.

"공문서 같군."

이렇게 말하며 엽서를 일부러 가도노에게 보였다.

"본가에서 온 겁니까?"

주의 깊게 살펴보았지만 달리 할 말이 없는지 엽서를 뒤집었다.

"뭐라고 할까요. 역시 훌륭하시군요. 옛날 분들의 필체는……"

겉치레의 말을 남기고 나갔다. 할멈은 아까부터 달력에 관한 이야기를 늘어놓고 있었다. 십이지의 임신(壬申)이다, 8월 초하루다, 장례식을 꺼리는 날이다, 손톱 자르는 날이다, 공사에 적합한 날이다 하는 아주 성가신 내용이었다. 다이스케는 건성으로 듣고 있었다. 할멈은 또 가도노의 일자리를 부탁했다. 월급이 5엔 정도라도 괜찮으니 어디든 취직을 시켜달라는 부탁이었다. 다이스케는 자신이 어떤 대답을 했는지 기억이 나지 않을 정도로 귀에 들어오지 않았다. 다만 속으로는 가도노는커녕 자신이 위태로울 정도라고 생각했다.

식사를 마치자마자 혼고에서 데라오가 찾아왔다. 다이스케는 가도노의 얼굴을 바라보며 잠시 생각에 잠겼다.

"거절할까요?"

가도노가 아무렇지도 않게 물었다.

다이스케는 그로서는 드물게 최근 어떤 모임에 한두 번 참석하지 않았다. 만나고 싶지 않은 손님도 두 번쯤 돌려보냈다.

다이스케는 큰맘 먹고 데라오를 만났다. 데라오는 여느 때처럼 벌게진 눈을 하고 무엇인가를 찾고 있었다. 다이스케는 그 모습을 보면서도 예전처럼 비웃을 기분이 안 났다. 번역이든 번안이든 살아 있는 동안은 무엇이든 할 각오가 되어 있는 데라오가 자신보다 더 사회적이라고 생각했다. 만약 자신이 추락하여 그와 같은 처지가 되면 과연 얼마나 일을 견딜 수 있을지 다이스케는 스스로가 가엾게 여겨졌다. 그리고 자신도 머지않아 그보다 더욱 궁한 처지가 될 것이 분명하다고 체념하고 있었기 때문에 그는 경멸의 시선으로 데라오를 맞을 수 없었다.

데라오는 지난번의 번역을 간신히 월말까지 끝냈는데 출판사의 형편이 나빠져서 출판이 가을로 미뤄졌다고 해서 당장 노동력을 돈으로 받을 수 없게 되었고 난처한 입장에 처하게 되어 찾아왔다고 했다. 그럼 계약도 하지 않고 일을 시작했냐고 물으니 절대 그런 것이 아니라고 한다. 출판사가 꼭 약속을 무시했다는 말도 아니었다. 즉 애매했다. 곤란한 것만은 사실인 듯했다. 하지만 그런 일에 익숙해져 있는 데라오는 도덕 문제로 불만스러워하는 것 같지는 않았다. 결례라거나 있을 수 없는 일이라거나 하는 것도 그저 말뿐으로 생각은 온통 밥과 고기에만 쏠려 있는 것처럼 보였다.

다이스케는 가엾은 생각이 들어서 당장 생활비에 보태 쓰라며 얼마간 보조를 해주었다. 데라오는 고맙다며 돌아갔다. 돌아가기 전에 사실은 출판사에서도 선불을 약간 받았는데 그건 이미 오래전에 써버렸다고 자백했다. 데라오가 돌아간 뒤에 다이스케는 저런 태도도 역시 일종의 인격이라고 생각했다. 이렇게 편하게 지내고 있다 해도 데라오처럼 되기는 결코 쉬운 일이 아니었다. 이른바 저런 인격을 필요로 하고 자연스럽게 배출할 정도로 지금의 문단은 비참한 상황에서 신음하고 있는 것이 아닌가 하는 생각이 들어 암담했다.

다이스케는 그날 밤 자신의 앞날이 무척 신경 쓰였다. 만약 아버지로부터 물질적인 도움을 받지 못하게 된다면 과연 제2의 데라오가 될 결심이 서 있는지 의심해보았다. 만약 펜을 쥐고 데라오의 흉내조차 낼 수 없다면 그는 당연히 굶어 죽을 수밖에 없다. 만약 펜을 잡지 않는다면 그는 과연 어떤 능력이 있는 것일까?

그는 눈을 뜨고 가끔 모기장 밖의 전등을 바라보았다. 한밤중에 성냥불을 그어 담배를 피워 물었다. 밤새 몇 번이나 뒤척였다. 원래 잠을 이루지 못할 정도로 무더운 밤은 아니었다. 비가 또 세차게 내리고 있었다. 다이스케는 그 빗소리를 들으며 잠이 드는가 싶었지만 다시 빗소리 때문에 갑자기 눈을 떴다. 자는 둥 마는 둥 하는 사이에 날이 밝았다.

정각에 다이스케는 집을 나섰다. 굽 높은 게다를 신고 우산을 들고 전차를 탔는데 한쪽 창문이 닫혀 있는 데다가 가죽 끈 손잡이를 붙들고 서 있는 사람이 많아서 얼마 지나자 속이 울렁거리고 머리가 무거워졌다. 잠이 부족한 탓이라고 생각하며 간신히 손을 뻗어 자기 뒤의 창문을 활짝 열었다. 비는 사정없이 옷깃과 모자로 몰아닥쳤다. 2, 3분 후에 옆 사람의 싫어하는 표정을 보고 다시 유리창 문을 닫았다. 바깥 유리창에는 튄 빗방울이 달라붙어 거리를 오가는 사람들이 일그러져 보였다. 다이스케는 고개를 틀어 밖을 내다보면서 몇 번이나 눈을 비볐다. 하지만 아무리 눈을 비벼도 세상의 모습이 달라진 것 같지는 않았다. 유리창 너머로 비스듬히 먼 곳을 볼 때는 더욱 그런 느낌이 들었다.

벤케이바시에서 갈아탄 후로는 사람도 줄어들고 빗발도 가늘어졌다. 편안하게 비에 젖은 세상을 바라볼 수 있었다. 하지만 기분이 상한 아버지의 갖가지 표정이 그의 머릿속을 자극했다. 상상의 대화까지 귓가에 생생하게 들렸다.

현관을 지나 안으로 들어가기 전에 평소처럼 일단 형수를 만났다.

"우울한 날씨네요."

형수는 상냥하게 차를 따라주었다. 하지만 다이스케는 차를 마시고 싶지 않았다.

"아버님이 기다리고 계시니 먼저 가서 말씀드리고 오겠습니다."

이렇게 말하며 일어섰다. 형수는 불안한 표정으로 말했다.

"도련님, 되도록 아버님께 걱정을 끼쳐드리지 마세요. 아버님도 앞으로 그리 오래 사시지는 못할 테니까요."

다이스케가 우메코의 입을 통해 그런 불길한 말을 듣는 것은 처음이었다. 갑자기 어두운 지하실로 떨어지는 듯한 느낌이 들었다.

아버지는 담배합을 앞에 둔 채 고개를 숙이고 있었다. 다이스케의 발소리를 듣고도 고개를 들지 않았다. 다이스케는 아버지 앞으로 가서 정중하게 고개를 숙였다. 틀림없이 언짢은 표정일 거라고 생각했는데 아버지는 의외로 온화한 표정으로 말했다.

"비도 오는데 오느라고 고생했다."

그제야 비로소 아버지의 볼이 어느새 훨씬 홀쭉해져 있는 것을 알아차렸다. 원래 살집이 있는 편이라 그런 변화가 다이스케에게는 유달리 두드러져 보였다. 다이스케는 자신도 모르게 물었다.

"무슨 일이라도 있었습니까?"

아버지는 친근한 기색을 살짝 보였을 뿐 다이스케의 걱정을 대수롭게 여기는 것 같지도 않았지만 몇 마디를 한 다음 말했다.

"나도 이제 나이를 많이 먹었으니까."

그 말투가 평소의 아버지와는 너무 달라서 다이스케는 그제야 조금 전에 형수가 한 말을 심각하게 받아들여야 할 것 같은 생각이 들었다.

아버지는 이제 나이 탓에 건강이 좋지 않아 머지않아 은퇴할 생각이라고 다이스케에게 털어놓았다. 그러나 지금은 러일전쟁 후고 상공업의 팽창으로 인한 반동으로 자신이 운영하고 있는 사업이 매우 어려운 상황에 처해 있어서 이 어려움을 극복한 후가 아니면 무책임하다는 비난을 피할 수 없기 때문에 당분간은 참을 수밖에 없다는 사정을 구체적으로 이야기했다. 다이스케는 아버지의 말이 지극히 합당하다고 생각했다.

아버지는 사업의 어려움과 위험성, 분주함, 그리고 그 때문에 생기는 당사자의 심적인 고통과 극도의 긴장감에 대해 설명했다. 마지막으로 지방의 대지주는 겉으로 보기에는 평범하지만 사실은 사업가들보다 훨씬 확고한 기반을 가지고 있다는 이야기를 했다. 그러고는 그런 논거로 재차 이번 혼담을 성사시키려고 애썼다.

"그런 친척이 한 집 정도 있으면 매우 든든할 것이다. 게다가 이런 경우에는 더욱 그렇지."

아버지가 말했다. 아버지답지 않게 지나치게 노골적인 정략결혼 제의에 새삼 놀랄 정도로 다이스케는 처음부터 아버지를 과대평가하고 있지 않았다. 마지막 대화에서 아버지가 지금까지 쓰고 있던 가면을 벗어던졌다는 것이 오히려 기뻤다. 그 자신도 그런 의미의 결혼을 자진해서 할 수도 있는 인간이라고 스스로 생각하고 있었다.

게다가 평소와 달리 아버지가 측은하게 느껴지기도 했다. 그 표정, 그 목소리, 다이스케의 마음을 움직이려는 노력 모든 것에서 노년의 가련함을 느낄 수 있었다. 다이스케는 그것마저도 아버지의 책략이라고는 생각지 않았다. 자신은 상관없으니 아버지가 좋을 대로 하라고 말하고 싶었다.

그러나 미치요와 마지막 이야기까지 마친 지금에 와서 당장 아버지에게 효도를 하기는 어려웠다. 그는 본래 태도가 불분명한 사람이다. 누구의 명령도 그대로 따른 적이 없는 대신 누구의 의견도 정면으로 저항한 적도 없다. 해석하기 따라서는 약삭빠르거나 줏대가 없는 사람으로도 보이는 방식이었다. 그 자신조차 이 두 비난 중 어떤 것을 들어도 그럴지도 모른다고 인정할 수밖에 없었다. 그러나 그 주된 원인은 약삭빨라서도 아니고 줏대가 없어서도 아니고 오히려 그가 융통성 있는 두 개의 눈을 갖고 있어 그 두 가지를 동시에 볼 수 있기 때문이었다. 그는 그런 능력 때문에 이제까지 한곳으로 돌진하는 용기가 꺾이곤 했다. 다가서지도 물러서지도 않은 채 현 상태에 못 박혀 있는 경우가 많았다. 그렇게 현상을 유지하려는 태도가 생각이 부족해서가 아니라 오히려 명백한 판단을 토대로 이루어졌다는 사실은 그가 평소에는 생각할 수조차 없는 태도로 그의 신념을 밀어붙일 때 비로소 그 자신도 처음으로 자각할 수 있었다. 미치요와의 관계가 바로 그 적절한 예였다.

그는 미치요에게 고백한 자신의 마음을 아버지 앞에서 백지로 돌려놓을 생각은 없었다. 그와 더불어 아버지에게는 진심으로 죄송하다는 생각이 들었다. 평소의 다이스케가 이런 경우에 어떤 태도를 취할지는 말하지 않아도 분명했다. 미치요와의 관계를 청산하는 불편을 피하면서 아버지에게 만족을 주기 위해 결혼을 승낙하는 것이 유일한 방법이었다. 다이스케는 그런 식으로 쌍방의 조화를 이루는 것이 가능했다. 어느 한 쪽에 치우치지 않고 중간에서 애매한 태도로 일관하기란 쉬웠다. 그러나 지금의 그는 평소의 그와는 달랐다. 이제 와서 울타리 밖으로 몸을 반만 내민 채 다른 사람과 악수를 하기에는 너무 늦었다. 그는 미치요에 대한 자신의 책임이 그만큼 깊고 무거운 것이라고 믿었다. 그 신념의 절반은 두뇌의 판단에 따른 것이다. 나머지 절반은 마음속의 동경에 따른 것이다. 그 두 가지가 커다란 파도처럼 그를 지배했다. 그는 평소의 자신과 전혀 다른 모습으로 아버지 앞에 섰다.

그는 평소의 다이스케처럼 되도록 말을 아끼고 있었다. 아버지로서는 평소의 다이스케와 다를 바가 없었다. 오히려 다이스케가 아버지의 달라진 모습에 놀랐다. 실은 지난번부터 몇 번이나 만나기를 거절당한 것도 자신이 아버지의 뜻을 거부할지도 모른다는 생각에 아버지가 일부러 미룬 것이라고 짐작하고 있었다. 오늘 만나면 틀림없이 역정을 낼 것을 각오하고 있었다. 어쩌면 호된 꾸지람을 들을지도 모른다고 생각하고 있었다. 다이스케는 오히려 아버지가 그러는 편이 편했다. 3분의 1쯤은 아버지의 분노에 대한 자신의 반발을 심리적으로 이용해서 확실히 거절하려는 속셈까지 있었다. 다이스케는 아버지의 모습, 말투, 생각 모든 것이 예상과 달라서 자신의 결심을 무디게 할 상황에 처한 것이 괴로웠다. 그러나 그는 그 괴로움조차 극복하기로 결심했다.

"아버님 말씀은 전부 옳습니다만 저는 아직 결혼을 받아들일 만한 용기가 없어서 거절하는 것 외에는 달리 방법이 없다고 생각합니다."

마침내 이렇게 말해버렸다. 그때 아버지는 다만 다이스케의 얼굴을 바라보았다. 조금 있다가 "용기가 필요하다는 말이냐?" 하고 말하면서 아버지는 손에 들고 있던 담뱃대를 다다미 위로 내던졌다. 다이스케는 말없이 무릎을 내려다보고 있었다.

"신붓감이 마음에 안 들더냐?"

아버지가 다시 물었다. 다이스케는 여전히 대답하지 않았다. 그는 지금까지 아버지에게 반의 반도 마음을 털어놓은 적이 없다. 덕분에 간신히 아버지와 원만한 관계를 유지할 수 있었다. 그러나 미치요에 관한 일만은 처음부터 숨길 생각이 없었다. 자신이 당연히 감수해야 할 결과를 책략을 써서 회피하는 비겁함이 싫었기 때문이다. 그는 다만 고백할 때가 아니라고 생각했다. 그래서 미치요의 이름을 입 밖에 내지 않았다.

"그럼 뭐든 네 멋대로 해라."

아버지는 마지막으로 이렇게 말하고 언짢은 표정을 지었다.

다이스케도 불쾌했다. 하지만 어쩔 도리가 없어서 인사를 하고 아버지 앞을 물러나려고 했다. 그때 아버지는 다이스케를 불러 세우더니 말했다.

"나도 이제 더 이상 너를 돌봐주지 않을 테니까."

응접실로 돌아오자 우메코가 기다렸다는 듯이 물었다.

"어떻게 됐어요?"

다이스케는 아무 대답도 할 수 없었다.

16

다음 날 잠이 깨고서도 다이스케의 귓가에는 아버지의 마지막 말이 맴돌고 있었다. 그는 앞뒤 상황을 고려할 때 그 의미를 평소보다 심각하게 받아들일 수밖에 없었다. 적어도 앞으로는 아버지의 물질적인 원조가 끊겼다고 각오할 필요가 있었다. 다이스케가 가장 두려워하는 순간이 다가오고 있었다. 아버지의 마음을 돌려놓으려면 이번 혼담은 거절하더라도 앞으로는 혼담을 거부해서는 안 될 것 같았다. 혼담을 거부한다면 아버지를 납득시킬 만한 명백한 이유를 밝혀야만 했다. 다이스케로서는 둘 중 어느 것도 불가능했다. 인생에 대한 자신의 철학과 본질적인 관계에 있는 문제에 대해 아버지를 속이는 것은 더욱 불가능했다. 다이스케는 어제의 대화를 돌이켜보며 모든 일이 순리대로 되었다고 생각할 수밖에 없었다. 그러나 두려웠다. 스스로 자신에게 가장 자연스러운 결과를 이끌어냈으면서도 그 결과의 무거운 짐을 등에 지고 높은 절벽 끝까지 밀려난 듯한 느낌이었다.

그는 일단 직업을 구해야 한다고 생각했다. 그러나 그의 머릿속에는 직업이라는 문자만 있을 뿐 직업 자체가 구체적인 형상이 되어 나타나지 않았다. 그는 지금껏 어떤 직업에도 흥미를 느껴본 적이 없었던 결과로, 어떤 직업을 떠올려봐도 그저 피상적으로 미끄러지듯 겉돌 뿐 파고들어 구체적으로 생각하기는 도저히 불가능했다. 그에게는 편평한 세상이 복잡한 여러 가지 색으로 나뉘어 있는 것처럼 보였다. 그러고는 그 자신은 어떤 색에도 속하지 않는다고 생각할 수밖에 없었다.

모든 직업을 두루 떠올려본 뒤 그는 유랑자에 생각이 미쳤다. 그는 분명히 자신의 모습을 개와 인간의 경계에서 구걸하는 거지들의 무리에서 발견했다. 생활의 타락은 정신의 자유를 빼앗는 점에서 그가 가장 고통스럽게 생각하는 바였다. 그는 자신의 육체에 온갖 더러운 색깔을 칠하고 난 뒤에 자신의 정신이 얼마나 타락할지 생각하고 진저리를 쳤다.

그렇게 타락한 상태에서 그는 미치요를 끌고 다녀야 한다. 미치요는 이미 정신적으로는 히라오카의 소유가 아니었다. 다이스케는 죽을 때까지 그녀를 책임질 생각이었다. 그러나 상당한 지위에 있는 사람의 불성실함과 극도로 영락한 사람의 친절은 결과적으로 별 차이가 없다는 생각이 불현듯 들었다. 죽을 때까지 미치요를 책임진다는 것은 책임질 목적이 있다는 것이지 그 생각만으로 결코 책임을 다했다고는 할 수 없다. 다이스케는 흑내장에 걸린 사람처럼 멍하니 넋을 잃고 있었다.

그는 다시 미치요를 찾아갔다. 미치요는 전날과 마찬가지로 침착하고 차분했다. 미소와 광채로 가득했다. 따뜻한 봄바람이 그녀의 눈썹을 간질였다. 다이스케는 미치요가 자신을 완전히 신뢰하고 있다는 것을 알 수 있었다. 그 증거를 눈앞에서 확인하자 그는 연민의 정과 가엾다는 생각 때문에 견딜 수 없었다. 그러고 나서 자신이 악당이라도 된 듯한 자책감이 들었다. 결국 생각했던 말은 한마디도 하지 못하고 말았다. 떠나면서 말했다.

"시간을 내서 우리 집에 와주지 않겠어요?"

미치요는, 네, 하고 고개를 끄덕이며 미소 지었다. 다이스케는 몸이 잘려나가는 듯한 괴로움을 느꼈다.

이전부터 다이스케는 미치요를 찾아갈 때마다 불쾌했지만 히라오카가 없는 틈을 택했다. 처음에는 그런 것을 대수롭지 않게 여겼지만 요즘에는 불쾌하다기보다는 오히려 찾아가기가 점점 거북스러워졌다. 게다가 히라오카가 없을 때만 찾아가면 하녀가 의심할지 모른다는 두려움도 있었다. 생각 탓인지 차를 내오면서 묘하게 의심하는 눈초리로 쳐다보는 것 같아 견딜 수 없었다. 하지만 미치요는 전혀 모르는 척하고 있었다. 적어도 겉으로는 태연했다.

물론 히라오카와의 사이를 자세히 물어볼 기회도 없었다. 이따금 한두 마디 슬며시 물어봐도 미치요는 대답하지 않았다. 그저 다이스케의 얼굴을 보는 그 순간의 기쁨에 빠져드는 것만이 자연스러운 것처럼 보였다. 앞뒤를 둘러싼 먹구름이 당장이라도 밀려들 것 같은 걱정을 마음속에서라면 몰라도 다이스케 앞에서는 그림자조차 드러내지 않았다. 미치요는 본래 예민한 여자였다. 최근 그녀의 태도는 도무지 평소의 그녀답지 않은 것을 생각하면, 미치요의 주변 사정이 아직 그 정도로 험악해지지 않았다는 증거라기보다는 자신의 책임이 더욱 무거워진 것이라고 해석하지 않을 수 없었다.

"할 이야기가 있으니 와주셨으면 합니다."

다이스케는 아까보다는 진지한 투로 말하고 미치요와 헤어졌다.

미치요가 찾아오기 전까지 이틀 동안 다이스케는 그 어떤 새로운 길도 찾아낼 수 없었다. 그의 머릿속에는 '직업'이라는 두 글자가 커다란 해서체로 각인되어 있었다. 그 생각을 물리치고 나면 '물질적인 공급의 두절'이 자꾸만 미쳐 날뛰었다. 그림자가 사라지면 미치요의 미래가 무시무시하게 날뛰었다. 그의 뇌리에는 불안한 회오리바람이 불었다. 그 세 가지가 소용돌이처럼 그의 머릿속에서 한순간도 쉴 새 없이 돌아갔다. 그러자 그의 주위도 전부 돌아가기 시작했다. 그는 배를 타고 있는 듯했다. 핑핑 도는 머리와 핑핑 도는 세상 속에서 차분히 자리를 지키고 있었다.

아오야마의 본가에서는 아무런 소식도 없었다. 다이스케는 물론 기대하지 않았다. 그는 가도노를 상대로 정신없는 잡담에 열중하려고 애썼다. 다이스케의 바람대로 가도노는 이 더위 속에서 자신의 몸조차 힘겨워할 정도로 일이 없는 사람이기 때문에 신이 나서 떠들어댔다. 그렇게 떠들다가 지치면 이렇게 묻기도 했다.

"선생님! 장기는 어떠세요?"

저녁에는 뜰에 물을 뿌렸다. 두 사람은 맨발로 물통을 하나씩 들고 여기저기 물을 뿌리고 다녔다. 가도노는 옆집 오동나무의 꼭대기까지 물을 뿌려 보이겠다면서 물통을 번쩍 올리는 찰나에 미끄러져 엉덩방아를 찧었다. 흰 분꽃이 울타리 옆에 꽃을 피웠다. 손 씻는 그릇의 그늘에서 자란 베고니아 잎이 어느새 많이 자라 있었다. 마침내 장마가 끝나고 낮은 뭉게구름의 세계가 되었다. 따가운 햇볕이 넓은 하늘을 남김없이 달궈서 하늘 가득한 열기가 지상을 볶는 듯한 날씨였다.

다이스케는 밤이 되면 머리 위의 별만 바라보았다. 아침은 서재에서 보냈다. 이삼일은 아침부터 매미 우는 소리가 들려왔다. 목욕탕에 가서 가끔 머리를 식혔다. 그러면 가도노가 기회를 엿보다가 들어와 말했다.

"정말 굉장한 더위네요."

다이스케는 이틀 동안 허공에 떠 있는 듯한 생활을 했다. 사흘째 되는 날 한낮에 그는 서재에서 뜨겁게 내리쬐는 하늘의 색을 바라보다가 문득 위에서 내리뿜는 불꽃 같은 열기를 느끼고 매우 두려워졌다. 그의 정신이 이 맹렬한 기후 때문에 영원히 변화하는 듯한 생각이 들었기 때문이다.

미치요는 이 더위를 무릅쓰고 전날의 약속을 지켰다. 다이스케는 그녀의 목소리가 들리자 직접 현관까지 달려 나갔다. 미치요는 양산을 접고 보퉁이를 안은 채 격자문 밖에 서 있었다. 평상복 차림으로 집을 나선 듯이 보였는데, 검소한 흰 유카타의 소맷자락에서 손수건을 꺼내려던 참이었다. 다이스케는 그 모습을 보자 심술궂은 운명이 미치요의 미래를 잘라내어 자신의 눈앞에 데려온 듯한 느낌이 들었다. 그래서 웃으면서 자신도 모르게 말했다.

"어디로 도망이라도 가는 듯한 차림이신데요."

"그렇지만 장을 보러 나올 때가 아니면 들르기 어려우니까요."

진지하게 대답하고는 다이스케의 뒤를 따라 안으로 들어왔다. 다이스케는 바로 부채를 꺼내 주었다. 뙤약볕 탓에 미치요의 뺨은 기분 좋게 달아올라 있었다. 피곤한 기색은 어디에도 보이지 않았다. 눈 역시 광택이 가득했다. 다이스케는 생기 넘치는 아름다움에 자신의 감각을 도취시켜 한동안 모든 것을 잊어버렸다. 하지만 이윽고 그는 이 아름다움을 부지불식간에 무너뜨리려는 것이 자신이라는 생각에 슬퍼졌다. 그는 오늘도 이 아름다움의 일부를 흐리게 하기 위해 미치요를 부른 것이나 다름없었다.

다이스케는 몇 번이나 자신의 결심을 말하려다가 망설였다. 자기 앞에서 이토록 행복해하는 젊은 여인에게 걱정 때문에 눈썹 한 올이라도 움직이게 하는 것은 다이스케로서는 매우 부도덕한 일이었다. 만약 미치요에 대한 의무를 그의 가슴속에 절실히 느끼지 않았다면 그는 그 후의 사정을 털어놓는 대신 지난번에 한 고백을 되풀이하여 단순한 사랑의 쾌감 아래 내버려두고 말았을지도 모른다.

다이스케는 마침내 결심했다.

"그 후 당신과 히라오카의 관계는 특별히 달라진 건 없습니까?"

미치요는 그런 질문을 받은 순간에도 여전히 행복해 보였다.

"있다고 해도 상관없어요."

"당신은 그토록 나를 믿고 있는 겁니까?"

"믿지 못한다면 이렇게 있을 수 없지 않겠어요?"

다이스케는 눈이 부신 듯 뜨거운 거울 같은 먼 하늘을 바라보았다.

"나는 그 정도로 신뢰를 받을 만한 자격이 없는 것 같군요."

쓴웃음을 지으며 대답했지만 머릿속은 화로처럼 후끈 달아올랐다. 그러나 미치요는 그 말을 염두에도 두지 않는 듯 이유를 묻지 않았다.

"그런가요?"

그저 꾸며낸 듯 놀란 체했을 뿐이었다. 다이스케는 진지해졌다.

"고백하자면 사실 나는 히라오카보다도 믿음직한 사람이 못 되오. 날 과대평가하면 곤란해 모두 말해버리는 것이오."

이렇게 말을 꺼내고 자신과 아버지의 지금까지의 관계를 자세히 말했다.

"나 자신은 앞으로 어떻게 될지 모르겠소. 적어도 당분간 한 사람 몫을 하지 못할 것이오. 아니 반 사람의 몫도 하지 못할 듯하오. 그래서……"

다이스케는 말끝을 흐렸다.

"그래서 어떻게 하실 작정인가요?"

"그래서 생각대로 당신에 대한 책임을 다하지 못할까 봐 걱정하고 있소."

"책임이라니 어떤 책임 말인가요? 좀 더 분명히 말씀해주셔야 알 것 같아요."

다이스케는 평소에 물질적인 면을 중요시했기 때문에 가난한 생활은 사랑하는 사람을 만족시킬 수 없다는 것만을 알고 있었다. 그래서 부유함이 미치요에 대한 책임의 일부라고 생각했을 뿐 그 밖에는 어떤 명확한 생각도 갖고 있지 않았다.

"도덕적인 책임이 아니라 물질적인 책임을 말하는 것이오."

"그런 건 원하지도 않아요."

"원하지 않는다고 해도 반드시 필요해질 것이오. 이제부터 나와 당신이 어떤 새로운 관계를 맺게 된다고 해도 물질이 그 해결책의 절반은 차지할 것이오."

"해결책이고 뭐고 이제 와서 그런 걸 생각해봤자 달리 방법이 없잖아요."

"입으로야 그렇게 말할 수 있지만 그런 경우가 되면 괴로울 것이 눈에 선하오."

미치요의 안색이 조금 변했다.

"지금 부친에 관한 이야기를 들어보니 처음부터 이렇게 될 줄 예상하고 있었던 것 아닌가요? 당신도 그 정도는 진작 알고 있었으리라 생각해요."

다이스케는 대답할 수가 없었다. 머리를 감싸 쥐며 혼잣말처럼 중얼거렸다.

"머리가 좀 이상하게 된 모양이야."

미치요는 눈물을 글썽거렸다.

"만약 그게 걱정이 된다면 저는 아무래도 좋으니까 아버님과 화해를 해서 지금까지처럼 관계를 유지하면 되잖아요."

다이스케는 갑자기 미치요의 손목을 움켜잡고 흔들면서 힘주어 말했다.

"그렇게 할 생각이었다면 처음부터 걱정하지도 않았어요. 다만 가엾다는 생각이 들어 당신에게 사과하는 것이오."

"사과라니요?"

미치요는 떨리는 목소리로 말을 가로막았다.

"저 때문에 그렇게 되었는데 당신이 사과를 하시다니요? 그렇게 말씀하시면 오히려 제가 죄송하잖아요."

미치요는 소리 내어 울었다. 다이스케는 달래듯이 물었다.

"그럼 참을 수 있겠어요?"

"참는 게 아니에요. 당연한 일인걸요."

"앞으로 많은 것이 달라질 것이오."

"알고 있어요. 그렇더라도 상관없어요. 저는 지난번부터…… 지난번부터, 만약 무슨 일이 생기면 죽을 각오까지 하고 있으니까요."

다이스케는 전율이라도 하듯 몸을 떨었다.

"앞으로 어떻게 하면 좋겠다는 바람은 없어요?"

다이스케가 물었다.

"바람 따위는 없어요. 뭐든 당신 뜻에 따르겠어요."

"떠돌아도……"

"떠돌이도 좋아요. 죽으라고 말씀하시면 죽겠어요."

다이스케는 다시 온몸이 떨렸다.

"지금 이대로는?"

"이대로도 괜찮아요."

"히라오카는 전혀 눈치채지 못한 것 같습니까?"

"알아챘는지도 몰라요. 하지만 제 마음은 이미 정해졌으니까 괜찮
아요. 언제 죽임을 당한다 하더라도 상관없어요."

"죽겠다거나 죽임을 당한다거나 하는 말을 쉽게 해서는 안 돼요."

"하지만 그냥 내버려둬도 오래 살 수 있는 몸이 아니잖아요?"

다이스케는 굳은 표정으로 얼어붙은 듯 미치요를 응시했다. 미치요
는 발작하듯 소리 내어 실컷 울었다.

한참 지나자 발작은 점점 가라앉았다. 그러고는 평소처럼 얌전하고
차분하며 깊이 있는 아름다운 여인으로 돌아왔다. 눈썹 부근이 유난
히 맑아 보였다. 그때 다이스케가 물었다.

"내가 직접 히라오카를 만나 해결해도 괜찮겠습니까?"

"그렇게 할 수 있으시겠어요?"

미치요는 놀란 듯했다.

"그렇게 할 겁니다."

다이스케가 분명하게 대답했다.

"그럼 그렇게 하세요."

미치요가 말했다.

"그렇게 합시다. 우리 둘이 히라오카를 속이는 것은 옳지 않아요. 물론 사실을 충분히 납득할 수 있도록 이야기를 할 뿐이겠지만. 그리고 내가 잘못한 부분은 분명히 사과할 각오요. 그 결과는 내가 생각하는 대로 되지 않을지도 몰라요. 그러나 아무리 일이 잘못되더라도 그런 터무니없는 일이 일어나지는 않도록 할 생각입니다. 이렇게 어중간하게 있어서야 서로 고통스럽기도 하고 히라오카에게 미안하기도 하니까요. 다만 내가 결단을 내려 그렇게 하면 히라오카에 대한 당신의 입장이 난처해질 게 뻔합니다. 그 점이 마음에 걸리지만 난처하기는 나 역시 마찬가지요. 자신이 한 일에 대해서는 아무리 난처해진다고 하더라도 도의적인 책임을 지는 것이 당연하다면 다른 이득이 없더라도 우리 사이에 있었던 일만은 히라오카에게 말해주어야 한다고 생각하고 있소. 게다가 지금 같은 경우에는 앞으로 취해야 할 태도를 결정짓기 위한 중요한 고백이니까 더욱 그렇게 해야 한다고 생각합니다."

"잘 알겠어요…… 어차피 일이 잘못되면 죽을 작정이니까요."

"죽다니요…… 설사 죽는다 해도 그건 지금 당장 생각해야 할 일이 아닙니다…… 또 그렇게 위험할 정도면, 뭣 때문에 제가 자진해서 히라오카에게 이런 이야기를 하겠습니까?"

미치요는 다시 울기 시작했다.

"진심으로 사과하겠습니다."

다이스케는 해가 지기를 기다려 미치요를 돌려보냈다. 하지만 지난번처럼 바래다주지는 않았다. 한 시간쯤 서재에서 매미 소리를 들으며 보냈다. 미치요를 만나 자신의 미래를 털어놓으니 후련해졌다. 히라오카에게 편지를 써서 만날 수 있는지를 물어보려고 펜을 들었지만 갑자기 책임감에 짓눌려서 마음이 무거워 첫 구절만 쓴 채 더 이상 쓸 용기가 나지 않았다. 갑자기 셔츠 한 장을 걸치고 맨발로 뜰로 뛰어나갔다.

"아직 이르지 않을까요? 햇살이 비추고 있는데요."

미치요가 돌아갈 때는 정신 없이 낮잠을 자던 가도노가 이렇게 말하며 까까머리를 양손으로 누르며 툇마루에 나타났다. 다이스케는 대꾸도 하지 않고 뜰 한구석으로 들어가 떨어진 대나무 잎을 한쪽으로 쓸어냈다. 가도노도 하는 수 없이 옷을 벗고 내려왔다.

좁은 뜰이지만 흙이 말라서 물을 흠뻑 뿌리려면 꽤 힘이 들었다. 다이스케는 팔이 아프다며 대충 하고 발을 닦고 올라왔다. 담배를 피우며 툇마루에서 쉬고 있는데 가도노가 그 모습을 보고 놀렸다.

"선생님! 심장 고동이 조금 이상해지지 않았나요?"

밤에는 가도노를 데리고 가구라자카의 엔니치(緣日)[1] 장에 갔다가 가을 풀(秋草)을 심은 화분 두세 개를 사가지고 와 이슬이 내리는 처마 밖에 늘어놓았다. 밤은 깊어졌고 하늘은 높았다. 별빛은 선명하게 끊임없이 반짝이고 있었다.

다이스케는 그날 밤 일부러 덧문을 닫지 않고 잠들었다. 그의 머릿속에는 문단속을 하지 않은 데서 오는 두려움은 전혀 없었다. 그는 전등을 끄고 모기장 속에서 홀로 뒹굴며 깜깜한 어둠 속에서 어두운 하늘을 바라보았다. 머릿속에는 낮에 있었던 일이 선명하게 떠올랐다. 이제 이삼일 후면 모든 일이 해결된다고 생각하자 몇 번이나 가슴이 두근거렸다. 그러나 그러는 동안 저도 모르게 원대한 하늘과 원대한 꿈속으로 흡수되었다.

1 신불(神佛)을 공양하고 재를 올리는 날.

다음 날 아침 그는 결심하고 히라오카에게 편지를 보냈다. 둘이서 할 이야기가 있으니 자네의 형편을 알려달라. 나는 언제라도 좋다. 이렇게 썼을 뿐이지만 그는 일부러 봉투에 넣었다. 봉투에 풀을 칠하고 빨간 우표를 붙였을 때는 마침내 클라이시스[2]에서 증권을 매입한 듯한 느낌이 들었다. 그는 가도노에게 그 운명의 편지를 우체통에 넣고 오라고 시켰다. 건넬 때는 손끝이 조금 떨렸지만 건넨 후에는 도리어 망연자실해졌다. 3년 전에 미치요와 히라오카의 결혼을 주선하려고 중간에서 애썼던 일이 마치 꿈만 같았다.

다음 날은 히라오카의 답장을 마음속으로 기다리며 지냈다. 그 다음 날도 답장이 올 것 같아 하루 종일 집에 있었다. 사흘, 나흘이 흘렀다. 그러나 히라오카에게서는 아무런 연락도 없었다. 그러는 동안 생활비를 받으러 아오야마에 가는 날이 되었다. 다이스케의 수중에는 돈이 거의 없었다. 다이스케는 며칠 전에 아버지를 만난 후로 이제 본가에서 생활비를 받지 못할 것을 각오하고 있었다. 이제 와 태연한 얼굴로 어슬렁거리며 돈을 받으러 갈 생각은 전혀 없었다. 두 달이나 석달 정도는 책이나 옷가지를 팔면 어떻게든 될 거라고 하찮게 보고 침착하게 있었다. 일이 해결되는 대로 천천히 직장을 찾아보겠다는 분별도 있었다. 그는 평소 사람들이 입버릇처럼 말하는 인간은 쉽게 굶어 죽지 않는다, 어떻게든 살아가게 마련이다 등의 반쯤 속담에 가까운 진리를 경험하기 전부터 믿고 있었다.

닷새째 되던 날 더위를 무릅쓰고 전차를 타고 히라오카의 회사에 가보고서야 히라오카가 이삼일 전부터 출근하지 않는다는 것을 알게

---

2 클라이시스(crisis). 위기. 붉은 우표를 증서에 붙였다는 비유. 위기를 피할 수 없는 상태가 되었다는 자각을 이렇게 표현한 것이다.

되었다. 다이스케는 밖으로 나와 더러운 편집국의 창문을 올려다보며 찾아오기 전에 먼저 전화로 물어볼 걸 그랬다고 생각했다. 지난번에 보낸 편지가 과연 히라오카의 손에 전해졌는지조차도 의심스러워졌다. 다이스케는 일부러 신문사로 편지를 보냈던 것이다. 돌아오는 길에 간다에 들러 단골 헌책방 주인에게 필요 없는 책을 팔고 싶으니 보러 와달라고 부탁했다.

그날 밤은 물을 뿌릴 의욕도 나지 않아 흰 망사 셔츠를 입은 가도노를 멍하니 바라보고만 있었다.

"선생님! 오늘은 좀 피곤하신가 보네요."

가도노가 양동이를 부딪쳐 소리를 내며 말했다. 다이스케의 가슴은 불안에 짓눌려 분명한 대답도 나오지 않았다. 저녁식사 때 입맛도 전혀 없었다. 그냥 훌훌 마시듯 삼키고 젓가락을 놓았다. 가도노를 불러 부탁했다.

"자네 지금 히라오카의 집에 가서 지난번 보낸 편지는 받았는지, 받았다면 답을 듣고 싶다고 말씀드리고 그 대답을 받아 오게."

이렇게 말하고도 못 알아들을까 걱정이 되어 지난번에 이러이러한 편지를 신문사에 보냈다는 설명까지 했다.

가도노를 보낸 뒤에 다이스케는 툇마루로 나가 의자에 앉았다. 가도노가 돌아왔을 즈음에는 불을 끄고 어둠 속에 가만히 앉아 있었다. 가도노가 어두운 곳에서 말했다.

"다녀왔습니다."

"히라오카 씨는 집에 계셨습니다. 편지는 보셨다고 합니다. 내일 아침에 오시겠다고 하십니다."

"그래? 수고했네."

다이스케가 대답했다.

"실은 벌써 오시려고 했는데 집안에 병자가 생겨 늦어졌으니 이해해달라고 하시더군요."

"병자?"

다이스케는 자기도 모르게 되물었다. 가도노는 어둠 속에서 대답했다.

"네, 부인께서 몸이 좋지 않으신 것 같았습니다."

가도노가 입고 있는 흰색 유카타만이 어렴풋이 다이스케의 눈에 들어왔다. 달빛은 두 사람의 얼굴을 비추기에는 너무 불충분했다. 다이스케는 앉아 있는 등나무 의자의 팔걸이를 양손으로 쥐었다.

"병세가 심하다던가?"

다이스케가 큰 소리로 물었다.

"글쎄요. 잘 모르겠습니다만 아무래도 그리 가벼운 것 같지는 않았습니다. 하지만 히라오카 씨가 내일 오실 수 있다고 하시니 심하지는 않은 모양입니다."

다이스케는 조금 마음이 놓였다.

"무슨 병이라고 하던가?"

"그만 거기까지는 물어보지 못했습니다."

두 사람의 대화는 그걸로 끝났다. 가도노는 어두운 복도로 돌아가서 자기 방으로 들어갔다. 가만히 듣고 있자니 얼마 있어 전등 갓이향로 뚜껑에 부딪치는 소리가 들렸다. 가도노가 불을 켠 것 같았다.

다이스케는 여전히 어둠 속에서 가만히 앉아 있었다. 가슴이 두근거렸다. 쥐고 있는 팔걸이에 손에서 배어 나온 기름이 스며들었다. 다이스케는 다시 손뼉을 쳐서 가도노를 불렀다. 가도노의 어렴풋한 하얀 옷이 다시 복도 끝에 나타났다.

"아직 불을 켜지 않으셨군요. 전등을 켤까요?"

가도노가 물었다. 다이스케는 전등을 켜지 말라고 하고 다시 한번 미치요의 병세에 관해 물었다. 간호사는 있었는지, 히라오카의 모습은 어땠는지, 신문사를 쉰 것은 아내의 병 때문이었는지 어떤지 하는 점까지 궁금한 것은 전부 물어보았다. 그러나 가도노는 결국 같은 대답만 되풀이할 뿐이었다. 그렇지 않으면 어림짐작한 대답뿐이었다. 그래도 다이스케는 혼자서 잠자코 있는 것보다는 견디기 쉬웠다.

잠들기 전에 가도노가 야간용 편지통[3]에서 편지 한 통을 꺼내왔다. 다이스케는 어둠 속에서 그걸 받아 든 채 별로 읽어보려고도 하지 않았다.

"본가에서 온 것 같습니다. 램프를 서재로 가져올까요?"

재촉이라도 하듯 말했다.

다이스케는 그제야 서재에 램프를 가져오라고 시켜 그 아래에서 봉투를 뜯었다. 편지는 우메코가 보낸 것으로 꽤 긴 내용이었다.

지난번부터 혼담 문제로 도련님도 꽤 괴로우셨겠지요. 아버님을 비롯해서 형님, 그리고 저 역시 걱정을 많이 했습니다. 그런데 그런 보람도 없이 지난번 오셨을 때 결국 아버님께 단호히 거절하는 뜻을 밝히셔서 무척 유감스러웠지만 이제는 체념하고 있습니다. 그런데 그때 아버님께서 앞으로 상관하지 않을 테니 그런 줄 알라고 하시면서 화를 내셨다는 사실을 나중에야 알게 되었습니다. 그 후로 도련님이 본가에 오시지 않은 것도

---

3 밤중에 배달되는 편지를 받기 위한 특별한 편지통. 메이지 시대에는 이런 편지함이 존재했다.

그 때문이 아닌가 생각합니다. 매달 생활비를 드리는 날에는 오실까 기대했습니다만 역시 오시지 않아 걱정했습니다. 아버님께서는 그냥 내버려 두라고 말씀하십니다. 형님은 워낙 태평한 사람이라 곤란해지면 조만간 오겠지, 그때 아버님께 용서를 빌게 하는 편이 좋겠군, 만약 안 오면 직접 가서 잘 타일러보겠다고 하더군요. 어쨌거나 혼담은 세 사람 모두 단념하고 있으니까 그 문제로 귀찮게 하는 일은 없을 겁니다. 물론 아버님은 아직 화가 나 계신 듯합니다. 제 생각에는 당분간 예전처럼 되는 것은 어려울 것 같습니다. 그런 생각을 하면 도련님이 안 오시는 편이 오히려 도련님에게는 좋을지도 모르겠습니다. 다만 걱정스러운 것은 매달 드리는 생활비 문제입니다. 도련님의 성격상 갑자기 돈을 벌 수 있으리라는 생각은 들지 않아서 당장 어려움을 겪을 것이 눈에 보이는 듯해 걱정이 되어 견딜 수가 없습니다. 그래서 제가 적당히 생활비를 마련하여 보내드리니 받으시고 다음 달까지 어떻게든 견뎌보세요. 그러다 보면 아버님도 화가 풀리시겠지요. 또 형님에게도 그렇게 말씀드리라고 할 생각입니다. 저도 기회를 봐서 용서를 빌어드릴게요. 그때까지는 지금처럼 가만히 계시는 편이 좋을 듯합니다……

이 뒤로도 길게 이어졌지만 여자가 쓴 것이라 대개는 되풀이되는 것에 불과했다. 다이스케는 안에 있는 수표를 꺼내고 편지만 다시 한 번 읽어본 뒤 원래대로 정성스럽게 말아 넣으며 새삼스럽게 말없이 감사를 표했다. '우메코로부터'라고 쓴 글씨는 오히려 서툴렀다. 구어체로 편지를 쓴 것은 일찍이 다이스케가 권했기 때문이다.

다이스케는 전등 앞에 놓인 봉투를 더 뚫어지게 쳐다보았다. 수명이 다시 한 달 연장되었다. 조만간 새로운 모습으로 변신해야 할 다이스케로서는 형수의 뜻이 고맙기는 했지만 오히려 해가 될 뿐이었다. 다만 히라오카와 이야기를 끝내기 전에는 빵을 위해 일할 생각이 없었기 때문에 형수의 선물이 당장의 양식으로써 그에게는 각별히 귀한 것이었다.

그날 밤도 모기장에 들어가기 전에 전등을 껐다. 가도노가 덧문을 닫으러 왔기 때문에 뭐라 하지도 못하고 그냥 내버려두었다. 유리문이라서 문 너머로도 하늘이 보였다. 다만 어젯밤보다는 어두웠다. 흐려서인가 해서 일부러 툇마루까지 나와 처마를 올려다보니 반짝이는 것들이 선을 그으며 비스듬히 하늘을 흘러갔다. 다이스케는 다시 모기장을 걷고 들어갔다. 잠이 오지 않아 탁탁 부채질을 했다.

집안일은 그렇게까지 걱정되지 않았다. 직장도 될 대로 되라는 식의 배짱이 생겼다. 오직 미치요의 병, 그 원인과 결과가 몹시 다이스케를 괴롭혔다. 그러고는 히라오카와 만나는 장면도 여러 가지로 상상해보았다. 그것도 그의 머릿속을 적잖이 자극했다. 히라오카는 내일 아침 9시쯤 너무 더워지기 전에 오겠다고 알려왔다. 다이스케는 원래 히라오카에게 어떤 식으로 이야기를 꺼낼까 하는 형식적인 문구를 생각해두는 사람이 아니었다. 이야기할 내용은 처음부터 정해져 있고 이야기할 순서는 그때 상황을 따르면 되는 것이므로 조금도 걱정하지 않았지만 다만 되도록 평온하게 자신의 뜻을 상대에게 이해시키고 싶었다. 그래서 과도한 흥분을 삼가고 하룻밤을 안정되게 보내고 싶었다. 되도록 푹 자려고 마음먹고 눈을 감았지만 공교롭게 눈이 말똥말똥해져 어젯밤보다 더욱 잠들기 어려웠다. 그러는 동안 여름밤이 밝아오기 시작했다. 다이스케는 참을 수 없어서 벌떡 일어섰다. 맨발로 뜰로 뛰어 내려가 차가운 이슬을 마음껏 밟았다. 그러고는 다시 툇마루의 등나무 의자에 기대 해가 뜨기를 기다리다가 꾸벅꾸벅 졸았다.

가도노가 졸린 눈을 비비며 덧문을 열러 나왔을 때, 다이스케는 깜짝 놀라 잠에서 깼다. 세상의 절반은 이미 붉은 태양빛을 받고 있었다.

"굉장히 일찍 일어나셨군요."

가도노가 깜짝 놀라 말했다. 다이스케는 곧 목욕탕으로 가서 물을 끼얹었다. 아침은 거르고 홍차 한 잔만 마셨다. 신문을 펼쳤지만 무슨 내용인지 하나도 눈에 들어오지 않았다. 읽을수록 읽은 내용이 서로 뒤엉켰다가 사라졌다. 시곗바늘에만 온 신경이 쓰였다. 히라오카가 오려면 아직 두 시간이나 남았다. 다이스케는 그동안 어떻게 보낼까 생각했다. 가만히 기다리고 있을 수는 없었다. 하지만 아무 일도 손에 잡히지 않았다. 적어도 그 두 시간 동안만이라도 잠들었다가 눈을 떠 보면 자기 앞에 히라오카가 와 있기를 바랐다.

결국 뭔가 일거리를 생각해보려고 했다. 문득 책상 위에 놓인 우메코의 편지 봉투가 눈에 띄었다. 다이스케는 바로 이것이라는 생각에 간신히 책상 앞에 앉아 형수에게 감사 편지를 썼다. 되도록 정중하게 쓰려고 했는데, 봉투에 편지를 넣고 수신인의 주소와 이름까지 다 적고 나서 시계를 보니 겨우 15분이 지나 있었다. 다이스케는 자리에 앉은 채 초조한 눈으로 허공을 바라보며 머릿속에서 뭔가를 찾는 듯했다. 그러다가 갑자기 자리에서 일어섰다.

"히라오카가 오거든 곧 돌아올 테니 잠시 기다리라고 하게."

가도노에게 말해두고 밖으로 나섰다. 강한 햇살이 정면에서 매서운 기세로 다이스케의 얼굴로 쏟아졌다. 다이스케는 걸으면서 끊임없이 눈과 눈썹을 움직였다. 우시고메미쓰케로 들어서 이다마치(飯田町)를 지나 구단자카시타(九段坂下)로 나가서 어젯밤에 들렀던 헌책방까지

가서 말했다.

"어젯밤에 필요 없는 책을 가지러 와달라고 부탁했는데 사정이 있어 좀 보류하기로 했습니다."

돌아오는 길은 너무 더워서 전차를 타고 이다바시(飯田橋)로 돌아 양륙장(揚陸場)을 대각선으로 빠져나와 비샤몬마에(毘沙門前)로 나왔다.

집 앞에 인력거가 한 대 서 있었다. 현관에는 구두가 가지런히 놓여 있었다. 다이스케는 가도노의 설명을 듣지 않고도 히라오카가 와 있다는 것을 알았다. 땀을 닦고 새로 빨아놓은 유카타로 갈아입고 응접실로 갔다.

"일이 있었나 보군."

히라오카가 말했다. 여전히 양복을 입고 있어서 더운 듯 부채질을 해대고 있었다.

"더운 날씨에 와주어서 고맙네."

다이스케도 자연스럽게 표면적인 이야기를 해야 했다.

두 사람은 잠깐 날씨 이야기를 했다. 다이스케는 바로 미치요의 상태를 물어보고 싶었다. 하지만 왠지 묻기 거북했다. 그러는 사이에 의례적인 인사도 끝나버렸다. 부른 쪽에서 용건을 꺼내는 것이 순리였다.

"미치요 씨가 아프다던데."

"응, 그래서 신문사를 이삼일 쉬었다네. 그러다 보니 그만 자네에게 답장을 보내는 것도 깜빡했지."

"그건 아무래도 괜찮아. 그런데 미치요 씨가 그렇게 건강이 안 좋은가?"

히라오카는 한두 마디로 대답하기 어려운 듯했다. 당장 어찌 될 걸정은 없지만 결코 가벼운 편도 아니라는 뜻의 이야기를 짧게 했다.

　지난번 한창 더울 때 가구라자카로 장을 보러 나왔다가 다이스케에게 들른 다음 날 아침, 미치요는 히라오카의 출근 준비를 도와주다가 갑자기 남편의 넥타이를 붙든 채 실신했다. 히라오카도 깜짝 놀라 출근하지 않고 미치요를 간호했다. 10분 정도 지나 미치요는 괜찮으니 출근하라고 했다. 입가에는 엷은 미소마저 짓고 있었다. 누워 있기는 했지만 걱정할 정도는 아닌 듯해서 만약 상태가 좋아지지 않으면 의사를 부르고 필요하면 신문사에 전화하라고 이르고 히라오카는 출근했다. 그날 밤은 늦게 귀가했다. 미치요는 몸이 좋지 않다면서 먼저 자고 있었다. 어떤지 물어도 분명하게 대답하지 않았다. 다음 날 아침 일어나 보니 미치요의 안색이 아주 좋지 않았다. 히라오카는 놀라서 의사를 불렀다. 의사는 미치요의 심장을 진찰해보더니 미간을 찌푸렸다. 빈혈 때문에 쓰러진 것이라고 했다. 의사는 미치요가 상당히 심각한 신경쇠약 상태라고 설명했다. 히라오카는 그 후로 신문사를 쉬었다. 자신은 괜찮으니 출근하라고 부탁했지만 히라오카는 듣지 않았다. 간호한 지 이틀째 되던 날 밤에 미치요가 눈물을 흘리며 반드시 사죄해야 할 일이 있으니 다이스케를 찾아가 그 이유를 들어달라고 남편에게 말했다. 히라오카는 처음에 그 말을 들었을 때에는 대수롭지 않게 여겼다. 심적으로 힘들어 그러겠거니 하고 알았다며 위로했다. 사흘째도 같은 부탁을 되풀이했다. 히라오카는 그제야 비로소 미치요의 말에 어떤 의미가 있다는 것을 깨달았다. 그러던 중 저녁 무렵에 가도노가 다이스케가 보낸 편지에 대한 답신을 들으러 일부러 고이시카와에 찾아왔다.

　"자네의 용건이 미치요가 말한 것과 무슨 관계라도 있는가?"

히라오카는 이상하다는 듯 다이스케를 쳐다보았다.

히라오카의 말에 조금 전부터 다이스케의 마음은 크게 흔들리고 있었는데 갑자기 생각지도 않았던 질문을 받자 다이스케는 숨이 막혔다. 히라오카의 질문은 정말 뜻밖이었고, 악의가 없는 만큼 다이스케의 폐부를 찔렀다. 그는 평소와는 달리 약간 얼굴을 붉히며 고개를 숙였다. 그러나 다시 얼굴을 들었을 때는 평소처럼 차분하고 주눅 들지 않은 태도를 되찾았다.

"미치요 씨가 자네에게 사죄할 것이 있다는 것과 내가 자네에게 하는 싫어 하는 이야기는 관련이 있다네. 어쩌면 똑같은 것일지도 모르지. 나는 반드시 이 이야기를 자네에게 해야 한다네. 말할 의무가 있어서 이야기하는 것이니 지금까지의 우정을 생각해서 기꺼이 내가 의무를 다할 수 있도록 도와주게."

"도대체 뭔가? 그런 표정으로."

히라오카의 표정이 비로소 진지해졌다.

"서론이 길면 변명처럼 들릴 테니 나도 되도록 솔직하게 말하고 싶지만 중대한 일이기도 하고 게다가 관습에 어긋나는 일이기도 하네. 그래서 이야기를 듣다가 자네가 흥분할 수도 있겠지만 부디 끝까지 들어주었으면 하네."

"도대체 뭔가? 자네가 말하려는 것이."

궁금증과 함께 히라오카의 얼굴이 더욱 진지해졌다.

"대신 이야기를 마친 뒤에는 자네가 무슨 말을 하더라도 나 역시 조용하게 끝까지 들을 생각이네."

히라오카는 아무 말도 하지 않았다. 다만 안경 너머 커다란 눈으로 다이스케를 응시하고 있었다. 밖은 햇볕이 쨍쨍 내리쬐어 툇마루까지 비쳐들었지만 두 사람은 전혀 더위를 느끼지 못했다.

다이스케는 한층 더 목소리를 낮추었다. 그리고 히라오카 부부가 도쿄로 온 이후 자신과 미치요의 관계가 어떤 변화를 거쳐 지금에 이르게 되었는지 자세히 말했다. 히라오카는 입술을 굳게 다물고 다이스케의 한마디 한마디에 귀를 기울였다. 다이스케가 이야기를 마치기까지는 한 시간 남짓 걸렸다. 그동안 히라오카는 네 번쯤 극히 간단한 질문을 했다.

"그동안의 과정은 대충 이렇다네."

다이스케가 설명을 마치자 히라오카는 그저 신음이라도 하듯 깊은 한숨으로 대답을 대신했다. 다이스케는 매우 괴로웠다.

"자네 입장에서 보면 나는 자네를 배반한 셈이네. 날 나쁜 놈이라고 생각하겠지. 그렇게 말한다 해도 할 말이 없네. 미안하네."

"그렇다면 자네는 자네의 행동이 잘못되었다는 것을 알고 있군."

"물론이네."

"잘못이라는 걸 알면서도 지금까지 계속해왔단 말인가?"

히라오카가 거듭 물었다. 말투는 이전보다 더 절박하게 들렸다.

"그렇다네. 그래서 이 일로 자네가 우리에게 가할 제재를 받아들일 각오가 되어 있네. 지금은 다만 사실 그대로 말했을 뿐이니 그에 대해서는 자네가 처분을 내려주게."

히라오카는 대답하지 않았다. 한참 후에야 다이스케 앞으로 얼굴을 내밀며 말했다.

"자네는 훼손된 내 명예를 회복할 수 있는 방법이 이 세상에 있다고 생각하나?"

이번에는 다이스케가 대답하지 않았다.

"법률이나 사회적인 제재는 나와는 아무런 상관이 없네."

히라오카가 다시 말을 이어갔다.

"그럼 자네는 당사자들 사이에서 명예를 회복시킬 방법이 있느냐고 묻는 건가?"

"그렇지."

"미치요 씨가 마음을 바꿔 자네를 전보다 몇 배나 사랑하게 되고 나를 뱀이나 전갈을 보듯 미워하기만 하면 어느 정도 보상은 되겠지."

"자네 힘으로 그렇게 할 수 있겠나?"

"불가능해."

다이스케가 잘라 말했다.

"그럼 자넨 잘못된 일이라는 걸 알면서도 지금까지 그 일을 저질러 놓고 여전히 생각을 전혀 바꾸지 않은 채 상황을 극단적으로 몰아가는 것이 아닌가?"

"모순일지도 모르지. 하지만 그건 세상 관습에 따라 정해진 부부와 자연의 순리로 맺어진 부부가 일치하지 않아 생긴 모순이니 달리 방법이 없지. 나는 사회적인 관습에 따라 미치요 씨의 남편인 자네에게 사과하네. 하지만 내 행동 자체는 모순되지도 잘못되지도 않았다고 생각하네."

"그럼……"

히라오카가 약간 목소리를 높였다.

"그렇다면 우리 두 사람은 세상 관습에 따른 부부관계를 계속할 수 없다는 이야기로군."

다이스케는 안됐다는 듯 동정 어린 표정으로 히라오카를 바라보았다. 히라오카의 험악하게 찌푸린 눈썹이 약간 풀렸다.

"히라오카! 세상 사람들 눈에 이 일은 남자의 체면과 관련된 대사건이야. 그래서 자네의 권리를 지키기 위해, 일부러 그러려고 하지 않더라도 저절로 그런 마음이 생겨 자연스럽게 흥분하게 되는 건 어쩔 수 없지만, 그렇지만 이런 관계가 되기 전인 학창 시절의 자네로 돌아가 다시 한번 내 말을 잘 들어줄 수는 없겠나?"

히라오카는 아무 말도 하지 않았다. 다이스케도 잠시 가만히 있었다. 그러나 담배를 한 대 피운 후에 낮고 단호한 말투로 말했다.

"자넨 미치요 씨를 사랑하고 있지 않았어."

"그건……"

"그건 쓸데없는 참견일지 모르지만 나는 말할 수밖에 없네. 이번 일을 해결하려면 그 점이 가장 중요하다고 생각되니까 말일세."

"자네에게는 책임이 없다는 건가?"

"난 미치요 씨를 사랑하고 있네."

"남의 아내를 사랑할 권리가 자네에게 있나?"

"어쩔 수 없어. 미치요 씨는 물론 자네 소유야. 하지만 물건이 아닌 인간이니까 마음까지 소유한다는 것은 누구라도 불가능하지. 본인 외에 그 어떤 사람도 애정의 정도나 대상을 명령할 수는 없지. 남편의 권리도 거기까진 아니야. 따라서 아내의 사랑이 다른 곳으로 옮아가지 않도록 하는 것이 오히려 남편의 의무가 아닐까?"

"설사 자네의 말처럼 내가 미치요를 사랑하지 않은 것이 사실이라고 해도……"

히라오카는 애써 스스로를 억누르듯 말했다. 주먹을 꽉 쥐고 있었다. 다이스케는 상대의 말이 끝나기를 기다렸다.

"자넨 3년 전의 일을 기억하고 있겠지?"

히라오카가 다시 화제를 바꿨다.

"3년 전이라면 자네가 미치요 씨와 결혼하던 때지."

"그래. 그때의 기억이 머릿속에 남아 있나?"

다이스케는 갑자기 3년 전의 일로 돌아갔다. 당시의 기억이 어둠에 둘러싸인 횃불처럼 빛났다.

"미치요와 내 결혼을 주선해주겠다고 먼저 말을 꺼낸 것은 자네야."

"결혼했으면 하는 뜻을 내게 먼저 털어놓은 것은 자네야."

"물론 그 일은 나도 잊지 않고 있네. 여전히 자네의 호의에 감사하고 있어."

히라오카는 이렇게 말하고 잠시 생각에 잠겼다.

"둘이서 밤에 우에노로 나가 야나카로 향해 가던 순간이었지. 비가 내린 뒤라서 야나카 아랫길은 안 좋았어. 박물관 앞에서부터 계속 이야기를 나누며 가다가 그 다리 근처에 이르렀을 때, 자네는 날 위해 울음을 터뜨렸네."

다이스케는 입을 다물고 있었다.

"나는 그때만큼 친구를 고맙게 여긴 적이 없다네. 기뻐서 그날 밤에는 한숨도 잠을 이룰 수 없었지. 달이 밝은 밤이었는데 달이 사라질 때까지도 깨어 있었어."

"나도 그때는 기뻤다네."

다이스케는 꿈을 꾸는 듯한 말투로 말했다. 그때 히라오카가 발끈하며 그의 말을 가로막았다.

"자네는 그때 왜 나를 위해 울었나? 왜 미치요와 결혼을 주선해주겠다고 나선 거지? 이제 와서 이런 일을 일으킬 바에야 그때 왜 그냥 내버려두지 않았나? 나는 자네에게 이렇게 심한 복수를 당할 정도로 자네에게 잘못한 것이 없네."

히라오카의 목소리가 떨렸다. 다이스케의 창백한 이마에 땀방울이 맺혔다. 이윽고 호소라도 하듯 말했다.

"히라오카! 난 자네보다 먼저 미치요 씨를 사랑하고 있었네."

히라오카는 멍하니 괴로워하는 다이스케를 바라보았다.

"그때의 나는 지금의 나와는 달랐네. 자네의 이야기를 듣고 내 미래를 희생시키더라도 자네의 소망을 들어주는 것이 친구의 도리라고 생각했네. 그게 나빴던 거야. 지금만큼이라도 내가 성숙한 사람이었다면 그러지 않았을 텐데. 애석하게도 그때의 나는 어렸기 때문에 너무도 자연의 순리를 가볍게 생각했지. 나는 그때 일을 생각하면 너무 후회스럽네. 나 자신을 위해서만이 아니야. 사실 자네 때문에 후회하고 있네. 내가 자네에게 진정으로 미안하게 생각하는 것은 이번 일보다는 오히려 그때 내가 가졌던 유치한 의협심 때문이지. 용서하게. 나는 이렇게 자연의 순리에 복수를 당하며 자네에게 사과하고 있지 않은가?"

다이스케는 무릎 위에 눈물을 떨어뜨렸다. 히라오카의 안경이 흐려졌다.

"이것도 운명이니까 어쩔 수 없겠지."

히라오카는 신음하듯 목소리를 냈다. 두 사람은 마침내 얼굴을 마주 보았다.

"이제 앞으로 어떻게 할 계획인지 자네의 생각을 이야기하게."

"나는 자네 앞에서 용서를 빌고 있는 사람이야. 내가 먼저 그런 말을 꺼낼 권리는 없어. 자네 생각부터 듣는 게 순서겠지."

다이스케가 말했다.

"나는 아무 생각도 없네."

히라오카는 머리를 감싸고 있었다.

"그럼 말하지. 미치요 씨를 내게 주게."

다이스케가 단호하게 말했다.

히라오카는 머리에서 손을 떼고 팔꿈치를 막대기처럼 테이블 위에 떨어뜨렸다.

"그래, 보내지."

히라오카가 말했다. 이어 다이스케가 잠자코 있자 다시 되풀이했다.

"보내겠네. 보내겠지만 지금은 보낼 수 없어. 나는 자네 말대로 미치요를 사랑하지 않았는지도 몰라. 하지만 미워하지는 않았네. 미치요는 지금 병에 걸려 있어. 게다가 병세가 가볍지 않아. 누워 있는 환자를 자네에게 보낼 수는 없네. 병이 나을 때까지 보내지 않는다고 하면 그때까지는 내가 남편이니 남편으로서 돌봐줄 책임이 있어."

"난 자네에게 사과했네. 미치요 씨도 자네에게 사과했고. 자네 입장에서는 우리 두 사람 모두 괘씸하기 이를 데 없겠지만, 아무리 용서를 빌어도 용서받기 어려운 일일지도 모르지만, 어쨌거나 병이 나서 자리에 누워 있으니……"

"그건 물론 알고 있네. 그녀가 병에 걸린 걸 이용해서 내가 그녀를 학대할 수도 있다고 생각할지 모르겠지만 그런 일은 결코 없을 걸세."

다이스케는 히라오카의 말을 믿었다. 그리고 마음속으로 히라오카에게 감사했다. 히라오카는 계속해서 말을 이어갔다.

"나는 오늘과 같은 일이 일어난 이상 세상 관습에 따른 남편 된 자의 입장에서 자네와 더 이상 친구로 지낼 수는 없네. 오늘로 절교할 테니 그렇게 알게."

"하는 수 없지."

다이스케는 고개를 숙였다.

"미치요의 병은 방금 말했듯이 가벼운 편이 아니네. 앞으로 어떻게 될지 알 수 없네. 자네 역시 걱정이겠지. 하지만 절교한 이상 어쩔 수 없네. 내가 있든 없든 우리 집에 드나들지 말기 바라네."

"알겠네."

다이스케는 쓰러질 듯이 대답했다. 그의 뺨은 점점 창백해졌다. 히라오카가 일어섰다.

"이보게, 5분만 더 있다 가게."

다이스케가 부탁했다. 히라오카는 다시 자리에 앉은 채 아무 말도 하지 않았다.

"미치요 씨의 병은 갑자기 악화될 우려라도 있는가?"

"글쎄."

"그것만이라도 좀 말해주지 않겠나?"

"뭐 별로 걱정할 건 없네."

히라오카는 침울한 말투로 한숨을 쉬듯 말했다. 다이스케는 견딜 수가 없었다.

"만약 말이네. 무슨 일이라도 생길 것 같으면 그 전에 한 번만이라도 좋으니 만나게 해주지 않겠나? 그 밖에는 아무런 부탁도 하지 않겠네. 그게 유일한 내 부탁이야. 제발 그것만이라도 들어주게."

히라오카는 입을 꼭 다문 채 쉽게 대답하지 않았다. 다이스케는 참기 힘든 고통 속에서 양 손바닥에 때가 묻어날 정도로 비벼댔다.

"그건 그때 상황을 봐서 생각해보기로 하지."

히라오카가 무거운 말투로 대꾸했다.

"그럼, 가끔 사람을 보내 환자의 상태를 물어봐도 되겠나?"

"그건 곤란해. 자네와 난 이제 아무런 상관도 없으니까. 내가 앞으로 자네와 만날 날이 있다면 그건 미치요를 넘겨줄 때뿐이라고 생각하네."

다이스케는 전류가 흐르기라도 한 것처럼 의자에서 벌떡 일어났다.

"아, 알겠네. 미치요의 시신만 내게 보여줄 생각이로군. 그건 잔인해! 너무 잔인하지 않은가?"

다이스케는 테이블의 가장자리를 돌아 히라오카에게 다가갔다. 오른손으로 히라오카의 어깨를 잡고 앞뒤로 흔들어대며 소리쳤다.

"가혹해! 이건 너무 가혹해!"

히라오카는 다이스케의 눈 속에서 광기 같은 무서운 빛을 발견했다. 어깨를 붙잡힌 채 일어섰다.

"그런 일은 없을 걸세."

히라오카는 이렇게 말하며 다이스케의 손을 막았다. 두 사람은 제정신이 아닌 듯한 얼굴로 서로를 바라보았다.

"침착하게."

히라오카가 말했다.

"난 침착해."

다이스케가 대꾸했다. 그러나 그 말은 가쁜 숨결 사이로 고통스럽게 새어 나왔다.

잠시 후에 발작의 반동이 밀려왔다. 다이스케는 자신을 지탱하는 힘이 다 빠져나가버린 것처럼 다시 의자에 주저앉았다. 그리고 두 손으로 얼굴을 감쌌다.

17

다이스케는 밤 10시가 지나 몰래 집을 나왔다.

"지금 어딜 가시려고요?"

가도노가 깜짝 놀라 물었다.

"잠깐 볼일이 있어."

애매하게 대답하고 사찰 부근까지 갔다. 더운 계절이라 거리는 아직 초저녁 같았다. 유카타를 입은 몇 사람이 다이스케 앞뒤를 지나쳤다. 다이스케에게는 그 사람들이 그저 움직이는 물체로밖에 보이지 않았다. 길 양편에 늘어선 가게들은 전부 환하게 불을 밝히고 있었다. 다이스케는 눈이 부신 듯 가로등이 적은 골목길로 들어섰다. 에도가와 강변으로 나오자 음울한 바람이 희미하게 불어왔다. 검은 벚나무 잎이 조금 움직였다. 다리 위에 서서 난간 아래를 내려다보고 있는 두 사람이 있었다. 곤고지(金剛寺) 언덕에서는 아무하고도 마주치지 않았다. 이와사키(岩崎)[1] 저택의 높다란 돌담이 양옆으로 좁은 언덕길을 막고 있었다.

히라오카가 살고 있는 거리는 여전히 조용했다. 대부분의 집에서는 불빛이 새어 나오지 않았다. 반대편에서 달려오는 인력거 한 대의 바퀴 소리가 가슴을 두근거리게 울렸다. 다이스케는 히라오카 집의 담까지 다가가서 멈췄다. 몸을 기대고 안을 들여다보니 어두컴컴했다. 굳게 닫힌 문 위에서 처마 등이 공허하게 문패를 비추고 있었다. 처마 등 유리에 도마뱀붙이의 그림자가 비스듬하게 비쳤다.

다이스케는 오늘 아침에도 그곳에 갔다. 낮에도 그 인근을 배회했다. 하녀가 물건을 사러 나오기라도 하면 미치요의 상태를 물어보려고 생각했다. 그러나 하녀는 끝내 나오지 않았다. 히라오카의 그림자도 보이지 않았다. 담 벽에 붙어 귀를 기울여보아도 사람의 목소리는 들려오지 않았다. 의사를 불러 세워 그녀의 상태를 자세히 물어보려고 생각했지만 히라오카의 집 문 앞에는 의사가 타고 왔을 법한 인력거는 보이지 않았다. 그러는 동안 강한 햇볕을 쬔 탓에 머릿속이 마치 바다처럼 출렁대기 시작했다. 멈춰 서 있으면 쓰러질 것 같아졌다. 발걸음을 떼자 대지가 큰 파문을 그렸다. 다이스케는 괴로움을 참으며 가까스로 집에 돌아왔다. 저녁도 먹지 않고 쓰러진 채로 움직이지 않았다. 그때 무섭게 이글거리는 태양은 마침내 기울고 별빛은 점점 짙어졌다. 다이스케는 어둠과 서늘함 속에서 비로소 정신을 차렸다. 그러고는 머리에 이슬을 맞으며 다시 미치요가 있는 곳으로 갔다.

다이스케는 미치요의 집 앞을 두세 번 왔다 갔다 했다. 처마 등 밑에 이를 때마다 멈춰 서서 귀를 기울였다. 5분에서 10분 정도 꼼짝하지 않았다. 그러나 집 안의 동정은 전혀 알 수 없었다. 정적 그 자체였다.

---

1 이와사키 야타로(岩崎彌太郎, 1835~1885). 메이지 시대의 실업가로 1873년 미쓰비시(三菱) 상회를 창업해 미쓰비시 재벌로 키웠다.

다이스케가 처마 등 밑에 멈춰 설 때마다 도마뱀붙이가 처마 등 유리에 몸을 딱 붙이고 있었다. 검은 그림자는 비스듬하게 비친 채 움직이지 않았다.

다이스케는 도마뱀붙이가 눈에 띨 때마다 기분이 나빴다. 그 꼼짝도 하지 않는 모습이 묘하게 신경이 쓰였다. 그는 신경이 너무 예민해진 상태에서 오는 미신에 빠져들었다. 미치요가 위험하다고 상상했다. 미치요가 지금 괴로워하고 있다고 상상했다. 미치요가 지금 죽어간다고 상상했다. 죽기 전에 다시 한번 만나고 싶어서 죽지 않고 간신히 목숨을 이어가고 있다고 상상했다. 다이스케는 주먹을 꽉 쥐고 히라오카 집의 대문을 부셔져라 두드리지 않고는 견디지 못할 것만 같았다. 갑자기 자신은 히라오카가 소유하고 있는 것에 손가락 하나 댈권리가 없다는 사실이 떠올랐다. 다이스케는 갑자기 너무 두려워져서 뛰기 시작했다. 조용한 좁은 골목에 자신의 발소리만 크게 울려 퍼졌다. 다이스케는 뛰면서도 여전히 두려웠다. 걸음을 멈추었을 때는 너무 숨이 가빠 괴로웠다.

길가에 돌계단이 보였다. 다이스케는 몽롱한 상태에서 거기에 주저앉아 이마를 손으로 누른 채 꼼짝하지 않았다. 한참 후에 눈을 떠보니커다란 검은 문이 보였다. 문 위로는 굵은 소나무 가지가 산울타리 밖까지 뻗어 있었다. 다이스케는 사찰 입구에 앉아 쉬고 있었던 것이다.

그는 일어섰다. 멍한 상태에서 다시 걷기 시작했다. 잠시 걷다 보니다시 히라오카 집으로 들어가는 좁은 골목길에 서 있었다. 꿈을 꾸듯처마 등 앞에서 멈춰 섰다. 도마뱀붙이는 아직 한곳에 그림자를 비추고 있었다. 다이스케는 깊은 한숨을 내쉬고 마침내 고이시카와를 남쪽으로 내려왔다.

그날 밤은 불처럼 뜨겁고 빨간 회오리바람에서 머리가 끝없이 회전했다. 다이스케는 사력을 다해 회오리바람 속에서 빠져나오려고 싸웠다. 그러나 그의 머리는 추호도 명령을 따르지 않았다. 망설이는 기색도 없이 나뭇잎처럼 빙그르 돌며 불꽃의 바람에 말려 들어갔다.

다음 날도 역시 타는 듯한 태양이 높이 솟아올랐다. 바깥세상은 맹렬한 빛을 받아 이글거리기 시작했다. 다이스케는 참고 누워 있다가 결국 8시가 넘어서야 자리에서 일어났다. 일어서자마자 현기증이 났다. 평소처럼 샤워를 마치고는 서재로 들어가 멍하니 앉아 있었다.

그런데 가도노가 와서 손님이 왔다는 말을 전하고는 방 입구에 서서 놀란 표정으로 다이스케를 바라보았다. 다이스케는 대꾸하기도 귀찮았다. 누가 왔는지 물어보지도 않고 손으로 받치고 있던 얼굴을 반쯤 가도노 방향으로 돌렸다. 그때 툇마루 쪽에서 발소리가 들리더니 안내도 받지 않고 형 세이고가 들어왔다.

"아아, 이쪽으로 앉으시죠."

자리를 권하는 것조차 다이스케에게는 힘들었다. 세이고는 자리에 앉자마자 부채를 꺼내 옷깃을 열어젖히고 부쳐댔다. 더위에 지방질이 타버린 듯 괴로워하며 거친 숨을 몰아쉬었다.

"덥구나."

세이고가 말했다.

"집에는 별일 없지요?"

다이스케는 지칠 대로 지친 사람처럼 물었다. 두 사람은 잠시 여느 때처럼 잡담을 했다. 다이스케의 말투나 태도는 보통 때와는 달랐다. 그러나 형은 결코 무슨 일이냐고 묻지 않았다.

"오늘은 사실……"

이야기가 끊기자 이렇게 말하며 호주머니에 손을 넣어 편지 한 통을 꺼냈다.

"사실은 네게 할 이야기가 있어서 왔다."

봉투 뒷면을 다이스케에게 내밀며 물었다.

"이 사람을 아느냐?"

그곳에는 히라오카의 주소와 이름이 자필로 쓰여 있었다.

"압니다."

다이스케는 거의 기계적으로 대답했다.

"이 사람이 네 동급생이었다는데 사실이냐?"

"사실입니다."

"이 사람의 아내도 알고 있느냐?"

"압니다."

형은 다시 부채를 펼쳐 두세 번 탁탁 소리를 냈다. 그러고는 약간 몸을 앞으로 숙인 채 목소리를 한 톤 낮췄다.

"이 사람의 아내가 너와 무슨 관계라도 있는 거냐?"

다이스케는 애당초 숨길 생각이 전혀 없었다. 그러나 이렇듯 간단한 물음에 복잡했던 그간의 사정을 어떻게 한마디로 대답할 수 있을지 생각하니 답은 쉽게 입 밖으로 나오지 않았다. 형은 봉투에서 편지를 꺼냈다. 그것을 네댓 치쯤 펼쳐 들었다.

"사실은 히라오카라는 사람이 이런 편지를 아버지 앞으로 보내왔다…… 읽어볼 테냐?"

형은 이렇게 말하고 다이스케에게 건넸다. 다이스케는 잠자코 편지를 받아 들고 읽기 시작했다. 형은 가만히 다이스케의 이마 부근을 응시하고 있었다.

편지는 아주 작은 글씨로 쓰여 있었다. 한 줄 두 줄 읽어 내려가자 다 읽은 부분이 다이스케의 손끝에서 길게 늘어졌다. 그 늘어진 부분이 60센티미터 정도가 넘었는데도 아직 끝날 기미가 없었다. 다이스케의 눈앞이 가물가물해졌다. 머리가 쇳덩이처럼 무거웠다. 다이스케는 억지로라도 끝까지 읽어야 한다고 생각했다. 온몸이 강한 압력에 짓눌렸고 겨드랑이 밑에서 땀이 흘렀다. 마침내 다 읽었을 때는 손에 들고 있던 편지를 접을 용기도 나지 않았다. 편지를 펼친 채 테이블 위에 놓았다.

"그게 사실이냐?"

형이 낮은 목소리로 물었다.

"사실입니다."

다이스케가 대답했다. 형은 충격을 받은 탓인지 잠시 부채 소리를 멈추었다. 잠시 두 사람 모두 입을 열지 않았다. 조금 있다가 형이 기가 막히다는 듯이 말했다.

"대체 어쩔 생각으로 그런 바보 같은 짓을 했단 말이냐?"

다이스케는 여전히 입을 열지 않았다.

"마음만 먹으면 어떤 여자하고라도 얼마든지 결혼할 수 있지 않느냐?"

형이 또 말했다. 그래도 다이스케는 아무 말도 하지 않았다. 세 번째로 형이 말했다.

"너라고 전혀 한량이 하는 짓을 안 해본 건 아닐 거다. 이런 감당도 못 할 짓을 할 거였다면 이제껏 돈을 쓴 보람이 없지 않느냐?"

다이스케는 이제 와서 형에게 자신의 입장을 설명할 용기가 없었다. 바로 얼마 전까지만 해도 자신 역시 형과 같은 견해를 갖고 있었던 것이다.

"형수는 울고 있다."

형이 말했다.

"그렇습니까?"

다이스케가 마치 꿈이라도 꾸는 것처럼 말했다.

"아버지는 노발대발하셨다."

다이스케는 대답하지 않았다. 그저 먼 곳을 향한 눈으로 형을 바라보았다.

"너는 평소부터 이해할 수 없는 인간이었다. 그래도 언젠가는 철이 들 때가 오리라고 생각하고 지금까지 돌봐주었다. 하지만 이번에야말로 정말 이해할 수가 없는 인간이라고 나도 포기해버렸다. 세상에 이해할 수 없는 인간처럼 위험한 건 없다. 뭘 하고 있는지, 무슨 생각을 하고 있는지 안심할 수가 없다. 너야 멋대로니까 상관없겠지만 아버지나 내 사회적 지위를 생각해보아라. 너도 가족의 명예를 생각하지 않는 건 아니겠지?"

형의 말은 다이스케의 귀에 제대로 들어오지 않았다. 그는 그저 온몸으로 고통을 느낄 뿐이었다. 그러나 형 앞에서 양심의 가책을 받을 정도로 동요하지는 않았다. 이제 와서 적당한 변명을 늘어놓으며 세속적인 형에게 동정을 받으려는 생각은 애당초 없었다. 그는 자신이 옳은 길을 선택했다는 자신이 있었다. 그는 그걸로 충분히 만족했다. 그 만족감을 이해해줄 사람은 미치요뿐이었다. 미치요 외에는 아버지도, 형도, 사회도, 세상 사람들도 모두 적이었다. 그들은 시뻘건 불꽃 속으로 두 사람을 밀어 넣어 태워 죽이려고 하고 있었다. 다이스케는 말없이 미치요를 부둥켜안고 그 불길이 자신을 빨리 태워 없애기를 간절히 바랐다. 그는 형에게 아무런 대꾸도 하지 않았다. 무거운 머리를 받치고 마치 돌처럼 꼼짝하지 않았다.

"다이스케."

형이 불렀다.

"나는 오늘 아버지 심부름으로 온 것이다. 너는 얼마 전부터 집 근처에는 얼씬도 하지 않더구나. 평소 같으면 아버지가 너를 불러 다그치셨겠지만 오늘은 얼굴도 보기 싫으니 나보고 찾아가 변명할 것이 있으면 변명을 들어보고, 변명이고 뭐고 할 것도 없이 히라오카의 말이 사실이라면 이렇게 전하라고 하셨다. 앞으로 평생 너와는 만나지 않겠다, 어디를 가든 무슨 일을 하든 상관하지 않겠다, 널 아들로 생각하지 않을 것이며 또 아버지라 생각지도 말라고 하셨다. 당연한 말씀이다. 결국 히라오카의 말이 사실인 것 같으니 달리 방법이 없다. 게다가 넌 이번 일에 대해 후회도 하지 않을뿐더러 사죄를 할 생각도 없는 것처럼 보이는구나. 그렇다면 나도 집에 가서 아버지께 널 변명해줄 여지가 없어. 아버지 말씀을 네게 전하고 돌아갈 수밖에 없다. 아버지 말씀은 알아들었겠지?"

"잘 알겠습니다."

다이스케는 간명하게 대답했다.

"넌 정말 바보 같은 놈이다."

형이 크게 소리쳤다. 다이스케는 고개를 숙인 채 얼굴을 들지 않았다.

"바보 같은 놈!"

형이 다시 말했다.

"평소에는 그 누구보다 말을 잘하는 놈이 정작 이런 때는 벙어리라도 된 것처럼 입을 다물고 있구나. 뒤로는 부모의 명예를 실추시키는 나쁜 짓이나 하고 말이야. 넌 대체 이제까지 무엇 때문에 교육을 받은 거냐?"

형은 테이블 위의 편지를 집더니 둘둘 말기 시작했다. 조용한 방 안에 두루마리 종이를 마는 소리만 울렸다. 형은 편지를 원래대로 봉투에 넣어서 호주머니 속에 집어넣었다.

"그럼 돌아가겠다."

이번에는 평소와 다름없는 말투로 말했다. 다이스케는 정중하게 인사를 했다.

"나도 이제 널 다시는 만나지 않겠다."

형은 내뱉듯이 이렇게 말하고 현관으로 갔다.

형이 나간 뒤에 다이스케는 한동안 꼼짝 않고 있었다. 가도노가 찻잔을 치우러 왔을 때 갑자기 자리에서 일어섰다.

"가도노! 난 잠깐 일자리를 찾아보고 오겠다."

이렇게 말하자마자 급히 사냥모자를 쓰고 양산도 쓰지 않은 채 뜨거운 거리로 뛰어나갔다.

다이스케는 찌는 듯한 거리를 잰걸음으로 걸었다. 태양은 다이스케의 머리 위에 곧장 내리쬐고 있었다. 메마른 먼지가 불티처럼 그의 맨발에 들러붙었다. 그는 바작바작 타들어가는 느낌이 들었다.

"타들어간다! 타들어간다!"

걸어가면서 입속으로 중얼거렸다.

이다바시로 가서 전차를 탔다. 전차는 거침없이 달렸다. 다이스케는 전차 안에서 주변 사람이 들릴 만한 목소리로 말했다.

"아, 움직인다. 세상이 움직인다."

그의 머리는 전차가 빨리 달릴수록 빨리 회전하기 시작했다. 회전함에 따라 불덩이처럼 달아올랐다. 이렇게 계속해서 반나절이나 타고 간다면 완전히 타버릴 것 같은 생각이 들었다.

갑자기 빨간 우체통이 눈에 들어왔다. 그러자 그 빨간색이 갑자기 다이스케의 머릿속을 헤집고 들어와 빙빙 돌기 시작했다. 우산 가게 간판에 빨간 양산 네 개가 겹친 채 높이 걸려 있다. 양산 색깔이 다시 다이스케의 머릿속으로 들어와 빙빙 소용돌이쳤다. 네거리에 크고 새빨간 풍선을 팔고 있는 사람이 있었다. 전차가 갑자기 모퉁이를 돌자 풍선이 따라와 다이스케의 머리에 달라붙었다. 소포를 실은 빨간 자동차가 전차와 스치듯 지나갈 때, 다시 다이스케의 머릿속에 들어왔다. 담배 가게 입구의 노렌[2]이 빨갰다. '대방출'이라고 쓰여 있는 깃발도 새빨갰다. 전신주도 빨갰다. 빨간 페인트 간판이 계속 이어졌다. 나중에는 세상이 전부 빨개졌다. 그리고 다이스케의 머릿속을 중심으로 불길을 내뿜으며 빙빙 회전했다. 다이스케는 머릿속이 다 타버릴 때까지 계속 전차를 타고 가기로 결심했다.

2 가게 입구에 치는 포렴. 노렌을 친 것은 영업 중이라는 표시다.

곤란하다는 말로 이루어진 서사의 관능

김경주(시인)

"서른이나 된 놈이 빈둥거리는 것은 아무래도 보기 안 좋구나."

다이스케는 결코 빈둥거리며 허송세월하고 있다고는 생각지 않는다. 다만 자신이 밥벌이 문제로 스스로를 더럽히지 않는 고귀한 인간이라고 생각할 뿐이다. 사실은 아버지가 이런 말을 할 때마다 가엾어진다. 아버지의 유치한 두뇌로는 이렇게 의미 있는 시간을 보내고 있는 것도 자신의 사상과 정서에서 비롯되었다는 사실을 전혀 알아차릴 수 없는 것이다. 달리 할 말이 없어 다이스케는 진지한 표정으로 대답한다.

"예, 곤란한 일입니다." (48쪽)

문학청년 시절을 돌아보는 것으로 이야기를 시작해볼까 한다. 다이스케를 이야기하려면 그래야만 할 것 같다. 기억력이 형편없는 내가 소설 속 주인공 이름을 지금까지 기억하고 있는 걸 보면 나쓰메 소세키의 소설 『그 후』는 내게 꽤 인상 깊은 소설이었음에 틀림없나 보다. 문청에게 몇몇 문학작품이나 작가가 큰 영향을 주듯이 소세키도 내게는 그러한 대상 중 하나였다. 좀 더 농밀하게 말하면 소설 속 주인공인 다이스케에게 자극을 받았다고 해야 옳을 것이다. 그걸 일종의 친화력이라고 해두자. 다이스케와 내가 나누던 그 모종의 밀애를, 그 설명하기 곤란한 동지애를.

군대를 전역 후 나는 빈둥거리는 스물다섯의 청년이었다. 지방의 작은 변두리 도시에서 방을 한 칸 얻어 살며 시를 쓰며 연극반 동아리를 드나들던 시절이었다. 딱히 문학에 뜻을 두거나 문면(文面)을 가꾸어볼 생각 따위는 하지 않았다. 재주도 모자라다고 여겼고, 어쩐지 글을 쓰거나 예술에 대해 뜨거운 마음을 담고 있는 동지들을 보면 좀 뻔뻔하게 살던 나와는 달라 보였다. 그런 점에서 교우애(交友愛)는 늘 어긋나곤 했던 기억이 있다. 그런 연유로 마음에서 문학을 밀어내고 있었는지도 모르겠다.

그렇다. 그 시절 내가 스스로에게 부여하던 알리바이는 '앞으로는 뻔뻔하게 살 테다'였다. 군대에서 겪었던 계급의 피로감에 상당히 지쳤었고, 저항 한번 못 해보고 깍듯하게 예비 군복을 입고 나온 내 모습에서 남들처럼 대단한 무엇을 해냈구나 따위의 자부심은 털끝만큼도 찾아볼 수 없었다. 나는 그 시절들을 고립으로 견뎌야 했던 굴욕감에 불과하다고 여기곤 했다(그건 지금도 생각이 바뀌지 않았다). 내가 좀 뻔뻔해지기로 한 심사에는 앞으로는 타인과의 관계 따위는 아랑곳하지 않고 세상사에 대해 내 식대로 고약한 마음을 가꾸어보겠다는 의지가 아니라, 내가 머금어왔거나 내가 나로서 대체 불가능하다고 여겨왔고, 잃고 싶지 않았던 충일감을 더는 제도나 부당한 시간 속에서 빼앗기고 싶지 않다는 반작용 같은 것이 담겨 있었을 것이다.

물론 한편으로는 그러한 결들을 유지하고 사는 방법으로 결국 문학

이라는 직업을 선택하는 일이 가장 근접해 보이는 것 또한 사실이었
다. 취업을 준비할 생각도 해보지 않았고 그 시절 흔해 보이던 청년의
미래 설계도 안중에 없었으니. 하지만 주변을 돌아볼 때마다 나는 남
들의 문학적 긴장을 유지하는 방식 안에서 (때로는 그들의 열정적인 모
습에 뜬금없는 감동을 받기는 했으나) 어떤 과도한 경직과 목적의식이 부
담스러웠다. 내게는 동료들을 문학에 맹신하게 하는 그 무엇이 결여
되어 있었는지도 모른다. 하지만 당시로선 그들이 선택한 고독과 예
술의 공존지는 내게 막연한 것이었고, 내 삶과 병치시키고 싶지는 않
은 단언처럼 보였던 게 사실이다. 나 정도의 그릇이라면 문학의 가장
자리를 최대한 빈둥거리며 주변을 서성거리는 것도 나쁘지 않아 보였
다. 돌아보면 그건 지금까지 내가 애정해온 대상들과 친해지는 방식
이며, 밑바닥이 허한 나를 길들여가는 방식이기도 하다. 내 쪽에서 가
능한 한 오랫동안 짝사랑하듯이 문학을 대하는 편이 낫고, 꾸준히 그
렇게 앞으로도 시를 서성거릴 수 있다면 다행이라고 생각하고 사는
편이니까.

　이러한 내 심사가 주변에서 통할 리 없었다. "왜 그렇게 빈둥거리고
만 사는가?" "자네한테 문학은 빈정대는 대상으로만 보이는가? 그렇
게 매혹이 없다면야 그만두는 편이 나을지도 모르겠군." "방에만 틀어
박혀 있지 말고 사람들 앞에 나와 제대로 된 활로를 좀 보여보게." 따
위의 공세 앞에 나로선 '곤란하다'고밖에 설명할 길이 없었다.

　하지만 다행히도 내 마음이 머물 만한 공동거주지역이 하나 있긴
했다. 소세키 소설 속에 펼쳐진 서사의 내부였다고 해야겠지. 나와 비
슷한 오류를 가진 채 항해 중인 다이스케가 있었으니. 나는 소세키 소
설의 주인공 다이스케에게서 내가 조금 더 이 방식으로 달아날 수도

있겠구나라는 믿음을 은근히 품고 있었던 것이다. 내가 말하고자 하는 동지애가 바로 이것이다.

소설 『그 후』는 줄거리만 놓고 보면 크게 두 가지 흐름으로 요약될 수 있을 것이다. 하나는 친구의 아내를 사랑하는 이야기, 자기가 가진 많은 것을 포기하면서 한 여자를 택하는 주인공의 이야기이다. 한 여자를 둘러싼 두 남자의 불신과 질투 속에서 이루어지는 불륜드라마로서 하나는 그것을 충실히 소화한다. 그리고 반사회적이고 탐미주의자인 다이스케라는 주인공을 통해 당시 일본 사회의 모순을 비판하는 태도적 관점이 또 하나의 줄기이다. 하지만 이 작품이 시시껄렁하고 치졸해 보이는 연애 간담 이상의 것을 소화하고 우리의 삶 깊숙이 다가오는 이유는 따로 있을 것이다.

『그 후』의 주인공인 다이스케는 대학을 졸업한 서른 살의 백수청년이지만 주변의 힐난과 조언에도 아랑곳하지 않는다. 오히려 그가 보여주는 고집불통의 에고이즘이야말로 다이스케에게는 하나의 세계이다(이 에고이즘의 중요한 문학적 본질은 좀 더 논의가 필요하다). 그것은 내게 매혹적이었다. 내가 느끼고 있는 매혹을 곤란하다고밖에 설명할 길이 없다면 그것이야말로 문학의 중요한 기질이 될 수 있다는 것을 지금은 말할 수 있을 것 같지만 난공불락의 요새처럼 사람들에게 나는 무엇인가를 증명해 보이기가 힘들었다. 하물며 '나는 무엇인가?'를 증명해 보인다는 일은 가당치도 않은 일이었다. 나는 점점 소세키의 문학적 완충지역 안으로 들어갔고 그 방사능(?)을 최대한 쏘이고 나와서야, 내가 왜 이 '위험하고 대체 불가능한 접촉' 속에 있을 수밖에 없는가에 대해 진지하게 고민해볼 수 있었다.

소세키의 책이라면 구할 수 있는 대로 몇 번씩 읽었고 작가의 유려

하고 그윽한 문장을 필사하기도 했고 소세키가 소설로 삶을 바라보는 어떤 다른 경이 앞에서 놀라곤 했다. 점점 은둔형 지식인의 섬약한 모습으로서 다이스케화되어가는 자신을 발견하곤 한 것이다. 하지만 그것은 일종의 동화작용에 불과했다. 문학이 되기 위해서는 매혹의 대상을 발견하고 그곳에 자신의 감정과 세계를 일체화하는 동화도 중요한 맥통에 해당한다. 그러나 그곳을 너무 오래 거주지로 삼다 보면 곤란한 일이 생긴다. 이화작용(낯설게하기)도 필요하다. 소세키가 다이스케를 통해 보여주고자 하는 세계를 정서적으로 교감하는 데 머물렀다면 나는 다이스케 알리바이에서 벗어나지 못했을 공산이 크다.

아마도 후대가 일본문학의 정점에서 소세키를 바라보고 그 칼끝에서 보이는 검기를 두고 이야기할 때 빼놓을 수 없는 것은, 그것은 한 개인의 섬약한 자아가 문명과 사회의 상투성에 철저하게 저항하고 있으며 그 반대편에 인간의 정신적인 고양이 기인하고 있기 때문일 것이다. 거기까지는 읽어가야 다이스케와 좀 친했다고 할 수 있을지 모른다. 물론 나는 그것을 뒤늦게 깨달았다. 하지만 소세키 소설에 무방비로 노출되는 그 시기를 통해 나는 문학은 밖(타인의 시선이나 비판)에서가 아니라 안에서 내 상태를 더듬어보고자 하는 질문에 다다르는 길이라는 것을 예감하고 있었다. 다이스케는 때로 무능한 현실성 앞에서 '악의적'인 것처럼 보일 수도 있다. 하지만 현실이 마냥 우리에게 선의적이었다고만 할 수도 없으니까. 난처해도 드물게 찾아온 교환(交歡)처럼 나는 소설『그 후』를 읽어가곤 했다.

존재는 잔혹하다

　그는 누워서 끝없이 생각했다. 그렇지만 그의 머리는 한참이 지나도록 아무런 결론을 내릴 수 없었다. 그는 자신의 수명을 결정할 권리가 없는 것처럼 자신의 미래도 마음대로 정할 수 없었다. 동시에 자신의 수명을 어림잡아 짐작할 수 있는 것처럼 자신의 미래도 어느 정도 자취를 알 수 있었다. 그리고 헛되이 그 자취를 붙잡아보려고 애썼다. (219쪽)

　모리스 블랑쇼는 '모든 예술가는 어떤 오류와 연결되어 있고 그 오류와 독특한 친근관계를 보증하고 있다'고 말한다. 모든 예술은 어떤 예외적인 결여를 그 근원으로 하고 있고, 모든 작품은 이러한 근원의 결여에 대한 실행이라고. 블랑쇼는 『그 후』의 다이스케와 비슷한 오류적 인물을 브로흐의 작품 『베르길리우스의 죽음』의 주인공을 통해 분석한다. 이러한 인물들의 결여는 '비합리적이고 어떤 가치도 갖지 않는 것을 어떤 합리적인 절대로 변형시키는 것, 이것이 임무인데 이 임무는 필연적으로 좌절된다'고.

　그들의 필연적인 실패는 어떤 것일까?

　다이스케는 고등교육을 받고도 부모의 경제적인 원조 속에서 일을 하지 않은 채 빈둥거리는 고등백수이다. 그는 조화로운 연약함을 지녔고, 다른 시대를 꿈꾸는 향수병을 앓는 자이며, 자신이 고갈된 존재라는 사실에 대해서 끊임없이 고뇌하는 인물이다. 오늘날 생활과 노동력의 측량으로 보면 그는 분명 '결여'된 인간임에 틀림없다. 사회적으로 단절되어 있고 허무주의에 빠져 지내는 한 탐미주의자의 고백이 우리에게 어떤 건강한 진실도 던져주지 못하고 있는 것처럼 보일 수도 있다.

하지만 소세키가 다이스케라는 한 인물을 통해 근대 일본의 시류 속에서 물성화된 인간의 회의나 문명에 대한 비판적 태도를 보여주고자 했다는 것을 우리는 눈여겨볼 필요가 있다. 인간은 결국 자신에게 질문을 던지면서 삶을 이해해가는 존재라는 점에서 이 작품이 갖는 실존적 깊이는 오늘날 우리가 겪고 있는 문제들과 비등점(沸騰點)을 같이하고 있는 것이다. 강자가 정의가 되어가는 세상, 단지 노동력으로만 치환되는 인간의 시간, 자본이 힘의 역학이 되어가는 실제 속에서 어쩌면 누구보다 다이스케는 길을 잃지 않기 위해 발버둥 치는 자일 수도 있는 것이다.

그는 다른 세상을 꿈꾸는 자였을까? 그가 선택한 사랑은 누구에게도 이해받을 수 없는 자의 웅얼거림에 불과한 것일까? 그가 우상(자본)을 숭배하지 않기 위해 선택한 다양한 목가적이고 서정적인 태도(베개에 향수를 뿌리고 자는 등)는 모리스 블랑쇼가 언급한 예술가의 태도인 사회와 인간으로부터 '결여'된 자로서 자신을 받아들이면서도 끊임없이 잃어버린 무엇인가를 회복하려는 자의 의지의 소산으로도 보인다. 아마 많은 독자들은 이 소설이 다이스케가 편입된 질서 속에서 자아를 찾아가지만 절박한 오류들에 부딪히면서 만들어가는 독특한 리듬에 주목할 것이다. 그리고 그것은 소설 『그 후』의 중요한 서사가 되어간다. 다이스케의 태도로 이어지는 서사는 매혹적인 고백들이면서도 끊임없이 위험해 보인다. 그리고 다이스케에게 매료된 수많은 독자들은 이렇게 말할지도 모른다. "하지만 우리는 자신의 오류를 사랑할 수밖에 없는 존재인 다이스케를 사랑합니다"라고.

『그 후』는 분명 인간의 존재성에 대한 훌륭한 통찰을 불륜(사랑)과

관능이라는 서사형식으로 이끌어간 역작이다. 독자가 이 책의 마지막 페이지를 덮은 후 "그래 그럼 다이스케는 '그 후' 어떻게 살 것인가?"를 묻는다면 우리는 그와 함께 항해를 잘해온 것이다. 일본 근대 초기의 소세키의 문학이 빛났던 이유는 바로 여기 있다. 그는 소설이란 결국 인간성에 대한 다양한 고찰이라는 실존적 의미를 우리에게 새롭게 던져주고 있기 때문이다. 이탈로 칼비노는 말한다. 모든 소설은 종국엔 두 가지의 문제에 접근하고 있다고, 그 하나는 삶의 연속성이며 다른 하나는 죽음의 완결성이라는 주제라고. 그리고 독자는 거기서 불현듯 존재를 만난다. 존재는 잔혹하다.

"개미가 방으로 기어드는 계절이 되었다."(154쪽) 자! 당신의 근황에는 이제 무슨 일이 생기고 있는가?

나쓰메 소세키 연보

1867년 0세

2월 9일(음력 1월 5일) 현재의 도쿄 신주쿠〔구 에도(江戶) 우시고메바바시
타(牛込馬場下)〕에서 출생. 나쓰메 나오카쓰(夏目直克)와 후처 나쓰
메 지에(夏目千枝) 사이에서 5남 3녀 중 막내로 태어남. 본명은 나
쓰메 긴노스케(夏目金之助). 태어나자마자 요쓰야(四谷)의 만물상에
양자로 보내졌다가 곧 돌아옴.

1868년 1세

11월, 요쓰야의 시오바라 쇼노스케(鹽原昌之助)와 시오바라 야스(鹽原
やす) 부부에게 다시 입양됨.

1870년 3세

천연두에 걸려 얼굴에 흉터가 약간 생김. 흉터는 평생 고민거리가 됨.

1872년 5세

시오바라가의 장남으로 호적에 오름.

1874년 7세

4월, 양부모의 불화로 양모와 함께 잠시 친가로 감.

11월, 아사쿠사(淺草)의 도다 소학교에 입학.

1876년 9세

양아버지가 아사쿠사의 동장에서 면직되어, 소세키는 시오바라가에

적을 둔 채 생가로 돌아옴.

5월, 이치가야(市ヶ谷) 소학교로 전학.

1878년 11세

2월, 친구들과 만든 잡지에 「마사시게론(正成論)」을 발표.

4월, 이치가야 소학교 졸업. 긴카(錦華) 학교 소학심상과(小學尋常科)

　로 전학하고 11월에 졸업.

1879년 12세

3월, 간다(神田)의 도쿄 부립 제1중학교에 입학.

1881년 14세

1월 21일, 생모 나쓰메 지에 사망.

봄에 도쿄 부립 제1중학교 중퇴.

4월경, 한학을 전문으로 가르치는 니쇼(二松) 학사로 전학.

1882년 15세

봄에 니쇼 학사 중퇴.

1883년 16세

봄에 도쿄 대학 예비문(현재의 도쿄 대학 전신 중 하나) 시험 준비를 위해 세이리쓰(成立) 학사에 입학.

1884년 17세

9월, 도쿄 대학 예비문 예과에 입학. 입학 직후 맹장염을 앓음.

1885년 18세

9월, 도쿄 대학 예비문 예과 3급으로 진급.

1886년 19세

7월, 복막염 때문에 학년 말 시험을 치르지 못하고 낙제.
9월, 에토(江東) 의숙 교사가 되어 의숙 기숙사에서 제1고등중학교(도쿄 대학 예비문의 후신)에 다님.

1887년 20세

3월에 맏형이, 6월에 둘째 형이 폐결핵으로 사망.
9월, 제1고등중학교 예과에 진급. 이 시기에 과민성 결막염을 앓음.

1888년 21세

1월, 성을 시오바라에서 나쓰메로 복적.

9월, 제1고등중학교 본과에 진학해서 영문학을 전공.

1889년 22세

1월부터 마사오카 시키(正岡子規)와 친해짐.

5월, 시키의 한시 문집인 『나나쿠사슈(七草集)』에 대해 한문으로 평을 씀. 9편의 칠언절구를 덧붙이면서 처음으로 '소세키'라는 호를 사용.

9월, 한문체의 기행문집 『보쿠세쓰로쿠(木屑錄)』 탈고.

1890년 23세

7월, 제1고등중학교 본과 졸업.

9월, 도쿄제국대학 영문학과 입학. 문부성 대비생(貸費生)이 됨.

1891년 24세

7월, 문부성 특대생이 됨. 셋째 형의 부인 도세(登世)가 입덧 때문에 죽자 큰 충격을 받음. 딕슨 교수의 부탁으로 『호조키(方丈記)』를 영역.

1892년 25세

4월 5일, 병역을 피할 목적으로 친가로부터 분가하여 본적을 홋카이도(北海道)로 옮김.

5월, 도쿄 전문학교(현재의 와세다 대학)의 강사가 됨.

8월, 마사오카 시키가 그의 고향인 시코쿠(四國) 마쓰야마(松山)에서 요양 중일 때 방문하여 다카하마 교시(高浜虛子)를 처음 만남.

1893년 26세

7월, 도쿄제국대학을 졸업하고 대학원에 진학.

10월, 도쿄 고등사범학교의 영어 촉탁 교사가 됨.

1894년 27세

12월 말~1895년 1월, 폐결핵에 걸려 가마쿠라(鎌倉)의 엔카쿠지(圓覺寺)에서 참선을 하며 치료에 임함. 일본인이 영문학을 한다는 것에 위화감을 느끼며 이즈음 신경쇠약 증세가 심해짐.

1895년 28세

4월, 시코쿠 에히메(愛媛) 현에 있는 보통중학교에 부임(월급 80엔).

8월~10월, 시키가 마쓰야마로 돌아와 소세키의 하숙집에서 함께 생활. 하이쿠에 열중하며 많은 가작(佳作)을 남김. 이곳에서의 경험은 『도련님(坊っちゃん)』의 소재가 됨.

12월, 귀족원 서기관장(현재의 참의원 사무총장) 나카네 시게카즈(中根重一)의 장녀 나카네 교코(中根鏡子)와 맞선을 보고 약혼.

1896년 29세

4월, 구마모토(熊本)의 제5고등학교 강사로 부임(월급 100엔).

6월 9일, 나카네 교코와 결혼. 구마모토에서 신혼 생활을 시작.

7월, 제5고등학교의 교수가 됨.

1897년 30세

4월, 교사를 그만두고 문학에 전념하고 싶다는 뜻을 시키에게 편지로 알림.

6월 29일, 아버지 나쓰메 나오카쓰 사망.

7월, 교코와 함께 도쿄로 감. 구마모토에서 도쿄까지의 장거리 여행이 원인이 되어 교코가 유산.

12월, 오아마(小天) 온천을 여행하며 『풀베개(草枕)』의 소재를 얻음.

1898년 31세

6월, 제5고등학교 학생으로 문하생이 된 데라다 도라히코(寺田寅彦) 등에게 하이쿠를 지도. 도라히코는 『나는 고양이로소이다(吾輩は猫である)』에 나오는 이학사 간게쓰의 모델로 알려짐.

7월, 교코가 히스테리 증세를 보이며 구마모토 현의 자택 가까이에 흐르는 시라카와(白川)의 이가와부치(井川淵) 하천에 뛰어들어 자살을 기도했지만 근처에 있던 어부가 구함.

1899년 32세

5월, 맏딸 후데코(筆子)가 태어남.

6월, 영어과 주임이 됨.

9월, 구마모토 주위에 있는 아소(阿蘇) 산을 여행하며 『이백십일(二百十日)』의 소재를 얻음.

1900년 33세

6월, 문부성으로부터 영문학 연구를 위해 2년 동안 영국 유학을 다녀오라는 명을 받음(유학비 연 1,800엔).

9월 8일, 요코하마에서 출항.

10월 28일, 런던 도착.

1901년 34세

1월 26일, 둘째 딸 쓰네코(恒子)가 태어남.

5~6월 화학자 이케다 기쿠나에(池田菊苗)가 런던을 방문해서 함께 하숙. 이케다의 영향으로 『문학론』 구상을 결심하고 귀국할 때까지 저술에 몰두.

7월, 신경쇠약 재발.

1902년 35세

3월, 장인 나카네 시게카즈에게 편지를 보내 영일동맹 체결에 들뜬 일본인들을 비판하고 대규모 저술 구상을 언급.

9월, 신경쇠약이 극도로 악화되고, 일본에도 나쓰메 소세키의 증세가 전해짐. 문부성은 독일 유학생 후지시로 데이스케(藤代禎輔)에게 소세키를 데리고 귀국하도록 지시.

11월, 마사오카 시키가 7년 동안 앓던 결핵으로 사망했다는 소식을 다카하마 교시의 편지를 받고 알게 됨.

12월 5일, 일본 우편선에 승선해서 귀국길에 오름.

1903년 36세

1월 24일, 도쿄 도착.

3월, 도쿄 혼고(本郷) 구(현재의 분쿄 구) 센다기(千駄木)로 이사.

4월, 제1고등학교 강사가 됨(연봉 700엔). 또한 도쿄제국대학 영문과 교수를 겸함(연봉 800엔).

9월, 제1고등학교의 제자인 후지무라 미사오(藤村操)가 게곤(華嚴) 폭포에 몸을 던져 자살하는 사건이 발생. 다시 신경쇠약이 악화됨. 교코와 불화가 심해져 임신 중인 부인을 친정으로 보내고 별거.

10월, 셋째 딸 에이코(榮子)가 태어남.

1904년 37세

2월, 러일전쟁 발발.

7월, 어린 고양이 한 마리가 집에 들어오고, 교코가 귀여워함.

9월, 메이지(明治) 대학 고등예과 강사를 겸함(월급 30엔).

12월, 당시《호토토기스(ホトトギス)》를 주재하고 있던 다카하마 교시 로부터 작품 집필을 권유받고, 『나는 고양이로소이다』 1장을 문학 모임에서 낭독.

1905년 38세

1월~1906년 8월, 『나는 고양이로소이다』를《호토토기스》에 발표. 1회분으로 끝날 예정이었지만 호평을 받아 11회에 걸쳐 장편으로 연재. 이때부터 작가로 살아갈 뜻을 굳힘.

1월, 「런던탑(倫敦塔)」을《데이코쿠분가쿠(帝國文學)》에, 「칼라일 박 물관(カーライル博物館)」을《가쿠토(學燈)》에 발표.

4월, 「환영의 방패(幻影の盾)」를《호토토기스》에 발표.

5월, 「고토노소라네(琴のそら音)」를《시치닌(七人)》에 발표.

9월, 「하룻밤(一夜)」을《주오코론(中央公論)》에 발표.

11월, 「해로행(薤露行)」을《주오코론》에 발표.

12월 14일, 넷째 딸 아이코(愛子)가 태어남.

1906년 39세

1월,「취미의 유전(趣味の遺伝)」을《데이코쿠분가쿠》에 발표.

4월,『도련님』을《호토토기스》에 발표.

9월,『풀베개』를《신쇼세쓰(新小說)》에 발표.

10월,『이백십일』을《주오코론》에 발표. 평소에 그의 자택에 출입이
　　잦은 문하생들의 방문을 매주 목요일 오후 3시 이후로 정해서 '목
　　요회'라고 불리게 됨.

11월, 요미우리(讀賣) 신문사에서 입사 의뢰가 왔으나 거절.

1907년 40세

1월,『태풍(野分)』을《호토토기스》에 발표.

4월, 제1고등학교와 도쿄제국대학 강사를 사직. 아사히(朝日) 신문사
　　에 소설을 쓰는 전속작가로 입사.

5월,『문학론』(大倉書店) 출간.

6월 5일, 장남 준이치(純一)가 태어남.

9월, 도쿄 우시고메 구 와세다미나미초(早稻田南町)로 이사. 이후 죽
　　을 때까지 소세키 산방(漱石山房)이라고 불린 이 집에서 거주.

6~10월,『우미인초(虞美人草)』를《아사히 신문》에 연재.

1908년 41세

1~4월,『갱부(坑夫)』연재.

6월,「문조(文鳥)」연재(오사카《아사히 신문》).

7~8월,「열흘 밤의 꿈(夢十夜)」발표.

9~12월,『산시로(三四郎)』연재.

12월 16일, 차남 신로쿠(伸六)가 태어남.

1909년 42세

1~3월, 「긴 봄날의 소품(永日小品)」 연재.

3월, 『문학평론』(春陽堂) 출간.

6~10월, 『그 후(それから)』 연재.

9월, 남만주철도주식회사 총재인 친구 나카무라 제코의 초대로 만주
와 한국을 여행. 이때 신의주, 평양, 서울, 인천, 부산을 방문함.

10~12월, 기행문 『만한 이곳저곳(滿韓ところどころ)』 연재.

11월, '아사히 문예란'을 새로 만들고 주재함. 위경련으로 고통받음.

1910년 43세

3월 2일, 다섯째 딸 히나코(ひな子)가 태어남.

3~6월, 『문(門)』 연재.

6~7월, 위궤양 때문에 나가요(長与) 위장병원에 입원.

8월, 슈젠지(修善寺) 온천에서 다량의 피를 토하고 위독한 상태에 빠
짐. 이를 '슈젠지의 대환'이라 부름.

10월~1911년 3월, 슈젠지의 체험을 바탕으로 『생각나는 일들(思い出
す事など)』을 32회에 걸쳐 연재.

1911년 44세

2월, 위궤양으로 입원 중에 문부성으로부터 문학박사 학위 수여를 통
지받지만 거절함.

8월, 오사카 《아사히 신문》의 의뢰로 간사이(關西) 지방에서 순회 강
연을 함.

10월, '아사히 문예란'이 폐지됨. 아사히 신문사에 사표를 내지만 반

려됨. 다섯째 딸 히나코가 급사함.

1912년 45세

1~4월, 『춘분 지나고까지(彼岸過迄)』 연재. 신경쇠약과 위궤양이 재발
하여 고통받음.

7월, 메이지 천황 사망. 연호가 다이쇼(大正)로 바뀜.

10월경, 남화풍의 그림을 그림.

12월, 자택에 전화가 들어옴.

12월~1913년 11월, 『행인(行人)』 연재.

1913년 46세

4월, 위궤양이 재발하고 신경쇠약이 심해져 『행인』 연재 중단(9월부터
재개).

1914년 47세

4~8월, 『마음(こころ)』 연재.

11월, '나의 개인주의'라는 주제로 가쿠슈인(學習院)에서 강연함.

1915년 48세

1월, 제자 데라다 도라히코에게 보낸 연하장에 금년에 죽을지도 모른
다고 씀.

1~2월, 『유리문 안에서(硝子戶の中)』 연재.

3~4월, 교토(京都) 여행. 위통으로 쓰러짐.

6~9월, 『한눈팔기(道草)』 연재.

12월, 아쿠타가와 류노스케(芥川龍之介), 구메 마사오(久米正雄)가 처음으로 목요회에 참가. 이들은 마지막 문하생이 됨.

1916년 49세

1월, 「점두록(點頭錄)」 연재.

2월, 아쿠타가와 류노스케에게 보낸 편지에서 그의 작품 『코(鼻)』를 격찬함.

4월, 당뇨병 진단을 받고 치료에 들어감.

5~12월, 『명암(明暗)』 연재.

8월, 오전에는 소설을 쓰고 오후에는 한시를 쓰고 그림을 그림.

11월 초, 목요회에서 만년의 사상으로 알려진 칙천거사(則天去私)에 대해 처음 언급함.

11월 16일, 마지막 목요회가 열리고 모리타 소헤이, 아베 요시시게, 아쿠타가와 류노스케, 구메 마사오 등이 출석함.

11월 21일, 위궤양 악화로 쓰러짐.

12월 2일, 내출혈로 다시 위독한 상태에 빠짐.

12월 9일 오후 6시 45분 사망.

12월 14일, 도쿄《아사히 신문》에 연재되던 『명암』이 제188회를 마지막으로 연재 중단됨.

장례식 접수는 아쿠타가와 류노스케가 담당했으며 모리 오가이를 비롯한 많은 명사들이 조문함.

12월 28일, 도쿄 도시마(豊島) 구에 있는 조시가야(雜司ヶ谷) 묘원에 안장됨. 조시가야 묘원은 『마음』의 주인공 K가 자살 후 묻힌 장소임.

옮긴이 **노재명**

1961년 인천에서 태어났다. 서강대학교 국문과를 졸업하고, 일본 구마모토 대학 비교문학과에서 일본 근대 문학을 전공했다. 대학에서 강의를 하며, 전문번역가로 활동했다. 2011년 지병으로 별세했다.

옮긴 책으로는 나쓰메 소세키 단편소설 전집인 『런던 소식』·『회상』, 『효웅 오다 노부나가』(전3권), 『국화와 칼』, 『여자의 결투』, 『월식』, 『아베일족』, 『얼마만큼의 애정』, 『지금 사랑해』, 『왜 세계는 전쟁을 멈추지 않는가?』, 누쿠이 도쿠로의 '증후군 시리즈'(전4권), 『라프카디오 헌, 19세기 일본 속으로 들어가다』, 『문명의 산책자』, 『팬티 인문학』 등이 있다.